Charles Willeford
Hahnenkampf

W0388130

Bücherschrank
Blömcheswies
Frechen - Königsdorf

Charles Willeford

HAHNENKAMPF

Roman

Aus dem Amerikanischen
von Rainer Schmidt

Ullstein

Deutsche Erstausgabe

ein Ullstein Buch Nr. 22271
im Verlag Ullstein GmbH,
Frankfurt/M – Berlin
Titel der amerikanischen Originalausgabe:
Cockfighter
© 1972 by Charles Willeford
Übersetzung © 1989 by Verlag Ullstein GmbH,
Frankfurt/M – Berlin
Alle Rechte vorbehalten
Printed in Germany 1990
Gesamtherstellung: Ebner Ulm
ISBN 3 548 22271 4

April 1990

CIP-Titelaufnahme
der Deutschen Bibliothek

Willeford, Charles:
Hahnenkampf: Roman / Charles Willeford. – Dt. Erstausg. –
Frankfurt/M; Berlin: Ullstein, 1990
(Ullstein-Buch; Nr. 22271)
ISBN 3-548-22271-4
NE: GT

Für Mary Jo

Wichtig ist nicht, für welche Idee ein Mann eintritt,
sondern wie stark er für sie eintritt.

Ezra Pound

1

Als erstes schloß ich die Fenster und verriegelte die dünne Aluminiumtür. Dann schaltete ich die Deckenbeleuchtung ein und ließ die Jalousien zuschnappen. Ohne die Ventilatorbelüftung war es zum Ersticken heiß im Wohnwagen. Draußen in der Sonne von Florida herrschten weit über dreißig Grad, aber drinnen mußte es, nachdem Tür und Fenster geschlossen waren, sicher an die vierzig Grad heiß sein. Mit einem Geschirrtuch wischte ich mir den strömenden Schweiß von Gesicht und Nacken; trocknete mir die Hände und warf das Tuch auf den Boden. Dann stellte ich Sandspurs Reisekorb auf das Sofa und überprüfte noch einmal die Gegenstände auf dem Tisch.

Lederschlaufe. Watte. Rasierklinge. Schüssel mit lauwarmer Seifenlauge. Napf mit Wundalkohol. Flüssigblei-Stift. Schwamm. Alles in Ordnung.

Ich klappte den Deckel des Korbes auf und hob Sandspur mit beiden Händen heraus. Den Kopf des Hahnes von mir abgewandt, hielt ich ihn mit der Linken fest unter der Brust. Ich legte die Lederschlaufe um die baumelnden gelben Füße, zog sie oberhalb der abgesägten Sporenstümpfe fest und schlang sie noch zweimal herum, um sie zu befestigen. Dann faßte ich den Vogel wieder mit beiden Händen, nahm ihn zwischen meine Beine und drückte die Knie so zusammen, daß er die Flügel nicht bewegen konnte. Sandspur gefiel das nicht. Er trat viermal mit beiden Füßen nach hinten und schlug dabei dumpf gegen die Plastikcouch, aber er konnte nicht entkommen.

Ich zupfte mit Daumen und Zeigefinger der linken Hand einen ordentlichen Wattebausch ab und umklammerte seinen zitronengelben Schnabel fest mit den Fingern. Der kurze Schnabel war gerade so weit abwärtsgeschwungen, daß er sich meinem Griff nicht entziehen konnte. Verletzen konnte er sich nicht, solange die Watte nicht abrutschte.

Ungeduldige Fingerknöchel klopften an die Tür. Dody schon wieder. Eine Ader pochte in meiner Schläfe. In diesem Augenblick hätte ich alles dafür gegeben, fluchen zu können.

»Wie lange dauert's noch, Frank?« schrillte Dodys quengelige Stimme durch die Tür. »Ich muß aufs Klo!«

Ich gab keine Antwort. Ich konnte nicht. Sie klopfte noch zweimal ungeduldig und verzog sich dann. Wenigstens hörte das Geschrei auf.

Meine rechte Hand war wieder feucht: Ich wischte mir die Finger an meiner Jeans ab, ohne die Linke von Sandspurs Schnabel zu lösen. Ich nahm die Rasierklinge und schnitt eine haarfeine Rille in den Schnabel, möglichst weit oben. Es war eine kitzlige Arbeit, und auf der linken Seite schnitt ich ein bißchen zu tief. Ich warf die Rasierklinge auf den Tisch und ließ den Kopf des Hahns los. Ich nahm den Flüssigblei-Stift in die linke Hand und strich damit über die Fingerspitze der rechten, bis sie mit Blei beschmiert war. Dann zupfte ich einen Wattebausch ab, packte wieder den Schnabel und rieb mit dem bleiverschmierten Zeigefinger die fast unsichtbare Rille ein. Ich ließ mir Zeit dabei, und Sandspur funkelte mich mit seinen glänzenden gelben Augen niederträchtig an.

Als ich zufrieden war, löste ich die Schlinge an den Füßen und stellte den Vogel auf den Tisch, mit dem lauwarmen Seifenwasser rieb ich ihm Brust und Schenkel ab und wiederholte das Abreiben mit Alkohol. Kopf und Schnabel behandelte ich dabei mit besonderer Vorsicht; ich benutzte nur Watte, die ich in den Alkoholnapf getaucht hatte.

Als ich fertig war, legte ich die Sachen wieder in meinen Sporenkoffer und kippte das gebrauchte Seifenwasser und den Alkohol in die Spüle. Sandspur war ein prächtig aussehender Kampfhahn, und nach der leichten Abreibung fühlte er sich hervorragend. Mit hocherhobenem Kopf stolzierte er auf der glatten Kunststofftischplatte hin und her. Er war eine Whitehackle-Kreuzung in Spitzenkondition, ein fünfmaliger Sieger, ein echter Geldvogel. Ich wußte, heute nachmittag würde er gewinnen, aber ich wußte auch, daß er gewinnen *mußte*.

Ich trat dicht an den Tisch heran und täuschte einen Griff nach seinem präparierten Schnabel vor; gleich versuchte er, nach mir zu hacken. Ich untersuchte den Schnabel; selbst bei genauer Betrachtung sah es aus, als habe er einen Riß. Das Flüssigblei in dem haarfeinen Schnitt ließ den künstlich hergestellten Riß sogar meinem Expertenauge echt erscheinen. Als langjähriger Hahnenkampf-Profi wußte ich, daß der Riß sie alle täuschen würde – Mr. Ed Middleton, Jack Burke und all die runzelhalsigen Wanderarbeiter, die zum Wetten kamen. Ich nahm Sandspur auf und setzte ihn behutsam in seinen Korb.

Als ich die Tür öffnete, war Dody nirgends zu sehen. Wahrscheinlich hatte sie einen der anderen Wohnwagen im Camp aufgesucht. Ich schob die Fenster wieder hoch und zündete mir eine Zigarette an. Was ich mit Sandspurs Schnabel angestellt hatte, war im Grunde nicht illegal, aber besonders stolz war ich darauf auch nicht. Ich wollte nur die Wetteinsätze in die Höhe treiben und meine dünne Brieftasche ein bißchen polstern.

Obwohl ich wußte, daß ich nicht verlieren konnte, dachte ich mit Besorgnis an den bevorstehenden Kampf. Alles, was ich hatte, einschließlich meines alten Caddy und des Wohnwagens, hing von diesem einen Hahnenkampf ab. Und Sandspur war der einzige Hahn, der mir geblieben war. Noch einmal überdachte ich meine impulsive Wette. Ich war ein verdammter Narr gewesen, Wagen und Anhänger zu setzen.

Um vier Uhr war ich an diesem Morgen aus dem Bett geschlüpft, ohne Dody zu wecken, und hatte das Licht angeknipst. Dody schlief wie ein Kind – hauptsächlich weil sie wirklich eines war. Das Mädchen war gerade sechzehn. Ich hatte sie drei Wochen zuvor in einer Raststätte in Homestead, Florida, aufgegabelt, in der Nähe des Wohnwagenplatzes, wo mein Wagen stand. Der Wagen ihrer Eltern hatte auf dem Platz in Homestead gestanden, und Dody war eins von fünf Kindern. Ihre Eltern waren Obstpflücker, und ich bezweifle sehr, daß sie sie überhaupt vermißten, als ich sie mitnahm. Ich war keineswegs der erste Mann, der mit Dody geschlafen hatte. Dutzende waren schon vor mir gewesen, aber als ich sie an diesem Morgen im Schlaf so verletzlich vor mir liegen sah, empfand ich doch Unbehagen beim Gedanken an unsere Beziehung. Sie war verflucht schrecklich jung. Mit meinen zweiunddreißig war ich doppelt so alt wie Dody.

Es war zu heiß in Belle Glade, als daß man sich auch nur mit einem Laken hätte zudecken mögen; Dody lag auf dem Rücken, nur mit einem dünnen Baumwoll-Babydoll bekleidet. Sie schlief mit offenem Mund, und ihre langen toffeebraunen Zöpfe waren auf dem Kissen ausgebreitet. Ihr Gesicht war im Schlaf gerötet, und sie sah aus, als wäre sie nicht einmal zwölf, geschweige denn sechzehn. Aber körperlich war sie völlig reif; sie hatte große, melonenschwere Brüste und lange, schlanke Beine. Auf ihre täppische, unbefangene Art war sie überraschend gut im Bett. Und sie war stark wie ein Traktor, wenn auch nicht ganz so intelligent.

Ich hatte Mitleid mit Dody. Bis jetzt hatte sie nicht viel vom Leben gehabt. Mit ihren Eltern war sie durch das ganze Land von Ernte zu Ernte gefahren, eingesperrt im Auto irgendwo am Rande eines Feldes, bis sie groß genug war, um Körbe zu schleppen; der nachlässigen Lebensweise der Wanderarbeiter beständig ausgesetzt, war sie weit über ihr Alter hinaus erfahren. Nach der Nacht in meinem Wohnwagen in Homestead hatte sie mich angefleht, sie mitzunehmen, und ich hatte sie hierher nach Belle Glade mitkommen lassen. Warum ich schwach geworden war, weiß ich nicht, aber ich war deprimiert damals. Ich hatte bei den Kämpfen in Homestead vier Vögel verloren, und wenn Sandspur seinen Kampf nicht gewonnen hätte, wäre das Homestead-Turnier für mich zu einer größeren Katastrophe geworden. Aber drei Wochen sind eine lange Zeit, um sie mit einem jungen, anspruchsvollen Mädchen zu verbringen – vor allem, wenn es auch noch dumm und quengelig ist.

Jedenfalls war es nun vier Uhr früh. Ich zog mich an, nahm Sandspur mit nach draußen und ging mit ihm hinter den Wohnwagen.

Es war noch dunkel, und ich wollte ihn übungshalber ein bißchen bewegen. Ein Vogel im Korb wird rasch schlaff. Ich ließ den Hahn sechsmal ins Leere laufen, warf ihn sechsmal hin und her und gab ihm dann einen Schnabelvoll Wasser zu trinken. Mehr würde er bis zum Kampf nicht bekommen. Als der Himmel heller wurde, ließ ich ihn los. Sandspur reckte den Kopf in die Höhe und krähte zweimal. Ich zündete mir die erste Zigarette des Tages an. Während ich noch zusah, wie mein Hahn im losen Sand kratzte, fiel mir ein Schatten übers Gesicht. Ich blickte auf, und da stand Jack Burke. Ein breites Grinsen zerklüftete sein unansehnliches Gesicht. Hastig nahm ich Sandspur auf, steckte ihn in seinen Korb und klappte den Deckel zu. Burke hatte ihn gesehen, aber es war noch nicht hell genug, um viel zu erkennen.

»Der mächtige Sandspur?« fragte Burke.

Ich nickte.

»Sieht aber nicht nach einem aus, der fünfmal hintereinander gewonnen hat, finde ich. Wissen Sie was, Mr. Mansfield?« Burke redete, als tue er mir einen großen Gefallen. »Ich gebe Ihnen zwei zu eins.«

Als Burke sein Angebot machte, hatte ich mich gerade aufrichten wollen, aber jetzt beschloß ich, hocken zu bleiben. Burke ist mittelgroß, aber ich bin einen ganzen Kopf größer als er, und meine Augen sind blauer. Mein blondes Haar ist lockig, seines ist strähnig und glatt. Wie er so auf mich herabschaute, fühlte er sich psychologisch im Vorteil; es gab ihm ein Gefühl der Macht, und das wollte ich so – ich hoffte, daß sein übermäßiges Selbstvertrauen mir am Nachmittag zu einer noch besseren Quote verhelfen würde.

Burke hatte mir eine Postkarte nach Homestead geschrieben und Sandspur zu einem Kampf herausgefordert; dabei hatte er eine Eins-zu-eins-Wette angeboten. Ich hatte postwendend akzeptiert, froh über die Chance, gegen seinen Spitzenhahn Little David antreten zu können. Little David hatte einen Ruf, der alles andere als klein war. Er hatte achtmal gewonnen und eine Menge Publicity eingeheimst. Wenn mein Sandspur Burkes Little David schlüge, würde sich sein Wert verdoppeln, und meine Chancen, Champion der Southern Conference zu werden, wären größer.

Auf der Fahrt von Homestead nach Belle Glade war mir der Plan mit dem Riß im Schnabel eingefallen, und jetzt wollte ich nicht mehr eins zu eins, ja nicht einmal mehr zwei zu eins wetten. Ich rechnete mit einer Quote von mindestens vier zu eins, wenn die Wetter sich die Vögel vor dem Kampf angesehen hätten. Ich hatte achthundertfünfzig Dollar in der Brieftasche und ich wollte Burkes Angebot nicht annehmen, aber nachdem ich per Post eine Eins-zu-eins-Wette akzeptierte hatte, war ich nicht berechtigt, das neue Angebot abzulehnen.

Ich schnippte viermal mit den Fingern, knickte den Daumen ein und streckte vier Finger in die Höhe. Ich nickte zweimal.

»Sie meinen, Sie haben nur hundert Dollar zum Wetten?« Burke lachte kurz und erbost auf. »Ich hatte eigentlich vor, mit mindestens tausend einzusteigen!«

Ich deutete auf den Korb und hob einen Finger, um Burke zu zeigen, daß ich nur einen Hahn hatte. Er wußte sehr wohl, daß ich in Homestead vier Vögel verloren hatte. Inzwischen wußte das ganz Florida und halb Georgia dazu.

Jack Burke befolgte die Verhaltensregeln für Hahnenkämpfer, und er war ehrlich, aber er konnte mich nicht leiden. In den letzten drei Jahren hatte ich zwar überwiegend Pech gehabt, aber vier Jahre zuvor, in Biloxi, hatte mein unerfahrener Junghahn Pinky sein As Pepperpot getötet. Diesen Schlag würde er mir nie vergeben oder vergessen. Pinky hatte nur einen Kampf gewonnen, sein eigener Hahn dagegen fünf, und Burke hatte bei einer Quote von fünf zu eins schreckliche Verluste einstecken müssen. Aber mehr als das verlorene Geld hatte ihn mein Sieg geärgert. Ein Kolumnist in der Fachzeitschrift *The Southern Cockfighter* hatte zu Unrecht seine Konditionierungsmethoden für den Verlust verantwortlich gemacht. Tatsächlich hatte Pinky nur einen Glückstreffer anbringen können. Es ist töricht, Junghähne in den Kampf zu schicken, aber ich hatte den jungen Vogel gebraucht, um Zugang zur Hauptrunde zu bekommen – und daß er Pepperpot niedermachen würde, hatte ich nicht erwartet.

Burke betrachtete den Boden und rieb sich das frischrasierte Kinn. Er war Mitte Vierzig und trug sein fahlgelbes Haar viel zu lang. Auf seine Kleidung verwandte er beträchtliche Sorgfalt. Schon jetzt, bei Tagesanbruch, trug er einen blauen Baumwollkrepp-Anzug, ein weißes Hemd mit Krawatte und schwarzweiße Schuhe. Zweifarbige Schuhe lassen auf eine ambivalente Persönlichkeit schließen – auf einen Mann, der sich nicht entscheiden kann.

»Okay, Mr. Mansfield«, sagte Burke schließlich und schlug sich auf den Oberschenkel. »Ich nehme Ihre hundert Dollar und wette zwei zu eins. Ich weiß verflucht genau, daß Ihr Sandspur meinen Little David nicht schlagen kann, aber Ihr Hahn hat ja immer die Chance, einen Glückstreffer zu landen . . . wie Pinky in Biloxi zum Beispiel. Nehmen wir also mal an, Sie haben wirklich Glück – was haben Sie dann? Zweihundert Dollar. Ich will Ihnen eine echte Chance geben, nach Homestead wieder auf die Beine zu kommen: Ich setze achthundert Kröten gegen Ihren Wagen und den Anhänger. Eins zu eins.«

Ich nagte an der Unterlippe; aber die Wette war fair. Mein ramponierter Caddy war mindestens achthundert wert, aber ich wußte nicht, was der Wohnwagen bringen konnte. Gebrauchte Wohnwagen erzielen komische Preise, und meiner war ziemlich klein und hatte nur einen Schlafraum und eine Tür. Wenn ich Wagen und Anhänger über eine Annonce anbot, würde ich für beides zusammen wahrscheinlich mindestens einen Tausender herausschlagen können. Burke wollte mich so hart treffen, daß er es wirklich auskosten konnte. Und wenn Little David gewann, stand ich mit ausgestrecktem Daumen an der Landstraße.

Ich streckte die rechte Hand aus, und Burke ergriff sie eifrig. Die Wette galt.

»Schade, daß Sie weiter nichts zu verlieren haben.« Burke lachte fröhlich. »Ich würde zu gern darauf wetten, daß Sie soeben eine schlechte Wette abgeschlossen haben.«

Meine Lippen verzogen sich zu einem breiten Grinsen, als ich an Dody dachte, die friedlich im Wohnwagen schlummerte. Sollte der unwahrscheinliche Fall eintreten, daß Burkes Hahn den Kampf gewann, würde Burke auch Dody am Hals haben. Wenn ich mir vorstellte, wie er an jeder Tankstelle anhielt, um Dody Eis oder Coca-Cola zu kaufen, konnte ich ein Grinsen nicht unterdrücken. Auf dem Weg von Homestead hier herauf hatte sie mich dem Wahnsinn verflucht nahe gebracht.

Aber jetzt war die Wette abgeschlossen.

Ich warf einen Blick auf meine Armbanduhr. Halb drei. Zeit zu gehen. Bill Sanders würde mich um drei draußen vor der Kampfarena, dem »Pit«, erwarten, um meinen Wetteinsatz anzunehmen. Ich versteckte zweihundert Dollar im Geschirrschrank, um damit meine Zwei-zu-eins-Wette mit Burke zu decken; als ich den Rest meines Geldes zählte, hatte ich noch glatte siebenhundertfünfzig Dollar. Das war alles – abgesehen von einem zusammengefalteten Zehner in meiner Uhrentasche. Das war meine Fluchtkohle – für alle Fälle.

Ich setzte meinen Stroh-Cowboyhut auf, um mein Gesicht vor der Sonne von Florida zu schützen, nahm den Alukorb und den Koffer mit meinen Sachen und stieg aus dem Wagen. Vierzehn Wohnwagen standen auf »Captain Mack's Trailer Camp«, einschließlich meines eigenen, und wenn man einen davon angefaßt hätte, hätte man sich die Hand verbrannt. In der Ferne, jenseits einer trostlosen Ebene, sah ich Belle Glade; es waren etwa drei Meilen bis dorthin. Die Hitzewellen, die von dem sandigen Boden aufstiegen, erinnerten an mächtige Planen zitternden Zellophans. Ich kehrte dem Wohnwagen den Rücken und wandte mich der kleinen, etwa eine Meile weit entfernten Anhöhe zu, wo das Pit vorbereitet worden war. Bei dieser Hitze hatte ich keine Lust, das Auto vom Anhänger abzukoppeln und dabei noch schlimmer ins Schwitzen zu geraten; da ging ich lieber eine Meile zu Fuß.

Hinter dem Camp war ein Drahttor, wo ein alter Bursche drei Dollar Eintritt kassierte. Ich hob meinen Hahnenkorb hoch, um ihm zu zeigen, daß ich Wettkampfteilnehmer war, und er ließ mich durch, ohne mir Geld abzunehmen. Als ich durch das Tor ging, kam Dody den Weg heraufgefegt, daß ihre Zöpfe auf ihren Schultern hüpften. Sie war barfuß und trug rote Satin-Hotpants und eine weiße, ärmellose Bluse. Ihre großen, in keinen BH gezwängten Brüste wippten beim Rennen auf und ab.

»Frank!« rief sie, noch bevor sie das Tor erreicht hatte. »Nimm mich mit! Bitte, Frank!«

Der Torsteher, ein grauhaariger Alter in einem blauen Overall, hob die weißen Augenbrauen. Ich schüttelte den Kopf. Er schloß das Tor und schob den Riegel vor, als Dody herankam.

»Verflucht, Frank!« schrie Dody wütend. »Du erlaubst mir überhaupt nichts! Du weißt, daß ich dir noch nie bei einem Hahnenkampf zugesehen habe. Bitte laß mich mitkommen!«

Ich ignorierte sie und ging weiter den Weg hinauf. Ich hatte genug um die Ohren, auch ohne daß sie schnatternd um das Pit herumhüpfte und Fragen stellte.

Captain Mack, der die Vorbereitungen für das Turnier von Belle

Glade getroffen hatte, redete ernst auf einen Staatspolizisten ein, als ich den Parkplatz erreichte. Der Streifenwagen des Beamten parkte direkt hinter einem neuen Kabrio mit einem Nummernschild aus Dade County. Die Tür des Kabrio stand offen, eine hübsche blonde Frau saß auf dem Vordersitz. Sie war blaß im Gesicht, hatte die Augen geschlossen und atmete tief durch den offenen Mund. Im Sand vor der Wagentür war ein nasser Fleck. Vermutlich hatte sie sich einen oder zwei Kämpfe im Pit angesehen, und davon war ihr schlecht geworden. Nicht viele Stadtfrauen können Hahnenkämpfe ertragen.

Das Pit war auf vier Seiten von grünen Segeltuchplanen umgeben. Latrinenwänden aus Armeebeständen. Auf dem Parkplatz standen an die dreißig Autos, die Lastwagen nicht mitgezählt. Ich stellte meinen Koffer und den Hahnenkorb in den spärlichen Schatten eines Melaleuca-Baumes, lehnte mich an einen geparkten Plymouth und sah zu, wie Captain Mack mit dem Polizisten diskutierte. Schließlich zuckte Captain Mack müde die Achseln, zog seine Brieftasche hervor und gab dem Polizisten zwei Scheine. Dann verschwanden sie durch eine Lücke zwischen zwei Planen. Hahnenkämpfe sind in Florida nicht verboten, aber das Wetten ist es, und so war Captain Mack genötigt gewesen, eine gewisse Summe an Schutzgeld zu zahlen.

Vom Pit war aufgeregtes Geschrei zu hören, gefolgt von mehreren heiseren Flüchen; dann verstummten die Stimmen. Mr. Ed Middletons Baritonstimme war weithin zu hören, als er den Siegerhahn bekanntgab.

»Sieger ist der Madigan! Eine Minute und dreißig Sekunden im dritten Pitting!«

Wieder erklangen Flüche, gefolgt von höhnischem Lachen. Ich zündete mir eine Zigarette an, nahm mein Notizbuch aus der Hemdtasche und schrieb die nötigen Informationen über Sandspur auf ein weißes Blatt. Kurz darauf trat Bill Sanders heraus und kam zu mir unter den Baum. Ich reichte ihm die Rolle mit meinen siebenhundertfünfzig Dollar, und er zählte das Geld. Dann stopfte er es in seine Hosentasche und schaute auf meine Finger. Ich hielt vier Finger der Linken und den rechten Zeigefinger in die Höhe.

»Ich glaube nicht, daß ich dir vier zu eins bringen kann, Frank.« Bill schüttelte zweifelnd den Kopf. »Dafür hast du einen allzu verdammt guten Ruf. Du könntest mit 'nem verschrammten Mistkratzer hier aufkreuzen; wenn diese Bauern hier glauben, daß du ihn gefüttert hast, setzen sie auf ihn. Aber ich will's versuchen.«

Wenn jemand eine gute Quote für mich einhandeln konnte, dann Sanders, und ich wußte, er würde es auf jeden Fall versuchen. Nach meiner Entlassung aus der Armee hatte ich zwei Monate in Puerto Rico mit Sanders im selben Hotel gewohnt, und wir waren bei den Hahnenkämpfen der besten Clubs dabeigewesen – San Juan, Mayaguez, Ponce, Arecibo, Aibonito. Ich hatte Sanders beim Wetten den richtigen Weg gezeigt, nachdem ich mich auf die Kampftechniken der spanischen Schlitzer eingestellt hatte, und als wir nach Miami zurückgekehrt waren, hatten wir beide die Brieftasche voller Gewinne gehabt. Bill Sanders war kein professioneller Hahnenkämpfer wie ich; er war professioneller Spieler. Er hatte seinen Teil des in Puerto Rico gewonnenen Geldes in Miami beim Pferde- und beim Hunderennen wieder verloren. Er war ein kleiner Glatzkopf mit einer Passion für das feine Leben, lebte sehr gut, wenn er Geld hatte, und noch besser, wenn nicht. So war er, und ein guter Freund war er außerdem.

Ich nahm Sandspur aus seinem Korb und zeigte Bill den »Riß« im Schnabel. Bill stieß einen leisen Pfiff aus, und seine Augen weiteten sich.

»Wenn der Schnabel abbricht, bist du erledigt, Frank.« Er zuckte die Achseln. »Aber mit dem verkrüppelten Zinken dürfte ich vier zu eins rausholen.«

Sanders schlug mir leicht mit der Faust auf die Schulter und ging wieder ins Kampfzelt.

Ich hielt Sandspur mit der linken Hand, nahm einen Mund voll Rauch und blies ihn dem Vogel um den Kopf. Er gluckte erbost und schüttelte den Kopf. Wenn man einem Vogel Tabakrauch an den Kopf bläst, reizt ihn das und bringt ihn in Kampfstimmung, und ich rauchte milde Mentholzigaretten. Noch einmal umhüllte ich den Hahnenkopf mit einer Rauchwolke und setzte den Vogel dann wieder in seinen Korb. Allzuviel Rauch macht ihn benommen.

Ich öffnete meinen Zeugkoffer und nahm zwei Paar Sporen heraus. Die kurzen steckte ich in die linke Hemdtasche, die langen, scharfen in die rechte. Ich schloß den Koffer wieder, nahm Korb und Koffer und ging ins Zelt.

Drinnen am Pit waren nur ungefähr sechzig Zuschauer versammelt, aber für September war das recht gut. Die Hahnenkampf-Saison in Florida fing offiziell erst an Thanksgiving an; in Lake Worth wurde dann das Eröffnungsderby abgehalten. Und Belle Glade gehört nicht zu den leicht erreichbaren Teilen von Florida.

Die Segeltuchwände verhinderten erfolgreich, daß irgendein Lüftchen das Pit erreichte, und so war es drinnen heiß wie an einem Grill.

Ich erkannte zwei Züchter aus Dade County und nickte ihnen zu, als sie mich mit Namen begrüßten. Eine kleine Schar von Einwohnern aus Belle Glade war auch zugegen, außerdem zwei Spieler aus Miami, zu denen wahrscheinlich die Blondine und das Kabrio draußen gehörten, Burke mit seinen zwei Helfern und zwei schwangere Frauen, die ich auf dem Wohnwagenplatz gesehen hatte. Der Rest kam aus dem Wanderarbeitercamp auf der anderen Seite der Stadt.

Das Pit war ein Quadrat aus rohen Brettern, knapp einen halben Meter hoch, und hatte gut fünf Meter Durchmesser. An drei Seiten standen Tribünen mit vier Sitzreihen übereinander. Unter einem aufgespannten Strandschirm an der vierten Seite saß Mr. Middleton mit Captain Mack an einem Klapptisch. Hinter dem Tisch stand eine Schreibtafel. Ich sah, daß Burke beide offenen Derbys gewonnen hatte, das erste vier zu eins, das zweite drei zu zwei. Das erklärte die düsteren Mienen der beiden Züchter aus Dade County. Sie hatten nicht nur eine erbärmliche Vorführung gegeben, auch ihre hundert Dollar Startgeld waren – abzüglich der zehn Prozent für Captain Mack – als Prämie in Burkes Tasche gelandet.

Zwei mir unbekannte Männer auf den Sitzbänken riefen meinen Namen und wünschten mir Glück. Ich winkte dankend und ging zu Ed Middleton und Captain Mack. Ich hob Sandspur aus dem Korb und reichte Mr. Middleton den Zettel. Jack Burke und sein Helfer Ralph Hansen kamen herüber. Der Helfer trug Little David. Mr. Middleton zog eine Münze heraus.

»Kopf oder Zahl, Gentlemen?«

»Das überlasse ich Mr. Mansfield«, sagte Burke gleichgültig.

Ich tippte mir an die Stirn, um »Kopf« zu signalisieren. Mr. Middleton warf den halben Dollar in die Luft und ließ ihn klappernd auf dem Tisch landen. Kopf. Ich griff in die linke Hemdtasche, zog die kurzen Sporen heraus und hielt sie auf der flachen Hand. Es waren handgeschmiedete Stahlsporen, eineinviertel Zoll lang. Burke nickte grimmig und wandte sich an seinen Helfer.

»Also gut, Ralph«, sagte er bitter. »Kurze Sporen. Aber schnall sie tief.«

Burke schwor auf lange Sporen, aber ich bevorzugte die kurzen Messer. Sandspur schnitt und kämpfte am besten mit kurzen Klingen. Little David war an die langen Dreizöller gewöhnt. Mit dem Sieg beim Münzenwerfen hatte ich Sandspur so einen leichten Vorteil gegenüber Little David geben können.

Der Kampf zwischen Sandspur und Little David war eine Sonderveranstaltung, und ich hatte natürlich kein Startgeld hinterlegen müssen. Aber Mr. Middleton untersuchte beide Hähne äußerst gründlich. Er fungierte als Kampf- und Schiedsrichter und hatte dafür von Captain Mack mindestens hundertfünfzig Dollar plus Spesen kassiert. Beim Hahnenkampf braucht man einen guten Richter, und Ed Middleton war einer der besten im ganzen Süden. Am Pit war sein Wort Gesetz. Gegen die Entscheidung eines Hahnenkampfrichters gibt es keinen Widerspruch. Weil Ed Middleton hier der einzige Richter war, erstreckte sich seine Zuständigkeit auch auf die Zuschauerwetten. Der Richter hatte beim Hahnenkampf schon immer den wichtigsten Job. Jeder Hahnenkämpfer weiß zum Beispiel, daß der ehrliche Abe Lincoln während seiner Anwaltszeit in Illinois auch einmal als Hahnenkampfrichter tätig war. Ed Middleton, hart und fair in seinen Entscheidungen und so unpersönlich wie das Jüngste Gericht, war sich seiner traditionellen Verantwortung als Hahnenkampfrichter voll bewußt.

Nachdem er die Untersuchung der Hähne abgeschlossen und sich vergewissert hatte, daß sie nicht mit Seife, Pfeffer oder Fett präpariert und daß sie sauber getrimmt waren, trat er wieder zu seinem Tisch.

»Nach den Regeln der Southern Conference, Gentlemen?« fragte er.

»Was sonst?« antwortete Burke.

Ich nickte zustimmend.

»Vierzig Minuten Limit oder auf Tod?«

Ich ballte die Faust und drehte den Daumen abwärts.

»Was sonst?« sagte Burke.

Captain Mack hielt Sandspur fest, damit Burke ihn ansehen konnte, und ich betrachtete unterdessen Little David aus der Nähe. Burkes Hahn war ein reinrassiger O'Neal Red und so arrogant wie ein Feldwebel der Fremdenlegion. Ich hatte Little David zwar noch nicht kämpfen sehen, aber ich hatte seine bisherigen Auftritte im *Southern Cockfighter* verfolgt, und ich wußte, daß er eine Vorliebe für den Luftkampf hatte. Aber Sandspur kämpfte ebenfalls hoch in der Luft, und mein Hahn war an die kurzen Sporen gewöhnt. Die drei Siege, die Little David meinem Hahn voraushatte, bereiteten mir keine Kopfschmerzen bei einem solchen Vorteil.

Burke klopfte mir auf die Schulter und grinste. »Wenn ich gewußt hätte, daß Ihr Hahn einen Riß im Schnabel hat, dann hätte ich Ihnen eine bessere Quote gegeben.«

Ich zuckte gleichgültig die Achseln und setzte mich auf den Rand der Grube, um meinem Hahn die Sporen anzulegen. Ich öffnete meinen Koffer, nahm eine Flasche Schreibmaschinenreinigungslösung heraus und säuberte Sandspurs Spornstümpfe. Die meisten Hahnenkämpfer benutzen dazu reinen Alkohol, aber der Typenreiniger trocknet schneller und entfernt meiner Meinung nach den Schmutz besser. Nachdem ich enge Nappahüllen über beide Stümpfe gezogen hatte, stülpte ich die Metallhülsen der kurzen Sporen darüber und band sie mit Zwirn fest, weit unten und ein wenig nach außen gekehrt. Die sich verjüngenden Sporen waren nadelspitz, und man muß aufpassen, wenn man seinen Hahn scharfmacht. Ich hatte eine runzlige Stichnarbe am rechten Unterarm, weil ich vor sieben Jahren einmal einen Augenblick lang unachtsam gewesen war, und ich wollte nicht noch eine haben.

Die Wetten hatten schon begonnen, aber es wurde noch einmal still, als Mr. Middleton ins Pit stieg. Alle lauschten aufmerksam, was er zu verkünden hatte.

»Dies ist ein Extra-Kampf, Gentlemen«, rief er laut. »Little David gegen Sandspur. Es gelten die Regeln der Southern Conference. Kein Zeitlimit, kurze Sporen. Little David gehört Mr. Jack Burke von Burke Farms, Kissimmee, Florida. Der Hahn ist ein As mit acht Siegen und wird im November zwei Jahre alt. Little David wird geführt von Mr. Ralph Hansen, Burke Farms.«

Die Zuschauer spendeten Little David einen freundlichen Applaus, und Mr. Middleton fuhr fort.

»Sandspur gehört Mr. Frank Mansfield von Mansfields Farms, Ocala, Florida. Mr. Mansfield führt seinen Vogel selbst. Sandspur ist fünfmaliger Sieger und anderthalb Jahre alt. Beide Hähne wiegen glatte vier Pfund.

Sandspur bekam mehr Applaus als Little David, und die beiden Züchter aus Dade County klatschten länger als die anderen; sie wollten, daß er Burkes Hahn schlug. Mr. Middleton untersuchte Sandspurs Sporen und klopfte mir auf die Schulter. Viele Hahnenkämpfer haben etwas dagegen, wenn der Schiedsrichter die Sporen ihres Tieres prüft, aber mich hat das nie gestört. Ein gewissenhafter Schiedsrichter kann einem mit dieser letzten Überprüfung nur behilflich sein. Wenn der Kampf einmal angefangen hat und der Hahn dann eines der Messer verliert, kann man es nicht mehr anbringen.

Während Mr. Middleton das Pit durchquerte, um Little David zu überprüfen, beobachtete ich die Finger der Wetter. Die meisten Wetteinsätze bei Hahnenkämpfen werden mit den Fingern getätigt – ein Finger für einen Dollar, fünf für fünf Dollar und dann aufwärts in die Vielfachen von fünf –, und ich war ein Experte für diese Art des Wettens. Ich hatte das Fingerwetten auf den Philippinen gelernt: Ich war dort als Soldat gewesen und verstand kein Tagalog; auch in Puerto Rico hatte ich dieses System benutzt, denn mein Spanisch war nicht viel besser. Little

David war der Favorit; er erzielte Quoten von zwei zu eins, manchmal auch drei zu eins.

Bill Sanders, Jack Burke und die beiden Spieler aus Miami standen dicht beieinander an der Segeltuchwand. Die beiden Spieler starrten über das Pit hinweg zu Sandspur herüber; Sanders und Burke redeten gleichzeitig. Sanders hatte eine Rolle Geldscheine in der Hand und sprach schnell; allerdings konnte ich von meinem Platz am Pit seine Stimme nicht hören.

Zwischen zwei Obstpflückern in einer der obersten Sitzreihen brach ein Faustkampf aus, der eine wurde rücklings hinuntergestoßen und schlug schwer auf die Erde auf. Bevor er wieder hinaufklettern konnte, hatte der Polizist ihn im Schwitzkasten und zwang ihn, sich auf die andere Seite des Pit zu setzen. Als ich wieder zu Bill Sanders hinüberschaute, lächelte er zufrieden und hielt drei Finger in die Höhe.

Bill hatte also drei zu eins abgeschlossen. Das genügte mir. Wenn Sandspur gewann, würde mir das von den beiden Spielern aus Miami 2250 Dollar bringen, und dazu tausend von Burke. 3250 Dollar. Mehr als genug, um mich über diese Saison in der Southern Conference zu bringen, und genug, um außerdem sechs dringend benötigte Kampfhähne zu kaufen.

»Fertigmachen!« rief Mr. Middleton. Ich stand auf, stieg über den Rand des Pit und stellte mich mit den Zehen an die hintere Auslinie. Zwischen den beiden Auslinien lagen etwa zweieinhalb Meter. Ralph Hansen, der Little David mit der linken Hand unter der Brust hielt, rief dem Schiedsrichter ungeduldig zu: »Wie wär's, wenn wir sie erst mal schnäbeln lassen, Mr. Middleton?«

Das Schnäbeln ist ein wesentliches Vorspiel für den Kampf. Daran brauchte man Ed Middleton nicht zu erinnern. »Lassen Sie die Hähne schnäbeln«, grollte er.

Wir nahmen unsere Kämpfer in die linke Armbeuge und hielten sie an den Füßen fest; so traten wir seitwärts an die Mittellinie und hielten etwa einen Schritt Abstand, so daß die Hähne nach einander hacken konnten. Die beiden Hähne hatten einander noch nie gesehen, aber sie waren Todfeinde. Ed gab uns ungefähr dreißig Sekunden, sie heißzumachen, und befahl uns dann, uns bereitzuhalten. Ralph trat hinter seine Linie zurück, ich hinter die meine. Ich hockte mich auf die Fersen und setzte den vorwärtsstrebenden Sandspur mit den Krallen auf die Linie. Die beiden Hähne waren jetzt genau anderthalb Meter weit auseinander.

Ich beobachtete Mr. Middletons Lippen. Das war ein Trick, den ich stundenlang geübt hatte, und ich war gut darin. Bevor man den Buchstaben »P« aussprechen kann, muß man die Lippen zusammenpressen. Anders geht es nicht. Das Signal zum Loslassen der Hähne besteht darin, daß der Schiedsrichter ruft: »Pit!« Wer den Schwanz seines Hahnes, kaum daß der Buchstabe »P« ausgesprochen ist, als erster losläßt, ist seinem Rivalen gegenüber um einen Sekundenbruchteil im Vorteil. Und im Süden, wo das Wort »Pit« oft zweisilbig ausgesprochen wird – »Pijit!« – war mein Timing perfekt.

»Pit!« verkündete Mr. Middleton, und ehe das Wort seinen Mund ganz verlassen hatte, war Sandspur in der Luft und auf halbem Weg zu Little David. Die Hähne prallten in der Luft aufeinander, beide strampelten und ließen die gelben Füße wirbeln und fielen wieder zu Boden. Keinem war es gelungen, über den anderen zu gelangen.

Mit neuem Respekt umkreisten die beiden Hähne einander mit gesenkten Köpfen und beobachteten einander wachsam. Little David unternahm gerissen eine Finte, aber Sandspur ließ sich nicht täuschen. Er blieb stehen, und Burkes Hahn wich mit zitternden Flügelspitzen zurück.

Im selben Augenblick erhob Sandspur sich mit kurzem Flattern und hakte den Sporn seines rechten Beins wütend in Little Davids Flügel. Die Spornspitze bohrte sich fest in den Knochen, und Sandspur bekam sie nicht mehr los. Wild hackte er auf Little Davids Kopf ein und schlug mit offenem Schnabel heftig auf den geduckten Hahn ein . . . zu heftig.

Der obere Teil von Sandspurs Schnabel brach an dem fingierten Riß, den ich dort angebracht hatte, sauber ab. Blut quoll blasig auf, und Sandspur hörte auf zu hacken. Beide Hähne mühten sich, voneinander loszukommen, aber der rechte Sporn saß immer noch fest, und Sandspur konnte nichts weiter tun, als auf seinem freien Bein an Ort und Stelle auf und ab zu hüpfen. Ich sah Mr. Middleton an.

»Aus!« rief der Richter. »Dreißig Sekunden!«

Einen Augenblick später hatte ich den Sporn aus Little Davids Flügel herausgezogen und war an meine Auslinie zurückgewichen. Ich nahm Sandspurs Kopf in den Mund und saugte ihm das Blut aus dem Schnabel. Dann leckte ich die Federn an seinem Kopf zurecht und spuckte ihm soviel Speichel wie möglich in den offenen Schnabel. Die paar Sekunden, die mir noch blieben, verwandte ich darauf, Leben in den gestutzten Kamm zurückzusaugen. Der Kamm war viel zu bleich . . .

»Fertig!« Ich hielt Sandspur beim Schwanz und setzte ihn vor die Linie. »Pit!«

Statt aufzuflattern kreiste Sandspur nach rechts zur Wand. Little David drehte sich in der Luft, kam rennend herunter und jagte meinen

Hahn in die hintere Ecke. Sandspur wandte sich zum Kampf, und die Hähne prallten frontal zusammen, aber Little David stürmte so heftig heran, daß mein verletzter Vogel zurückgetrieben wurde.

Sandspur kippte auf den Rücken und hieb seinem Gegner zweimal die Klinge in die Brust. Beide Male blutete die Wunde, aber dann war Little David über ihm in der Luft und hackte mit beiden Sporen auf seinen Kopf ein. Eine spitze Klinge drang in Sandspurs rechtes Auge, und er starb, als der Stahl sein zentrales Nervensystem durchbohrte. Little David stolzierte auf und ab, pickte zweimal nach meinem leblos daliegenden Hahn und krähte dann triumphierend.

»Sieger ist Mr. Burkes As«, verkündete Mr. Middleton formell. »Achtundzwanzig Sekunden im zweiten Pitting.«

Jetzt besaß ich nichts mehr außer einem zusammengefalteten Zehn-Dollar-Schein und einem toten Hahn.

2

Hinter dem Parkplatz hatte man ein Loch für die toten Vögel in den morastigen Boden gegraben, etwa anderthalb Meter im Quadrat und einen Meter tief. Zusehends sickerte Wasser in die Abdeckgrube, und die toten Hähne auf dem Grund begannen zu schwimmen.

Ich nahm meinem Hahn die Sporen ab und warf den Kadaver zu dem schwimmenden Klumpen von toten Vögeln. Als ich die Klingen in meinen Koffer legte, trat Bill Sanders neben mich an den Rand der Abdeckgrube.

»Ich wollte dir nur sagen, daß ich dein ganzes Geld verwettet habe, Frank«, sagte er. »Jeden Dollar mit drei zu eins. Es ist nichts mehr da.«

Ich nickte.

»Ist hart, Frank. Aber mein Geld ist genau wie deins mit Sandspur draufgegangen.«

Achselzuckend leerte ich die Torfstreu aus dem leeren Hahnenkorb über die toten Vögel aus.

»Du kommst doch zurecht, oder? Ich meine, du bist doch dieses Jahr auf den Turnieren der Southern Conference dabei und so?«

Ich nickte und gab Sanders die Hand. Als ich auf seine Glatze hinunterschaute, sah ich, daß sie von einem bösen Sonnenbrand glühte, und anfing, sich zu schälen. Der kleine Spieler trug nie einen Hut.

»Okay, Frank. Wir sehen uns wahrscheinlich in Biloxi.«

Ich klopfte Bill auf die Schulter und drückte sie einmal zum Abschied. Er ging hinüber zu dem blauen Chrysler-Kabrio und fing an, mit der Blondine zu reden. Sie hatte sich offenbar von ihrer Übelkeit erholt; frisch geschminkt lauschte sie mit hingebungsvoller Aufmerksamkeit, was Bill Sanders ihr zu erzählen hatte.

Ich montierte den Bambusgriff von dem Aluminiumkorb ab, klappte die Seitenwände zusammen und faltete ein ziemlich kompaktes flaches

Viereck aus den sechs Platten. Ich klammerte sie zusammen und hängte den Griff wieder ein, so daß ich den Korb zusammengefaltet transportieren konnte. Ein Schlosser in Valdosta hatte mir nach meinen Angaben und Entwürfen zwei solcher Reisekörbe angefertigt. Ich hatte einmal daran gedacht, mehrere davon herstellen zu lassen und sie den Hahnenkämpfern anzubieten, die wie ich durchs Land reisten, aber die Herstellungskosten waren zu hoch, als daß sich damit ein Gewinn hätte erzielen lassen. Der zweite Reisekorb stand auf meiner Farm in Ocala.

Mit Zeugkoffer und Korb ging ich zurück zum Wohnwagencamp. Dody erwartete mich mit strahlendem, schiefen Lächeln in der Tür meines Mobilheims. Ihr Lippenstift war ungleichmäßig aufgetragen, und sie hatte zuviel Rouge auf den Wangen. Sie wollte älter aussehen, aber das Make-up ließ sie statt dessen jünger erscheinen.

»Hast du gewonnen, Frank?«

Ich stellte den zusammengeklappten Korb an den Wohnwagen und deutete mit verdrossener Gebärde darauf.

»Oh!« sagte sie, und ihre Lippen erstarrten für einen Augenblick zu einem dicken, schiefen »O«. Das tut mir wirklich leid, Frank.«

Ich stellte den Koffer neben den Korb und stieg in den Wagen. Unter dem Bett lag ein staubiger Lederkoffer; ich wischte die verschrammten Seiten mit einem schmutzigen T-Shirt sauber, das ich oben auf dem Einbauschrank fand. Ich ließ die Schlösser aufschnappen, klappte den Koffer auf dem Bett auf und begann zu packen. Viel hatte ich nicht hineinzutun. Die meisten Sachen waren auf der Farm. Ich packte die saubere Unterwäsche und zwei saubere weiße Hemden hinein und durchsuchte dann den Wagen nach meinen schmutzigen Hemden. Ich fand sie in einem Eimer mit kaltem Wasser unter dem Spülbecken. Dody versprach mir seit drei Tagen, sie zu waschen und zu bügeln, aber wie alles andere hatte sie auch dies nicht geschafft. Ich konnte nicht gut nasse Hemden auf die sauberen trockenen Sachen in den Koffer packen; also ließ ich die schmutzigen Hemden im Eimer.

Im winzigen Bad sammelte ich meine Toilettensachen ein, stopfte sie in einen blauen Nylon-Kulturbeutel und zog den Reißverschluß zu. Als ich den Kulturbeutel in den Koffer legte, fing Dody an, brennendes Interesse für meine Unternehmungen zu bekunden.

»Wieso packst du, Frank?« fragte sie.

Trotz der Tatsache, daß ich in den drei Wochen unseres Zusammenlebens noch kein einziges Wort mit ihr gesprochen hatte, stellte sie hartnäckige Fragen, die sich nicht mit einfachem Nicken oder verneinendem Kopfschütteln oder sonst einer erklärenden Geste beantworten ließen.

Wenn ich jede törichte Frage, die sie mir stellte, schriftlich hätte beantworten wollen, hätte ich täglich zwei Notizbücher vollgeschrieben.

Ich warf zwei saubere Bluejeans in den Koffer und zog mich dann bis auf die Unterhose aus. Dann zog ich eine graugrüne Cordhose und mein bestes Hemd an, ein Westernhemd aus warzem Satin mit weißen Perlmuttknöpfen. Die Stiefeletten, die ich trug, waren schwarz und bequem; sie wurden mit Riemen und Schnallen verschlossen. Ich hatte sie per Post bei einem Schuhmacher in El Paso, Texas, gekauft und fünfundvierzig Dollar dafür bezahlt. Ich band mein rotes Halstuch auf und ersetzte es durch ein viereckiges rotes Seidentuch; das verknotete ich lose und stopfte die Enden unter den Kragen, ehe ich den obersten Knopf schloß. Für mein zur Hose passendes Cordjackett war es viel zu heiß; also legte ich es in den Koffer. In Nord-Florida würde ich es brauchen können.

»Du willst doch nicht weg, oder, Frank?« fragte Dody besorgt. »Ich meine, ziehen wir aus dem Wohnwagen aus?«

Ich nickte ungeduldig und durchsuchte ein Dutzend Fächer und Schubladen, bis ich meine sauberen Socken gefunden hatte. Es waren nur noch drei Paar da, weiße Baumwollsocken mit elastischem Bund.

»Wo fahren wir hin, Frank? Ich kann in einer Sekunde fertig sein«, log das Mädchen.

Es waren noch fünf Schachteln Kools da, eine halbe Flasche Feuerzeugbenzin und eine Packung Feuersteine. Ich steckte eine Schachtel Kools ein und warf die anderen mit dem Benzin und den Feuersteinen in den Koffer. Ich sah mich noch einmal um, schloß dann den Deckel und schnallte die Riemen zu. Um meine Gitarre unter dem Bett hervorzuholen, mußte ich mich flach auf den Boden legen und den Arm danach ausstrecken. Die Gitarre ersetzte jetzt meine Stimme, und mein Talent, sie zu spielen, hatte Dody überhaupt erst auf mich aufmerksam werden lassen. Wenn ich wieder eine Frau brauchte, würde die Gitarre mir helfen, eine zu bekommen.

Ich trug den Gitarrenkoffer und meinen Koffer in den kombinierten Koch-, Wohn- und Eßraum.

»Wieso gibst du mir keine Antwort?« kreischte Dody und hämmerte mir mit beiden Fäusten auf den Rücken. »Du machst mich ganz verrückt manchmal. Du tust, als könntest du nicht sprechen, aber ich weiß verdammt genau, daß du es kannst! Ich hab dich im Schlaf sprechen gehört. Jetzt gib Antwort, verdammt! Wohin fahren wir!«

Ich trank am Spülbecken ein Glas Wasser, stellte das Glas auf die Anrichte und deutete in Richtung Norden.

»Das ist für mich keine Antwort! Norden ist überall. Meinst du deine Farm in Ocala?«

Dody hatte eine unangenehme Stimme. Sie war hoch und quäkend und hatte ein eingebautes nasales Winseln. Ich hatte es jedenfalls satt, mir ihre Stimme anzuhören.

Die Papiere für den Caddy und den Wohnwagen lagen in der Schublade des Tisches vor der zweisitzigen, plastikbezogenen Polsterbank. Ich zog die Schublade auf, nahm die Papiere und die Versicherungsunterlagen heraus und legte sie auf die Kunststofftischplatte. Im Wäscheschrank im schmalen Durchgang fand ich einen Schreibblock und einen schmutzigen großen braunen Umschlag. Ich nahm die fünf Zwanziger aus dem Besteckfach und setzte mich an den Tisch. Jetzt, da ich verloren hatte, war ich froh, daß ich so umsichtig gewesen war, das Geld vor Dody zu verstecken, um meine Wette mit Burke abzudecken.

Dody lehnte an der Spüle, die Arme vor den Brüsten verschränkt, und funkelte mich aus schmalen Augen an. Ihre Lippen waren mürrisch vorgewölbt, die Mundwinkel heruntergezogen. Ich schob Versicherungspolicen, Wagenpapiere und Geld in den Umschlag. Mit meinem Flüssigblei-Stift schrieb ich einen Verkaufsvertrag auf das oberste Blatt des linierten Blocks.

Ich, Frank Mansfield, übertrage hiermit das Eigentumsrecht an einer Cadillac-Limousine, Bj. 1963, und einem »Love Lee«-Mobilheim an Jack Burke zur vollständigen Bezahlung einer gerechten und ehrenhaften Wettschuld.

(gezeichnet) Frank Mansfield

Das sollte reichen, beschloß ich. Wenn Burke die Papiere und Versicherungsunterlagen auf seinen Namen umschreiben lassen wollte, würde dieser selbstgemachte Verkaufsvertrag als Beweis seiner Eigentümerschaft hinreichen.

»Ist das ein Brief für mich?« fragte Dody scharf.

Obwohl ich mit einem kurzen verneinenden Kopfschütteln antwortete, sprang sie quer durch den engen Raum, grapschte den Block vom Tisch und las, was darauf stand. Ihr rotes Gesicht wurde bleich, während sie mit deutlichen Lippenbewegungen jedes einzelne Wort entzifferte.

»Oh, du hast doch nicht etwa den Wohnwagen verwettet?« rief sie.

Ich nickte und beobachtete neugierig ihr Gesicht. Die Kleine war zu jung, um ihre Züge unter Kontrolle zu halten. Jedes Gefühl, das sie empfand, zeigte sich auf ihrem hübschen, beweglichen Gesicht. Jetzt unterlag ihr Gesichtsausdruck einem rasanten Wechseln von Bestürzung, Zorn, Frustration und Furcht, bevor schließlich rechtschaffene Empörung die Oberhand gewann.

»Und selbstverständlich« – sie bemühte sich, sarkastisch zu klingen – »hast du auch dein ganzes Geld verloren.«

Ich nickte wieder und streckte die Hand nach dem Block aus. Sie gab ihn mir, und ich riß das oberste Blatt ab und schob es zu den übrigen Papieren in den dicken Umschlag.

»Was aus mir wird, ist dir scheißegal, wie?«

Ich schüttelte den Kopf. In gewisser Weise hatte ich Mitleid mit ihr, aber Sorgen machte ich mir nicht um sie. Sie war hübsch und jung und gut im Bett. Sie würde überall durchkommen. Ich verrenkte mich auf der Bank und wühlte in meiner Hosentasche nach dem Schlüsselbund, hakte die beiden Autoschlüssel und den Wohnwagenschlüssel ab und steckte sie in den Umschlag. Dann leckte ich die Lasche an, klebte sie zu und legte den Umschlag mitten auf den Tisch.

Es klopfte. Ich deutete mit dem Kopf zur Tür, und Dody öffnete. Sie trat beiseite, und Jack Burke kam herein.

»Tag, Ma'am«, sagte er höflich und nahm den Hut ab. »Tut mir leid, Mr. Mansfield, aber ich habe die Wette in gutem Glauben abgeschlossen und hatte keine Ahnung, daß Sandspur einen Riß im Schnabel hatte. Wenn Sie gewonnen hätten, wären Sie zu mir gekommen, um Ihre achthundert Dollar zu kassieren; das weiß ich verdammt genau. Also bitte ich jetzt um Wagen und Anhänger.«

Ohne aufzustehen schob ich ihm den Umschlag hinüber. Burke löste die Lasche, die noch nicht ganz angetrocknet war, und blätterte den Inhalt durch. Die hundert Dollar schob er in seine Brieftasche, bevor er die Übereignungserklärung las. Er wurde rot und steckte die Erklärung wieder in den Umschlag.

»Bitte entschuldigen Sie, Mr. Mansfield. Ich weiß nicht, warum, aber ich glaube, ich habe Widerspruch erwartet.«

Entweder war er ein schlichter Dummkopf, oder er wollte mich ärgern. Ein Handschlag zwischen zwei Hahnenkämpfern ist ebenso verbindlich wie eine notariell beaufsichtigte, eidliche Vereinbarung, und das wußte er genausogut wie ich. Geraume Zeit betrachtete ich sein rotes Gesicht und kam dann zu dem Schluß, daß bloß Dodys Anwesenheit ihm unbehaglich war und er gar nicht wußte, was er da implizierte.

Dody lehnte an der Spüle und funkelte Burke wütend an. »Ich hab noch nie erlebt, daß einer so mies und gemein gewesen wäre, einer Familie ihr Heim wegzunehmen!« erklärte sie in ätzendem Ton.

Die Bemerkung war überflüssig, aber Burke in seiner Verlegenheit errötete noch tiefer. »Ich schätze, Sie kennen Mr. Mansfield nicht, kleine Lady«, sagte er abwehrend. »Und vermutlich verstehen Sie auch nicht übermäßig viel vom Hahnenkampf. Aber eine Wette ist eine Wette.«

»Für Männer, ja. Aber was ist mit mir?« Dody schlug sich mehrmals mit beiden Händen an die großen Brüste und starrte Burke beschwörend in die Augen. Beunruhigt kratzte er sich den Kopf und warf einen wachsamen Blick in meine Richtung.

Ich stand auf, lächelte grimmig und machte mit aufwärts gewandten Handflächen eine übertriebene Gebärde, als wolle ich ihm Dody überreichen. Die Bedeutung war unmißverständlich.

»Na, ich weiß nicht so recht, Mr. Mansfield.« Burke kratzte sich wieder am Kopf. »Ich hab ja schon 'ne Freundin oben in Kissimmee.«

Ich kam hinter dem Tisch hervor und setzte den Hut auf. Dody stürzte sich mit ausgestreckten Fingernägeln auf mich. Es war eng, aber ich konnte ihr doch ausweichen und ihr einen harten kurzen Haken in den Leib rammen. Dody plumpste schwer auf den Linoleumfußboden und blieb keuchend und nach Luft schnappend sitzen. Erstaunt und ungläubig starrte sie mich mit großen Augen an.

Es gibt drei gute Methoden, eine Auseinandersetzung zu gewinnen: Ein Schlag in den Solarplexus ist die erste. Die zweite ist ein unergründliches Gesicht. Oder man zeigt seinem Gegner eine scharfe Messerklinge. Jede dieser drei Methoden, einzeln oder miteinander kombiniert, wird jedem Mann, jeder Frau und jedem Kind die Streitlust in den meisten Fällen austreiben.

Die schnelle Rechte in ihren Bauch und meine ungerührte Miene genügten jedenfalls, um Dodys Kampfesmut vergehen zu lassen. Burke wollte ihr auf die Beine helfen, aber sie schüttelte seine Hände achselzuckend ab, während sie allmählich wieder zu Atem kam.

»Du – kannst – zum – Teufel – gehen, Frank Mansfield«, stieß sie keuchend hervor. »Ich kann allein für mich sorgen.« Aber sie blieb in kluger Umsicht am Boden sitzen und stützte sich mit den Armen hinter sich auf.

Burke sagte nichts. Er strich sich mit den Fingern nervös durch das lange Haar und schaute erst mich, dann Dody, dann wieder mich an. Gern hätte er etwas gesagt, aber er wußte nicht, was. Ich setzte mich wieder an den Tisch und kritzelte etwas auf ein Blatt.

Mr. Burke, falls Ihr Little David dann noch da ist, fordere ich Sie zu einem Kampf beim Turnier der Southern Conference.

Ich schob mir den Strohhut aus der Stirn und reichte ihm den Zettel. Als Burke den Satz gelesen hatte, knüllte er das Papier zusammen und sah mich nachdenklich an.

»Sie haben keine Kampfhähne mehr, nicht wahr, Mr. Mansfield?«

Ich schüttelte den Kopf und zuckte kaum merklich die Achseln.

»Glauben Sie wirklich, Sie bringen es fertig, einen Junghahn mit kurzen Sporen so gut auszubilden, daß er Little David, einen neunfachen Sieger, schlägt« – er zählte an den Fingern ab – »in nur sechs Monaten?«

Zur Antwort deutete ich auf die zerknüllte Herausforderung in seiner Hand.

»Klar, Mr. Mansfield. Ich nehme die Herausforderung an. Sie müssen's ja wissen. Und ich erwarte, daß Sie nicht bloß Maul, sondern auch Moneten sehen lassen, wenn es soweit ist.«

Wir schüttelten einander die Hand. Ich nahm Koffer und Gitarre und ging hinaus. Während ich draußen den Zeugkoffer und den Korb packte und eine Möglichkeit suchte, alles zu tragen und nichts fallen zu lassen, kamen Burke und Dody ebenfalls heraus. Meine vier sperrigen Gepäckstücke hingen mir schwer an beiden Armen.

»Ich gebe Ihnen zehn Dollar für den Korb«, erbot sich Burke.

Das Ansinnen war so töricht, daß ich es nicht einmal eines Achselzuckens würdigte. Wenn Burke einen Korb wie meinen haben wollte, sollte er sich einen machen lassen.

Ralph Hansen hatte Burkes Pickup zwanzig Meter hinter dem Wohnwagen an der Straße geparkt. Burke schlenderte jetzt hinüber, um Ralph etwas zu sagen. Sein anderer Helfer war bei den Kampfhähnen auf der Ladefläche. Die Ladefläche war mit vergitterten Käfigen ausgestattet, die zu beiden Seiten am Boden festgeschweißt waren. Geschlossene Wände trennten die Käfige von einander, so daß kein Hahn den anderen sehen konnte. Eine hübsche Einrichtung für die Reise, und jede Menge Platz in der Mitte für Futter, Gepäck und Schlafsäcke. Ich ging den Sandweg hinunter zum offenen Tor und auf den Highway hinaus.

Einen Augenblick später hatte Dody mich eingeholt und trottete neben mir her.

»Bitte, Frank!« flehte sie. »Nimm mich mit. Ich will nicht bei Mr. Burke bleiben. Er ist ein alter Mann!«

Burke war erst fünf- oder sechsundvierzig und nicht annähernd so alt, wie Dody glaubte. Ich schüttelte den Kopf. Dody rannte ein Stück voraus und stellte sich mir dann in den Weg, die langen nackten Beine gespreizt, die Arme ausgebreitet. Ich blieb stehen.

»Ich werde gut zu dir sein, Frank«, sagte sie tränenerstickt. »Wirklich, schrecklich gut! Ganz bestimmt! Ich weiß, du magst die Fertiggerichte nicht, die ich dir gemacht habe, aber ich kann echt gut kochen, wenn ich mir Mühe gebe. Und ich werd's dir beweisen, wenn du mich mitnimmst. Ich wasche deine Sachen und nähe und alles!« Sie begann jetzt ernstlich zu heulen. Saftige Tränen quollen ihr aus den feuchten braunen Augen, liefen ihr über die glatten runden Wangen und hinterließen Furchen im Puder ihres Make-up.

Mit einer Kopfbewegung bedeutete ich ihr, sie solle mir aus dem Weg gehen. Dody trat zögernd zur Seite und ließ mich vorbei. Am offenen Tor zum Highway stellte ich mein Gepäck ab und zündete mir eine Zigarette an. Ralph hielt mit dem weißen Pickup am Tor an.

»Ich kann Sie bis Kissimmee mitnehmen, Mr. Mansfield«, bot er an. »Mr. Burke sagt, er kommt morgen mit Ihrem Caddy und dem Wohnwagen rauf.«

Ich schüttelte freundlich den Kopf und winkte ihm, weiterzufahren. Jack Burke brauchte mir keinen Gefallen zu tun. Als Ralph auf den Highway eingebogen war, drehte ich mich noch einmal nach meinem alten Wohnwagen um. Jack Burke und Dody hatten die Köpfe zusammengesteckt, und wie es schien, redeten sie beide zugleich. Gleich darauf hielt Burke ihr die Wohnwagentür auf und folgte ihr dann hinein.

Jetzt fiel mir ein, daß ich gar nicht wußte, wie Dody mit Nachnamen hieß. Von sich aus hatte sie es mir nie gesagt, und ich hatte sie natürlich nicht gefragt. Die Zettelschreiberei ist mir zuwider, ich schreibe nur, wenn es absolut nötig ist. Kam es darauf an, ob ich ihren Nachnamen kannte oder nicht? Aber es war doch ein Unterschied, und ich verspürte leise Gewissensbisse und Scham deshalb.

Das langgestreckte blaue Kabrio kam den Weg vom Pit heruntergeglitten. Der Fahrer hielt am Tor an. Die Blondine saß zwischen den beiden Spielern aus Miami, und Bill Sanders hatte den Rücksitz für sich allein. Er paffte an einer Zigarre.

»Willst du zufällig nach Miami?« fragte er.

Ich schüttelte den Kopf und lächelte.

»Wir haben jede Menge Platz«, erklärte der Fahrer vergnügt. »Wir nehmen Sie gern mit.«

Ich schüttelte noch einmal den Kopf und winkte ihnen weiterzufahren. Sanders hob zwei Finger zum Sieges-»V«, und bald war der große Wagen nicht mehr zu sehen.

Ich wollte nicht nach Miami, und die kostenlose Fahrt nach Kissimmee hatte ich auch abgelehnt. Wohin wollte ich? Der Pachtvertrag über meine Farm in Ocala galt noch zwei Jahre und war im voraus bezahlt. Aber ohne Vögel und ohne Geld, um welche zu kaufen, hatte es vorläufig keinen Sinn hinzufahren. Punkt eins auf der Tagesordnung war die Geldbeschaffung. Wenn ich Geld hätte, könnte ich anfangen, mir über Kampfhähne den Kopf zu zerbrechen.

Doc Riordan schuldete mir achthundert Dollar. Seine Praxis war in Jacksonville, und er kam als erster in Frage. Mein jüngerer Bruder Randall schuldete mir dreihundert, aber die Chance, von ihm Geld zu bekommen, war nicht der Rede wert. Doc Riordan war der Mann der Stunde. Selbst wenn er mir nur zwei- oder dreihundert zurückzahlte, war das jedenfalls ein Anfang. Mit einem einsamen Zehner in der Uhrentasche und etwas Kleingeld fühlte ich mich ziemlich hilflos. Wenn ich ein bißchen Geld von Doc bekam, konnte ich rasch heim nach Georgia fahren und meinen Bruder besuchen. Völlig pleite konnte ich nicht nach Hause kommen. Das hatte ich noch nie getan, und jetzt war es zu spät, damit anzufangen.

Der Gedanke an Zuhause ließ mich natürlich auch an Mary Elizabeth denken. Mein letzter Besuch war höchst unbefriedigend gewesen, und ich war abgereist, ohne mich zu verabschieden.

Als ich das letztemal, zwei Jahre zuvor, nach Hause gekommen war, hatte ich ein schwarzes Buick-Kabrio gefahren und einen teuren weißen Leinenanzug getragen. Ich hatte zwar wohlsituiert ausgesehen, aber das meiste war Fassade gewesen. Mein Barvermögen hatte aus nur fünfhundert Dollar bestanden. Damals hatte Randall sich die dreihundert bei mir gepumpt. In den wenigen Briefen, die ich seitdem von ihm bekommen hatte – etwa alle vier, fünf Monate einen –, hatte er nie davon gesprochen, daß er mir das Geld zurückgeben wollte.

Also Jacksonville. Zumindest konnte ich auf dem Postamt in Jacksonville meine Post abholen.

Zwei uralte Lastwagen rumpelten durch das Tor, voll beladen mit Obstpflückern. Sie fuhren in das Wanderarbeitercamp auf der anderen Seite von Belle Glade zurück. Zwei der Männer brüllten mir etwas zu, und ich winkte. Ein kastanienbrauner Cadillac kam ungefähr zweihundert Meter hinter dem letzten der beiden Laster; er hielt sich in sicherem Abstand von der Staubwolke. Es war Ed Middletons Wagen. Als er am Tor angelangt war, streckte ich grinsend den Daumen aus. Mr. Middleton drückte auf einen Knopf, und mit einem elektronischen Klicken glitt das rechte Seitenfenster hinunter.

»Werfen Sie Ihre Sachen auf den Rücksitz, Frank«, sagte Ed Middleton. »Ich will die kalte Luft nicht verlieren.« Das Fenster schnurrte wieder hinauf.

Ich öffnete die hintere Tür, arrangierte mein Gepäck so auf dem Boden, daß es beim Fahren nicht verrutschte, schlug die Tür wieder zu und stieg vorn ein. Ein erfrischend eisiger Wind erfüllte den Innenraum – eine Klimaanlage, die tatsächlich funktionierte.

Ich lehnte mich behaglich zurück, und Ed lenkte die Schnauze des großen Wagens Richtung Orlando.

3

Ed Middleton schätze ich mehr als die meisten Menschen. Er ist Anfang Sechzig, und wenn ich lange genug lebe, möchte ich eines Tages genauso sein wie er. Er ist ein großer Mann mit einer großen Stimme und einem großen Bauch. Abgesehen von der birnenförmigen Knollennase, auf deren leuchtendroter Oberfläche hier und da ein paar geplatzte Äderchen prangen, ist sein Gesicht glatt und weiß und glänzt so geleckt wie der Lieblingsknochen eines Hundes.

Mr. Middleton hat, was bei einem Mann seines Alters eher nicht zu erwarten ist, noch alle Haare. Sie schimmern silberweiß, und er trägt sie stets in einem dichten, buschigen Bürstenschnitt. Der Hauch eines Lächelns – als denke er gerade an irgendeinen geheimen Witz – spielt für gewöhnlich auf seinen schmalen Lippen. In den Hahnenkampfkreisen des Südens und wo immer Hahnenkämpfer zusammenkommen, um über ihre Vögel zu plaudern, achtet man seinen Namen als den Namen des Mannes, der den Middleton Gray gezüchtet hat. Richtig trainiert ist ein reinrassiger Middleton Gray ein echter Geldhahn.

Trotz seiner liebenswürdigen Art kann Ed so hart sein wie nur irgend jemand, wenn es darauf ankommt, und an seiner Uhrkette trägt er die begehrte Medaille »Hahnenkämpfer des Jahres«.

»Wagen und Anhänger verloren, wie, Frank?«

Ich nickte. Schlechte Neuigkeiten verbreiten sich aus irgendeinem Grund immer schneller als gute.

»Pech, Frank.« Mr. Middleton lachte laut. »Aber um Sie mache ich mir keine Sorgen; Sie landen schon wieder auf allen vieren. Wie ich Sie kenne, haben Sie irgendwo noch einen Vogel versteckt, der es Jack Burke heimzahlen wird.«

Ich lächelte betrübt, formte mit Daumen und Zeigefinger eine Null und zeigte sie ihm.

»Das habe ich wirklich nicht gedacht, Frank«, sagte Mr. Middleton mitfühlend.

Ich öffnete eine neue Packung Zigaretten und hielt sie ihm hin; er winkte ab. Über zehn Minuten sagte er kein Wort; dann befingerte er seine Unterlippe und rutschte auf seinem Sitz hin und her. Die Anzeichen waren unmißverständlich. Er wollte ein Geständnis ablegen; er hatte irgendein Problem auf dem Herzen. Zwei- oder dreimal öffnete er den Mund und wollte es aussprechen, doch dann schüttelte er den Kopf und preßte die Lippen zusammen. Aber früher oder später würde es herauskommen, was immer es auch war. Seit ich mein Schweigegelübde getan hatte, war ich unfreiwillig zu einem Mann geworden, der sich Beichten anhören mußte. Jetzt, da ich nicht sprechen konnte oder wollte – niemand außer mir kannte die Wahrheit über meine Stummheit –, erzählten die Leute mir oft Sachen, die sie nur zögernd einem Priester oder auch ihrer Frau anvertraut hätten. Anfangs hatte es mich gestört, Dinge von den Leuten zu erfahren, die ich nicht wissen wollte oder die mich nichts angingen, aber mittlerweile hörte ich einfach zu – nicht daß es mir gefiel, aber ich akzeptierte diese Geständnisse als unwillkommenen Bestandteil der Abmachung, die ich mit mir selbst getroffen hatte.

Wir rauschten durch die Kleinstadt Canal Point und stießen am Lake Okeechobee auf den Highway 441.

Von Zeit zu Zeit, wenn die Straße höher lag als der Uferdeich, konnte ich einen Blick auf den stillen, geheimnisvollen See werfen, der eigentlich eher ein Binnenmeer ist. Alle paar Meilen sah man zwischen See und Straße kleine Herden von Black-Angus-Rindern, die auf dem fetten Gama-Gras weideten, aber es standen nur wenige Häuser am Wege. Der Lake Okeechobee mit seinen Hunderten von Fischarten und seinem klaren Süßwasser ist ein Anglerparadies; aber die große Überschwemmung Anfang der zwanziger Jahre, bei der Tausende von Menschen ertranken, hatte den Leuten vermutlich die Lust an der Erschließung der Gegend genommen; jedenfalls hatte niemand üppige Ferienhotels oder Motels am Ufer des Sees errichtet.

»Frank«, sagte Ed Middleton schließlich und senkte die Stimme zu einem verschwörerischen Raunen. »Das Derby heute in Belle Glade war mein letzter Auftritt am Pit. Jetzt staunen Sie, was?«

Das tat ich allerdings. Ich hob die Hand und drehte den Rückspiegel so, daß Ed mir beim Reden ins Gesicht sehen konnte, ohne die Augen allzu lange von der Straße zu nehmen. Ich blickte ernst in den Spiegel und weitete die Augen ein wenig.

»Nichts kann man in diesem Geschäft lange geheimhalten, Frank;

aber ich habe meine Pläne für mich behalten, um die üblichen Diskussionen zu vermeiden. Ich habe das Pro und Kontra des Hahnenkampfes tausendmal erörtert. Wenn es ein besseres Leben gibt als das eines Hahnenzüchter und -kämpfers, dann habe ich es noch nicht gefunden«, befand er grimmig. »Aber ich bin ein verheirateter Mann, Frank, und Sie nicht. Das ist der Unterschied. Ich bin glücklich verheiratet und das seit über dreißig Jahren, und trotzdem beneide ich einen Mann wie Sie immer noch. Es gibt kaum ein Dutzend Männer in den Vereinigten Staaten, die ihr Leben so ausschließlich dem Hahnenkampf gewidmet haben wie Sie – das heißt, ohne sich ihren Lebensunterhalt in irgendeiner anderen Branche zu verdienen.

Ich glaube, ich kenne Sie inzwischen schon zehn Jahre oder länger, und als lediger Mann führen Sie das beste Leben der Welt. Sie haben sich unser aller Bewunderung und Respekt verdient, Frank.«

Das Lob machte mich verlegen.

»Das war ein gerissener Trick heute nachmittag, Frank.«

Ich fuhr verblüfft auf, und Mr. Middleton wieherte vor Lachen.

»Seit rund fünfzehn Jahren habe ich nicht mehr gesehen, daß einer die Nummer mit dem Riß im Schnabel abgezogen hat, um die Quoten zu erhöhen. Machen Sie sich keine Vorwürfe, daß Sie den Kampf verloren haben. Verbuchen Sie's als Pech, oder finden Sie sich damit ab, daß Jack Burke den besseren Vogel hatte. Aber das ist es nicht, was ich mit Ihnen bereden wollte.

Martha bedrängt mich seit Jahren, daß ich aufhören soll, und ich habe schließlich nachgegeben. Ich bin nicht zu alt, aber das Geld habe ich auch nicht mehr nötig. Ich habe genug Orangenbäume in Orlando, um mir alle meine Bedürfnisse im Leben dreimal zu erfüllen. Wenn Martha meine Begeisterung für den Sport teilen könnte, wär's noch was anderes. Aber sie will nicht mit mir reisen. Und allein in Motelzimmern zu hausen macht mir keinen Spaß mehr. Die beiden Monate, die ich jetzt im Frühling in Clovis, New Mexiko, als Schiedsrichter zugebracht habe, waren die einsamsten meines Lebens.

Jedenfalls hab ich alle meine Grays verkauft. Ich hab den ganzen Schwung an einen Züchter in Janitzio in Mexiko gegeben, und die letzte Kiste mit Aprilhähnen hab ich vorige Woche abgeschickt. Wenn er meine Grays als Schlitzer kämpfen läßt, wird er seine verdammte *camisa* verlieren, aber auf jeden Fall werden sie nicht in den Staaten kämpfen.

Wenn Sie sich fragen, weshalb ich heute als Schiedsrichter dabei war – ich hab's Captain Mack vor einem Jahr versprochen. Aber das war mein letzter Auftritt am Pit: Sie werden mich da nie wiedersehen, weder als

Kampfrichter noch als Zuschauer.« Ed tat einen tiefen Seufzer; das Geständnis war abgelegt. »Wie die Anwälte immer sagen: Dieser Aussage ist nichts weiter hinzuzufügen.«

Sogleich kamen mir mehrere Argumente, ihn von seiner Absicht abzubringen, in den Sinn, aber natürlich blieb ich stumm. Was mich betraf, so war es Ed Middletons Sache, was er trieb, nicht meine. Aber im Süden würde der Verlust für den Sport spürbar sein. Wir brauchten Männer wie ihn, um unseren Sport sauber und ehrlich zu halten. Aber ich sagte wegen meines selbstauferlegten Schweigegelübdes kein Wort.

Bis zu diesem Augenblick habe ich noch niemandem erzählt, weshalb ich dieses Gelübde abgelegt habe. Was ich tue, ist meine Sache, aber die Silbermedaille an Ed Middletons Uhrkette barg die Antwort. Geld hatte nichts zu tun mit meiner Entscheidung, den Mund nicht mehr aufzumachen.

Jeder bei uns in Amerika will Geld, denn wir brauchen es und können ohne nicht leben, aber wir brauchen nicht so viel Geld, wie die meisten zu brauchen glauben. Geld ist nicht genug. Wir brauchen noch etwas anderes, und für mich war »etwas anderes« der Titel »Hahnenkämpfer des Jahres«.

Die kleine Silbermedaille an Eds Uhrkette war in bar nicht mehr als zehn oder fünfzehn Dollar wert, aber schon mancher hat sich mit geringeren Ehren begnügt. Vielleicht lehnt zum Beispiel jemand ein Angebot ab, für hundert Dollar die Woche als Angestellter eines Kreditunternehmens zu arbeiten. Aber gibt man demselben Mann die Verantwortung für drei Stenotypistinnen und nennt ihn »Bürovorsteher«, ist es möglich, daß er für neunzig Dollar die Woche arbeitet. Im Geschäftsleben ist das ein bekanntes »Beispiel«.

Anders als in Großbritannien gibt es bei uns keine Adelstitel zu verleihen, und es gibt keine alljährliche Ehrenliste der Königin; daher geben sich die meisten von uns mit weniger zufrieden, mit verflucht viel weniger. In den großen Firmen hat ein Geschäftsmann sein Lebensziel erreicht, wenn man ihm einen Titel an die Tür schreibt und ihm ein Eckbüro gibt, mit zwei Fenstern statt mit einem. Aber ich bin kein Geschäftsmann. Mein Beruf ist der Hahnenkampf.

Mein Lebensziel war diese kleine Silbermünze, nicht ganz so groß wie der halbe Dollar mit Kennedy. Auf der einen Seite der Medaille ist eine Schrift eingraviert: Hahnenkämpfer des Jahres. In der Mitte steht in arabischen Ziffern das Jahr, in dem der Preis verliehen wurde, und darunter drei große Lettern: S.C.T., die Abkürzung für »Southern Conference-Turnier«.

Einem, der mit dem Hahnenkampf nichts zu tun hat, mag diese Sehnsucht kindisch erscheinen, aber für einen Hahnenkämpfer ist dieser Preis die höchste Errungenschaft in einer der härtesten Sportarten der Welt. Wer die Medaille verliehen bekommt, entscheidet Senator Jacob Foxhall am Ende des alljährlichen S.C.T., das in Milledgeville stattfindet. In den letzten fünfzehn Jahren hat er die Medaille nur an vier verschiedene Hahnenkämpfer vergeben. Einer davon war Ed Middleton.

Zu der Medaille gehört ein Geldpreis in Höhe von tausend Dollar. Was dieser Preis dem Hahnenkämpfer aber tatsächlich einbringt, entspricht einer bezahlten Versicherungspolice. Er kann als Schiedsrichter von jedem Kampfveranstalter im Süden ein Mindesthonorar von hundertfünfzig Dollar pro Tag verlangen, und der Veranstalter betrachtet es als eine Ehre, ihm dieses Honorar zu zahlen. Für einen Hahnenkämpfer bedeutet die Medaille soviel wie für einen Wissenschaftler der Nobelpreis. Wenn damit immer noch nicht deutlich ist, was dieser Preis bedeutet, kann ich es auch einfacher ausdrücken. Der Preisträger ist der verdammt beste Hahnenkämpfer im ganzen Süden, und mit dieser Medaille kann er es beweisen.

Seit zehn Jahren war die Medaille mein Ziel. Das S.C.T. ist das härteste Turnier in den Vereinigten Staaten, und wer seine Vögel hier starten lassen will, braucht eine Einladung. Nur die Topleute im Sport bekommen eine solche Einladung, und ich kriege sie seit acht Jahren – sogar in den zwei Jahren, als ich als Soldat auf den Philippinen stationiert gewesen war.

Ein Schweigegelübde ist allerdings nicht nötig, wenn man an diesem Wettkampf teilnehmen möchte. Das war meine eigene Idee, und nicht einmal eine besonders brillante. Aber ich war so verdammt stur, daß ich das Gelübde einfach nicht brechen konnte.

Drei Jahre zuvor hatte ich hoch oben auf der Liste der S.C.T.-Kämpfer rangiert. In einem Hotelzimmer in Biloxi hatte ich mich mit einer Gruppe von Kämpfern vollaufen lassen, und dann hatte ich mein großes Maul aufgerissen und mich mit meinem As gebrüstet, einem Red-Madigan-Hahn namens Freelance.

Ein anderer betrunkener Züchter forderte mich heraus, und wir veranstalteten einen Kampf im Hotelzimmer. Freelance tötete den anderen Hahn mühelos, wurde im Kampf aber leicht lädiert. Am nächsten Tag, beim planmäßigen S.C.T.-Kampf, war ich gezwungen, Freelance schon wieder starten zu lassen, denn ich hatte zweihundert Dollar vorab hinterlegt, und es war mir peinlich, einen Rückzieher zu machen. Freelance verlor, und ich hatte keine Chance mehr, den Preis zu gewinnen.

Ein paar Wochen später, als ich über dem verlorenen Kampf brütete, einem Kampf, den ich durch persönliche Eitelkeit und Großmäulichkeit verloren hatte, tat ich mein selbstauferlegtes Schweigegelübde. Ich hatte die Absicht, es zu halten, bis ich diese kleine Silbermedaille bekam. Niemand außer mir wußte von diesem Gelübde, und ich hätte es jederzeit brechen können, ohne mein Gesicht zu verlieren. Aber *ich* würde es wissen, und ich mußte mich jeden Tag rasieren. Anfangs war es die Hölle gewesen, vor allem, wenn ich mich nach ein paar Drinks an den Fachsimpeleien der Hahnenkämpfer an der Bar oder vor den Ställen in einem Club beteiligen wollte; aber ich hatte gelernt, damit zu leben.

An dem Tag, als Mr. Middleton mich auf Captain Macks Wohnwagen-Camp in Belle Glade in seinen Cadillac einsteigen ließ, hatte ich seit zwei Jahren und sieben Monaten zu keinem Menschen ein Wort gesagt.

»Ist schwer, mit Ihnen zu reden, seit sie Ihre Stimme verloren haben!« dröhnte Ed Middleton mit seinem sonoren Bariton.

Ich fuhr leicht zusammen, sah ihn an und grinste.

»Es ist wirklich so«, sagte er ernst. »Ich komme mir vor wie ein Rundfunksprecher, der in einem schalldichten Raum in ein Mikrofon redet. Ich weiß, irgend jemand hört zu, aber ich will verdammt sein, wenn ich weiß, wer es ist. Sie haben sich in den letzten zwei, drei Jahren sehr verändert, Frank. Ich weiß, Sie arbeiten so hart wie eh und je, aber Sie sollten das Leben nicht allzu ernst nehmen. Und lassen Sie sich von einer Pechsträhne nicht fertigmachen, hören Sie?«

Ich nickte. Ed rammte mir hart den Ellbogen in die Rippen.

»Sie haben immer noch 'ne Menge Freunde. Sie großer blöder Hund!« schloß er barsch. Mit einer flinken Handbewegung schaltete er das Autoradio ein und drehte die Lautstärke so weit auf, daß es mich fast aus dem Sitz hob. Er stellte es wieder leiser und sagte erbittert: »Und zu allem Überfluß gibt's im Radio heutzutage auch nur noch Rock n' Roll!«

Er ließ das Radio trotzdem an und sagte nichts weiter, bis wir in Saint Cloud ankamen. Wir hielten auf dem Parkplatz eines grellbunten Drive-in-Restaurants und stiegen aus. Es war erst halb sieben, aber die Sonne war schon hinter dem Horizont verschwunden. Nur ein paar zerfranste, orangegelbe Streifen zogen sich über den Himmel im Westen, eine Mischung aus Wolken und Qualm von außer Kontrolle geratenen Müllfeuern. Wir bewunderten die Feuerfinger am Himmel, und Mr. Middleton leckte sich schmatzend die Lippen.

»Was halten Sie von einem Steak, Frank?«

Ich hatte auf keinen Fall die Absicht, meine letzten zehn Dollar für ein

Steak auszugeben. Zur Antwort leerte ich deshalb meine Taschen und zeigte ihm zwei Hände voll Schrott und etwas Kleingeld.

»Ich habe nicht erwartet, daß Sie bezahlen«, erklärte er beleidigt. »Gehen wir rein.«

Das Filet war ausgezeichnet. Die Ofenkartoffel, der grüne Salat und die drei Tassen Kaffee, die es dazu gab, ebenfalls. Nachdem ich drei Wochen lang Dodys halbherzige Kocherei genossen hatte, wußte ich ein gutes Steak zu schätzen. Bei Alltagskost – Gemüse, Koteletts, Stangenbohnen, Maisbrot und so weiter – bin ich ein ganz ordentlicher Koch, und es macht mir Spaß, mein Essen selbst zuzubereiten. Aber ich koche niemals, wenn eine Frau da ist, die es für mich tun kann. Beim Essen fragte ich mich mit unbestimmter Neugier, wie Burke wohl mit dem Mädchen zurechtkommen mochte. Ich war zwar pleite, aber das Steak ließ doch meine Lebensgeister wieder erwachen, und ich verspürte ein gewisses Gefühl von neugewonnener Freiheit, weil ich mich nun nicht mehr um Dody zu kümmern brauchte.

Wir ließen uns über eine Stunde Zeit mit dem Essen, und so kamen wir erst gegen neun bei Mr. Middleton daheim an. Sein Haus, ein stuckverzierter Ziegelbau im Ranchstil, stand etwa drei Meilen abseits der Hauptstraße an einer kiesbedeckten Privatstraße und war ringsum von Orangenhainen umgeben. Als begeisterter Angler hatte Ed sein Haus auf der Rückseite mit einer Terrasse versehen, die an einen kleinen Teich grenzte. Er parkte den Wagen auf einem Stellplatz ein Stück abseits vom Haus neben einem blauen Chevy-Pickup.

Bevor wir den mit Steinplatten gepflasterten Hof überquerten, legte Ed an dem Platz einen Schalter um und überflutete den Hof und den größten Teil des kleinen Teiches mit hellem Licht. Der Teich hatte etwa vierzig Meter Durchmesser; an einer betonierten Anlegestelle am Rande des sanft abschüssigen Rasens lag ein kleines Angelboot aus Aluminium.

»Ich habe den verdammten Teich schon viermal mit Fischen bestückt«, erzählte Ed wütend. »Aber sie verschwinden irgendwohin. Verstecken sich unten im Schlamm, nehme ich an. Jedenfalls hab ich nie viel fangen können.«

Als das Licht eingeschaltet wurde, öffnete Mrs. Middleton die Hintertür und spähte heraus. Ihr dunkles, von grauen Strähnen durchzogenes Haar war im Nacken zu einem schweren runden Knoten geschlungen.

»Wer ist da bei dir, Ed?« fragte sie.

Wir gingen über den Hof zur Tür, und Ed küßte seine Frau auf den

Mund. Dann umschloß er mit dicken Fingern meinen Oberarm und zog mich nach vorn.

»Frank Mansfield, Martha. Du erinnerst dich bestimmt an ihn. Er übernachtet bei uns.«

»Aber natürlich«, sagte Martha. »Kommen Sie herein, Frank, bevor die Moskitos Sie bei lebendigem Leibe auffressen.«

Wir betraten die Küche, und ich blinzelte unbehaglich in dem blaugelben Neonlicht. Ich schüttelte Mrs. Middleton die Hand, nachdem sie sie unnötigerweise an ihrer sauberen weißen Schürze abgewischt hatte. Sie war eine mütterliche Frau, etwa zehn, fünfzehn Jahre jünger als ihr Mann, aber ohne Kinder, die sie hätte »bemuttern« können.

»Habt ihr Jungs denn schon gegessen?« fragte sie.

»Eine Kleinigkeit, in Saint Cloud«, gestand Ed.

»Im Restaurant!« schimpfte sie. »Wieso hast du Frank nicht zum Essen nach Hause gebracht, wo du schon so nah warst?« Sie machte ein vorwurfsvolles Gesicht. »Setzen Sie sich doch, Frank. Wie geht's Ihnen denn? Können sie noch ein Stück Limonentorte verkraften? Natürlich können Sie. Und ich weiß, ihr wollt beide Kaffee.«

Wir setzten uns in die Frühstücksecke, und Ed zwinkerte mir zu. Mrs. Middleton hantierte geschäftig in ihrer hellen, blinkenden Küche umher und klapperte mit ihren Utensilien, so emsig sie konnte.

»Zwingen Sie einfach ein wenig Torte runter, Frank«, sagte Mr. Middleton in lautem Theaterflüstern. »Ich werde auch ein Stück essen, sosehr es mir zuwider ist.«

»Ha« sagte Martha vom Herd her. »Dir ist es zuwider!«

Als wir unsere Torte bekommen und gegessen hatten, konnte Mrs. Middleton nichts weiter für uns tun. Sie blieb vor dem Tisch stehen, die Hände unter der Schürze verschränkt, und ihre Lippen bewegten sich nervös. Ich hatte das Gefühl, daß sie mir Fragen stellen wollte, aber aus Rücksicht auf mein angenommenes »Leiden« wollte sie es so tun, daß ich mit Ja und Nein antworten konnte – nur fielen ihr solche Fragen nicht ein. Ich hatte Mrs. Middleton seit mindestens vier Jahren nicht mehr gesehen oder gesprochen. Ich entsann mich, daß unsere letzte Begegnung bei einem Essen im Zusammenhang mit dem Internationalen Hahnenkampfturnier in Saint Petersburg stattgefunden hatte. Zweifellos hatten sie und ihr Mann über meine »Stummheit« gesprochen.

»Setz dich, Martha«, sagte Ed. »Trink eine Tasse Kaffee mit uns.«

»Damit ich die ganze Nacht nicht schlafen kann? Nein danke.« Aber sie setzte sich doch neben ihren Mann und blickte lächelnd über den Tisch. »Hat Ihnen die Torte geschmeckt, Frank?«

Ich küßte meine Fingerspitzen und verdrehte die Augen zur Decke.

»Limonentorte ißt Ed am liebsten.« Sie legte ihrem Mann eine Hand auf den Ärmel. »Wie war die Reise, Ed?«

Ed Middleton legte seine Gabel quer über den leeren Teller, wischte sich mit einer Serviette den Mund und schaute seiner Frau fest in die Augen. »Auf die Reise kommt es nicht an, Martha«, sagte er. »Denn es war die letzte, die allerletzte.«

Lange, sehr lange, wie mir schien, schauten die beiden alten Eheleute einander in die Augen. Mr. Middleton nickte und lächelte. Marthas Unterlippe begann zu zittern, und ihre Augen wurden feucht. Gleich darauf fing sie an zu weinen. Hastig stand sie auf, drückte sich die Schürze ans Gesicht und lief, immer noch weinend, hinaus.

Mr. Middleton zerknüllte seine Leinenserviette und warf sie zum Herd hinüber. Die Seviette fiel flatternd zu Boden, und er schüttelte lächelnd den Kopf.

»Sie weint, weil sie so glücklich ist«, sagte er. »Na, verflucht – ich habe versprochen, den Hahnenkampf aufzugeben, und ein Versprechen ist ein Versprechen!« Er stand vom Tisch auf, ballte die rechte Faust und hieb mir kräftig auf die Schulter. »Schütten Sie sich Kaffee ein und essen Sie noch ein Stück Torte. Ich bin gleich wieder da.«

Er stieß die Schwingtür auf und verschwand.

Die Limonentorte war herb und frisch und mit einer wundervollen, zwei Finger dicken, schneeweißen, schaumigen Baiserschicht bedeckt. Ich aß noch zwei Stücke und trank zwei Tassen Kaffee. Ich rauchte zwei Zigaretten. Ich fragte mich schon, ob Ed noch einmal zurückkommen würde, als er die Tür aufstieß.

»Kommen Sie, Frank.« Er schnippte mit den Fingern. »Wir holen Ihren Koffer.«

Wir gingen hinaus zu seinem Caddy, er schloß die Türen auf, und ich nahm hinten meinen Koffer heraus. Als wir wieder in der Küche waren, schaltete er die Hofbeleuchtung aus. Ich folgte ihm durch das Wohnzimmer in sein Arbeitszimmer.

»Hier sollte eigentlich ein drittes Schlafzimmer sein«, erläuterte er. »Dem Entwurf nach ist es sogar das Hauptschlafzimmer; es ist viel größer als die beiden anderen hinten. Aber Martha und ich haben beschlossen, jeder ein eigenes kleines Schlafzimmer zu beziehen, damit wir uns nicht gegenseitig mit unserer Schnarcherei stören. Außerdem brauchte ich ein großes Zimmer wie dieses als Büro. Ein großer Mann braucht ein großes Zimmer.« Er öffnete die Tür zum Bad. »Hier ist das Klo, Frank. Sie können duschen, wenn Sie wollen. Heißes Wasser gibt's immer, und hier drin sind lauter saubere Handtücher. Ich hole Ihnen noch Bettwäsche.«

Ed ging hinaus; ich hörte, wie er draußen durch den Korridor polterte, nach seiner Frau schrie und sie fragte, wo sie die saubere Wäsche versteckt habe.

Middletons Ranchhaus war so modern in Stil und Farben, daß die altmodischen Möbel in seinem Arbeitszimmer fehl am Platz zu sein schienen. Die Wände waren in einem hellen, warmen Blauton gestrichen, und an beiden Fenstern hingen dazu passende, bis zum Boden reichende Vorhänge. Der Fußboden war mit schwarz-weiß gesprenkelten Fliesen ausgelegt, und das war's auch schon mit der Modernität. Ein häßlicher, verschrammter Rolltopschreibtisch stand an der einen Wand, eine antike, roßhaargepolsterte viktorianische Couch an der anderen. Unter einem Fenster befand sich ein mit Rindsleder bezogener Sessel, unter dem anderen ein glänzender schwarzer Schiffskoffer. Vor dem Schreibtisch stand ein rotlackierter Stuhl mit rundem, geflochtenem Sitz. Drei schwere schmiedeeiserne Rauchtischchen vervollständigten die Einrichtung.

Die gerahmten Fotos an den Wänden zogen mich an. Die Rahmen waren von der billigen verglasten Sorte, wie man sie im Supermarkt kaufen kann. Die meisten der Hochglanzfotos zeigten Sporthähne, aber es gab auch ein paar Bilder von Ed Middleton und seinen Kumpeln. Eine alte Titelseite des *Southern Cockfighter* mit einer vierfarbigen Zeichnung von Ed Middletons berühmtem Hahn Freddy prangte auf einem Ehrenplatz über dem Schreibtisch. Freddy hatte neunzehn Kämpfe gewonnen und war vor zehn Jahren in seinem Korb gestorben. Wo immer man über Hähne spricht, fällt früher oder später Freddys Name.

Mr. Middleton kam wieder herein; er trug Bettwäsche, eine Decke und ein Kissen über dem rechten Arm und einen tragbaren Fernsehapparat an der linken Hand. Das Bettzeug warf er auf die Couch, stellte dann den Apparat auf den roten Stuhl und stöpselte den Stecker in die Dose an der Wand.

»Ich habe Martha gesagt, Sie brauchen keine Decke, aber Sie wissen ja, wie Frauen sind.«

Ich nickte. Ich wußte, wie Frauen waren. Ich machte mich daran, die klumpige Couch mit einem Laken zu überziehen.

»Damit Sie was zu tun haben, hab ich Ihnen den Fernseher gebracht. Er taugt nicht viel, aber Orlando kriegen Sie rein. Ich würde ja noch aufbleiben und Ihnen ein Weilchen Gesellschaft leisten, aber ich bin ziemlich müde. Es war ein langer Tag für einen alten Mann.«

Mein Bett war bald gemacht, aber Mr. Middleton trödelte immer noch im Zimmer herum. Er betrachtete das gerahmte Foto eines Hahnes an der Wand und winkte mich zu sich, als ich mich setzen wollte.

»Kommen Sie her, Frank. Schauen Sie sich diesen Hahn an. Er ist ein Zuchtphänomen, wie Sie es kein zweites Mal sehen werden. Ein Vogel namens Bright Boy, einer der mutigsten, die ich je hatte. Und doch waren die Eltern ein Vater und eine Tochter. Nach allen Regeln müßte ein Hahn mit dieser Abstammung immer weglaufen, aber dieser hat es nie getan. Leider starb er in seinem zweiten Kampf. Heute tut's mir leid, daß ich ihn nicht als Zuchthahn behalten habe, um zu sehen, was dabei rauskommt. Vermutlich gibt es ähnliche Fälle, aber dieser ist der einzige, von dem ich wirklich weiß, daß er stimmt. Haben Sie je gehört, daß aus Vater und Tochter ein echter Kämpfer gezüchtet worden wäre?«

Ich schüttelte den Kopf. Wenn es stimmte – und ich hatte meine Zweifel an Eds Geschichte –, dann war es allerdings ein ungewöhnlicher Fall. Bei Hähnen von ein und demselben Blut sind es meistens die von Mutter und Sohn gezeugten, die zum Kampf bis zum Tode neigen. Wahrscheinlich hatte jemand dem alten Ed ein Ei vertauscht.

»Immer wenn man denkt, man hätte alle Fragen der Hahnenzucht beantwortet, passiert so was, und man lernt etwas Neues. Ich werde ohne die Vögel ziemlich verloren sein, Frank. Aber ich hab 'ne Menge Zeug da in der Truhe – alte Stammbaumakten und so weiter. Vielleicht kann ich ein nützliches Buch über die Zucht schreiben.« Betrübt schüttelte er den Kopf. »Ich weiß nicht. Ich werde wohl schon was finden, um mir die Zeit zu vertreiben.«

Um ihn loszuwerden, schlug ich ihm auf die Schulter, setzte mich und schnallte meine Stiefel auf.

Ich hatte es allmählich satt, nur ständig persönliche Bekenntnisse und lange traurige Geschichten anzuhören. Einer, der nicht widersprechen kann, ist diesen Leuten erbarmungslos ausgeliefert. Er ist wie ein unerfahrener Priester, der tolerant die ersten, einfachen Beichtgeständnisse unreiner Gedanken anhört und dann mit wachsendem Entsetzen lauscht, wie die Sünden immer größer werden, wie eine die andere in den Schatten stellt, bis er vor Schrecken sprachlos ist. Und natürlich macht sich der Sünder die Leichtgläubigkeit des Menschen zunutze und lädt ihm immer größere Sünden auf, um zu sehen, wie weit er wirklich gehen kann, nachdem er einen Zuhörer an Land gezogen hat, der unfähig ist, ihn zu stoppen. Meine Ohren waren seit zwei Jahren und sieben Monaten für Ergüsse von Sorgen, Beschwerden, Hoffnungen und den Nöten gebrochener Herzen mißbraucht worden. Nur indem ich einfach grob verschwunden war, hatte ich einigen meiner Beichtkinder entrinnen können.

Aber Ed Middleton war klug genug, den Hinweis zu verstehen.

»Gute Nacht, Frank«, sagte er endlich. »Bis morgen.« Die Tür schloß sich hinter ihm.

Als ich die dringend benötigte Dusche genommen hatte, schaltete ich den kleinen Fernsehapparat ein, setzte mich auf die Couch und starrte auf die grauen, flimmernden Bilder. Sie waren von starkem Schneegestöber getrübt, und allzuoft erschienen gezackte schwarze Balken. Nach kaum fünf Minuten mußte ich das Ding wieder abschalten. Ich sehe sowieso nicht besonders gern fern. Bei meinem ständigen Umherreisen habe ich es mir nie angewöhnen können, und ein eigenes Gerät habe ich noch nie besessen.

Das freundliche Zimmer, das Ed Middleton hier hatte, beeindruckte mich. Es war ein Männerzimmer, und wenn er wirklich ein Buch über die Hahnenzucht schreiben wollte, war es hier auch ruhig genug. Aber ich bezweifelte, daß er es je schreiben würde. Was Ed Middleton mit dem Rest seiner Jahre anfing, war nicht meine Sache, und trotzdem merkte ich, daß ich mir Sorgen um ihn machte. Seit über dreißig Jahren züchtete er Kampfhähne und fungierte als Schiedsrichter bei den Kämpfen. Wenn er nicht mehr mit den Vögeln herumspielen wollte, was konnte er dann mit seiner Zeit noch anfangen? Mir tat der alte Mann leid.

Er hatte ein schönes Heim, war mit einer wunderbaren Frau verheiratet, und das Citrus Syndicate kümmerte sich um seine Orangenpflanzung. Vor einigen Jahren schon hatte er den Betrieb seiner Plantage dem Central Citrus Syndicate übertragen. Sie zahlten ihm dafür jedes Jahr einen guten Prozentsatz vom Erlös der Ernte, und er brauchte mit seinen Bäumen nichts weiter zu tun als zuzuschauen, wie sie wuchsen. Wenn er den Hahnenkampf aufgab, gab er damit seine ganze Existenz auf, und wie die meisten älteren Männer, die in den Ruhestand gehen, würde er wahrscheinlich nicht mehr lange leben – denn er hatte dann nichts mehr zu tun. Martha beging einen Fehler, einen tödlichen Fehler, wenn sie Ed zwang, seine Kampfhähne aufzugeben.

Mary Elizabeths Abneigung gegen den Sport war der Hauptgrund dafür, daß wir nicht geheiratet hatten. Wieso kann die amerikanische Frau den Mann nicht so akzeptieren, wie er ist? Warum versucht sie ihn nach dem idealisierten Bilde ihres Vaters oder sonst jemandem zu formen?

Es hatte keinen Sinn, sich um Ed Middleton Sorgen zu machen. Ich hatte eigene dringlichere Probleme. Aber wenn ich mir ein wenig Mühe gab, würden meine Probleme sich von selbst lösen. Ich wußte nur, daß ich tun mußte, was ich am besten konnte. Alles andere war nicht so wichtig.

Ich knipste das Licht aus, und trotz der Klumpen in der ramponierten Couch schlief ich in ein paar Minuten ein.

4

Ich schien gerade mal fünf Minuten geschlafen zu haben, als das Licht anging und Ed Middleton mich brüllend aufforderte aufzustehen.

»Wollen Sie den ganzen Tag schlafen?« schrie er barsch. »Ich bin schon seit über eine Stunde auf. Kommen Sie raus in die Küche, wenn Sie sich angezogen haben. Ich habe Kaffee aufgesetzt.«

Widerstrebend rappelte ich mich auf, trat das Laken zur Seite und schwang die Beine vom Sofa. Die Tür schloß sich dröhnend, und ich sah auf die Uhr. Halb sechs. Es war wirklich schon ziemlich spät. Kein Wunder, daß Ed mich angebrüllt hatte. Ich stolperte ins Badezimmer; nachdem ich mich rasch rasiert hatte, wühlte ich ein Paar saubere weiße Socken aus meinem Koffer und zog die Sachen an, die ich am Tag zuvor angehabt hatte. Dann ging ich zu Ed in die Küche und setzte mich in die Frühstücksecke.

»Frühstücken können wir später, Frank«, sagte er und goß zwei Tassen Kaffee ein. »Kaffee wird vorläufig genügen. Ich will Ihnen erst was zeigen.«

Ich trank den Kaffee schwarz; er war so stark, daß ich ihn mit dem Messer hätte schneiden können.

»Wollen sie ein Glas Orangensaft?«

Ich hob eine Hand, um zu zeigen, daß mir der Kaffee vorläufig reichte.

Ed schenkte mir nach, stellte die Kanne zurück auf den Herd und ging auf dem blanken Kachelboden auf und ab. Er trug eine alte blaue Latzhose und ein teures, besticktes kurzärmeliges Sporthemd. Die Hosenbeine steckten in kniehohen, gutgeölten Arbeitsstiefeln. Die Hose spannte sich über seinem mächtigen Wanst, aber der Latz vor seiner Brust flatterte lose beim Gehen.

Die zweite Tasse Kaffee kam mir heißer vor als die erste, und ich mußte sie langsam trinken. Ed schnippte ungeduldig mit den Fingern, stieß die Hintertür auf und sagte über die Schulter: »Kommen Sie, Frank. Frühstücken können wir später, wie gesagt.«

Ich stürzte den Rest Kaffee hinunter und folgte ihm in den Hof hinaus. Die Sonne ging eben auf; man sah ihren Rand durch die Bäume. Die Wipfel der Orangenbäume auf der anderen Seite des Teiches waren in geschmolzenes grüngoldenes Feuer getaucht. Die Orangen an den dunkler grünen unteren Ästen der Bäume sahen aus wie aufgemalt. Dunst erhob sich über dem kleinen See wie Dampf über einem Topf mit Wasser, das kurz vorm Kochen ist. Ed Middleton setzte sich in die Mitte des kleinen Ruderbootes, das an dem betonierten Anlegesteg lag, und legte die Ruder in die Dollen. Ich setzte mich nach vorn in den Bug.

»Machen Sie die Leine los, Frank, wir legen ab.«

Und Mr. Middleton ruderte über den Teich – die ganzen vierzig Meter. Es wäre weniger mühsam gewesen, den Pfad zu nehmen, der am Ufer herumführte, aber wenn er das Boot nehmen wollte, sollte es mir auch recht sein.

Als wir auf der anderen Seite angekommen waren, sprang ich raus, hielt das Boot fest, damit er auch aussteigen konnte, und dann zogen wir es zusammen aufs Trockene. Ein schmaler Pfad führte durch den Hain. Ich folgte dem Alten ungefähr fünfhundert Meter weit, bis wir bei seinen Laufgehegen anlangten. Auf einer ebenen, wohlverborgenen Lichtung im Hain stand ein rundes Dutzend Gehege im Abstand von jeweils etwa zwanzig Metern. Sie waren zweieinhalb Meter hoch, drei Meter breit, zehn Meter lang und an allen Seiten, auch oben, mit Maschendraht umschlossen. Die Sockelbretter waren einen halben Meter hoch und mit altem Motoröl bestrichen, um den Milbenbefall gering zu halten.

Der Anblick der leeren Laufgehege erinnerte mich an meine eigene Farm in Ocala; allerdings war meine Anlage für Käfighähne besser als Ed Middletons. Irgendwann, vor vielen Jahren, lange bevor er beschlossen hatte, sein Land mit Apfelsinenbäumen zu bepflanzen, hatte er die ideale Anlage für Freilandhähne gehabt. Ein Teich, sanft gewelltes Terrain und genug Bäume, daß die Hähne sich ihre Schlafäste aussuchen konnten.

Wir wanderten an der Reihe der Ställe entlang bis zum hintersten. Als der Hahn krähte, drehte Ed sich mit stolzer Miene um und streckte die Hand aus.

Ich weiß nicht, was es Schöneres gibt als den Anblick eines reinblütigen Kampfhahnes im frühen Morgenlicht. Dieser Kampfhahn aber hatte das schönste farbige Gefieder, das ich je gesehen hatte, und ich hatte schon Hunderte und Aberhunderte Hähne gesehen.

Middleton hatte sechzehn Jahre und zahllose Generationen von Hühnern darauf verwandt, den berühmten Middleton Gray zu züchten. Spuren des Gray waren am Hals und an der breiten, flachen Brust des Hahnes zu erkennen. Aber dieser Vogel war ein Hybride, den ich nicht erkannte und nicht einordnen konnte. Er stolzierte an den Zaun, warf den Kopf zurück und krähte, und dabei schlug er die Spitzen seiner langen Flügel zusammen. Die Flügelspitzen waren zinnoberrot gerändert. Das Krähen eines Kampfhahnes ist kraftvoll und tief und läßt den Morgenruf eines gemeinen Misthaufengockels schmächtig klingen.

Die gleiche flammende Farbe, die seine Flügelspitzen säumten, fand sich in seinen Kopf- und Schenkelfedern wieder; die übrigen Federn, auch der Busch des hochgeschwungenen Schwanzes, leuchteten pfauenblau. Ed plante – oder hatte geplant –, ihn als Zuchthahn zu bewahren, denn Kamm und Kehllappen waren nicht für den Kampf gestutzt. Sein zitronengelber Schnabel war kräftig, kurz und gleichmäßig. Beine und Füße waren orangegelb und leuchteten wie eine frischgestrichene Brücke.

Der Boden des privaten Laufgeheges für diesen Hahn war mit einer dicken Schicht einer Mischung aus feingemahlenen Austernschalen und sorgfältig zerkleinerter Holzkohle bedeckt. Dies sind wesentliche Zutaten der Ernährung für einen Kampfhahn. Die Austernschalen enthalten Kalk, und die Holzkohle hilft der Verdauung. Das Salz-und-Pfeffer-Muster dieses Hintergrundes betonte noch die Farbenpracht des Gefieders.

Leider ist die Farbe kein entscheidender Faktor bei einem siegreichen Kampfhahn. Zuallererst gutes Blut, dann Know-how in der Abrichtung und schließlich eine gute Farmhaltung – das sind die drei Grundbedingungen, die ein Kampfvogel braucht, wenn er gewinnen soll. Ich wußte, in diesem Hahn sammelten sich dreißig Jahre Erfahrung in der Hahnenzucht. Ich sah es an jeder Feder, und für das gute Blut garantierte mir das zufriedene Lächeln auf Ed Middletons schmalen Lippen.

»Abgesehen von zwei mitgenommenen Grays und einer alten Middleton-Henne, die ich sozusagen als Haustier behalten habe, ist das der einzige Hahn, den ich noch habe. Ich hab ihn noch nie ins Pit geschickt, und allmählich ist er überfällig; aber ich hatte Angst, ihn zu verlieren. Nein, nicht wirklich, Frank. Ich weiß verdammt genau, daß er jedem Hahn im ganzen Süden den Garaus machen kann.«

Ich pflichtete ihm bei, zumindest theoretisch. Ich breitete die Arme aus, grinste und schüttelte bewundernd den Kopf. Ed nickte in weiser Selbstzufriedenheit, und ich konnte es ihm nicht verdenken. Eine Röte zog sich langsam über sein Gesicht, bis er so rot war wie seine Knollennase.

»Er hat einen verflucht schicken Namen, Frank«, sagte Ed. »Ich nenne ihn Ikarus. Sie erinnern sich wahrscheinlich an die alte Sage aus Ihrer Schulzeit. Da gab's einen Dädalus, und der hatte einen Sohn namens Ikarus. Na, jedenfalls, diese beiden – Griechen waren's – wurden ins Gefängnis gesteckt, und Dädalus machte seinem Sohn ein paar Flügel aus Wachs, mit denen er fliehen sollte. Dieser Bengel, Ikarus, schnallte sich die Flügel an und flog so verdammt hoch, daß er an die Sonne stieß und seine Flügel schmolzen. Er stürzte ab und war tot. Kein Mensch ist vorher oder nachher so hoch geflogen. Jedenfalls, so hab ich den Vogel getauft. Ikarus.«

Ed Middleton knackte mit den Fingerknöcheln, stapfte davon und betrat den Futterschuppen. Ich hakte die Finger in den Maschendraht und richtete meine Aufmerksamkeit auf Ikarus. Für einen rauhen Typ wie Middleton war ein so hochtrabender Name und die Story, die dazugehörte, ziemlich romantisch, fand ich. Die meisten Züchter, die viele Hähne halten, kommen gar nicht erst dazu, sie zu taufen. Ein metallener Fußring mit Gewicht und Besitznummer genügt meistens als Identifikation. Freilich, der Lieblings-Zuchthahn oder ein Vogel, der mehrere Kämpfe gewonnen hat, bekommt häufig einen Namen. Aber ich mußte Ed vorbehaltos zustimmen. Was das Aussehen anging, so paßte der feine Name bis aufs I-Tüpfelchen zu dem Vogel. Allerdings – hätte der Vogel mir gehört, dann hätte ich ihn Icky genannt und seinen eigentlichen Namen für mich behalten.

Ich ging in den Futterschuppen, griff in den offenen Sack mit gestoßenem Mais und holte ein Dutzend dicke Körner heraus. Dann ging ich zu dem Gehege des Hahnes zurück, öffnete die Tür und trat ein. Der Hahn sah mit schräggelegtem Kopf zu, wie ich die Maiskörner eines nach dem anderen im Abstand von fünfzehn Zentimetern auf den Boden legte. Der Hahn kam keck auf mich zu und fraß dabei. Das letzte Korn pickte er mir aus der flachen Hand. Er war also kein Mannbeißer. Ed hatte wahrscheinlich viele Stunden damit verbracht, mit dem Hahn zu sprechen und behutsam mit ihm zu hantieren. Ich nahm Ikarus mit beiden Händen auf, hielt ihn mit untergeschobener Hand fest und untersuchte seine Beine und Füße.

Perfekt zum Körper ausgerichtet, hingen sie herunter. Einen Hahn, dessen Beine nicht auf einer Linie mit seinem Körper sind, bezeichnet man als »Trockensporn«, denn sein Schlag richtet nicht viel Schaden an. Aber wenn die Richtung der Beine genau stimmt, steht der Hahn gerade und aufrecht und ragt hoch auf. Und meistens sitzen dann seine Schläge genau. Dieser Hahn hatte perfekte Beine.

Ich setzte ihn auf den Boden, ließ ihn los und öffnete die Tür. Der Hahn versuchte, mir nach draußen zu folgen, und aus irgendeinem Grund gefiel mir das. Ed kam aus dem Futterschuppen und zeigte mir die Wiegekarte des Vogels, die an einem Klemmbrett befestigt war.

Ikarus war siebzehn Monate alt und wog vier Pfund und drei Unzen. In den letzten drei Monaten hatte er sein Gewicht recht gleichmäßig gehalten, mit Schwankungen von nicht mehr als zwei Unzen plus oder minus. Bei einem Hahn, der keine Trainingsdiät bekam, wies dieses gleichmäßige Gewicht darauf hin, daß er gesund war. Er wurde zweimal täglich mit gestoßenem Mais und Gerstenschleim gefüttert, und zweimal in der Woche bekam er ein Gran Kalomel und ein Gran doppelkohlensaures Natron ins Wasser zum Entschlacken.

Die Spalten für Sparring und Konditionieren auf der Karte waren leer. Ich tippte mit dem Zeigefinger darauf und sah Mr. Middleton fragend an.

»Ich habe ihn noch nicht zugerichtet, Frank. Aber wie Sie sehen, habe ich sein Gewicht aufmerksam beobachtet. Er sollte auf 4,5 Pfund kommen, höchstens 4,7 – unter Training. Das ist jedenfalls meine Meinung«, schränkte er die Schätzung ein. Eine volle Minute lang betrachtete Ed den Hahn durch den Zaun. Ich trug die Wiegekarte wieder in den Schuppen und hängte sie dort an den Haken an der Wand.

»Wollen Sie diesen Hahn haben, Frank?« fragte Ed abrupt, als ich wieder herauskam.

Was sollte ich sagen? Ich streckte die Finger der linken Hand aus und machte damit eine sägende Bewegung über meinen rechten Unterarm. Dann schüttelte ich den Kopf und wiederholte die Sägebewegung weiter oben, unterhalb der Schulter.

»Okay, Frank. Sie bekommen ihn für fünfhundert Dollar. Ich habe Martha gestern abend erzählt, Sie wären mit hergekommen, um mir die letzten meiner Vögel abzukaufen. Das ist also der Preis. Bezahlen Sie und nehmen Sie ihn mit.«

Der alte Hahnenliebhaber bohrte beide Hände in die Taschen und wandte sich ab; in diesem Augenblick konnte er mir nicht ins Gesicht schauen.

Er wußte genau, daß ich keine fünfhundert Dollar hatte, und er wußte auch, daß der Hahn so viel nicht wert war. Für fünfzig Dollar das Stück konnte ich überall Freiland-Kampfhähne kaufen, mit beglaubigten Stammbäumen von fast jedem Topzüchter in den Vereinigten Staaten.

Und fünfzig Dollar war ein guter Preis. Im Durchschnitt bezahlte man für einen reinblütigen Vogel fünfunddreißig, und Junghähne konnte ich für zehn oder fünfzehn Dollar das Stück kaufen. Ich habe schon erlebt, daß jemand hundert, manchmal sogar hundertfünfzig Dollar für ein As bezahlt – aber fünfhundert nie.

Kein Züchter hat Lust, einen seiner Kampfvögel an einen anderen Hahnenkämpfer zu verkaufen, dem er womöglich eines Tages am Pit gegenübersteht. Der Hahn, den er verkauft oder verschenkt, tötet möglicherweise in einem Kampf eines Tages einen seiner eigenen Vögel. Andererseits würde man einen Züchter, der Kampfhähne aufzieht, auslachen, wenn er versuchen wollte, einen nie erprobten Hahn für fünfhundert Dollar zu verkaufen!

Die Antwort war einfach: Ed Middleton wollte Ikarus gar nicht verkaufen. Er suchte nach einer Möglichkeit, seinen Liebling zu behalten. Wenn ich weg war, konnte er Martha sagen, ich hätte ihm ein Angebot gemacht, und er hätte versprochen, an mich zu verkaufen. Wer jetzt noch kam, um zu kaufen, konnte ganz legitim abgewiesen werden. »Mit Vergnügen würde ich verkaufen«, konnte er einem potentiellen Käufer sagen, »aber ich habe Frank Mansfield diesen Hahn versprochen. Tut mir leid . . .«

Der alte Halunke versuchte, das Versprechen, das er seiner Frau gegeben hatte, zu unterwandern. Er wußte, daß ich das verlangte Geld nicht hatte und daß ich soviel höchstwahrscheinlich nicht zahlen würde, selbst wenn ich es hätte, und so gedachte er seinen Lieblingshahn zu behalten, bis er an Altersschwäche einging. Eines wußte ich allerdings: Wenn ich mit dem Geld kam, würde er das Tier verkaufen müssen. Und ich wollte das Tier haben. Irgendwie spürte ich anscheinend, daß dies der Wendepunkt meiner Pechsträhne am Pit war . . . Little Icky.

Ed blieb vor einem Orangenbaum stehen; er riß eine Frucht von einem der unteren Äste und warf sie im hohen Bogen über die Bäume. Ich hörte, wie sie breiig aufklatschte, als sie weit hinten im Hain landete. Mit ausgestreckter Hand ging ich über den freien Platz hinweg auf ihn zu.

Grimmig nahm Ed mein Versprechen an, seinen Hahn zu kaufen, und besiegelte es mit einem kräftigen Handschlag.

Während Mr. Middleton den Gerstenschleim zubereitete, lehnte ich mich an die Tür des Futterschuppens und rauchte meine Zigarette zu Ende. Irgendwie würde ich das Geld für den Hahn auftreiben. Jetzt wurde meine Reise nach Jacksonville um so dringlicher. Wenn Doc Riordan überhaupt Geld hatte, so gedachte ich, es mir zu holen.

Ed maß den gestoßenen Mais ab und fütterte seinen Liebling, die beiden ramponierten Grays und die alte Henne. Marthas Wunsch, daß ihr Mann nicht mehr von Turnier zu Turnier reiste, konnte ich ihr ein wenig nachfühlen, aber ich verstand nicht, warum sie von ihm verlangte, die Hahnenzucht aufzugeben. Wenn sie sie für moralisch falsch hielt, konnte sie sich damit beruhigen, daß Ed der Züchter war, nicht sie. Ein Mann wie Ed Middleton würde seine Liebe dazu niemals aufgeben. Aber vielleicht war sie ja in den Wechseljahren und infolgedessen nicht ganz bei Sinnen.

»Lassen Sie uns frühstücken, Frank«, sagte Ed und verschloß den Futterschuppen. Er ging den Weg zum Teich hinunter, und ich warf noch einen letzten Blick auf Ikarus. Er pickte hungrig seine Körner auf. Ich sah die feine Zucht an seiner Haltung und dem stolzen Gehabe. Der Hahn war kräftig und gesund und hatte angeborene Ausdauer. Mit der richtigen Konditionierung konnte ich ihm Reaktionsvermögen und Wachsamkeit beibringen, seine Schnelligkeit vergrößern und seine natürlichen Reflexe schärfen. Darüber hinaus konnte ich für den Hahn nur wenig tun. Seine Kampflust hatte er geerbt. Und ob er wirklich zum Sport taugte, ließ sich nur im Pit erproben.

Ich wandte mich von dem Gehege ab und lief den Pfad hinunter, um Ed einzuholen.

Als wir in die Küche kamen, begrüßte Martha uns fröhlich und machte uns gleich das Frühstück zurecht. Ed und ich setzten uns einander gegenüber in die Frühstücksecke, und ich atmete den köstlichen Duft von bratendem Speck ein. Es war wirklich ein prächtiges Frühstück: knuspriger Speck, Spiegeleier, heiße Bisquits, Haferflocken mit geschmolzener Butter, Orangensaft und jede Menge Orangenblütenhonig, den man auf die duftigen Bisquits träufeln konnte.

Als ich mich mit vollem Bauch zurücklehnte, um die Tasse Kaffee nach dem Frühstück zu trinken, berichtete Ed seiner Frau, daß ich seine letzten Vögel kaufen würde.

»Das ist wunderbar, Ed«, sagte Martha glücklich. Sie lächelte mich an und ließ ihr Kinn mehrere Male auf und ab wippen. »Wissen Sie, Ed würde diese alten Vögel nicht an jeden beliebigen verkaufen, Frank. Aber er hatte immer schon großen Respekt vor Ihnen, und ich weiß, Sie werden sie gut versorgen.«

Ich nickte, trank meinen Kaffee aus und schlüpfte aus der Nische.

»Frank nimmt die Tiere heute noch nicht mit, Martha«, sagte Ed und stand ebenfalls auf. »Er wird sie später holen kommen.«

»Ach, das wußte ich nicht! Ich dachte, er nimmt sie gleich mit.«

»Ein solcher Handel ist keine Augenblickssache, Schatz«, sagte Ed scharf. »Aber wir haben uns die Hand drauf gegeben, und Frank wird wiederkommen – alles zu seiner Zeit.« Er lächelte gezwungen und sah mich an. »Kommen Sie, Frank. Ich fahre Sie nach Orlando.«

»Wo wollen Sie jetzt hin, Frank?« wollte Martha wissen.

Ich zuckte unbestimmt die Achseln und erwiderte ihr Lächeln. Eine solche Frage war nur schriftlich zu beantworten, und ich fand nicht, daß eine Antwort erforderlich war. Wohin ich wollte oder was ich vorhatte, konnte die alte Dame unmöglich wirklich interessieren.

»Frank kann solche Fragen nur beantworten, indem er es aufschreibt«, erinnerte Ed seine Frau. »Aber wir werden in den Branchenzeitschriften von ihm lesen, weißt du.«

»Na, ich packe Ihnen jedenfalls noch etwas zu essen ein. Wartet auf dem Hof. Und nehmt auch noch einen Kaffee mit hinaus. Es dauert nur einen Moment; so lange könnt ihr bestimmt noch warten.«

Während sie mir ein Lunchpaket zurechtmachte, packte ich meinen Koffer und trug ihn hinaus zum Wagen. Ed schloß mir die Tür auf, und ich nahm den Reisekorb heraus und reichte ihn ihm, bevor ich den Koffer hinter dem Sitz auf den Boden warf.

»Klar, lassen Sie den Korb nur hier, wenn Sie wollen.« Er lehnte ihn an die Zementmauer.

Wenn ich zurückkam, um Icky zu holen, würde ich ihn in den Korb setzen. Nach Jacksonville wollte ich das Ding jedenfalls nicht schleppen, schon gar nicht als Anhalter.

Ein paar Minuten später kam Martha zu uns in den Hof hinaus und gab mir eine schwere Papiertüte mit meinem Lunch.

»Ich habe die übriggebliebenen Bisquits vom Frühstück genommen und Ihnen ein paar Specksandwiches gemacht«, erklärte sie. »Auf jedem ist eine dicke Scheibe Tomate und reichlich Mayonnaise. Torte war keine mehr da, aber ich habe Ihnen zum Nachtisch noch zwei Äpfel dazugetan.«

Statt ihr einfach die Hand zu schütteln, legte ich den Arm um ihre schmalen Schultern und küßte sie auf die Wange. Mrs. Middleton riß sich los und flüchtete in ihre sichere Küche. Ed rief ihr nach, er werde irgendwann aus Orlando zurückkommen.

Wir fuhren Eds Privatstraße hinauf zum Highway. Ich wußte nicht, wohin er mich bringen wollte, aber ich hoffte, daß er mich nicht in der Stadtmitte absetzen würde. Mit dem Gepäck, das ich bei mir hatte, stellte ich mich am besten an die I-4 auf der andren Seite von Winter Park. Es waren ein paar Jahre vergangen, seit ich das letzte Mal den Daumen hatte heben müssen, und die Aussicht darauf machte mich nicht eben froh.

Orlando ist eine ziemlich große und ausgedehnte Stadt. Auf den Straßen herrschte an diesem Morgen dichter Verkehr. Ed lenkte seinen großen Wagen mit Geschick; in der Stadtmitte angekommen, fuhr er ein paarmal um die Ecke und hielt dann vor dem Greyhound-Busbahnhof. Ich nahm mein Gepäck hinten heraus und wollte die Tür zuschlagen, hielt aber inne, als Ed sich auf den Beifahrersitz wuchtete. Er stieg auf meiner Seite aus, griff in sein Portemonnaie und gab mir einen Zwanzig-Dollar-Schein.

»Sie können mit dem ganzen Zeug nicht per Anhalter fahren, Frank. Nehmen sie lieber den Bus.«

Mit einem Nicken nahm ich den Schein in Empfang, steckte ihn in meine Hemdtasche und knöpfte sie zu. Damit schuldete ich ihm jetzt fünfhundertzwanzig Dollar, aber ich war dankbar für dieses Darlehen.

Wir schüttelten einander ziemlich förmlich die Hand, und Ed zupfte sich mit seinen Wurstfingern an seinem weißen Kinn herum. »Wegen Ikarus machen Sie sich mal keine Sorgen, Frank«, sagte er bemüht leichthin. »Ich werde gut für ihn sorgen, ob Sie nun zurückkommen oder nicht.« Aber sein Blick war nichtsdestoweniger voller Sorge.

Ich hob zwei ausgestreckte Finger zum »Victory«-Zeichen. Die Geste bedeutete in diesem Augenblick nichts, aber Ed lächelte, denn er glaubte, sie sei ihm zugedacht. Ich blieb am Bordstein stehen und winkte, als er davonfuhr.

Ich nahm eine Broschüre vom Ständer, malte mit meinem Kuli einen Kreis um das Wort »Jacksonville« auf dem Fahrplan, schob die Broschüre mit meinem Zwanziger unter dem Schaltergitter durch und bezahlte die Fahrkarte. Dann steckte ich sie hinter mein Hutband, stellte mein Gepäck um mich herum und setzte mich auf eine Bank, um auf den Bus zu warten.

Ich dachte an Icky. Tatsächlich würden fünfhundert Dollar nicht einmal reichen, um wieder anzufangen. Ich brauchte glatte tausendfünfhundert als Minimum, denn ich mußte mindestens einen Tausender übrigbehalten, wenn ich den Hahn bezahlt hatte. Zweitausend wären also noch besser.

Irgendwie mußte ich dieses Geld in die Finger bekommen.

5

Erst kurz nach drei Uhr nachmittags kam ich in Jacksonville an. Statt auf einen Expreß zu warten, hatte ich den ersten Bus genommen, der Orlando verlassen hatte, und der hatte, wie sich zeigte, an jeder Tankstelle, jedem Kaufladen, jeder Kuhweide angehalten. Eine lange, langweilige Fahrt.

Ich ließ mir vom Fahrer mein Gepäck aus dem seitlichen Kofferraum geben, verließ dann den Busbahnhof und ging die drei Blocks zum Jeff-Davis-Hotel, wo ich immer abstieg, wenn ich in Jax war. Unterwegs machte ich an einem Schnapsladen halt und kaufte mir eine kleine Flasche Gin.

Das Jeff Davis ist vielleicht nicht das verlockendste Hotel in Jax, aber es liegt im Zentrum in angenehmer Nähe zu allem anderen, man kennt mich dort, und ich bekomme, ob es voll ist oder nicht, immer ein Zimmer. Der Geschäftsführer interessiert sich für Hahnenkampf, er annonciert in den Hahnensportzeitschriften, und meistens lungert jemand in der Lobby herum, der mich kennt. Die Zimmerpreise sind auch attraktiv – drei Dollar pro Tag für Hahnenkämpfer statt der üblichen fünf.

Sobald ich mich an der Rezeption eingeschrieben und mein Zimmer bezogen hatte, klappte ich meinen Koffer auf und nahm das Cordsakko heraus. In Jacksonville wird es im September nachmittags kühl; die Temperatur sinkt dann unter zwanzig Grad. Nicht daß es kalt würde, aber im Vergleich zum Süden Floridas schneidet Jacksonville nicht günstig ab. Der tiefe Zug aus der Gin-Flasche, den ich zu mir nahm, ehe ich wieder auf die Straße hinausging, füllte meinen Magen mit Wärme.

Zielstrebig ging ich durch die Straßen zur Post, trat ein und drehte das Zahlenschloß an meinem Fach. Das Fach ließ sich nicht öffnen, aber durch die schmutzige braune Glasscheibe konnte ich sehen, daß Post drinlag. Ich schaute in meine Brieftasche, suchte den Quittungsabschnitt für die Postfachgebühr hervor und schob ihn durch das Schaltfenster dem Angestellten zu. Er studierte den Abschnitt einen Augenblick lang und lenkte meine Aufmerksamkeit dann auf das Datum.

»Die Quartalsmiete für das Fach ist seit beinahe zehn Tagen überfällig, Mr. Mansfield«, sagte er. »Deshalb wurde Ihr Fach geschlossen und an jemand anderen vermietet. Tut mir leid, aber es besteht heutzutage große Nachfrage nach den Fächern, und ich habe zur Zeit keine mehr frei. Aber wenn Sie wollen, setze ich Ihren Namen auf die Warteliste.«

Ich schüttelte den Kopf und deutete auf das Postregal hinter ihm. Einen Moment lang wußte er nicht, was ich meinte; dann sagte er: »Oh, Sie meinen Ihre Post?«

Ich nickte ungeduldig und trommelte mit den Fingern auf die Marmortheke.

»Wenn etwas für Sie da ist, liegt es am Schalter für allgemeine Zustellung.«

Ich nahm meine Quittung und gab sie der Frau am Zustellschalter. Sie reichte mir zwei Briefe und das neue Heft des *Southern Cockfighter.* Ich schob Briefe und Heft in die Jackentasche und füllte zwei Karten für Adressenänderungen aus, damit mir die Zeitschrift und die ans Postfach adressierten Briefe künftig nach Ocala geschickt würden. Eine schickte ich an die Zeitschrift, die andere gab ich der Frau am Schalter. Dann kehrte ich ins Hotel zurück.

Der erste Brief, den ich aufmachte, kam von einem Kampfveranstalter in Tallahassee; er lud mich zu einem Vier-Hähne-Derby ein, das im November stattfinden sollte. Ich warf den Brief in den Papierkorb. Der zweite war der, auf den ich gewartet hatte. Er kam vom Turnierausschuß der Southern Conference, und er enthielt meine Einladung, das Wettkampfreglement und den Plan für die S.C.T-Saison.

Ich studierte den hektographierten Zeitplan, aber ich war nicht sehr glücklich darüber. Ich hatte nicht mehr viel Zeit, Kampfhähne für das Turnier zu beschaffen und abzurichten.

TURNIERPLAN SOUTHERN CONFERENCE

15. Oktober	Greenville, Mississippi
10. November	Tifton, Georgia
30. November	Plant City, Florida
15. Dezember	Chattanooga, Tennessee
10. Januar	Biloxi, Mississippi
28. Januar	Auburn, Alabama

24. Februar	Ocala, Florida
15.–16. März	S.C.T.-Milledgeville, Georgia

Für Greenville, Mississippi, war es schon zu spät. Das Southern-Conference-Turnier unterschied sich von allen anderen einladungspflichtigen Kämpfen und Derbys sowohl im Reglement als auch hinsichtlich der Standards für die Hähne. Als Senator Foxhall das S.C.T. Anfang der dreißiger Jahre ins Leben gerufen hatte, war sein Hauptinteresse darauf gerichtet gewesen, Zuchtqualitäten und Mut der Vögel im Hahnenkampf der Südstaaten zu verbessern. Die härteste Regel des Turniers verlangte, daß ein Hahn für die Teilnahme an der Endrunde in Milledgeville viermal gewonnen haben mußte. Jeder Hahn kann einen, manchmal auch zwei Kämpfe gewinnen, wenn er im ersten Pitting einen gelungenen Hochflug anbringen kann; dazu braucht er nur ein bißchen Glück. Aber ein Hahn, der viermal hintereinander gewinnt, ist ein Killer. Eine Glückssträhne reicht einfach nicht für vier Siege. Diese spezielle S.C.T.-Regel hatte mehr als jede andere den Zuchtstandard im Süden angehoben, und sie hielt unerwünschte und unseriöse Hahnenkämpfer fern, die es bloß auf ein paar schnelle Dollars abgesehen hatten. Die Kampfveranstalter auf der S.C.T-Schiene wurden von Zeit zu Zeit durch Mitglieder des Turnierausschusses überprüft, und wenn sie die Zügel schleifen ließen, setzte der Senator sie raus.

Wie andere, die den Hahnenkampf im großen Stil betrieben, hatte ich an den konkurrenzstarken internationalen Turnieren in Orlando und in Saint Pete teilgenommen, und ich hatte die Absicht, es eines Tages wieder zu tun, aber die strengeren Richtlinien des S.C.T. waren mir lieber. Für die Teilnahme am alljährlichen Internationalen Turnier genügte es, wenn man im voraus zweihundert Dollar als Sicherheit überwies, die verwirkt waren, wenn man nicht erschien und die restlichen dreihundert einzahlte. Die Sieger beim Internationalen machten einen Haufen Geld, aber ich konnte an den S.C.T.-Pits und beim Finale in Milledgeville genausoviel einsacken. Und die Siege beim S.C.T. bedeuteten mir wirklich etwas.

In diesem Augenblick jedoch fühlte ich mich nicht wie jemand, der den Hahnenkampf im großen Stil betrieb. Ich war ganz unten, und der bloße Gedanke daran, in dieser Saison mitzukämpfen, war blanke Ironie. In meiner Brieftasche waren noch achtzehn Dollar, und ich hatte ein bißchen Kleingeld in der Tasche. Außerdem besaß ich eine Dreißig-Dollar-Gitarre, einen Sporenkoffer, ein bißchen Garderobe in einem verschrammten Koffer und einen Pachtvertrag für eine Farm.

Natürlich war der Inhalt meines Sporenkoffers ein paar hundert Dollar wert, aber ich brauchte alles, was ich hatte, wenn ich Hähne ins Rennen schicken wollte. Ich setzte mich auf die Bettkante und klappte den Sporenkoffer auf, um den letzten Brief herauszusuchen, den Doc Riordan mir geschickt hatte. Ich öffnete ihn, aber bevor ich ihn noch einmal las, machte ich eine kurze Bestandsaufnahme in meinem Zeugkoffer, um festzustellen, ob nicht doch etwas darin war, worauf ich verzichten könnte. Es war nichts da. Ich brauchte alles.

Da waren sechzehn Paar Sporen, von den kurzen Eineinviertel-Zoll-Dornen, die ich bevorzugte, bis zu einem Paar dreizölligen »Texas Twisters«. Ich besaß sogar einen Satz Schlitzer, die mir eines Nachmittags ein Züchter in Puerto Rico geschenkt hatte. Wenn man Schlitzer verwendet, wird nur ein Bein scharfgemacht. Ich halte nichts davon – aus einem einfachen Grund: Wenn man mit Schlitzern kämpft, ist das Zufallselement zu groß, und es gewinnt nicht immer der beste Hahn. Mit einer bösartig scharfen Klinge am linken Bein kann noch der kläglichste Vogel unter Umständen einen Glückstreffer landen. Ein spitzer Sporn, rund von der Wurzel bis zum Ende, ist legitim. Wenn man dem Hahn die natürlichen Sporenspitzen abgesägt hat, sind die handgeschmiedeten Sporen, die man über die halbzollangen Stümpfe stülpt, ein sauberer Ersatz für seine gottgegebenen Sporen, und sie sorgen für einen humanen Kampf. Zwei Hähne, die irgendwo unter natürlichen Bedingungen aufeinandertreffen, kämpfen bis zum Tode oder bis einer wegläuft. Stahlsporen beschleunigen da nur das Töten, und überdies straft ein Hahn sich nicht unnötig selber damit, daß er seine natürlichen Sporen malträtiert.

Natürlich hatte ich als Soldat auf den Philippinen auch mit Schlitzern gekämpft, weil ich es mußte; ich wußte daher, wie es ging. Aber ich hatte sie nie für ganz fair gehalten, eben wegen jenes kleinen Zufallselements. Der Hahnenkampf ist der einzige Sport, bei dem sich nichts arrangieren läßt – vielleicht überhaupt der letzte faire Wettkampf, den es in Amerika noch gibt. Ein Hahn könnte niemals absichtlich einen Kampf schmeißen, und er würde es auch nicht tun, wenn er es könnte.

Jedes meiner sechzehn Sporenpaare war zwischen zwanzig und fünfunddreißig Dollar wert, und ich brauchte sie alle. Über die korrekte Länge eines Sporns herrscht allgemeine Uneinigkeit. Eigentlich wird die richtige Länge bei jedem beliebigen Hahn durch die Art seines Kämpfens bestimmt. Und auch wenn mir kurze Sporen – wie man sie im Norden verwendet, in »Kurzsporn-Country«, wie man sagt – lieber sind, würde ich einen Hahn niemals aus eitler, persönlicher Vorliebe mit dem

Handicap falscher Sporen behindern. Es ist ein Verbrechen, einen Hahn nicht mit den Sporen auszurüsten, mit denen er am allerbesten kämpft.

Außer meinen Messerpaaren hatte ich noch eine Spornsäge und ein Dutzend Ersatzklingen, Heilpflaster, Klingenpolierwatte, Spitzenschleifer, einen Satz künstliche Sporenstümpfe für schiefbeinige Hähne, zwei Kupierscheren, eine krumm, die andere gerade, sowie zwei neue Spornbandagen mit Polstern, Schnüren und Ledermanschetten. Außerdem eine nagelneue Rolle irischen Flachs, Zwirn, ein Sortiment von Salben und ein paar Kapseln zur Drüsenstimulation. Für jeden, außer einem Hahnenkämpfer, wäre diese Sammlung teurer Ausrüstungsgegenstände nichts als wertloser Schrott. Wenn ich den gesamten Inhalt meines Koffers versetzen wollte, würde der Pfandleiher mir nicht mehr als vierzig Dollar für alles geben.

Ein paar Augenblicke lang klickte ich gedankenverloren mit der Kupierschere; dann nahm ich Docs Brief in die Hand. Seit mehr als drei Monaten trug ich ihn in meinem Koffer herum.

Lieber Frank,
seit einer Weile habe ich Ihnen nicht mehr geschrieben, aber ich will Ihnen doch mitteilen, daß Ihre Investition Gold wert ist. Seien Sie nicht überrascht, wenn Sie in nächster Zeit eine Kapitalausschüttung erleben und Ihre achthundert Dollar sich verdoppelt haben. Wenn sie mal wieder in Jax sind, kommen Sie vorbei, und ich berichte Ihnen im einzelnen.

Stets der Ihre,
Doc Riordan

Auf jeden, der Doc Riordan nicht kannte, hätte dieser Brief höchst ermutigend gewirkt. Aber der Brief war über drei Monate alt, und leider kannte ich Doc zu gut. Ich mochte ihn so, wie er war, und ich achtete ihn für das, was er zu sein versuchte. Aber im Gegensatz zu mir lebte Doc mit einem großen Traum, der praktisch unerreichbar war. Ich wollte nur der beste Hahnenkämpfer werden, der je gelebt hatte. Doc hingegen, der schon auf die Sechzig zuging, wollte ein großer Kapitalist und Finanzier sein.

Ein richtiger Arzt war er nicht; soviel wußte ich. Er war Apotheker, und zwar ein guter, und irgendwann im Laufe der Jahre hatte er seinem Namen den »Doc« hinzugefügt. Ich hatte ihn vor einigen Jahren an diversen Pits in Florida kennengelernt und Konditionierungspulver und Mutterkornkapseln bei ihm gekauft, als er noch sein Versandgeschäft betrieben hatte. Das Pulver kann jeder Apotheker herstellen, wenn er das Rezept hat, aber Doc war zuverlässig und bei den Hahnenkämpfern beliebt, und er hatte auch eine Wundsalbe erfunden, die verletzte Hähne schnell wieder auf die Beine brachte. Aber es gibt eine Menge Geschäftsleute, die in den Fachzeitschriften ähnliches Material anbieten. Mit pharmazeutischen Mitteln konnte Doc im Hahnenkampf nicht das große Geld verdienen, und so stieg er aus. Ein paar Freunde – wie mich – konnte er aber immer noch beliefern, wenn man ihm schrieb.

Etwa vier Jahre zuvor hatte Doc mich in liebenswürdiger Stimmung und mit über fünftausend Dollar in der Tasche erwischt. Ich hatte achthundert Dollar in seine Firma gesteckt – die »Dixie Pharmaceutical Company« – und nicht ein einziges Mal Dividende erhalten. Mehrere enthusiastische Briefe, aber keinen Cent Bargeld. Eigentlich besaß ich nicht einmal irgendwelche Anteilspapiere zum Nachweis meiner Investition. Es war eine jener mündlichen Abmachungen, wie wir sie im Süden so oft eingehen. Ein Handschlag reicht; ich wußte, ich würde mein Geld auf Verlangen zurückbekommen – sofern Doc es hatte. Aber ob er es hatte – das war eine ganz andere Frage.

Es war fünf Uhr; ich beschloß, abzuwarten und ihn am nächsten Morgen zu besuchen. So niedergeschlagen, wie ich mich ohnehin schon fühlte, wollte ich nicht am Abend mit einer Enttäuschung auf mein Zimmer zurückkehren.

Ich ging hinaus, wanderte die Straße hinunter zu einem Café und aß dort zwei Hamburger und trank zwei Glas Milch. Dann ging ich ins Hotelzimmer zurück, nippte an meinem Gin und las mein neues *Southern Cockfigher*-Heft. Die Nummer war vor dem Derby in Belle Glade herausgekommen und verschickt worden; aber eine kurze Meldung über das Pitting in Homestead war enthalten, und in Red Careys Kolumne »Auf den Sporn gespießt« fand ich meinen Namen erwähnt.

Vom Pech verfolgt ist anscheinend immer noch der Schweiger Frank Mansfield. Angesichts seiner kläglichen Vorführung in Homestead fragt man sich, ob mit seinen Haltemethoden noch alles in Ordnung ist. Noch eine Saison wie die letzten drei, und wir dürfen bezweifeln, daß er weiter auf den Teilnehmerlisten des S.C.T. zu finden sein wird.

Die Anmerkung sollte mich ärgern, aber sie tat es nicht. Ein Kolumnist muß etwas in seine Kolumne schreiben, und ich war eine gute Zielscheibe. Mit meinen Haltemethoden war durchaus alles in Ordnung; sie hatten sich in der Vergangenheit oft genug bezahlt gemacht. Mein Problem war, die richtigen Hähne zu kriegen, und wenn ich Icky von Mr.

Middleton bekam, würde es eine gute Saison für mich werden. Ich trank meinen Gin aus und ging zu Bett.

Schon 320 v. Chr. schrieb ein alter Dichter namens Chanakya, daß ein Mann von einem Hahn vier Dinge lernen kann: zu kämpfen, früh aufzustehen, mit seiner Familie zu essen und seine Frau zu beschützen, wenn sie in Bedrängnis kommt. Ich hatte gelernt, zu kämpfen und früh aufzustehen, aber mit meiner Familie war ich nie besonders gut ausgekommen, und eine Frau zum Beschützen hatte ich nicht. Kämpfen war okay, aber Frühaufstehen war keine besonders erstrebenswerte Gewohnheit in einer Großstadt wie Jacksonville.

Am nächsten Morgen war ich vor halb sechs aufgestanden, rasiert und angezogen und saß in der Lobby. Ich kaufte mir die *Times-Union*, überflog die Schlagzeilen und ging dann zum Frühstücken hinaus, denn der Coffeeshop des Hotels öffnete erst um halb acht. Ich trödelte mit meinem Kaffee, solange ich konnte, aber es war trotzdem erst halb sieben, als ich wieder ins Hotel kam. Ich war zu ungeduldig, um einfach herumzusitzen, und bald verließ ich die öde Lobby wieder und wanderte durch die frühmorgendlichen Straßen. Ein kühler Wind wehte vom Fluß herüber, und es tat gut, auf den Beinen zu sein. Eine kränklich aussehende Sonne hing am bleichen Morgenhimmel, aber nach einer Stunde wurde sie doch warm, und es versprach ein schöner Tag zu werden.

Pünktlich um acht betrat ich das Latham Building, um zu sehen, ob Doc Riordan schon in seinem Büro war. Das Latham Building war ein altes siebenstöckiges Ziegelgebäude, um 1900 herum erbaut. Seither hatte man nichts mehr daran getan. Das Foyer war eng und dreckig und voller Müll, der von der Straße hereingeweht wurde. Ein primitives handgemaltes Schild am Aufzug tat kund, daß dieser außer Betrieb war. Docs Firma war im sechsten Stock.

Die Treppe nach oben war unbeleuchtet, und Fenster gab es nicht. Ich stieg sechs Stockwerke hoch, nur um festzustellen, daß sein Büro geschlossen war. Das Büro lag hinter der vorletzten Tür am Ende des Gangs. Auf der Milchglasscheibe in der oberen Hälfte der Tür stand in zehn Zentimeter großen Goldlettern:

THE DIXIE PHARMACEUTICAL COMPANY
Dr. Onyx P. Riordan
PRÄSIDENT UND GESCHÄFTSFÜHRER

Ich drehte den Türknauf; es war abgeschlossen. Statt wieder runterzugehen und noch einmal hochzusteigen, lehnte ich mich an die Wand und rauchte Zigaretten, bis Doc auftauchte.

Ich hatte nicht einmal zwanzig Minuten gewartet, als ich ihn auf der Treppe keuchen hörte, lange bevor ich ihn sah. Er bog in den Flur ein; sein Gesicht war rot, und er trug einen großen Pappbecher mit Kaffee. Der Becher war zu heiß, als daß er ihn ohne Schwierigkeiten hätte halten können; nach Luft schnappend, wechselte er ihn von einer Hand in die andere und fummelte dabei mit dem Schlüssel im Schloß herum.

»Kommen Sie rein, Frank«, sagte Doc, als er die Tür geöffnet hatte. »Sobald ich diesen Kaffee auf den Tisch gestellt habe, kann ich Ihnen die Hand geben.«

Ich folgte Doc in sein winziges Büro. Doc wischte sich mit einem Taschentuch über die schwitzende Stirn und Glatze und fluchte erbost zwei volle Minuten lang, bevor er sich hinter seinen Schreibtisch setzte.

»Ich habe es dem Hausmeister schon mal gesagt, und ich werde es ihm ein weiteres Mal sagen«, erklärte er, als er sich ein wenig beruhigt hatte. »Wenn er diesen verdammten Aufzug nicht reparieren läßt, ziehe ich aus! Das steht fest, Frank! Hundertprozentig!«

Ich setzte mich auf den Stuhl vor Docs Schreibtisch und ließ den Blick durch sein schäbiges kleines Büro wandern. Ein einzelnes schmutziges Fenster bot eine gute Aussicht auf die knapp einen Meter entfernte Ziegelwand eines Kinos; die Nähe dieses Gebäudes ließ nur wenig Licht ins Zimmer. Doc mußte wahrscheinlich sogar mittags die Lampe auf seinem Schreibtisch und das Deckenlicht brennen lassen. Der Schreibtisch war ein großes, kantiges Holzmöbel, viel zu groß für ein solches Zimmerchen. Vor der Neonschreibtischlampe stand ein geschnitztes Namensschild: *Dr. Onyx P. Riordan, Präs.* (und was für eine wunderbare Schnitzarbeit). Neben dem Schreibtisch gab es einen niedrigen Aktenschrank mit zwei Schubladen, den drehbaren Chefsessel, in dem er saß, und zwei Stühle. Schon mit dieser schlichten Möblierung wirkte das Zimmer vollgestopft. An der Wand hinter dem Schreibtisch hing ein handgelettertes, professionell aufgemachtes Plakat in den drei Grundfarben, auf welchem die Vorzüge eines Produktes namens »Licarbo« gespriesen wurden. Ich las, was auf dem Plakat stand, und musterte dann Doc Riordans Gesicht. Er hatte zwei billige grüne Tassen aus dem Schreibtisch genommen und füllte sie aus dem großen Becher mit schwarzem Kaffee.

Mit seiner Glatze und dem Kranz von dünnem, feinem grauen Haar sah man Doc seine knapp sechzig Jahre durchaus an, aber in seinen Zügen lag eine gewisse Jugendlichkeit, seinen Jahren zum Trotz. Alles an seinem Gesicht war klein, in der Mitte einer runden, sanften Fläche zusammengedrängt. Der Mund und die Stupsnase waren klein. Die blauen Augen waren treuherzig geweitet, so daß man das volle Rund der Iris sehen konnte. Mit seinen runden roten Wangen und seinem frisch geschrubbten Aussehen wäre Doc wahrscheinlich für Dreißig durchgegangen, hätte er ein schwarzes Toupet getragen und die Augenbrauen entsprechend gefärbt.

»Es ist lange her, Frank«, sagte er aufrichtig. »Ich bin wirklich froh, Sie wiederzusehen.« Zufrieden lächelnd lehnte er sich zurück. »Ich will Ihnen etwas zeigen!«

Er begann in seinem Schreibtisch zu wühlen. Ich nahm einen Schluck Kaffee und zündete mir mit dem Stummel der alten Zigarette eine neue an. Der Anblick dieser Rumpelkammer hatte all meine Hoffnungen, wenigstens einen Teil des Geldes zu bekommen, das der alte Apotheker mir schuldete, zunichte gemacht.

»Lesen Sie das, Frank!« forderte Doc mich eifrig auf und schob einen Brief über die breite Tischplatte. Ich las den Brief. Er kam von einem Pharmalabor in New York.

An den Präsidenten
Dixie Pharmaceutical Company
Latham Building
Jacksonville, Florida

Sehr geehrter Dr. Riordan,
auf Ihre Bitte hin haben wir Ihr Produkt LICARBO erschöpfend untersucht und bestätigen Ihre Ansicht, daß es nontoxisch ist und auf unschädliche Weise Erleichterung bei Verdauungsbeschwerden verschiedener Art schaffen kann, etwa bei Völlegefühl, Übersättigung u.a.m.
Indessen haben wir für ein derartiges Produkt zur Zeit keinen Bedarf. Wir danken Ihnen für die Gelegenheit, es zu untersuchen, und wünschen Ihnen alles Gute.

Hochachtungsvoll

Die Unterschrift war unleserlich, aber unter der Tintenkritzelei stand in Maschinenschrift das Wort »Vizepräsident«. Ich legte den Brief auf den Tisch.

»Ist Ihnen klar, was dieser Brief bedeutet, Frank?« fragte Doc aufgeregt. »Sie sind interessiert, entschieden interessiert! Sie konnten keinen einzigen Nachteil entdecken, und wissen Sie, warum? Weil Licarbo keinen hat – darum! Ich habe mit solchen Firmen nicht zum erstenmal zu tun. Die glauben, ich verkaufe für einen Apfel und ein Ei. Aber wenn sie Licarbo haben wollen – und zwischen den Zeilen steht deutlich, daß sie ganz versessen darauf sind –, dann wird es sie eine Stange Geld kosten!«

Doc lehnte sich in seinem mächtigen Sessel zurück, legte die Finger zu einem Spitzdach zusammen und versuchte, gerissen auszusehen, indem er die Augen zu schmalen Schlitzen zusammenkniff. Aber mit so schmalen Augen sah er lediglich schläfrig aus.

»Ich verlange nicht nur glatte zehntausend für meine Rechte, Frank; ich will außerdem Prozente von jeder verkauften Packung. Was sagen Sie dazu?«

Ich bewunderte Docs Begeisterung, aber er weigerte sich offensichtlich, eine höflich formulierte Absage anzuerkennen, wenn sie vor ihm lag. Ich zuckte unverbindlich die Achseln.

»Mein Gott, das hab ich ja vergessen!« Doc schnippte mit den Fingern. »Sie haben Licarbo noch nicht probiert, oder?«

Ich schüttelte den Kopf. Doc zog seine obere rechte Schreibtischschublade auf und nahm drei flache Tütchen heraus; sie entsprachen in Größe und Form etwa den Zuckerpäckchen im Restaurant. Auf jedem Tütchen war rot der Schriftzug »Licarbo« gedruckt, dazu die Anweisung, das Mittel bei Völlegefühl, Übersättigung oder leichten Magenbeschwerden nach Bedarf mit oder ohne Wasser einzunehmen.

»Na los, Frank, machen Sie eins auf und probieren Sie. Es gibt auf der ganzen Welt nichts Besseres gegen Verdauungsbeschwerden als Licarbo! Nehmen Sie es in einem Glas Wasser, und Sie werden ganz bestimmt rülpsen. Und was gibt es Besseres als einen mächtigen, satten Rülpser, wenn man Magendrücken hat? Wie? Hier im Süden haben wir unsere Medizin gern als Pulver oder in flüssiger Form. Kein Südstaatler mit einem Rest von Selbstachtung wird es sich einfallen lassen, bei Magenschmerzen eine schicke Kapsel zu schlucken, und wenn sie noch so bunt ist.«

Ich riß eines der Päckchen auf und ließ mir ein wenig von der Mixtur in die flache Hand rieseln. Licarbo sah aus wie Schießpulver oder wie eine Mischung aus Salz und schwarzem Pfeffer, mit viel Pfeffer. Ich berührte das Pulver mit der Zungenspitze. Es schmeckte wie Lakritz, gar nicht unangenehm.

»Rühren Sie es in Ihren Kaffee, Frank. Licarbo löst sich beinahe augenblicklich auf.«

Mich schauderte bei diesem Vorschlag; ich schüttelte den Kopf und lächelte.

»Schmeckt aber gut, nicht wahr?« Doc strahlte stolz und verschränkte die kurzen Ärmchen vor der Brust. »Dabei ist es nichts weiter, Frank, als eine Mischung aus Lakritzwurzel, Natriumkarbonat, ein paar geheimen Zutaten und künstlichem Farbstoff. Aber die Rezeptur wird mich reich machen, und Sie auch, Frank. Es erfordert nur Zeit, ein neues Produkt zu erfinden und zu entwickeln und es auf den wartenden Markt zu bringen. Die New Yorker Firma ist nicht meine einzige Option, ganz und gar nicht. Ich habe meine Fühler im ganzen Land ausgestreckt. Dies ist das ganz große Ding, Frank, an dem ich in meiner pharmazeutischen Praxis an die dreißig Jahre lang gearbeitet habe. Ich habe andere Produkte erfunden und ebenfalls verkauft, aber diesmal ziehe ich die Sache bis zum letzten Atemzug durch. Ja, wenn ich bloß das Kapital dazu hätte, könnte ich Licarbo selber produzieren und buchstäblich ein Vermögen damit machen. Ein Vermögen!«

Doc schwenkte seinen Sessel herum, seufzte tief und schaute hinaus auf die rostbraune Mauer des Kinos.

»Die Menschen haben einfach kein Vertrauen mehr, Frank. Sie erkennen ein kommerziell verwertbares Medikament nicht mehr, wenn sie es sehen und schmecken; verflucht sollen sie alle sein! Aber dieses Produkt muß einfach den Durchbruch schaffen, es muß!« Doc senkte die Stimme und fügte leise, wie um sich selbst zu überzeugen, hinzu: »Es ist nur eine Frage der Zeit, Frank. Nur eine Frage der Zeit . . .«

Ich schob die beiden ungeöffneten Päckchen Licarbo in meine Jackentasche. Zumindest konnte ich für meine achthundert Dollar Investition jetzt etwas vorweisen. Doc drehte sich mit seinem Sessel und sah mich mit strahlendem Lächlen an.

»Ich habe den ersten Schub selbst zusammengemischt, Frank, und die Probepäckchen habe ich hier in der Stadt drucken lassen. So ein Anfang kostet eine Menge Geld, aber Sie müssen zugeben, daß das Produkt gut ist, nicht wahr?«

Ich nickte und schob die Lippen vor. Was mich betraf, so war Licarbo ebenso gut wie hundert ähnliche Erzeugnisse auf dem Markt. Schlichtes altes doppelkohlensaures Natron läßt rülpsen, wo gerülpst werden soll, und das war Docs Hauptingredienz.

»Sie wollen Ihre achthundert Dollar trotzdem zurückhaben. Hab ich recht?« fragte Doc zögernd.

Ich spreizte die Hände mit aufwärts gerichteten Handflächen und nickte.

»Tja, im Moment hab ich's nicht, Frank.« Doc befeuchtete seinen Daumen. »Ich hab's einfach nicht. Aber Sie kriegen Ihr Geld demnächst zurück, jeden gottverdammten Cent, und einen Haufen Zinsen dazu. Ehrlich gesagt, in letzter Zeit schlage ich mich grade so durch. Hab nicht mal mehr ein Telefon im Büro, wie Sie sehen. Ich habe einen Teilzeitjob als Apotheker in einem Drugstore in der Nähe meiner Pension, und jeder Cent, den ich da verdiene, geht für die Büromiete und die Promotion für Licarbo drauf; von dem, was übrigbleibt, kann ich kaum leben. Ich hab alles andere aufgegeben, um mich auf Licarbo zu konzentrieren, aber wenn der Durchbruch kommt – und er wird kommen –, dann wird es ein ganz, ganz großes Ding!«

Der alte Doc Riordan war auch einer wie ich; er ging mit einem angeborenen, übersteigerten Selbstvertrauen und einem breiten Lächeln durchs Leben. Tief in seinem Innern, das wußte ich, war er krank vor Kummer, weil er außerstande war, mir einen Scheck auszustellen. Nun, von diesem Kummer konnte ich ihn im Handumdrehen befreien. Ob sein Produkt jemals groß herauskam oder nicht, sollte meine Sorge nicht sein. Ich hatte nicht vor, auf die Träume eines anderen zu bauen; ich hatte selbst einen großen Traum. Es war Zeit, daß ich mich schleunigst von Doc abseilte.

Ein Schreibblock lag auf dem Tisch. Ich langte danach, zog meinen Bleischreiber aus der Jackentasche und schrieb:

An den Präsidenten, Dixie Pharm. Co.

Unterzeichneter überschreibt alle seine Geschäftsanteile an der Dixie Pharm. Co. an deren Präsidenten und erhält dafür von diesem für die Dauer von zehn Jahren den Bedarf an medizinischen Pulvern und sonstigen Mitteln für das Geflügel auf der Mansfield Farm.

Ich unterschrieb schwungvoll, lächelte und schob Doc den Block hinüber. Er las, was ich geschrieben hatte, und runzelte die Stirn.

»Haben Sie kein Vertrauen in Licarbo, Frank?«

Ich sah ihn ausdruckslos an und nickte langsam.

»Warum steigen Sie dann aus?«

Ich stand auf, beugte mich über den Schreibtisch und unterstrich die Worte »für die Dauer von zehn Jahren den Bedarf«, die ich geschrieben hatte.

Ein wissendes Lächeln verbreiterte Docs winzigen Mund, und er nickte weise.

»Sie sind ein mächtig gerissener Geschäftsmann, Frank. Ja, wenn Ihre Farm expandiert, haben Sie Ihre achthundert Dollar in fünf Jahren mühelos verdoppelt! Aber zum Teufel mit Ihnen!« Er lachte fröhlich. »Ich werd Sie beim Wort nehmen! Ob Licarbo groß rauskommt oder nicht, ich werde entweder mein eigenes Labor haben oder irgendwo in einer Apotheke arbeiten, wo ich die Medikamente zum Großhandelspreis beziehen kann. Bei einem solchen Deal kann also keiner von uns beiden verlieren!«

Wir gaben einander die Hand, und ich wandte mich zum Gehen. Doc hielt mich an der Tür auf und legte mir die Hand auf den Arm. »Moment noch, Frank. Sobald ich es mir leisten kann, ziehe ich in ein besseres Büro. Und wenn ich erst genug Kapital habe, baue ich natürlich mein eigenes Labor. Aber vorläufig gebe ich Ihnen hier mal die Adresse des Drugstores, in dem ich arbeite.« Er gab mir eine Karte, und ich schob sie in meine Brieftasche. »Freitag-, Samstag- und Sonntagabend von sechs bis Mitternacht habe ich Dienst. Da vertrete ich den Besitzer, verstehen Sie. Wenn sie also etwas brauchen, schreiben Sie mir dorthin oder kommen sie selbst vorbei.«

Ich öffnete die Tür und steckte meine Brieftasche wieder ein.

»Nehmen Sie am Turnier in Orlando teil, Frank?«

Ich schüttelte den Kopf und deutete nach Norden.

»Southern Conference?«

Ich nickte.

»Na, dann sehen wir uns wahrscheinlich in Milledgeville. Ich hab seit zehn Jahren kein S.C.T. mehr verpaßt, und ich gedenke nicht, es dieses Jahr zu tun. Wenn Sie unterwegs einen von den Jungs treffen sollten, grüßen Sie von mir und sagen Sie, daß ich immer noch das eine oder andere versende, wenn sie mir schreiben.«

Ich zwinkerte, schlug ihm auf die Schulter, und wir schüttelten uns noch einmal die Hand. Ich ging den Gang hinunter zur Treppe, und Doc schaute mir die ganze Zeit nach. Als ich an der Treppe angelangt war, rief er mir noch einmal auf Wiedersehen nach. Ich winkte und ging die Treppe hinunter. Im Drugstore an der Ecke trank ich eine Tasse Kaffee an der Theke, und dann kehrte ich in mein Zimmer im Jeff-Davis-Hotel zurück. Zum Glück hatte ich meine Morgenzeitung nicht weggeworfen.

Ich schlug den Anzeigenteil auf und schaute unter den Stellenannoncen nach, um zu sehen, wie ich an einen Job kommen konnte.

6

Es ist komisch. Man kann seinem Gott etwas versprechen, das Versprechen fünf Minuten später brechen und sich nicht das geringste dabei denken. Mit einem müßigen Schulterzucken kann man ebenso gegen das feierlichste Gelübde verstoßen, das man Mutter, Frau oder Geliebter gegeben hat; allenfalls wird man kurze, vorübergehende Gewissensbisse verspüren, aber das ist nicht besonders schlimm. Doch wenn man ein Versprechen bricht, das man sich selbst gegeben hat, zerbricht man daran. Die gesamte Persönlichkeit, der Charakter, zerfällt in winzige Stücke, und man ist nie wieder der alte.

Ich erinnere mich noch gut an einen Sergeant, den ich in der Army kannte. Vor einer Gruppe von fünf Männern schwor er sich, nie wieder zu rauchen. Eine Stunde später zündete er sich betreten eine Zigarette an und brach das Gelübde, das er vor uns fünfen und vor sich selbst abgelegt hatte. Er war nie wieder ganz derselbe, nicht für mich und nicht für sich selbst.

Mein Schweigegelübde war sehr viel schwerer einzuhalten als der Vorsatz, nicht mehr zu rauchen. Es war auf jeden Fall ein Handicap bei allem, was ich tat. Dreimal las ich die Stellenanzeigen durch und studierte sie sorgfältig; es war nichts dabei, was ich hätte tun können. Ein Mann, der nicht sprechen kann oder will, ist in einer schwierigen Lage, wenn er in der Stadt einen Job sucht. Ganz abgesehen davon, daß ich im Leben noch nie einen Job gehabt hatte – mit Ausnahme der zwei Jahre beim Militär.

Sicher, während meines College-Jahrs am Valdosta State hatte ich in der Co-op gegen freie Kost als Kellner gearbeitet, aber das betrachtete ich nicht als Job. Als Junge in Georgia hatte ich für meinen Vater auf der Farm gearbeitet, wenn ich mich nicht hatte drücken können – ich hatte Baumwolle gerupft, Kühe gemolken und kleine Tischlerreparaturen auf dem Hof ausgeführt. Auf einer Farm gab es eine Menge Dinge, die ich hätte tun können, ohne zu sprechen. Aber die Stellenanzeigen in der Zeitung nützten mir überhaupt nichts. Solange ich meine Stimme nicht benutzen wollte, konnte ich nicht einmal nach einem Job fragen, wenn ich es nicht schriftlich tat. Die meisten freien Stellen in den Anzeigen waren für Vertreter. Und ein Mann, der nicht sprechen kann, kann auch nichts verkaufen. Ich knüllte die Zeitung zusammen und warf sie in den Papierkorb.

Ich konnte immer noch losziehen und für andere Züchter Hähne abrichten. Es gab massenhaft Hahnenkämpfer im Süden, die sofort zugegriffen hätten, wenn sich Gelegenheit geboten hätte, mir fünf Dollar für jeden Vogel zu zahlen, den ich für sie abrichtete. Aber für einen Mann, der immer noch als einer der großen Hahnenkämpfer in den Südstaaten galt, hätte es doch einen schlimmen Abstieg bedeutet, für einen anderen Züchter zu arbeiten. In meinen zweiunddreißig Jahren auf dieser Erde hatte ich noch nie für jemanden gearbeitet, und jetzt war es zu spät, damit anzufangen. Bei Gott, so verzweifelt war ich nun doch noch nicht!

Wie ich so in meinem Hotelzimmer saß, mit nur ein paar einzelnen Dollar in der Tasche, bekam ich allmählich Mitleid mit mir selbst. Mein Blick ruhte auf dem Gitarrenkoffer.

Meine Gitarre war eine alte Freundin. In den ersten paar Monaten meines selbstauferlegten Schweigens hatten sich Tage und Nächte in der Länge fast verdoppelt. Es ist erstaunlich, wieviel Zeit man jeden Tag mit müßigem Geplauder verschwendet. Nur um mir die Zeit zu vertreiben, hatte ich mir in einer Pfandleihe in Miami für dreißig Dollar eine gebrauchte Gibson-Gitarre gekauft. Der Koffer war nichts Besonderes – billige braune Preßpappe, so geprägt, daß sie aussah wie Alligatorleder –, aber die Gitarre war gut, und sie hatte einen kraftvollen, wunderbaren Klang. Sie diente mir als Ersatz für meine verlorene Stimme, und ich weiß nicht, was ich ohne sie getan hätte.

Ich öffnete den Gitarrenkoffer, nahm das Instrument heraus und machte ein paar Übungen, um meine Finger zu lockern. Ich hatte seit fünf oder sechs Tagen nicht mehr gespielt, aber die Schwielen auf meinen Fingerkuppen waren immer noch hart und fest. Der Pfandleiher, von dem ich sie hatte, hatte mir gratis ein Übungsheft dazugegeben, aber ich hatte nie gelernt, gängige Songs zu spielen. Nachdem ich die meisten Akkorde gelernt hatte und wußte, wie man die Saiten anschlug und stimmte, hatte ich das Heft weggeworfen.

Ich konnte nur drei Stücke, und die hatte ich alle drei selbst komponiert; ich hatte dagesessen und auf der Gitarre herumgezupft, bis die

Töne klangen wie jenes Bild in mir, das sie erzeugen sollten. Eines davon hieß »Georgia Girl«; es war ein musikalisches Porträt meiner Verlobten Mary Elizabeth. Meine zweite Komposition hieß »Empty Pockets«. Ich hatte schon oft im Leben leere Taschen gehabt, und bei diesem Stück hatte ich herausgefunden, wie ich einen hohlen Klang hervorbringen konnte, indem ich neben dem Schalloch auf den Resonanzkörper klopfte und gleichzeitig auf den unteren drei Saiten eine Reihe schneller Triolen spielte. Trotz der hohlen Töne war es ein munteres, schnelles Stückchen, und ich mochte es ziemlich gern. Das dritte waren nur Impressionen einer alten Patchwork-Decke, die meine Großmutter vor vielen Jahren gemacht hatte, und so nannte ich es denn auch – »Grandma's Quilt«. Ich hatte versucht, die Farben und Muster dieser alten, verblichenen Patchwork-Arbeit in Akkorde zu verwandeln, und das war mir recht gut gelungen.

Mein Repertoire bestand also aus drei höchst persönlichen Stücken. Wenn es Musik war, dann war es reflektive Musik zu meiner eigenen Ergötzung, nicht für die allgemeine Öffentlichkeit. Aber ich mußte jetzt ein paar Dollar zusammenbringen, und zwar bald; vielleicht bot die Gitarre einen Weg? Ich hätte die Gibson für, sagen wir, zwanzig Dollar versetzen können, und mit dieser Summe hätte ich die Miete für eine Woche zahlen können; aber wenn ich die Gitarre versetzte, was dann?

Ich beschloß, einen Versuch zu riskieren und vorübergehend in die Welt der Musik einzudringen. Wenn alle Stricke reißen sollten, konnte ich als letzten Ausweg das Instrument immer noch ins Pfandhaus tragen. Ich nahm die Armbanduhr ab, wartete, bis der Sekundenzeiger die Zwölf erreichte, griff nach der Gitarre und spielte meine drei Stücke hintereinander von Anfang bis Ende. Als ich fertig war, waren siebzehn Minuten und vierzehn Sekunden verstrichen. Nicht viel Zeit für ein Gitarrenkonzert, aber mit einem Versuch konnte ich nichts verlieren, und keines meiner Stücke war wie das andere. Vielleicht würde ein Barbesitzer mich am Abend für ein paar Dollar auftreten lassen.

Ich streifte mein schwarzes Cowboyhemd ab – es wurde allmählich schmutzig am Kragen, auch wenn man es noch nicht sah – und zog ein sauberes an. Dann band ich mein rotseidenes Halstuch neu, zog meinen Cordanzug an und betrachtete mich im Garderobenspiegel. Ich sah sauber und vorzeigbar aus. Das rote Tuch paßte gut zu meinem weißen Hemd und dem graugrünen Cordanzug. Den billigen Cowboy-Strohhut noch in den Nacken geschoben – das war genau der richtige Touch für einen Möchtegern-Gitarrenspieler. Meinen Namen hatte ich vor zwei Jahren mit einem heißen Stück Draht in den gelben Gitarrenkoffer gebrannt; ich brauchte jetzt also nur noch ein paar einfache Worte auf ein Blatt Papier zu schreiben, und es konnte losgehen.

Ich riß ein unbeschriebenes Blatt aus meinem Notizbuch, setzte mich an den Tisch, starrte auf das Papier und suchte nach einem starken Verkaufsargument für meine kargen Fähigkeiten. Endlich hatte ich eine Idee: eine schlichte, unverblümte Aussage. In großen Blockbuchstaben, schrieb ich das Wort JOB und steckte das Blatt in meine Hemdtasche. Wenn dieses Wort das Interesse eines Barbesitzers weckte, würde er mich vorspielen lassen. Und wenn ich vorspielte, würde meine Gitarre für mich sprechen müssen.

Ich überprüfte den kleinen, viereckigen, mit Filz bezogenen Kasten im Gitarrenkoffer; es waren genug Plastikplektren da, und zwei Ersatzsaiten in Pergamentpapier hatte ich auch noch. Als ich mit der Gitarre zur Tür ging, sah ich mich im Vorübergehen im Spiegel. Mein grimmig entschlossener Gesichtsausdruck brachte mich fast zum Lachen. Mit einer obszönen Gebärde zu meinem grinsenden Spiegelbild verließ ich das Zimmer.

Es war erst halb elf. In Jacksonville gab es Dutzende von Bars, Nachtclubs und Bier-und-Wein-Kneipen. Ich nahm mir vor, sie alle abzuklappern, eine nach der anderen, bis ich Arbeit hatte.

So betrat ich die erste Bar an der Straße und zeigte dem Barmann das Papier. Er warf einen Blick darauf, gab es mir zurück und wies zur Tür. In der Kneipe an der nächsten Ecke versuchte ich es mit einer anderen Taktik. In der ersten Bar hatte ich eine Lektion gelernt. Bevor ich dem Mann in der weißen Jacke mein Stück Papier gab, machte ich das Zeichen für »ein großes« und legte das Kleingeld dafür auf den Tresen. Nichts ist leichter zu bestellen als ein Bier, ob man sprechen kann oder nicht. Ganz leicht, wie laut es in einem Lokal ist, man kann sich dem Bartender immer verständlich machen, indem man beide Hände steif waagerecht hält, die eine ungefähr zwanzig Zentimeter über der anderen. Diese Gebärde bringt einem unter allen Umständen ein Bier, ein gezapftes, wenn sie haben, oder eine Dose irgendeiner Marke, wenn nicht.

»Sorry, Kumpel.« Der Barmann gab mir meinen Zettel zurück. »Ich hab keine Lizenz für Musik und Tanz. Ich könnte dich nicht engagieren, selbst wenn ich wollte.«

Ich trank mein Bier aus und ging. Eine Lizenz für Musik und Tanz – darauf wäre ich nie gekommen, aber diese schlichte Erfordernis engte das Suchgebiet ein. Ich beschloß, wählerischer zu sein. Nachdem ich an mehreren Bars, die mir geeignet vorkamen, vorbeigegangen war und ein halbes Dutzend Blocks hinter mich gebracht hatte, kam ich zu einem recht nett aussehenden Etablissement. Im Fenster blinkte eine kleine blaue Neonschrift mit dem Namen »Chez Vernon«. Der Eingang lag zwischen einem Geschäft für Herrenunterwäsche und einem geschlossenen Kino. Links vom Eingang zur Bar führte eine zweite Tür in einen Schnapsladen, der zu dem Nightclub gehörte, und auf dem Gehweg verkündete eine Klapptafel, daß hier jeden Abend außer sonntags die James Boys auftraten.

Vier Fotos der James Boys klebten auf der Tafel; ich betrachtete sie einen Augenblick lang, bevor ich hineinging. Sie trugen das Haar lang, fast bis auf die Schultern, aber gekleidet waren sie im Westernstil. Offensichtlich handelte es sich um eine Countryband. Sie lächelten; zwei hatten eine spanische Gitarre wie ich; einer eine elektrische, und der letzte lugte hinter einem Baß hervor. Ich betrat das Lokal.

Der Innenraum war ein ziemlich enger Korridor – der größte Teil des Platzes, der hier eigentlich zur Verfügung stand, wurde von dem durch eine Wand abgetrennten Schnapsladen eingenommen –, aber es standen doch ungefähr fünfundzwanzig Hocker da, und am Ende befand sich eine kurze Bar. Nur ein Barkeeper hatte Dienst, und nur ein Gast saß vorn auf dem ersten der Hocker. Der Gast hatte die Arme hinter dem Rücken verschränkt und betrachtete voller Wut und Abscheu den doppelten Whiskey, der vor ihm stand. Abends, wenn das Lokal einigermaßen besucht war, wären an einem Tresen dieser Länge mindestens zwei Barkeeper notwendig.

Ans Ende der Bar schloß sich ein großer, quadratischer Raum mit einer kleinen Tanzfläche an, auf der in einer Ecke eine erhöhte, dreieckige Plattform für die Musiker errichtet war. Zwei Mikrofone standen dort. Ungefähr fünfunddreißig kleine runde Tische waren über den Raum verteilt, auf denen Drahtstühle gestapelt waren. Die Wände des großen Raumes waren marineblau gestrichen, und sie und die Decke waren regellos mit silbernen Pappsternen beklebt, die einen Nachthimmel darstellen sollten. Die Decke war schwarz, und die verstreuten Lampen hatten verschiedene Pastelltöne.

Zwischen der Bar und dem Nightclub befanden sich zwei Toiletten, deren Türen etwa dreißig Zentimeter tief in die Wand eingelassen waren. Jemand hatte seinen plumpen Humor an ihnen erprobt: SETTERS stand auf der einen. POINTERS auf der anderen.

Nachdem ich das Lokal in Augenschein genommen hatte, setzte ich mich ans hintere Ende der Theke und bestellte mit meiner Geste ein großes Bier. Mit der Linken griff ich nach dem Bierkrug, mit der Rechten reichte ich dem Barkeeper meinen Zettel.

»Ich arbeite hier bloß«, sagte er unbestimmt und beäugte meinen Gitarrenkoffer. »Die James Boys sollen noch den ganzen Monat spielen. Aber der Boss ist hinten.« Er zeigte auf einen Vorhang vor einem Türbogen nahe der rechten Ecke des Podiums. »Gehen Sie nur rein und reden Sie mit ihm, wenn Sie wollen.« Er errötete leicht, als ihm klar wurde, daß ich nicht reden konnte, aber dann lächelte er und zuckte die Achseln. »Sein Name ist Mr. Vernon. Lee Vernon.«

Als ich mein Bier ausgetrunken hatte, nahm ich meine Gitarre, legte einen halben Dollar auf den Tisch und begab mich zum Hinterzimmer. Ich schob den Vorhang beiseite. Der Gang dahinter war kurz. Eine Tür führte nach hinten ins Freie, und rechts und links waren zwei weitere Türen. Erst öffnete ich die rechte, aber dahinter lag eine kleine Garderobe. So klopfte ich an der gegenüberliegenden Tür und wartete, bis jemand »Herein« rief.

Lee Vernon war viel jünger, als ich es bei einem Nightclub-Besitzer erwartet hätte. Er war unter dreißig und hatte dichte schwarze Locken, ein lächelndes, gebräuntes Gesicht und funkelnde tiefblaue Augen. Auf einem grauen Stahlschreibtisch lagen drei offene Kontobücher und ein paar dicke braune Umschläge. Er klopfte sich mit einem Bleistift an die großen weißen Zähne und hob die schwarzen Augenbrauen. Ich nahm meine Gitarre aus dem Koffer, bevor ich ihm den Zettel gab.

Lee Vernon lachte laut, als er das Wort JOB sah, und schüttelte höchst erheitert mehrfach den Kopf. »Ein Gitarrenspieler, der nicht singt!« rief er. »Ich dachte, so was gibt's nicht. Na los« – er schaute auf den Namen, der in den Koffer eingebrannt war – »Frank, richtig?«

Ich nickte und wischte meine feuchten Finger an der Jacke ab, damit das Plektrum mir nicht wegrutschte. Ich stellte den linken Fuß auf einen Stuhl und legte das Instrument auf mein Knie.

»Spielen Sie irgendwas, Frank.« Vernon lächelte. »Was, ist mir egal. Noch nie im Leben habe ich mir einen Vorwand entgehen lassen, mit dem Arbeiten aufzuhören.«

Ich schlug ein paar Akkorde und spielte dann »Empty Pockets« von vorne bis hinten. Mr. Vernon lauschte aufmerksam und klopfte mit seinem Bleistift auf dem Schreibtisch den Takt. Es war das kürzeste meiner drei Stücke, aber es klang gut in dem winzigen Büro. Die Decke war niedrig, und so füllte ein Halleffekt den Raum, vor allem bei dem Klopfen auf dem Holzkörper.

»Der Sound gefällt mir, Frank«, sagte Vernon. »Sie sind okay. Wirklich. Aber ich glaube, im Augenblick kann ich Sie nicht gebrauchen. Ich vesuche, aus dem ›Chez Vernon‹ einen populären Nightclub zu machen, und die James Boys sind eigentlich teuer genug. Ich zahle denen achthundert die Woche, und wenn ich noch mehr für Musiker ausgebe, dann arbeite ich bald für sie statt für mich selbst. Sind Sie in der Gewerkschaft, Frank?«

Ich schüttelte den Kopf. Das Ansinnen, ein freier amerikanischer Mann sollte Gangstern für das Recht, zu arbeiten, Geld bezahlen, hatte ich immer schon als einen der lächerlichsten Bräuche empfunden, die wir haben.

»Ich sag Ihnen was«, meinte Vernon nachdenklich. »Brauchen Sie wirklich einen Job?«

Ich nickte ernst.

»Na schön. Die James Boys spielen immer vierzig Minuten am Stück und machen dann zwanzig Minuten Pause. Von neun bis Mitternacht, und noch eine Stunde länger, wenn es voll genug ist. Samstag nachts bis zwei. Meiner Meinung nach sind zwanzig Minuten für eine Pause zu lang, und manchmal verliere ich auch Gäste deswegen, aber das sind nun mal die Bedingungen, zu denen ich sie engagiert habe. Wenn Sie sich allein auf die Bühne setzen wollen, um die Pausen zu füllen, bin ich bereit, es für ein paar Abende auszuprobieren, um zu sehen, wie es läuft. Ich zahle Ihnen zehn Dollar pro Abend, aber das ist mein Limit.«

Ich dachte ein paar Augenblicke lang darüber nach – aber zehn Dollar war zuviel, wenn ich nur drei Stücke spielen konnte. Ich hielt fünf Finger in die Höhe.

»Sie wollen fünfzig Dollar?« fragte Vernon ungläubig.

Ich schüttelte den Kopf und streckte nacheinander fünf Finger in die Höhe.

»Sie sind schon ein ziemlich komischer Vogel.« Vernon lachte. »Nicht genug damit, daß Sie nicht singen, Sie sind auch noch ehrlich. Also fünf Dollar pro Abend, Frank. Aber ich werde Dick James sagen, er soll vor jeder Pause den Sammelkasten leeren; Trinkgelder, die während der Pausen reinkommen, gehören Ihnen. Da werden Sie jedenfalls noch ein paar Kröten dazuverdienen.«

Ich nickte, reichte meinem neuen Arbeitgeber die Hand und legte meine Gitarre wieder in den Koffer.

»Kommen Sie gegen halb neun, Frank«, sagte Vernon zum Abschluß. »Dann mache ich sie mit den James Boys bekannt.«

Ich kehrte ins Hotel zurück und streckte mich auf dem Bett aus, um noch ein Nickerchen zu halten. Obwohl ich weniger verlangt hatte als die zehn Dollar, die er mir angeboten hatte, war mir ein wenig unbehaglich zumute. Wenn Lee Vernon erst hörte, daß ich jeden Abend die gleichen drei Stücke spielte, würde er nicht eben beglückt sein. Aber im Laufe der nächsten Tage könnte ich vielleicht noch ein paar neue Melodien komponieren; in diesem Fall könnte ich auch darum bitten, meine Gage auf zehn Dollar zu erhöhen. Das drängendste Problem war damit gelöst. Ich konnte die drei Dollar täglich für das Zimmer bezahlen und mir für die restlichen zwei etwas zu essen kaufen, bis mir irgendein genialer Plan einfiel, der mich aus meiner Misere rettete.

Ein paar Minuten später war ich eingeschlafen.

7

Die James Boys waren sehr gut. Wenn Lee Vernon ihnen achthundert Dollar die Woche zahlte, so waren sie jeden Cent davon wert.

Ich saß am Ende der Bar, wo ich den ganzen Raum übersehen konnte, und genoß die Musik und den Gesang und die Späße der Gäste an verschiedenen Tischen. Nicht viele Paare tanzten. Das lag nicht daran, daß die Tanzfläche zu klein gewesen wäre, sondern daran, daß es mehr Spaß machte zuzusehen, wenn die James Boys spielten. Sie trugen rote Westernhemden mit weißen Paspeln an Kragen und Manschetten, aber ihre Musik war nicht auf Westernklänge beschränkt. Im Calypso und im Rock n' Roll waren sie offenbar genauso zu Hause. Einer nach dem anderen sang jeder der Boys mal ins Mikrofon, und alle hatten sie gute Stimmen.

Dick James trat mit trauervoller Miene ans Mikrofon. »Ich habe jetzt«, verkündete er, »die betrübliche Pflicht, Ihnen, Ladies und Gentlemen, mitzuteilen, daß wir in den nächsten zwanzig Minuten nicht für Sie auf der Bühne stehen werden.«

Er hob eine Hand, um dem enttäuschten Gemurmel Einhalt zu gebieten. »Wir wollen ja nicht gehen. Ehrlich nicht. Wir können es uns bloß nicht leisten, hier etwas zu trinken. Wir müssen in eine kleine Kneipe weiter unten an der Straße, wo die Drinks billiger sind. Und, wie ich vielleicht hinzufügen darf«, ergänzte er frech, »unverwässert!«

Er bekam sehr spärliches Gelächter zur Antwort. Vielleicht glaubten die Gäste im »Chez Vernon« wirklich, daß ihre Drinks verdünnt waren.

»Aber für die kurze Zeit unserer Abwesenheit hat die Geschäftsleitung Ihrem Hörvergnügen zuliebe mit einem enormen Kostenaufwand einen der größten Gitarristen der Welt gewinnen können! Ladies und Gentlemen, ich präsentiere Ihnen Frank Mansfield!«

Ich war so darin vertieft gewesen, zuzuschauen und zuzuhören und ein Bier nach dem anderen zu trinken, daß ich gar nicht gemerkt hatte, wie schnell die Zeit vergangen war. In einer Woge von enthusiastischem Applaus, geführt von den James Boys, schlängelte ich mich zwischen den dicht beieinanderstehenden Tischen hindurch zum Podium. Während ich mich hinsetzte und die Gitarre aus dem Koffer nahm, schraubte Dick James ein Mikrofon auf Höhe meiner Hüften herunter.

»Viel Glück, Frank«, sagte er und folgte seinen Kollegen in den Gang, der zur Garderobe führte. Ich war in Hemdsärmeln, trug aber meinen Hut. Am liebsten wäre ich mit den Jungs verschwunden, um mir in der Garderobe meine Jacke zu holen und mich durch den Hinterausgang zu verdrücken. In Erwartung neuer Unterhaltung war das Publikum ziemlich still. Ich fühlte, daß aller Augen auf mich gerichtet waren, als ich nun, von einem kleinen Spot beleuchtet, auf der kleinen dreieckigen Bühne saß.

Ich zögerte den Anfang hinaus, so lange ich konnte, denn es war mir wohl bewußt, daß ich zwanzig Minuten bis zur Rückkehr der James Boys auszufüllen hatte und nicht so viele Stücke spielen konnte, wie dazu nötig waren. Ich schlug ein paar Akkorde an, stimmte die A-Saite eine Idee höher und spielte dann »Empty Pockets«. Als der letzte Akkord verklang, stand ich auf und verbeugte mich tief vor dem dünnen, spärlichen Applaus. Bevor ich mit »Grandma's Quilt« begann, tat ich wieder, als müsse ich mein Instrument stimmen, und beim Spielen verlangsamte ich das Tempo des Stücks. Der Applaus war stärker, als ich mit dieser Komposition fertig war. Inzwischen hatte das Publikum gemerkt, daß meine Musik ungewöhnlich, zumindest anders war. Meine letzte Nummer war die beste, mein Lieblingsstück, und meine Nervosität war völlig verschwunden. Aus dem Publikum kam kaum ein Laut, während ich »Georgia Girl« spielte, aber als ich endete und aufstand, um mich zu verbeugen, war der Beifall entschieden großzügig.

»Ich sollte Unterricht bei dir nehmen«, sagte Dick James und erklomm die Bühne. »Du machst da mächtig gute Töne, Frankerino.«

Ich nickte, lächelte und fuhr mit der Zunge über die Lippen. Die James Boys wußten auch noch nicht, daß mein ganzes Repertoire aus drei selbstgemachten Nummern bestand. Lee Vernon kam mit einem hohen Glas in der Hand quer durchs Lokal und beglückwünschte mich. Er flüsterte Dick etwas zu und richtete das Mikrofon. Ich hatte meine Gitarre wieder in den Koffer gelegt und war auf halbem Weg zur Bar, als Vernons Stimme aus den Lautsprechern unter der Decke krächzte: »Ladies und Gentlemen, es gibt da etwas bei Frank Mansfield, das Sie noch nicht wissen!« Seine Stimme ließ mich innehalten, und ich schaute zu Boden.

»Angesichts der großen Geschicklichkeit seiner Finger ist es vielleicht schwer zu glauben, aber Frank Mansfield ist der einzige taubstumme Gitarrist der Welt! Spendieren wir ihm noch einmal einen kräftigen Applaus? Er soll die Vibrationen durch den Boden spüren!«

Die betrunkene Meute applaudierte wild und trampelte mit den Füßen auf dem Fußboden. Ich lief quer durch den Raum, stieß den Vorhang vor dem Korridor beiseite und stürzte in die Garderobe. Lee Vernon hatte es vermutlich gut gemeint, aber seine Ansage hatte mich wütend gemacht. Ich wollte nicht nur aussteigen, sondern hätte ihm auch am liebsten noch eins auf die Nase gegeben. Nach dieser dämlichen Bekanntmachung würde es verflucht peinlich für ihn werden, wenn ich in vierzig Minuten dieselben drei Stücke wieder spielte.

Auf der Frisierkommode stand eine offene Flasche Bourbon. Ich setzte sie zweimal an die Lippen und rauchte fünf Zigaretten; dann war es Zeit für meinen nächsten Auftritt. Tiny James, der Bassist, kam mich holen.

»Du bist dran, Mansfield.« Er deutete mit dem Daumen über die Schulter. »Du bist schon angesagt.«

Ich kehrte auf die Bühne zurück und nahm meine Gitarre. Inzwischen waren doppelt so viele Gäste im Lokal, und die Luft war blau vom Rauch. Vernons Bekanntmachung hatte ein morbides Interesse geweckt. Die Leute von der Theke hatten sich hereingedrängt, und stehende Gäste versperrten den Platz vor der Kellnerbar. Kaum hatte ich mein Instrument genommen und ein par Dreiklänge angezupft, zischten die Leute von den Tischen hinüber, und es wurde still im Raum.

Unbewegt und geschickt spielte ich meine drei Nummern ohne Unterbrechung bis zum Ende herunter. Der Applaus war großzügig. Ich legte die Gitarre in den Koffer und begab mich hinaus zur Garderobe. Als die Tür sich hinter dem letzten der James Boys geschlossen hatte, nahm ich einen tiefen Zug aus der offenen Whiskey-Flasche. Lee Vernon kam herein. Er war rot im Gesicht und lachte. Als er die Hand nach der Flasche ausstreckte, reichte ich sie ihm, und er füllte sein Glas.

Ich beobachtete ihn mürrisch und nahm noch einen Schluck aus der Flasche. Vernon brach in ein heftiges, fröhliches Gelächter aus.

»Das sind die drei einzigen Stücke, die Sie können, wie?« fragte er.

Ich mußte grinsen und nahm noch einen kleinen Schluck.

»Das ist wunderbar, Frank«, erklärte er aufrichtig. »Wirklich wunderbar!« Er grinste breit, daß seine großen weißen Zähne blitzten. »Selbst komponiert?«

Ich nickte.

Ein Stirnrunzeln durchfurchte Vernons gerötetes Gesicht; behutsam setzte er sein Glas auf den schmalen Sims vor dem Spiegel. Jetzt feuert er mich, dachte ich. Sobald ich meinen Fünfer in der Tasche habe, schlage ich ihm die Zähne ein.

»Ich finde das toll, Frank. Wirklich. Jeder Idiot kann ein paar Stunden nehmen und 'n paar gewöhnliche Songs auf der Gitarre runterklimpern. Verflucht, ich spiele selbst ein bißchen, und wenn ich dazu singe, übertönt das alle Fehler, die ich mache. Aber Sie . . .« Er schüttelte spaßhaft ungläubig den Kopf. »Die verdammte Gitarre in aller Seelenruhe so im Griff zu haben, wie Sie es tun, und dann eigene Stücke zu komponieren – na, dafür kann ich Sie nur bewundern.« Er nahm sein Glas und hob es. »Auf Frank Mansfield! Sie haben Arbeit im »Chez Vernon«, solange Sie wollen.«

Er trank sein Glas aus und wandte sich zur Tür. Beim Hinausgehen stieß er mit der Schulter an den Türrahmen, und er wankte leicht, als er den Korridor hinunterging.

Ich schloß die Tür, setzte mich und starrte auf eine Stuhllehne. Wenn man das Leben auf logische Weise akzeptiert, ist das Unerwartete eigentlich das Erwartete. Ich hätte wissen können, daß er mich nicht rausschmeißen würde. Ein Nightclub-Besitzer muß schon aufgrund der Tatsache, daß er Nightclub-Besitzer ist, die Dinge notwendigerweise so nehmen, wie sie sind. Vernon hatte sich vergnügt mit der Situation abgefunden – wie ein Soldat in Friedenszeiten, der sich unversehens im Krieg wiederfindet. Etwas anderes blieb ihm nicht übrig.

Ich hatte verschwinden wollen, aber das konnte ich jetzt nicht mehr. Ich war in einer unhaltbaren Position. Mir blieb nur eine Alternative: Immer wenn ich meinen Zwanzig-Minuten-Auftritt absolvierte, mußte ich etwas Neues improvisieren. Wenn ich das nicht konnte, mußte ich meinen Hut nehmen und durfte nicht einmal die fünf Dollar kassieren, die mir zustanden. Es war unfair, dieselben drei Stücke wieder und wieder zu spielen.

Ich nahm noch einen Schluck, einen kleinen diesmal. Allmählich machte sich der Whiskey im Verein mit dem Bier, das ich vorher getrunken hatte, bemerkbar. Ich faßte meinen Entschluß. Wenn ich wieder dran war, würde ich improvisieren und etwas wirklich Wunderbares spielen.

Als Dick James mich angesagt hatte, setzte ich mich ruhig auf meinen Stuhl, nahm die Gitarre auf den Schoß und faßte ein buntes Plektrum locker mit Daumen und Zeigefinger. Das Lokal war jetzt voll besetzt. In der trüben, bunten Deckenbeleuchtung konnte ich die meisten Gesichter in der unmittelbaren Umgebung der Bühne erkennen. Ein Hauch von nervöser Erwartung war im Raum. Hier ist ein Freak, sagte die Stille, ein talentierter, taubstummer Freak, der eine Musik spielt, die er nicht hören kann, und der für einen Applaus spielt, den er nur fühlt. Eine solche Stimmung herrschte im »Chez Vernon«, zum Teil durch die Ansage, die Lee Vernon über den Lautsprecher gemacht hatte, zum Teil auch durch meinen letzten Auftritt auf dem Podium, bei dem den Zuhörern eine Musik ganz neuer Art zu Ohren gekommen war. Vernon saß an einem Tisch dicht vor dem Podium, das Gesicht vom Alkohol gerötet, ein wissendes Lächeln auf den Lippen. Sein Nachbar zur Linken war ein junger Mann mit langen blonden Haaren; er trug ein rotseidenes Dinnerjackett mit weißem Rüschenhemd und karierter Fliege. Rechts saß eine Frau in einem tief ausgeschnittenen irisch-grünen Abendkleid, ein hohes Glas mit einem pinkfarbenen Drink vor sich. Sie war Anfang Vierzig, würde aber mühelos noch ein paar Jahre lang für neununddreißig durchgehen.

Ihre Lippen waren feucht und glänzend, und ihre dunklen Augen leuchteten vor Erregung, als unsere Blicke sich trafen. Sie nickte höflich und berührte mit langen, schlanken Fingern ihr kohlschwarzes Haar. Die Frau und der junge Mann an Vernons Tisch stachen von der Menge ab. Die meisten Gäste hier trugen kurzärmelige Sporthemden; nur die jüngeren Männer, die mit ihren Mädchen hier waren, hatten Sakkos und Krawatten an. Lee Vernon hob sein Glas und zwinkerte mir zu.

Zwischen Mikrofon und Gitarre waren keine zwei Handbreit Abstand. Ich klopfte mit dem Plektrum auf den Resonanzkörper. Das Geräusch, von sechs Lautsprechern verstärkt, klang, als klopfe jemand an eine Holztür. Wenn ich am Resonanzkörper der Gibson kratzte, rief das ein Geräusch wie das trockene Zirpen von Grillen hervor. Die Grillen erinnerten mich an die langen Sommerabende in Mansfield, Georgia, und ich dachte daran, wie die silbrig leuchtenden Motten die Laterne an der Straßenecke umschwirrten, unten bei Grandmas Haus.

Ich spielte das Schwirren, nahm es auf, flog und flatterte mit ihnen um die Straßenlaterne, neckte sie auf der E-Saite.

Weiter unten an der Straße schwang eine Frau auf einer feingliedrigen eisernen Verandaschaukel hin und her; die Ketten knarrten und klagten, und die Frau lachte das fröhliche, zufriedene Lachen einer distinguierten Südstaatenfrau, einer Mutter vielleicht, mit zwei Kindern, einem Jungen und einem Mädchen, und der kleine Junge sagte etwas, das sie amüsierte, und sie lachte und erzählte ihrem Mann, der neben ihr saß, was das Kind gesagt hatte.

Ich spielte es.

Und ich wiederholte das feste, rumpelnde Lachen ihres Mannes, das mit ihrem Lachen zu einem Ganzen verschmolz, und dann entfernten sich meine Finger von ihnen, glitten den Hals hinauf und zupften das gleichmäßig säuselnde, wispernde Plätschern eines Rasensprengers aus den Saiten, dazu das tonlose Summen eines Mannes eine Straße weiter. Und dann kam ein Junge in kurzen Hosen den Gehweg herunter, zuerst langsam, dann rannte er und tanzte unbeholfen, um nur ja nicht auf einen Riß zwischen zwei Pflasterplatten zu treten, denn das würde einer Mutter ohne Zweifel den Hals brechen! Er bückte sich und hob einen Stock auf, und dann hüpfte er an einem weißen Lattenzaun vorbei, und der Stock ratterte, polterte, übertönte den Vortrag, den ein Mann einem halbwüchsigen Mädchen hielt, dort auf der Veranda des alten weißen Hauses, des vorletzten vor der Straßenecke, des Hauses mit den vier weißen Säulen.

Und ich spielte das alles, und

dann die Laute des Abendessens und die Geräusche, das gute, wohltuende Geklapper in der Küche, als Grandma noch lebte und Randall und ich vor dem Abendessen ins Badezimmer geschickt wurden, um uns zu waschen, in das dunkle Badezimmer im Erdgeschoß, wo das Strömen des Wassers in den Rohrleitungen dieses wimmernde, scharfe, unerträgliche Geräusch machte, daß es einem kribbelnd über den Rücken lief, ein Geräusch, das anhielt, bis auch der andere Hahn aufgedreht wurde und es modulierte, so daß aus dem Stöhnen das verstohlene Kratzen eines Jungenfingers auf der Schultafel wurde, und richtig, an diesem Abend war unsere Lehrerin zum Essen bei uns, und sie redete mit Mutter, monoton wie immer, und ich haßte sie, und ihre flache, trockene Stimmlage schläferte einen noch jedesmal während des Unterrichts ein, wenn man sich nicht fortwährend kniff, und Daddy zog die Uhr heraus, die so laut tickte, und es war Essenszeit, der solide Serviettenring aus gutem Sterlingsilber und das Ting-Ting der feinen Kristallgläser, wenn man mit dem Fingernagel dagegenschlug, und ›hört nur das Echo!‹, und das volle, dunkle Lachen von Aimée, unserer schwarzen Köchin, draußen in der Küche, und nach dem Abendessen durfte ich ins Kino, aber Randall nicht, denn er war drei Jahre jünger und mußte ins Bett

und das alles spielte ich und

was für ein wunderbarer Film! Der junge Dick Powell, hübsch anzusehen in seiner Kadettenuniform, und die geschlossenen Reihen aufrechter, großer Männer beim Parademarsch, und nur unbestimmt sickerten alte Songs durch die Geschichte, *Flirtation Walk*, und das hübsche Mädchen unter dem Kissing Rock, und dann war der Film aus, aber ich blieb da, um ihn noch einmal anzusehen, aber die Wiederholung war kurz und knapp, denn nichts ist beim zweitenmal noch gut, und dann war ich spät dran, und es war dunkel, und ich rannte die schwarzen, schmalen Straßen entlang, und die Grillen verstummten vor dem Klatschen meiner Füße, und grimmig drohten die Schatten der mächtigen alten Pecanbäume in unserer düster abweisenden Straße. Als ich unseren Vorgarten erreichte, sicher vor dem, was immer mir auf den Fersen war, saß Mutter auf der Veranda mit einer Gerte in der Hand, und sie gedachte, sie zu benutzen, das weiß ich, aber ich fing an zu weinen, und sie zog mich an sich, in ihren warmen, wundervollen, unveränderlichen Duft nach Puder, würzigem Flieder und Zedernholz, und süße, süße Lippen küßten mich und schalten mich und küßten mich und schimpften und

die verdammte G-Saite riß.

Das Plektrum fiel mir aus den Fingern, und ich starrte wie betäubt die Gitarre an. Im Lokal war es totenstill. Einen Augenblick später, als sei ein Damm explodiert, erbebte der Raum vom Tosen klatschender Hände und stampfender Füße. Ich flüchtete in die Garderobe, die Hand immer noch um den Hals der Gitarre geklammert. Die James Boys, die am Vorhang vor dem Türbogen zum Korridor gestanden und zugehört hatten, folgten mir in die kleine Kammer, und Dick reichte mir die Flasche.

»Ich freß 'n Besen, Frank«, sagte er warmherzig. »Besser hab ich im Leben noch keinen Gitarre spielen hören. Du kannst jederzeit ein James Boy werden, wenn du willst. Los, nimm noch 'n Schluck!«

Ich setzte mich, zündete mir eine Zigarette an und schaute auf meine zitternden Finger. Meine Kehle war trocken und eng, und zum erstenmal im Leben fühlte ich mich einsam, wirklich einsam, und ich wußte nicht, warum. So viele Jahre lang hatte ich all diese Erinnerungen in mir vergraben, daß es mich erschreckte, festzustellen, daß sie alle noch in meinem Kopf waren.

Die James Boys kehrten auf die Bühne zurück; sie ließen die Tür offen, und ich hörte die heißen Klänge ihrer ersten Nummer »The Big D Rock«.

»Mr. Mansfield ...« Ich blickte auf, als ich Lee Vernons Stimme hörte, und stand hastig auf, als er den jungen Mann und die Frau, die draußen an seinem Tisch gesessen hatten, vor sich eintreten ließ. »Ich möchte Sie mir Mrs. Bernice Hungerford und Tommy Hungerford bekannt machen.« Lächelnd wandte er sich an die Frau. »Mr. Frank Mansfield.«

»Tommy ist mein Neffe«, erklärte Bernice Hungerford rasch und streckte die Hand aus. Ich schüttelte sie kurz und begrüßte dann ihren

Neffen. Dessen Miene war bemüht gelangweilt, aber er war ein wenig nervös.

Mrs. Hungerford war eine wahrhaft hinreißende Frau; das konnte ich jetzt, im grellen Licht der Garderobe, deutlich erkennen. Eine weiße Cashmere-Stola hing über ihrem linken Arm, und in der Linken hielt sie eine goldgewirkte Abendtasche. Ihre Augen hatten die Farbe von Sienaerde, und sie waren unentwegt auf mein Gesicht gerichtet. Amüsiert bemerkte ich die Sommersprossen, die sich auf ihrer Nase tummelten. Die Sommersprossen im Gesicht und auf den Schultern täuschten jedenfalls über ihr Alter hinweg.

Mit gefaßter Miene sagte Vernon: »Mrs. Hungerford war sehr beeindruckt von Ihrem Konzert, Mr. Mansfield. Als ich ihr erzählte, daß Sie zehn Jahre bei Segovia in Sevilla studiert haben, meinte sie, daß man das gleich an Ihrer feinen Stegarbeit merkt.«

Bernice Hungerford nickte heftig und entzückt und drohte mir scherzhaft mit dem Zeigefinger. »Und das Tongedicht habe ich auch erkannt.« Sie zwinkerte und bedachte mich mit einem blitzenden Lächeln. Ihre Zähne waren klein, aber bemerkenswert gleichmäßig und weiß. »Wissen Sie, Mr. Mansfield«, fuhr sie fort, »ich verstehe ein bißchen was von Musik. Wenn ich Bach höre, egal, ob auf dem Klavier oder der Gitarre, erkenne ich den Stil. Das habe ich auch schon zu Mr. Vernon gesagt. Nicht wahr, Lee?« Die Frau wandte sich an den unerbittlichen Mr. Vernon, der seine Betrunkenheit meisterlich zu verbergen verstand. Nur sein steifer Rücken verriet ihn.

»Allerdings, Bernice. Aber ich mußte es ihr sagen, Mr. Mansfield; sie glaubte, Sie spielten eine Bach'sche Fuge, aber das war ein naheliegender Irrtum. Sie wußte nicht, daß es eine spezielle Komposition von Albert Schweitzer war, die Variation eines Themas von Bach. Ein durchaus natürlicher Irrtum, wahrhaftig.«

»Wenn wir nicht zu deinen Gästen zurückkehren, bekommen sie schrecklich trockene Kehlen, liebes Tantchen«, warf Tommy träge ein. »Wir sind jetzt fast eine Stunde weg, weißt du, und das ist ziemlich lang, um bloß Getränkenachschub ranzuschaffen.« Die lässigen Verschleifungen in seiner Redeweise schienen mir sorgfältig geübt zu sein.

»Aber wenn wir Mr. Mansfield mitbringen, wird man uns verzeihen.« Mrs. Hungerford tätschelte ihrem Neffen den Arm.

»Ich will Sie nicht länger aufhalten, Mrs. Hungerford«, sagte Vernon. »Warten Sie doch mit Tommy vorn im Geschäft. Ihre Flaschen sind schon verpackt, und ich bringe Ihnen Mr. Mansfield sofort. Okay?«

»Aber Sie werden ihn doch überreden, oder?« fragte Mrs. Hungerford.

»Ich werde es auf jeden Fall versuchen«, versprach er fröhlich.

Kaum waren sie draußen, schloß Vernon die Tür, lehnte sich dagegen und barg das Gesicht an seinen Armen. Seine Schultern zuckten krampfhaft, und einen Moment lang glaubte ich, er weine. Aber dann brach er in schallendes Gelächter aus, wandte sich von der Tür ab und setzte sich. Als er sich beruhigt hatte, wischte er sich mit dem Zeigefinger die Tränen aus den Augen. »Tut mir leid, Frank, aber diesen Gag konnte ich mir nicht verkneifen. Als sie am Tisch anfing, von Bach und Segovia zu schwätzen, mußte ich einfach noch eins draufsetzen. Aber es ist eine Chance für Sie. Sie hat ein paar Gäste zu Hause und ist eigentlich nur hergekommen, um ein paar Flaschen Scotch zu kaufen. Ich sagte ihr, sie dürfe Ihren Auftritt nicht verpassen, und als Sie dann mit Ihren verzwickten, seltsamen Akkorden rauskamen, war sie so sehr beeindruckt, daß ich mir dachte, vielleicht haben Sie hier eine Chance. Lange Rede, kurzer Sinn: Sie will, daß Sie mit ihr nach Hause kommen und für ihre Gäste spielen. Sollte Ihnen mindestens einen Zwanziger einbringen.

Ich schlüpfte in meine Cordjacke. Während des ganzen Geredes über Bach und Segovia hatte ich geglaubt, die beiden leisteten sich einen Scherz auf meine Kosten, aber anscheinend glaubte Mrs. Hungerford wirklich, ich hätte bei dem alten Gitarristen studiert. Vernon hatte den Spaß bis zum Schluß durchgehalten, und für mich war es eine Chance, auch wenn mir der herablassende Schweinehund zuwider war. Wenn sie mir zwanzig Dollar zahlen wollte, würde ich annehmen, meine drei Stücke spielen und aus ihrem Haus verschwinden. Ich war bereits entschlossen, nicht ins »Chez Vernon« zurückzukehren. Ein Konzert für eine Gruppe reicher Leute, die sich leisten konnten, dafür zu bezahlen, war ein passender Abschluß für meine kurze, unglückselige Musikerlaufbahn.

»Übrigens, Frank«, sage Vernon, als ich mich zum Gehen anschickte, »kommen Sie nicht auf die Idee, ich hätte mich über Sie lustig gemacht, als ich bei dem Spaß mitmachte. Wenn ich völlig nüchtern wäre, hätte ich sie vielleicht aufgeklärt, aber eigentlich hab ich sie nur auf den Arm genommen, damit Sie sich ein paar Kröten nebenher verdienen können. Sie sind nicht sauer?«

Ich ignorierte seine ausgestreckte Hand und drängte mit meiner Gitarre an ihm vorbei. Vernon folgte mir hinaus ins Lokal. Als ich am Podium stehenblieb, um die Gitarre in ihren Koffer zu legen, gab er mir einen Zehn-Dollar-Schein.

»Verflucht, seien Sie nicht wütend deshalb, Frank.«

Am Rand der Bühne stand eine schwarze Männerfigur aus Sperrholz;

ich knüllte den Geldschein in der Faust zusammen und stopfte ihn der Figur in den Mund, bevor ich die Tanzfläche überquerte und durch die Zwischentür in den Schnapsladen hinüberging. Wenn Lee Vernon mir in den Laden gefolgt wäre, hätte ich ihm die Zähne eingeschlagen, auch wenn er betrunken war. Ich war zwar nicht die Zielscheibe seines Scherzes gewesen, aber es paßte mir nicht, daß ein Mann, den ich als unterlegen betrachtete, mich so herablassend behandelte. Aber Vernon war klug genug, nicht herauszukommen, und ich habe ihn seitdem nicht wiedergesehen.

Tommy fuhr den Olds, und Mrs. Hungerford saß zwischen uns auf dem breiten Vordersitz. Der Gitarrenkoffer stand zwischen meinen Beinen und drückte mein linkes Bein fest gegen ihren rechten Oberschenkel; ich fühlte ihre Körperwärme sogar durch meine Cordhose.

»Es ist eigentlich keine Party, Mr. Mansfield«, erklärte sie, während wir durch den spärlichen Verkehr der nachmitternächtlichen Straßen fuhren. »Wir waren zusammen im ›Jacksonville Little Theater‹ und haben uns *Liliom* angesehen, und ich habe die ganze Bande nach Hause eingeladen, auf einen kalten Happen und ein paar Drinks. Es war wirklich ein Fauxpas von mir; zu essen ist jede Menge da, aber ich hatte keine Ahnung, daß der Scotch ausgegangen war. Ich bin aber sicher, wenn ich Sie mitbringe und Sie für uns spielen, wird das mein Versäumnis mehr als wettmachen. Meinst du nicht auch, Tommy?«

»Wenn sie noch da sind«, bemerkte er trocken.

»Keine Sorge.« Mrs. Hungerford lachte – ein angenehmes Lachen. »Ich kenne meinen Bruder!« Sie drehte sich zu mir und legte mir leicht die Hand aufs Knie. »Es sind nur zwei Ehepaare. Tommys Eltern und Dr. Luke McGuire mit seiner Frau. Nicht gerade ein großes Publikum, fürchte ich, nach dem, was Sie gewohnt sind, nicht wahr?«

Zur Antwort spuckte ich aus dem Fenster.

»Aber ich bin sicher, Sie werden merken, daß sie gute Musik zu schätzen wissen.«

Ein paar Minuten später bogen wir in eine von zwei kleinen Zementlöwen bewachte Zufahrt ein. Tommy parkte hinter einem Buick auf dem halbkreisförmigen Kiesweg, der zur Straße zurückführte. Das zweistökkige Haus war ein Backsteinbau. Vier geriefte Holzsäulen trugen eine Dachterrasse, die sich über die breite, verglaste Vorderveranda zog. Der Rasen erstreckte sich leicht abfallend fast hundert Meter weit bis zur Straße, hier und da unterbrochen von neugepflanzten Kokospalmen. Die fedrigen Spitzen der jungen Blätter rasselten im Wind. Sie verschwendete Geld und Mühe, wenn sie versuchte, im so weit nördlich gelegenen Jax Kokospalmen zu ziehen. Die Subtropen fangen erst in Daytona Beach an, und das liegt viel weiter südlich.

Mrs. Hungerford eilte uns voraus, als wir ausgestiegen waren. Tommy trug zwei in Tüten verpackte Scotch-Flaschen unter dem linken Arm und ein Sechserpack Soda in der rechten Hand; er folgte ihr zügig. Während ich die Verandatreppe hinaufging, schaltete Mrs. Hungerford die Beleuchtung unter der Verandadecke ein und schloß die Haustür auf. Sie legte einen Finger an die Lippen und winkte mich mit ihrer freien Hand in den Hausflur.

»Jetzt bleiben Sie hier im Flur!« flüsterte sie aufgeregt. »Dann kann ich sie überraschen.«

Leise schloß sie die Haustür und folgte ihrem Neffen ins Wohnzimmer. In den Stimmen, die sie begrüßten, klang eine Mischung aus Sorge über die lange Abwesenheit und Freude über die Aussicht auf einen Drink. Durch das Raunen der Konversation hörte ich die scharfe elektronische Stimme eines Nachrichtensprechers, der seine letzten Tagesmeldungen herunterrasselte.

Der Flur war mit einem Nylonteppichboden in sanftem Rosé ausgelegt. Der gleiche Teppich lag auch auf der Treppe, die zu dem mit einem Walnußholzgeländer gesicherten ersten Stock hinaufführte. Ein riesiger Philodendron mit gespaltenen Blättern stand in einem weißen Topf hinter der Tür. Unter einem Wandspiegel mit vergoldetem Rahmen stand ein spindelbeiniger, mit Leder bezogener Tisch mit einem Messingteller, auf dem rund dreißig Visitenkarten lagen. Einer lange vergessenen Gewohnheit folgend, betastete ich ein paar der Karten, um festzustellen, ob sie geprägt waren. Sie waren. Ich wandte meine Aufmerksamkeit einem Marmorengel zu, der auf einem kantigen Sockel aus Ebenholz stand. Der verwitterte Cherub war ungefähr einen Meter hoch und spähte schüchtern mit seinen hohlen Augen durch gespreizte, stumpfe Finger. Das rechte Knie war angehoben und geneigt, so daß sein Geschlecht verborgen war, und an der linken Hand fehlten drei Finger. Ich nahm meinen Cowboyhut ab und hängte ihn an den Daumen der verstümmelten Hand.

Der gelangweilte Nachrichtensprecher wurde mitten im Satz abgeschaltet, und gleich darauf kam Mrs. Hungerford, um mich zu holen.

»Sie sind alle mordsmäßig gespannt, Mr. Mansfield«, verriet sie beglückt. »Kommen Sie, man will Sie kennenlernen!«

Tommy war in einer Ecke des großen Wohnzimmers hinter einer kleinen Bar zugange. Zwei Männer mittleren Alters erhoben sich von ihren Sesseln und kamen mir entgegen, um mich zu begrüßen. Dr. McGuire war ein stämmiger halsloser Mann, dessen graue Haare dringend einen Schnitt brauchten. Mr. Hungerford sen., Tommys Vater, war eine ältere Ausgabe seines blonden Sohnes, allerdings ohne Haare und mit von der Sonne Floridas braungebranntem Schädel. Beide Männer trugen weiße Dinnerjacketts zu dunkelblauen Frackhosen. Ich nahm ihre Vorstellung entgegen, indem ich nickte und ihnen die Hände schüttelte. Die beiden Ehefrauen blieben auf einem langen, geschwungenen weißen Sofa sitzen und boten mir nicht die Hand.

»Ich weiß, ihr brennt alle darauf, Mr. Mansfield spielen zu hören«, verkündete Bernice. »Aber ihr werdet warten müssen, bis er etwas zu trinken bekommen hat.«

Eine willkommene Neuigkeit. Ich legte meinen Gitarrenkoffer auf das Sofa und ging zur Bar.

»Es ist reichlich Gin da, wenn Sie keinen Scotch mögen«, schlug Tommy vor.

Zur Antwort goß ich mir zwei Fingerbreit Scotch in ein hohes Glas und gab Eiswürfel und Soda dazu. Ein unbehagliches Schweigen machte sich im Raum breit, als ich mich mit aufgestützten Ellbogen rücklings an die Bar lehnte und die Gruppe anschaute. Bernice oder Tommy – einer hatte sie offensichtlich über meine Unfähigkeit, zu sprechen, in Kenntnis gesetzt, und mein Schweigen beunruhigte sie. Die beiden Matronen, die beinahe aus ihren trägerlosen Abendkleidern platzten, hatten Mühe, den Blick von meinem Gesicht zu wenden. Ich nehme nicht an, daß sie absichtlich unhöflich waren, aber sie starrten mich unwillkürlich an. Dr. McGuire, der mit dem Rücken zum Kamin stand, zündete sich eine Zigarre an und betrachtete die Spitze durch seine Zweistärkenbrille. Nur Bernice war unbeschwert; sie saß bequem auf der langen Bank vor dem Stutzflügel und war sich des Unbehagens ihrer Gäste anscheinend nicht bewußt. Mr. Hungerford Senior räusperte sich und stellte sein Glas auf einen niedrigen Couchtisch.

»Bernice sagt, Sie haben bei Segovia studiert, Mr. Mansfield«, äußerte er.

»Ja«, antwortete Bernice für mich. »Das hat Mr. Vernon uns erzählt, nicht wahr, Tommy?«

»Ja. Und er hat ein wunderbares Stück geschrieben, das Dr. Albert Schweitzer komponiert hat. Ich hoffe, er spielt es für uns noch mal.«

»Afrikanischer Rock 'n' Roll vermutlich.« Dr. McGuire gluckste am Kamin. »Das wäre ein Hochgenuß!« Als niemand in sein Lachen einstimmte, fügte er hastig hinzu: »Wir sind sehr froh, daß Sie herausgekommen sind, um uns etwas vorzuspielen, Mr. Mansfield.«

Ich trank mein Glas leer, sah Tommy an und hob kurz die Brauen, um ihm zu bedeuten, er möge mir noch einen Drink machen. Dann nahm ich meine Gitarre aus dem Koffer und machte mich daran, eine neue G-Saite aufzuziehen, um die gerissene zu ersetzen. Während ich damit beschäftigt war, bat Mrs. Hungerford ihren Bruder und den Doktor, eine Reihe Stühle in die Mitte des Raumes zu stellen. Auf den so formierten Stühlen mußten ihre Gäste mir gegenüber Platz nehmen. Ich stellte mich an die Klavierbank und stützte einen Fuß darauf. Tommy Hungerford betrachtete die neue Sitzordnung lächelnd und blieb hinter der Bar stehen. Ich zupfte an der neuen Saite und spannte sie, und Bernice schlug auf dem Klavier ein G an, bis ich die Gitarre gestimmt hatte. Zufrieden legte ich sie auf die Bank und kehrte an die Bar zurück, um meinen neuen Drink abzuholen. Das kleine Publikum wartete geduldig, aber Dr. McGuire machte ein finsteres Gesicht, als Tommy darauf bestand, daß ich noch ein Glas trinken sollte, bevor ich anfing. Ich schüttelte den Kopf, nahm die Gitarre und spielte mein Drei-Stücke-Repertoire ohne Pause herunter.

Als ich den letzten Akkord gespielt hatte, verbeugte ich mich lächelnd aus der Hüfte und legte die Gitarre wieder in den Koffer. Bernice Hungerford, die während meines kurzen Konzerts bang hinter der Stuhlreihe gestanden hatte, applaudierte als erste.

»Spielt er nicht weiter, Bernice?« fragte der Doktor. »Ich würde gern mehr hören.«

»Ich glaube, das würden wir alle«, bekräftigte seine dicke Frau.

Ich zuckte die Achseln und ging zu Tommy an die Bar, um mir noch einen Drink zu holen.

»Nein, das ist genug«, sagte Bernice. »Mr. Mansfield hat schon den ganzen Abend gespielt, und er ist müde. Wir sollten ihn nicht bedrängen. Das Konzert ist zu Ende. Jetzt geht nach Hause. Ihr habt gegessen, ihr habt getrunken – jetzt geht nach Hause.«

Bernice scheuchte die beiden Frauen hinaus, damit sie ihre Schals holten, und die Ehegatten kamen zu Tommy und mir an die Bar, um sich einen Schlummertrunk zu genehmigen.

»Sie spielen sehr gut, junger Mann«, sagte Dr. McGuire. »Haben Sie schon mal im Fernsehen gespielt?«

Ich schüttelte den Kopf und goß ein wenig Scotch in mein Glas, um das Soda zu verdünnen.

»Ich finde, Sie sollten mal ans Fernsehen denken; meinst du nicht auch, Tommy?«

»Eigentlich nicht, Sir.« Tommy runzelte die Stirn. »Ich bin nicht sicher, daß das Massenpublikum für klassische Gitarrenmusik bereit ist. Sosehr ich mich bemühe, ich kann mich nicht erinnern, jemals ein Violinquartett im Fernsehen gesehen zu haben. Wenn doch, weiß ich es nicht mehr.«

»Bei Gott, ich auch nicht!« bekräftigte der Doktor. »Und ein Violinquartett bietet unter allen Umständen die zivilisierteste Unterhaltung der Welt! Meinen Sie nicht auch, Mr. Mansfield?«

Ich zuckte die Achseln und zündete mir eine Zigarette an.

Er wollte auch gar keine Antwort hören. »Es gibt jedoch unbestreitbar einen Bedarf an ernster Musik im Fernsehen«, redete er weiter. »Und, bei Gott, man sollte die Leute zwingen zuzuhören! Ganz gleich, wie dumm die Leute heutzutage sind, sie können immer noch lernen, gute Musik zu schätzen.« Er schlug mit der Faust auf die Bar.

Die beiden Männer in mittleren Jahren tranken rasch ihre Gläser aus, als Bernice hereinkam, und wandten sich zum Gehen. Bernice durchquerte das Zimmer und legte mir eine Hand auf den Arm. Bis jetzt hatte sie noch keine Gelegenheit ausgelassen, mich zu berühren.

»Mrs. McGuire möchte gern wissen, ob Sie einverstanden wären, am nächsten Samstagabend für ihre Gäste zu spielen. Sie gibt eine Party, eine ziemlich große, und sie wäre bereit –«

Ich schüttelte den Kopf und drückte meine Zigarette in einem weißen Cinzano-Aschenbecher aus.

»Das heißt also ›nein‹?«

Ich nickte. Lächelnd wandte sie sich ab und kehrte in den Flur zurück, um sich von ihren Gästen zu verabschieden und Mrs. McGuire die Nachricht zu überbringen.

»Sagen Sir mir eines, Mr. Mansfield«, bat Tommy zögernd. »Haben Sie wirklich bei Segovia studiert?«

Ich grinste und schüttelte den Kopf. Dann stellte ich mein Glas hin und griff nach meinem Gitarrenkoffer. Tommy warf den Kopf in den Nacken und lachte.

»Ich hab's auch nicht geglaubt, aber ich werde Ihr Geheimnis für mich behalten bis in den Tod.«

Bernice Hungerford kam zurück, und ein Lächeln erhellte ihr fröhliches Gesicht. Ich wußte nicht, warum, aber ich fühlte mich zu der anmutigen, freundlichen Frau hingezogen. Sie wirkte so glücklich, so eifrig darauf bedacht, anderen eine Freude zu machen, und doch zogen winzige, tragische Falten ihre vollen Lippen an den Winkeln des Mundes herab.

»Ich fahre Mr. Mansfield zurück in die Stadt, Tantchen«, sagte Tommy.

»O nein!« widersprach Bernice fröhlich. Sie nahm mir den Gitarrenkoffer ab und legte ihn auf die Couch. »Ich fahre ihn selbst. Lauf du nur zu, Tommy – ich mache Mr. Mansfield noch etwas zu essen – Sie könnten doch etwas vertragen, oder?«

Ich zuckte die Achseln und lächelte dann. Sie hatte die zwanzig Dollar noch nicht bezahlt, und etwas essen konnte ich immer. Aber das kalte Büfett lockte mich nicht. Es gab dort mehrere Sorten Fleisch, kalten Schweinebraten, drei verschiedene Käse-Dips und Mixed Pickles. Ich warf einen angewiderten Blick auf das Büfett.

»Nein, keine Angst.« Bernice tätschelte meinen Arm mit ihrer kleinen weißen Hand. »Ich werde Sie nicht zwingen, die Reste unseres kalten Büfetts zu essen. Ich mache Ihnen Eier mit Speck.«

»Mir auch, liebes Tantchen?« Tommy grinste.

»Nein, dir nicht. Hast du nicht irgendeinen Job, bei dem du morgen früh aufkreuzen mußt?«

Tommy stöhnte. »Erinnere mich nicht. Na, gute Nacht, Mr. Mansfield.« Er gab mir die Hand, berührte die Wange seiner Tante mit den Lippen und verließ das Zimmer. Ein paar Augenblicke später blitzten die Scheinwerfer seines Olds im großen Fenster auf, als er durch den Halbkreis zur Straße hinunterfuhr.

Jetzt, da wir allein in dem großen Haus waren, verflog Bernices gefaßte Haltung plötzlich. Sie errötete heftig unter meinem gleichmütigen Blick und nahm mich bei der Hand. »Kommen Sie«, sagte sie munter. »Leisten Sie mir in der Küche Gesellschaft, während ich für Sie koche.«

Ich folgte ihr in die Küche und setzte mich an einen kleinen, mit einem blauweißen Tuch bedeckten Eßtisch. Die Fenster zu allen drei Seiten der Eßnische waren mit Jalousien versehen; die Küche an sich war groß, wie in den meisten zur Zeit der Depression erbauten Häusern. Die Kücheneinrichtung indessen war modern. Neben einem neuen, gelb emaillierten Elektroherd fand sich auch ein eingebauter Backofen mit verglaster Tür und einer Reihe kompliziert aussehender Knöpfe darunter.

»Es ist noch Kaffee da, aber der steht inzwischen schon so lange auf der Warmhalteplatte, daß er wahrscheinlich bitter ist. Ich mache lieber frischen, wenn es Sie nicht stört, ein Weilchen zu warten; bis dahin habe ich dann auch die anderen Sachen fertig. Ich finde, daß Kaffee, der zu lange steht, immer bitter wird; finden Sie nicht auch? Es sind noch ein paar Stampfkartoffeln vom Abendessen übrig; ich mache Ihnen ein paar schöne Puffer zu Ihrem Schinken.«

Und so plapperte Bernice Belanglosigkeiten in endlosem Strom, während sie mir das Essen machte, und ich hörte ihr versonnen zu und rauchte, und dabei beobachtete ich ihre geschickten und wohlbemessenen Bewegungen von meinem Stuhl aus. Sie hatte sich eine gerüschte weiße Schürze umgebunden, die zu ihrem grünen Abendkleid paßte wie die Faust aufs Auge. Unablässig redete sie von leckeren Speisen, und mein Hunger wuchs von Sekunde zu Sekunde.

Sie wollte mir eine Freude machen, auch wenn sie nicht wußte, warum. Sie wußte, daß sie eine gute Köchin war, und sie wußte auch, daß ich mich nach einem anständigen Essen wohlfühlen würde. Und wenn ich mich wohlfühlte, würde ich mit ihr ins Bett gehen. Wahrscheinlich drangen diese Gedanken gar nicht bis in ihr Bewußtsein vor, aber ich spürte es und wußte instinktiv, daß sie mir gehörte, wenn ich sie wollte. Und während sie fröhlich und munter plapperte, begriff ich, daß ich sie wollte, und zwar sehr. Sie war eine verdammt attraktive Frau, vielleicht ein bißchen kräftig in den Schenkeln, aber das halte ich nicht für einen Mangel. Ich mag es, wenn Frauen ein wenig fleischig sind. Mag sein, daß die klapperdürren Knabentypen von anderen Frauen bewundert werden, aber von den meisten Männern nicht.

Ich lächelte beifällig, als sie mir den mächtigen Teller vorsetzte. Der Duft von einer Scheibe gebratenem Speck, vier Spiegeleiern und flockigen Kartoffelpuffern stieg mir in wundervoller Mischung in die Nase. Bernice goß dampfenden frischen Kaffee in zwei Tassen und setzte sich mir gegenüber, um mir beim Essen zuzusehen; ihr Gesicht war gerötet von der geleisteten Arbeit und von ihrer Freude darüber, wie ich das Essen verputzte.

»Ich hätte Bisquits machen sollen«, sagte sie, »aber ich habe gemerkt, daß Sie zu hungrig waren, um darauf zu warten; deshalb der Toast. Möchten Sie Guavengelee für den Toast?« Sie wollte aufstehen, aber ich schüttelte heftig den Kopf, und sie blieb sitzen.

Gleich darauf lächelte sie. »Ich sehe es gern, wenn ein Mann ißt«, sagte sie ehrlich.

Ich habe diese banale Bemerkung schon von vielen Frauen gehört: von Grandma, von Mutter, als sie noch lebte, und von vielen anderen. Ich glaube, Frauen sehen es wirklich gern, wenn Männer essen, vor allem, wenn sie den betreffenden Mann gernhaben und er etwas ißt, das sie ihm gekocht haben. Noch nie habe ich einer Frau das zweifelhafte Vergnügen verwehrt, mich essen zu sehen. Davon abgesehen, daß sie für die Bedürfnisse eines Mannes sorgen, haben Frauen ohnehin nicht viel Freude im Leben.

Als ich alles restlos aufgegessen hatte, schob ich den leeren Teller beiseite und wischte mir mit einer quadratischen Damastserviette den

Mund ab. Bernice lächelte über den Rand ihrer Tasse hinweg und nickte befriedigt. Ich erwiderte ihr Lächeln und zwinkerte langsam; sie errötete und schlug die Augen nieder.

»Mein Mann ist seit fünf Jahren tot, Mr. Mansfield«, erzählte sie schüchtern. »Sie ahnen nicht, wie schön es ist, mal wieder für einen Mann zu kochen. Ich hatte es selber fast vergessen. Ich habe meinen Mann sehr geliebt, und ich glaube, ich tue es immer noch. Mein Bruder sagt immer, es sei töricht von mir, dieses große Haus zu behalten und ganz allein hier zu wohnen. Ich weiß, es wäre einfacher, ein Apartment zu unterhalten, und ich hätte mehr Freizeit, aber ich wüßte nicht, was ich mit mehr Freizeit anfangen sollte, wenn ich sie hätte. Ich weiß ja jetzt schon die halbe Zeit nichts mit mir anzufangen.

Dieses alte Haus birgt eine Menge angenehme Erinnerungen für mich, und ich würde sie vermissen, wenn ich es je verkaufen sollte. Ich sehe meinen Mann in jedem Zimmer. Manchmal, tagsüber, tue ich so, als wäre er gar nicht tot. Er ist im Büro; da ist er und arbeitet, und um sechs Uhr kommt er nach Hause, kommt er zur Haustür herein wie immer, und . . .« Sie verstummte, und zwei Tränen rollten auf ihre langen schwarzen Wimpern.

Bernice wischte sie weg, warf den Kopf ungeduldig in den Nacken und lachte.

»Ich bin trübsinnig, nicht? Wie wär's mit noch einer Tasse Kaffee?«

Ich nickte, nahm meine Zigaretten aus der Hemdtasche und hielt ihr die Schachtel entgegen. Sie nahm das Korkmundstück zwischen die Lippen, und als ich mein Feuerzeug aufschnippte, umfaßte sie meine Hand mit beiden Händen, um sich die Zigarette anzuzünden. Das war unnötig. Meine Hand war völlig ruhig. Als sie uns Kaffee nachgeschenkt hatte, setzte sie sich wieder hin und malte mit einem langen roten Fingernagel Kreise auf das Tischtuch.

»Ich weiß, Sie wollen gehen, Mr. Mansfield«, sagte sie schließlich, »aber dies ist eine ganz neue Erfahrung für mich. Es kommt selten vor, daß eine Frau bei einem Mann offene Ohren für ihren Kummer findet und nicht gleich aufgefordert wird, die Klappe zu halten!« Sie lachte und zuckte komisch die Achseln.

»Aber ich habe eigentlich gar keinen Kummer. Was das Finanzielle angeht, bin ich gesichert. Dafür hat mein Mann gesorgt. Gott segne ihn. Das Haus gehört mir, und mein Treuhandvermögen wird von der Bank gut verwaltet. Und ich habe einen Kreis von Freunden, die ich größtenteils kenne, seit ich erwachsen bin. Wo ist also mein Kummer?« Sie seufzte hörbar und fuhr sich mit der Zunge über die Lippen wie eine Katze.

»Ich sollte die glücklichste Frau der Welt sein. Aber hin und wieder – wohlgemerkt, nur hin und wieder, Mr. Mansfield –, würde ich gern ins Bad gehen und die Klobrille aufgestellt sehen, nicht heruntergeklappt.« Die Röte stieg ihr ins Gesicht, daß ihre Sommersprossen beinahe verschwanden. Hastig stand sie auf und stieß die Schwingtür auf, die ins Wohnzimmer führte. »Ich hole Ihnen Ihr Geld, Mr. Mansfield.«

Sie hatte mein Mitgefühl erweckt. Ich fragte mich, wie ihr Mann wohl gewesen sein mochte. Ein Versicherungsangestellter wahrscheinlich. Immer wenn er befördert worden war, hatte er das zusätzliche Geld zu ihrer Sicherheit, ihrem Schutz angelegt. Es mußte sie eine Menge kosten, dieses große Haus zu unterhalten. Und ich hätte wetten mögen, daß sie keine Kinder hatte, denn sonst hätte sie von denen erzählt, nicht von einem Mann, der seit fünf Jahren tot war. Hätte ich sprechen können, wäre es mir im Handumdrehen gelungen, ihre düstere Stimmung mit ein paar Scherzen zu vertreiben. Mein Sexualleben hatte wirklich gelitten, seit ich aufgehört hatte zu sprechen. Es war nicht völlig erlahmt, denn Geld spricht noch immer, wo Worte versagen, aber es waren doch viele Frauen in den letzten zwei Jahren davongekommen, weil ich hartnäckig an meinem Schweigegelübde festhielt.

Während ich die Situation noch erwog und mich fragte, was ich am besten tun sollte, kam Bernice in die Küche zurück. Sie legte einen Fünfzig-Dollar-Schein auf den Tisch. Dieser Fünfziger verdarb mir alles.

Zwanzig Dollar hätte ich annehmen können, denn das war die Gage, die Lee Vernon vereinbart hatte. Fünfzig nicht – nicht mit gutem Gewissen. Mein Konzert war so viel nicht wert. Ich wußte das, und Bernice Hungerford wußte es auch. Sie versuchte, mich zu kaufen, und das paßte mir nicht. Ich faltete den Schein zu einem kleinen Viereck zusammen, legte ihn auf die Tischkante und schnippte ihn mit dem Zeigefinger auf den Boden. Dann stand ich auf und ging hinaus.

Ich nahm im Wohnzimmer meine Gitarre und war fast schon im Flur, als Bernice mich einholte. Sie hielt mich am Arm fest, und als ich stehenblieb, stellte sie sich vor mich und schaute mir wehmütig ins Gesicht. Ich biß die Zähne zusammen und sah über ihren Kopf hinweg zur Tür.

»Bitte!« flehte sie und stopfte mir den zusammengefalteten Geldschein in die Hemdtasche. »Ich weiß, was Sie denken, aber es ist nicht wahr! Ich habe Ihnen nur deshalb einen Fünfziger gegeben, weil ich keinen Zwanziger mehr hatte. Ich dachte, ich hätte noch einen, aber ich hatte keinen. Bitte nehmen Sie ihn!«

Ich senkte den Blick und schaute ihr fest ins Gesicht. Sie wandte den Kopf ab.

»Also gut. Ich habe gelogen. Nehmen Sie das Geld trotzdem. Fünfzig Dollar bedeuten mir nichts. Es tut mir leid, und ich schäme mich. Und wenn Sie die Wahrheit wissen wollen: Ich schäme mich mehr, als daß es mir leid tut.«

Ich nahm meinen Hut vom Daumen der Marmorputte und stülpte ihn auf meinen Kopf. Aber ich ging nicht. Ich überlegte es mir. Zum Teufel mit der ganzen Geschichte – die Frau war begehrenswert! Ich nahm den Hut ab, hängte ihn wieder an den Engelsdaumen und ließ meinen Gitarrenkoffer auf den Teppichboden fallen. Bernice war die Treppe hinaufgegangen, aber auf der dritten Stufe hatte ich sie eingeholt. Ich nahm sie auf den Arm und trug sie nach oben. Sie vergrub das Gesicht an meinem Hals, unterdrückte ein Schluchzen und klammerte sich wie ein Kind mit beiden Armen an mich. Beim Treppensteigen wankte ich unter ihrem Gewicht – sie mußte solide hundertvierig Pfund wiegen –, aber ich ließ sie nicht fallen. Als ich auf der Galerie angelangt war, keuchte ich mit offenem Mund, um wieder zu Atem zu kommen.

Bernice wisperte mir leise ins Ohr: »Das Schlafzimmer ist die erste Tür rechts.«

Das erste Mal war für mich. So nervös, wie Bernice war, am Anfang zumindest, konnte es kaum anders gehen. Aber ich ging sanft mit ihr um, und daß sie mir Befriedigung verschaffte, gab ihr offenbar die Selbstsicherheit, die sie brauchte. Es gab beispielsweise keine törichten Versuche, die Nachttischlampe auszuknipsen, und als sie aus dem Badezimmer zurückkam, war sie immer noch nackt.

Ich hatte mich an beide Kopfkissen gelehnt, rauchte eine Zigarette und sah zu, wie sie Brandy in zwei kleine Gläser goß. Die geschliffene Karaffe stand auf einem Tischchen an der Wand neben einem bequemen Sessel. Eine Karaffe mit Cognac im Schlafzimmer aufzubewahren, fand ich ungewöhnlich, aber vielleicht war ein Drink danach ja ein postkoitales Ritual von ihr und ihrem verstorbenen Gatten.

Bernice war zwar ein wenig füllig, aber sie hatte nichtsdestoweniger eine gute Figur. Ihre schweren Brüste hingen ein wenig, aber die vorstehenden Brustwarzen hatten die Farbe eines rosaroten Löffelreihers. Ihre schlanke Taille betonte die wundervoll schwellenden Konturen ihrer Hüften, und abgesehen von ihren sommersprossigen Schultern war ihre Haut so weiß wie eine geschälte Mandel. Mit dem dichten schwarzen Haar, das ihr offen über den Rücken fiel, war Bernice eine wunderschöne Frau. Zu allem Überfluß hatte sie ein Gefühl für Stil. Ich hatte ein so großes Verlangen danach, mit ihr zu sprechen, daß ich die Worte fast im Mund schmecken konnte, und ich mußte all meine Kraft aufbieten, um den Strom zurückzuhalten, der zu einer Flut geworden wäre, wenn ich ihn hätte fließen lassen.

Bernice reichte mir mein Glas und setzte sich mit gekreuzten Beinen mir gegenüber auf das Bett; sie hielt ihren Schwenker in der Handfläche und ließ den Brandy darin kreisen. Ihr Gesicht war von der Erregung leicht gerötet. Sie spähte angelegentlich in ihr Brandyglas und weigerte sich, meinem gleichmütigen Blick zu begegnen.

»Ich möchte dir etwas sagen, Frank«, erklärte sie mit ihrer leisen Altstimme. »Etwas Wichtiges. Ich treibe es *nicht* mit jedem.«

Sie sagte das so prüde, daß ich beinahe gelacht hätte. Statt dessen grinste ich, tauchte einen Zeigefinger in meinen Brandy und rieb ihre rechte Brustwarze.

»Und was immer du vielleicht denken magst: Du bist der erste Mann, mit dem ich geschlafen habe, seit mein Mann tot ist.«

Das glaubte ich ihr natürlich nicht. Nicht einen Augenblick lang. Aber so sind die Frauen. Sie glauben immer, ein Mann denkt schlechter von ihnen, wenn sie sich wie Menschen benehmen. Was kümmerte es mich, ob sie in den letzten fünf Jahren mit jemandem geschlafen hatte oder nicht? Was um alles in der Welt konnte das in diesem Augenblick bedeuten? Jetzt war jetzt, und Vergangenheit und Zukunft waren ohne Bedeutung.

Als die Brustwarze unter den kreisenden Bewegungen meines Fingers allmählich hart wurde, lachte sie jäh und erbost auf und kippte den Rest ihres Brandys herunter. Ich nahm ihr das Glas ab, stellte beide Gläser beiseite, zog sie neben mich und küßte sie.

Das zweite Mal war besser und dauerte viel länger. Es behinderte mich zwar, daß ich ihr keine Anweisungen geben konnte, aber Bernice war erfahren, entgegenkommend und so erpicht darauf, mir zu gefallen, daß sie praktisch alles vorwegnahm, was ich tun wollte. Und schließlich, als ich glaubte, mich keinen Augenblick länger beherrschen zu können, erreichte sie ihren Höhepunkt. Ich blieb auf dem Rücken liegen, Bernice auf mir, und sie knabberte an meiner Schulter.

»Ich könnte mich in dich verlieben, Frank Mansfield«, sagte sie leise. »Wenn es nur eine Möglichkeit gäbe, dir das zu beweisen!«

Plötzlich sprang sie aus dem Bett, raffte mein Unterhemd und meine Shorts vom Sessel und lief ins Badezimmer. Ich stützte mich auf die Ellbogen und sah durch die offene Badezimmertür, wie sie mein Unterzeug im Waschbecken wusch. Fröhlich summend rubbelte sie im Wasser herum. Meine Unterwäsche war gar nicht schmutzig. Ich hatte frische angezogen, nachdem ich im Hotel geduscht hatte und bevor ich um halb neun zum »Chez Vernon« gegangen war. Frauen haben manchmal eine merkwürdige Art, einem ihre Zuneigung zu demonstrieren.

Schließlich war es fünf, aber ich hatte kein Auge zugetan. Bernice schlummerte fest an meiner Seite, ein warmes Bein schwer über mich gelegt, einen Arm schlaff auf meiner Brust. Sie atmete tief durch den offenen Mund. Ich zog mein Bein vorsichtig unter ihrem hervor und schlüpfte an meiner Seite aus dem Bett. Das Laken, mit dem wir uns zugedeckt hatten, war zerwühlt und zum Fußende hinuntergestrampelt. Ich zog es hoch und legte es ihr über die Schultern, ehe ich meine Sachen vom Sessel nahm und ins Badezimmer trug. Meine Unterwäsche hing immer noch tropfnaß über der Metallstange, die den Duschvorhang trug. Ich zog meine Sachen ohne Unterwäsche an. Dann klappte ich den Klodeckel hoch, schaltete das Licht im Bad aus und schlich auf Zehenspitzen zum Schlafzimmer hinaus. Die Tür schloß ich hinter mir.

Am Fuß der Treppe nahm ich meinen Hut und meine Gitarre und trat hinaus in den dämmernden Morgen. Der Himmel fing eben an, sich grau zu färben. Ich klappte den Gitarrenkoffer auf, nahm das Instrument heraus und versuchte, meinen Namen mit dem Messer abzukratzen. Er war zu tief eingebrannt, aber Bernice würde sehen können, daß ich versucht hatte, ihn zu entfernen. Dann legte ich den Hals der Gitarre auf die oberste Stufe und trat darauf, bis er brach. Nachdem ich noch die Saiten mit meinem Messer zerschnitten hatte, legte ich das zerstörte Instrument auf die Fußmatte.

Links von der Veranda stand ein Oleanderbusch. Dort hinein warf ich den Gitarrenkoffer. Jetzt konnte ich die fünfzig Dollar mit gutem Gewissen behalten. Die Gitarre war mindestens dreißig Dollar wert gewesen, und die Gage für das Privatkonzert betrug zwanzig. Wir waren quitt. Die Botschaft war vielleicht obskur, aber Bernice würde irgendwann schon darauf kommen.

Ich ging die Kieszufahrt zur Straße hinunter und sah die Hausnummer an einem Steinpfeiler am Ende der Zufahrt. 111. Ich grinste. Bernices Nummer würde ich nie vergessen.

Mit dem nassen Unterzeug in der Hand mußte ich fast fünf Blocks weit durch die fremde Gegend wandern, bevor ich eine Bushaltestelle fand und mit dem nächsten Bus wieder in die Stadtmitte von Jacksonville fahren konnte.

8

Ich blieb den ganzen Tag auf meinem Zimmer. Ideen und Pläne kreisten in meinem Kopf umher, aber sie waren alle nichts wert. Ein trüber Gedanke aber blubberte immer wieder nach oben und setzte sich schließlich dort fest. Ich war um mein Erbe betrogen worden.

Dieser Gedanke war keineswegs neu. In den fünf Jahren seit Daddys Tod hatte ich oft daran gedacht, aber ich hatte noch nie ernsthaft erwogen, deshalb etwas zu unternehmen. Das Telegramm, das mich von Daddys Tod in Kenntnis gesetzt hatte, war um einen Tag zu spät eingetroffen, so daß ich zur Beerdigung nicht mehr hatte kommen können. Ich hatte Randall unverzüglich gekabelt und ihm die Umstände erklärt. Zwei Wochen später hatte ich einen Brief von Richter Brantley Powell bekommen, dem alten Rechtsanwalt, der das Testament zu vollstrecken hatte, und darin war ein Scheck gewesen, ein Scheck über einen Dollar. Auch ein Durchschlag von Daddys Testament war dabeigewesen. Randall, mein jüngerer Bruder, hatte die 400-Morgen-Farm, siebenhundert Dollar in Anlagepapieren und ein Bankkonto mit zweihundertsiebzig Dollar geerbt. Der Scheck über einen Dollar war mein Erbteil.

Ich hatte damals eine Menge Geld in der Tasche gehabt, und so hatte ich über das Testament einfach nicht weiter nachgedacht. Schließlich war Randall ja zu Hause geblieben und ich nicht. Er war aufs College gegangen, hatte Jura studiert und in Georgia die Anwaltszulassung erworben, und dann war er nach Hause zurückgekehrt – vorgeblich, um zu praktizieren. Ich war nur ein Jahr lang auf dem Valdosta State College gewesen und dann losgezogen, um zum Southwestern-Turnier nach Oklahoma City zu gehen. Ich war nicht ans College zurückgekehrt, und Daddy hatte das nie verwunden. Er hatte uns immer beide unter seiner Knute behalten wollen, aber kein Mensch kann mir vorschreiben, was ich mit meinem Leben anzufangen habe.

Und was war aus unserem Leben geworden?

Ich hatte mir einen Namen im Hahnenkampfsport gemacht.

Gut, ich war jetzt pleite, aber ich war doch fest etabliert in einer der härtesten Sportarten der Welt. Und was hatte Randall nach seiner ganzen wundervollen Ausbildung vorzuweisen? Was hatte er mit seinem Erbteil angefangen?

Nach seiner Zulassung war er als Kanzleigehilfe zu Richter Brantley Powell gegangen. Sechs Monate später hatte er die volle Partnerschaft gefordert; die ganze Arbeit tue er sowieso, hatte er behauptet. Als der Alte abgelehnt hatte, hatte er gekündigt, und seitdem hatte er nicht mehr viel getan. Er hatte nicht einmal selbst ein Schild vor die Tür gehängt. Den lieben langen Tag hockte er zu Hause in dem großen Eßzimmer, suchte nach obskuren Widersprüchen in seinen juristischen Büchern und veröffentlichte hin und wieder einen Artikel über einen verzwickten juristischen Sachverhalt in irgendeiner juristischen Vierteljahreszeitschrift, von der kein Mensch je gehört hatte. Um zu leben, verkaufte er kleine Parzellen des Farmlandes an Wright Gaylord, den Bruder meiner Verlobten. Und er hatte Frances Shelby geheiratet, eine Zahnarzttochter aus Macon. Vermutlich brachte sie Geld in die Ehe und bekam ab und zu ein paar Dollar von ihrem Vater; Randalls Gesamteinkommen aus Tabak, Pecannüssen und Landverkäufen belief sich indessen wahrscheinlich auf weniger als dreitausend Dollar im Jahr. Er schrieb aber auch ein Buch – sagte Frances jedenfalls.

Nach allem, was recht gewesen wäre, hätte Daddy die Farm mir hinterlassen müssen. Daran war nicht zu rütteln. Ich war der älteste Sohn, und kein Gericht in Georgia hätte mir die Farm streitig gemacht, wenn ich das Testament angefochten hätte. In Georgia liest man die Bibel, und in der Bibel erbt immer der älteste Sohn das Vermögen.

Am Nachmittag um vier stand mein Entschluß fest. Ich würde nach Hause fahren und die dreihundert Dollar, die Randall mir schuldete, aus ihm herausquetschen. Wenn er mich bezahlte, würde ich die Farm vergessen und nie mehr in Erwägung ziehen, sie ihm abzunehmen. Wenn nicht, würde ich zu Richter Powell gehen und etwas unternehmen. Ich brauchte Geld, und wenn ich nicht bald an welches rankam, versäumte ich die Hahnenkampfsaison.

Ich gab meine Tasche und meinen Sporenkoffer an der Rezeption in Verwahrung, schrieb für den Portier einen Zettel mit der Bitte, alle Post, die für mich kam, aufzubewahren, bezahlte die Rechnung und ging zum Busbahnhof. Ich wollte nur einmal zu Hause übernachten; mein Rasierzeug genügte also als Gepäck. Wenn mein schwarzes Hemd allzu schmutzig werden sollte, konnte meine Schwägerin es für mich waschen und bügeln.

Der Bus fuhr um vier Uhr fünfundvierzig. In Lake City gab es eine Stunde Aufenthalt; der Bus wurde gewechselt, und um halb vier morgens kam ich in Mansfield, Georgia, an. Die Farm lag sechs Meilen weit außerhalb der Stadt am State Highway. Ich konnte auf den Landpostboten warten und mit ihm hinausfahren, oder ich konnte zu Fuß gehen. Nachdem ich so lange verkrampft im Bus gesessen hatte, beschloß ich, mir die Beine zu vertreten.

Ich genoß es, zu Fuß zur Farm hinauszuwandern. Als ich in der Stadt zur Schule gegangen war, hatte das County kein Geld für einen Schulbus gehabt. So war ich hin und zurück zu Fuß gegangen, im Winter wie im Sommer, über einen tief ausgefahrenen Feldweg aus rotem Lehm, schlammig bei Regen, staubig bei Trockenheit. Inzwischen war dieser Feldweg eine asphaltierte Straße, schon seit dem Korea-Krieg. Soldaten aus Fort Benning hatten einen großen Teil des County als Manövergelände benutzt. Nach dem Krieg hatte das County die U.S. Army verklagt und so viel Geld bekommen, daß die meisten Landstraßen asphaltiert werden konnten.

Kurz nach sechs erreichte ich die Farm. Zuerst kam ich an Charley Smiths Haus vorbei; er war der einzige schwarze Pächter, den Randall noch hatte. Ich blieb aber nicht stehen, um dem Alten guten Tag zu sagen, obwohl eine schwarze Rauchfahne aus seinem Schornstein kräuselte. Charley war viel zu alt für schwere Farmarbeit, aber seine Frau, Tante Leona, half Frances an vier oder fünf Tagen die Woche im Haus, und sie arbeitete immer noch gut.

Die alte Pächterhütte war ein zweistöckiges graues Schindelhaus abseits der Straße. Randall hatte in den fünf Jahren, seit es ihm gehörte, nichts getan, um das Aussehen der Bude zu verbessern. Die zehn Pecanbäume, die man vor rund sechzig Jahren zwischen Haus und Straße angepflanzt hatte, waren der ausschlaggebende Faktor gewesen, als Daddy das Anwesen gekauft hatte. Noch etwa einen Monat, und Charley, Tante Leona und Frances würden unter den Bäumen die Nüsse aufsammeln. Wenn Randall einen guten Markt fände, würde er die Pecans vor Weihnachten für drei- oder vierhundert Dollar verkaufen können. Aber so lange konnte ich auf das Geld, das er mir schuldete, nicht warten.

Der alte Dusty lag neben der Haustür auf der langgestreckten Veranda, aber er bellte nicht und hob nicht einmal den Kopf, als ich durch das Zaungatter in den Hof trat. Er konnte mich weder sehen noch hören. Der alte Hund war fast sechzehn Jahre alt, blind und stocktaub. Aber als ich die Treppe erreicht hatte, fühlte er die Vibration, schnupperte und fing an, matt zu kläffen. Seine Hinterbeine waren teilweise gelähmt. Als er versuchte, auf die Beine zu kommen, tätschelte ich ihm den Kopf und brachte ihn dazu, sich wieder hinzulegen. Das Fell an seinem großen Kopf war jetzt weiß. Weil er sich selbst nicht hören konnte, hätte er ohne Ende weitergekläfft; ich drückte ihm deshalb mit der Hand die Schnauze zu, um ihn zum Schweigen zu bringen. Natürlich erkannte er mich und leckte mir die Hand; sein dicker Schwanz klopfte wie verrückt auf die losen Bodendielen der Veranda. Er war einmal ein guter Jagdhund gewesen, und ich war dankbar, daß Randall ihn trotz seiner Gebrechen nicht hatte einschläfern lassen. Ich hatte nicht erwartet, den alten Dusty noch einmal wiederzusehen.

Statt die Haustür zu benutzen, ging ich über den mit Ziegeln gepflasterten Weg um das Haus herum nach hinten. Ich öffnete die Fliegentür zur Küche, lehnte mich an den Türrahmen und grinste über den Ausdruck von Überraschung und Verdruß im Gesicht meiner Schwägerin.

In Wahrheit war ich, glaube ich, schockierter als Frances. Sie hatte angefangen zuzunehmen, als ich sie das letztemal gesehen hatte, aber in den zwei Jahren seitdem hatte sie vierzig Pfund zugelegt. Inzwischen mußte sie an die hundertachtzig Pfund wiegen. Ihr runder Körper war praktisch formlos unter dem verblichenen blauen Hausmantel, den sie über ihrem Nachthemd trug. Ihr Gesicht war immer noch hübsch, aber so rund und glänzend wie ein Vollmond. Ihr kurzes braunes Haar war mit einem Dutzend Aluminiumwicklern stramm aufgerollt. Mit einer Grimasse der Bestürzung schlug Frances ein pummeliges Händchen vor den Mund.

»Daß du mich in diesem Aufzug überfallen mußt!« rief sie. »Wieso konntest du uns nicht sagen, daß du kommst?«

Ich schlang einen Arm um ihre dicke Taille und gab ihr einen Kuß auf die Wange.

»Na ja«, sagte sie gutmütig. »Du kannst aufhören zu grinsen wie ein Affe. Setz dich an den Tisch; der Kaffee ist gleich fertig. Ich wollte gerade anfangen, das Frühstück zu machen.«

Ich setzte mich an den Küchentisch, auf dem eine Wachstuchdecke lag. Frances hob den Deckel der Kaffeekanne, um hineinzuspähen, und schnalzte mißbilligend. »Du magst ja deine Stimme verloren haben, Frank«, schalt sie, »aber du kannst immer noch schreiben! Seit mehr als sechs Monaten haben wir nichts mehr von dir gehört.«

Ich spreizte entschuldigend die Arme.

»Wahrscheinlich muß ausgerechnet ich das sagen«, fuhr sie lächelnd fort. »Ich schreibe selber nie. Aber es freut uns doch, ab und zu von dir zu hören.« Frances füllte zwei weiße Becher mit Kaffee, stellte Zucker und Sahne so hin, daß ich sie erreichen konnte, und setzte sich mir gegenüber.

»Randy wird gleich unten sein. Er war gestern abend lange auf, um an einem Artikel zu schreiben, und ich hab's nicht übers Herz gebracht, ihn zu wecken. Er arbeitet gern nachts, sagt er, wenn es ruhig ist. Aber wenn es hier tagsüber noch ruhiger wird, weiß ich nicht mehr, was ich machen soll. Ich habe das Gefühl, wir gehen nirgendwo mehr hin und tun gar nichts mehr.« Sie nippte an ihrem heißen schwarzen Kaffee und wedelte dann mit ihrer molligen Hand vor ihrem Mund hin und her. »Aber so kriegst du nie dein Frühstück.«

Weil Frances wußte, wie gern ich aß, oder weil sie meinen Besuch als Vorwand benutzte, bereitete sie ein gewaltiges, wundervolles Frühstück. Gebratene Schweinskoteletts, Spiegeleier, Haferflocken mit viel guter brauner Milchsauce und frische heiße Bisquits. Ich langte herzhaft zu, denn der Marsch von der Stadt hier heraus hatte mich hungrig gemacht, und dabei lauschte ich mit unerschütterlicher Geduld dem steten Strom von langweiligem Tratsch über diverse Verwandte und andere Leute aus der Stadt. Ich war eben mit meiner dritten Tasse Kaffee fertig, als ich Randall auf der Treppe hörte. Als er hereinkam, stand ich auf, um ihn zu begrüßen.

»Soso«, sagte er mit falscher Herzlichkeit, hielt meine Hand fest und grinste. »Wenn das nicht unser flotter Vogelmann ist!«

Er gab seiner Frau einen Klaps auf den breiten Hintern, ging zur Anrichte und schenkte sich ein Schnapsglas Bourbon ein. Schnell hintereinander trank er zwei Stück davon, bevor er sich wieder umdrehte.

»Willkommen daheim, Bubba«, sagte er. »Wie lange wirst du bleiben?«

Er setzte sich an den Tisch, und ich ließ mich wieder auf meinen Stuhl fallen. Randall sah gut aus. Aber das tat er immer, ob er einen Kater hatte oder nicht. Sein Gesicht war ein bißchen aufgedunsen, aber er war frisch rasiert, und sein lockiges, rotbraunes Haar war kürzlich geschnitten worden. Aber sein gestärktes weißes Hemd war an den Manschetten verschlissen. Der Knoten seiner rot-blau gestreiften Krawatte war ein gutgebundener Doppel-Windsor, und seine abgetragene Hose aus grauem Flanell hatte eine scharfe Bügelfalte.

Als es mir gelungen war, ihn dazu zu bringen, mir in die Augen zu schauen, zuckte ich die Achseln.

»Aha.« Er nickte. »Die rätselhafte Antwort. Bevor ich herunterkam, habe ich einen Blick aus dem Fenster geworfen – vorn und hinten. Ich habe kein Auto gesehen. Bis mir klar wurde, daß du es warst, dachte ich, Frances redet bloß wieder mit sich selbst. Aber wenn du pleite bist, bist du willkommen, zu Hause zu bleiben, solange du willst, und in meinen Club einzutreten. Ich war nie so abgebrannt wie heute.«

»Ich habe dir zwei Koteletts aufgehoben, Randy«, sagte Frances rasch.

»Nein danke. Nur Kaffee. Heb mir die Koteletts fürs Mittagessen auf.« Randall lächelte geistesabwesend, verschränkte die Finger hinter dem Kopf und studierte die Decke. »Es ist nicht schwierig, zu ahnen, weshalb du gekommen bist, Bubba«, fuhr er fort. »Wenn es dir gutgeht, rollst du in einem Kabrio an, die Taschen voller Dollar-Zigarren. Wenn du blank bist, bist du völlig blank, und dann kommst du auf dem Zahnfleisch. Aber wenn der Zweck deines Besuches darin bestand, die Ehrenschuld zu kassieren, die ich bei dir habe, dann hast du Pech. Dreihundert Dollar!« Er schüttelte den Kopf und schnaubte. »Offen gesagt, Bubba, ich hätte Mühe, zwanzig aufzubringen.«

Er beugte sich vor und sagte geringschätzig: »Aber du kannst hier wohnen, solange du willst. Zu essen haben wir immer noch und, Daddy sei Dank, ein gutes Dach über dem Kopf auch. Und ob wir unsere Rechnungen in der Stadt bezahlen oder nicht, die Mansfields haben immer noch Kredit.«

Um den Kaffee zu trinken, den Frances ihm vorsetzte, mußte Randall den großen weißen Becher mit beiden Händen umfassen. Seine Finger zitterten nicht, aber es mußte ihn eine Menge konzentrierte Anstrengung kosten, sie ruhig zu halten.

»Wirst du Mary Elizabeth besuchen?« fragte er plötzlich.

Ich zuckte die Achseln und zündete mir eine Zigarette an. Dann bot ich meinem Bruder das Päckchen an. Er hob ablehnend die Hand, überlegte es sich dann und nahm doch eine Zigarette. Nachdem er das Korkmundstück zwischen die Lippen geschoben hatte, legte er beide Hände in den Schoß, und ich mußte mich über den Tisch beugen, um ihm Feuer zu geben.

»Du hast offenbar etwas übrig für lange Verlobungen, wie, Bubba?« Er grinste sardonisch. »Es sind jetzt ungefähr sieben Jahre, oder?«

»Acht«, korrigierte Frances. »Acht Jahre im November.«

»Na, du kannst nicht sagen, ich hätte nicht meinen Teil getan, um euch zusammenzubringen«, erklärte Randall verschmitzt. »Vor fünf Jahren lagen unsere beiden Farmen fast drei Meilen auseinander. Aber durch meine Landverkäufe an Wright Gaylord beträgt der Abstand inzwischen weniger als eine Meile!« Er lachte wirklich belustigt.

Ich konnte ihm nicht länger zuhören. Mir wurde übel davon. Ich stand auf und nahm mein Rasierzeug von der Anrichte.

»Oben ist reichlich heißes Wasser, wenn du dich rasieren möchtest. Aber noch nicht genug für ein Bad. Ich habe mir in letzter Zeit angewöhnt, die Wasserheizung abends abzustellen und erst wieder einzuschalten, wenn ich morgens aufstehe«, sagte Frances. »Und in deinem Zimmer ist es staubig. Aber wenn Leona heute vormittag herüberkommt, soll sie saubermachen und das Bett frisch beziehen.«

Ich nickte meiner Schwägerin zu und ging hinaus. Auf der Treppe hörte ich, wie Randall sagte. »Vielleicht machst du mir doch zwei Rühreier, Schatz. Aber tu kein Fett in die Pfanne. Nur ein bißchen Salz . . .«

Randall war nicht nur ein Schwächling, gegenüber seiner leidgeprüften Frau auch ein kleinlicher Tyrann. Bevor sie ihm sein Rührei machen konnte, würde sie die gute Milchsauce in eine Schüssel gießen und die Pfanne spülen und abtrocknen müssen.

Mein altes Zimmer lag am Ende des Korridors im ersten Stock, neben dem Bad. Als Daddy die Farm gekauft hatte und mit uns aus der Stadt hierher gezogen war, hatte mich der Umzug mit Hochstimmung erfüllt, denn nun hatte ich ein eigenes Zimmer. Und irgendwie hatte Daddy es geschafft, die Farm in Schwung zu bringen, als viele andere gute Farmer in Georgia halb verhungerten. Er hatte recht ordentlich verdient, indem er *nicht* gepflanzt, sondern Schecks von der Regierung kassiert hatte. Aber selbst in ausgezeichneten Zeiten hatte ihm die Farm nie wirklich viel eingebracht. Er war ein ordentlicher Farmer, aber ein schlechter Geschäftsmann gewesen. Daddy hatte nur dazu getaugt, mir und Randall Ratschläge zu erteilen, billige Ratschläge, und an keinem von uns beiden hatte er außer Fehlern je etwas gefunden.

In meinem Zimmer war es wirklich staubig, wie Frances gesagt hatte. In den zwei Jahren meiner Abwesenheit war es überdies als Rumpelkammer benutzt worden. Auf dem abgezogenen Doppelbett stapelten sich Kartons voller Bücher, zwei Tischlampen ohne Schirme und zwei nachlässig zusammengerollte Teppiche. Überzählige, kaputte Möbel waren aufs Geratewohl ins Zimmer geworfen worden, und das handgemalte Porträt von Grandpa lag flach auf meinem Schreibtisch. Eine dicke Staubschicht bedeckte alles. Als ich das Fenster öffnete, jagten Staubflocken, so groß wie Tennisbälle, einander über den Fußboden.

Ich schaute hinaus und betrachtete die vertraute Szenerie, aber sie erschien mir verändert. Irgend etwas fehlte. Und dann sah ich, daß die zehn Morgen Kiefernbestand nicht mehr da waren – wahrscheinlich gefällt, als Brennholz verkauft und nicht wieder aufgeforstet.

Ich nahm Grandpas strenges Bildnis von meinem Schreibtisch und lehnte es an die Kommode. Dann wischte ich die Tischplatte mit meinem Taschentuch ab. Nachdem ich ein Weilchen die Schubladen durchgewühlt hatte, förderte ich einen billigen linierten Schreibblock zutage, dessen Blätter sich an den Rändern kräuselten. Ich setzte mich an den Schreibtisch und zog meinen Bleischreiber hervor.

Ich brauchte ungefähr eine halbe Stunde, um eine Liste von Anweisungen an Richter Brantley Powell niederzuschreiben. Ich wollte sichergehen, daß ich restlos alles notierte, damit er nachher keine Fragen hätte. Nachdem ich die Liste noch einmal durchgelesen und ein paar Korrekturen über die Zeilen geschrieben hatte, faltete ich die Blätter zusammen und schob sie in meine Gesäßtasche.

Ich ging ins Bad und rasierte mich; ich hatte vor, sofort in die Stadt zurückzugehen, um Richter Powell in seiner Kanzlei zu erwischen, ehe er nach Hause fuhr. Ich war eben in mein Zimmer zurückgekehrt und knöpfte mir das Hemd wieder zu, als es leise an die Tür klopfte.

»Bubba«, hörte ich Randalls Stimme durch die Tür. »Wie lange soll's denn noch dauern?«

Ich öffnete und schaute meinen Bruder spöttisch an. Er lächelte durchtrieben und geheimnisvoll. Wann immer Mutter dieses Lächeln bei ihm gesehen hatte, hatte sie ihm aus Prinzip eine Backpfeife verpaßt, denn sie hatte instinktiv gewußt, daß er etwas Verbotenes getan hatte, und sie hatte auch gewußt, daß sie niemals herausfinden würde, was es gewesen war.

»Komm nach unten«, sagte er geheimnisvoll. »Ich habe eine Überraschung für dich.« Immer noch lächelnd, wandte er sich abrupt ab und ging wieder die Treppe hinunter.

Ich schlüpfte in meine Cordjacke, setzte den Hut auf und folgte ihm.

Die Überraschung war Mary Elizabeth – der letzte Mensch, den ich jetzt hatte sehen wollen. Sie stand unten an der Treppe, kühl und frisch in einer weißen, offenen Bluse, einem blausamtenen Rock und weißen Riemchensandalen. Normalerweise wäre ich erst bei Mary Elizabeth vorbeigegangen, ehe ich nach Hause gekommen wäre, aber da ich pleite und ohne Auto hier war, hatte ich sie gar nicht sehen wollen. Mein letzter Besuch daheim, gleich nachdem ich mein Schweigegelübde abgelegt hatte, war ein angestrengtes, jammervolles Erlebnis für uns beide gewesen.

»Hallo, Frank«, sagte Mary Elizabeth schüchtern. »Willkommen zu Hause.«

Sie hatte sich in den zwei Jahren nicht ein bißchen verändert. Sie war

Zoll für Zoll so schön wie in meiner Erinnerung. Mary Elizabeth hatte blaßgoldenes Haar und dunkelblaue Augen – die im hellen Sonnenschein oft smaragdgrün wurden –, helle rosige Haut, blonde, dichte, unberührte Brauen und lange, feine Hände. Ihre Figur war üppiger als zehn Jahre zuvor, aber das war normal. Sie war kein junges Mädchen mehr, sondern eine reife Frau von neunundzwanzig Jahren.

Einen Augenblick später lag Mary Elizabeth in meinen Armen, und ich küßte sie, und es war, als wäre ich niemals weggewesen. Es klickte laut, als Randall die Doppeltür zum Eßzimmer schloß und uns allein ließ. Als sie das Geräusch hörte, drehte Mary Elizabeth das Gesicht zur Seite. Widerstrebend ließ ich sie los und trat einen Schritt zurück.

»Deine Stimme ist immer noch nicht wieder da.« Es war eine Feststellung, keine Frage.

Langsam und bedauernd schüttelte ich den Kopf.

»Und du bist auch nicht beim Arzt gewesen, nicht wahr?« fragte sie vorwurfsvoll.

Wieder ein Kopfschütteln, diesmal allerdings begleitet von einem störrischen Lächeln.

»Ich habe viel Zeit gehabt, darüber nachzudenken, Frank«, sagte sie eifrig, »und ich glaube nicht, daß dein plötzlicher Sprachverlust organisch ist. Da steckt etwas Psychisches dahinter.« Bescheiden senkte sie den Blick. »Darüber können wir später an ›unserem Platz‹ sprechen. Randalls Anruf hat mich erwischt, als ich gerade zur Schule fahren wollte, und ich glaube nicht, daß es Mr. Caldwell gepaßt hat, daß ich ihn in letzter Minute anrief. Wenn ich einen Tag frei nehme, ohne vorher Bescheid zu sagen, oder krank werde, muß er meinen Unterricht übernehmen. Aber ich habe etwas zu essen eingepackt, und es ist noch warm genug, um an ›unserem Platz‹ zu schwimmen . . .« Sie errötete niedlich. »Wenn du Lust hast?«

Ich öffnete die Haustür und nahm sie beim Arm. Als wir in ihren gelben Nova stiegen, hatte sie die anfängliche Nervosität überwunden und fing an, mich zu schelten.

»Ist dir schon mal der Gedanke gekommen, Frank, daß selbst eine kleine Postkarte, die du vorher schickst, für alle Beteiligten hilfreich sein könnte?« Mir gefiel der Klang von Mary Elizabeths Stimme ziemlich gut. Wie die meisten Lehrerinnen hatte sie einen Unterton von banger Ungeduld, und dieser Ton kontrollierter Reizbarkeit amüsierte mich.

Ich grinste und zwickte sanft ihre rechte Brustwarze durch den dünnen Stoff ihrer weißen Baumwollbluse.

»Nicht!« Das Wort kam scharf und wütend, und ihre blaugrünen

Augen loderten in jähem Zorn. Sie preßte grimmig die Lippen zusammen und sagte kein Wort mehr, bis wir auf ihrer Farm angelangt waren, wo sie mit ihrem Bruder wohnte. Als sie in den Hof einbog und unter einem riesigen Pfefferbaum parkte, sah ich aber, daß ihr Zorn verraucht war. Als sie den Motor abstellte, zog ich sie an mich und küßte sie so sanft, daß meine Lippen kaum ihren Mund streiften.

»Du liebst mich doch, nicht wahr, Frank?« fragte sie leise, und in ihren Augen glitzerte es.

Ich nickte und küßte sie noch einmal, rauh diesmal, wie sie es gern hatte. Einmal, als wir noch nicht lange miteinander gingen, hatte Mary Elizabeth mich an einem einzigen Tag siebenunddreißigmal gefragt, ob ich sie liebte. Und bei jeder positiven Antwort war sie so erfreut gewesen wie beim ersten Mal. Frauen werden anscheinend nie müde, es zu hören, wieder und wieder und wieder.

»Da kommt Wright«, sagte Mary Elizabeth rasch und schaute über meine Schulter. »Wir steigen lieber aus.«

Wir stiegen aus und warteten unter dem Baum, während ihr Bruder mit seinem bedächtigen Schlendergang von der Scheune herüberkam. Wright Gaylord haßte mich, und mir war in seiner Gegenwart stets unbehaglich zumute, denn sein Siedepunkt lag sehr niedrig. Er betete seine Schwester an und hatte sie aufs College geschickt. Jetzt war Wright Ende Vierzig und noch immer nicht verheiratet. Er hatte nie eine Frau gefunden, die er so hätte lieben können wie seine Schwester. Mich haßte er aus zwei Gründen. Erstens: Ich konnte mit Mary Elizabeth schlafen und er nicht. Nach all den Jahren mußte er ja über uns Bescheid wissen oder doch wenigstens Verdacht geschöpft haben. Zweitens: Er wußte, daß ich Mary Elizabeth mitnehmen würde, wenn ich sie heiratete, und daß er sie dann nie wiedersehen würde. Als unsere Verlobung bekanntgegeben und in der Zeitung annonciert worden war, hatte er sich drei Tage lang in seinem Schlafzimmer eingeschlossen.

»Ich bin nicht krank oder so was«, rief Mary Elizabeth, als Wright in Hörweite war. »Frank ist nach Hause gekommen; deshalb habe ich mir einen freien Tag genommen, um ein Picknick zu machen.«

Wright funkelte mich an. Sein Gesicht erinnerte mich an einen Brokken roten Steins, den ein Amateurbildhauer roh behauen und dann zum Verwittern im Regen stehengelassen hatte.

»Wann reist du wieder ab?« fragte Wright grob und bohrte absichtlich beide Hände tief in die Taschen seines Overalls, damit er mir nicht die Hand geben mußte.

»Aber so redet man doch nicht, Wright«, tadelte Mary Elizabeth.

»Frank ist erst heute früh zu Hause angekommen.« Sie tätschelte den fleischigen Arm ihres Bruders. »Wir gehen zum Picknick an ›unseren Platz‹. Wieso kommst du nicht mit?«

»Ich hab keine Zeit zum Picknicken«, antwortete er mürrisch. »Ich hab zu arbeiten. Außerdem wollte ich schon die ganze Woche in die Stadt. Gib mir deine Schlüssel; dann kann ich deinen Wagen nehmen und brauch nicht mit dem Laster zu fahren.«

Mary Elizabeth reichte ihm die Schlüssel. »Es würde dir vielleicht guttun, mal einen Tag freizunehmen und mitzukommen.«

Wright grunzte etwas vor sich hin, stieg in den Wagen und knallte die Tür zu. Wir gingen ins Haus, holten eine Decke und den Lunchkorb und gingen quer durch die Felder zu »unserem Platz«.

Wir nannten es »unseren Platz«, solange ich denken konnte. Der winzige Teich im Kiefernwald war nicht groß genug, um Badesee genannt zu werden. Gespeist von einer unterirdischen Quelle, die fünfzig Schritt weit oberhalb am kiefernbestandenen Hang in ein schmales Bächlein sprudelte, war der Teich gerade groß genug, daß zwei oder drei Leute bequem darin stehen konnten; das Wasser reichte einem gerade bis an die Brust. Es war klares Wasser, sehr kalt, selbst an heißen Tagen. An einem unerbittlichen Sommertag konnte man hier im Wasser stehen, den Kopf im Schatten der Kiefern, und die schwüle Hitze von Georgia einfach vergessen.

»Unser Platz« hatte noch andere Vorteile. Rechts vom Teich lag ein breiter, flacher Felsen, der so groß war, daß eine Person sich darauf ausstrecken und in der Sonne liegen konnte, die durch die Bäume schien und Muster malte. Links vom Teich, dem steilen Hang zugewandt, lag eine mit Kiefernnadeln gut gepolsterte Lichtung. Für zwei Leute hatte die Lichtung genau die richtige Größe; man konnte eine Decke ausbreiten und ein Picknick veranstalten. Und das Beste war: »Unser Platz« war abgeschieden und geschützt. Er lag am Ostrand von Gaylords Land; der Wald ging hier in den Staatsforst von Georgia über. Der einzige direkte Zugang zu »unserem Platz« führte über Wright Gaylords Land, und niemand, der bei Sinnen war, hätte Wright Gaylords Land unbefugt betreten.

Es war zwei Stunden her, daß Mary Elizabeth und ich am Teich angekommen waren, erhitzt und staubig von den bepflanzten Feldern, über die wir gestapft waren. Wir hatten uns sofort ausgezogen und waren ins Wasser gesprungen. Nachdem wir einander naßgespritzt und spielerisch im eiskalten Wasser miteinander gerungen hatten, hatten wir uns von der Sonne gründlich trocknen lassen, ehe wir auf der Decke, die wir flach auf das Kiefernnadelpolster gelegt hatten, miteinander schliefen. Mary Elizabeth hatte nicht protestiert, trotz meiner langen Abwesenheit. Ihre natürliche, animalische Einstellung zum Sex war ein Wunder, wenn man ihre ausgeprägten religiösen Ansichten bedachte. Manchmal fragte ich mich, ob sie den körperlichen Liebesakt eigentlich mit ihrem realen Leben in Zusammenhang brachte.

Ich glaube nicht, daß sie bewußt an Sex dachte. Wenn, dann betrachtete sie ihn bestimmt als »etwas, das Frank und ich an ›unserem Platz‹ tun«, das aber nichts mit ehelicher Liebe oder irgend etwas anderem zu tun hatte, das etwa nicht im Einklang mit ihrem prüden methodistischen Glauben gestanden hätte. Vielleicht war es nur eine Angewohnheit.

Es war mir noch nie gelungen, irgendwo anders mit Mary Elizabeth zu schlafen. Beim ersten Mal war sie siebzehn, und wir beide waren ganz allein an »unserem Platz« gewesen. Es war mehr zufällig dazu gekommen. Danach hatte ich mich geschämt, weil ich ihre Unschuld ausgenutzt hatte. Aber aus dem ersten Mal war ein zweites Mal geworden, und für den Rest dieses unvergeßlichen Sommers waren wir täglich zu »unserem Platz« gepilgert.

Ich habe Mary Elizabeth nie unterschätzt, auch nicht im Hinblick auf ihre Intelligenz, aber die Situation war ungewöhnlich. Immerhin hatte sie inzwischen das College absolviert und war Englischlehrerin an der High-School – da mußte sie doch wissen, was wir taten. Aber wir hatten noch nie über Sex gesprochen. Ich bildete mir ein, das Thema würde ihr zuwider sein, und von sich aus hatte sie das Gespräch nie darauf gebracht. Und dennoch zog es uns immer, wenn ich nach Hause kam, zu »unserem Platz« – wie zwei Tauben, die lange nicht in ihrem heimatlichen Schlag gewesen waren. Ich hatte so eine Ahnung – und ich ließ es nie darauf ankommen –, daß wir uns, solange Mary Elizabeth nicht darüber nachdachte oder diskutierte, in alle Ewigkeit an »unserem Platz« würden lieben können.

Einmal, nur ein einziges Mal, hatte ich Mary Elizabeth gefragt, ob sie übers Wochenende mit mir nach Atlanta fahren wolle. Sie war ob dieses vernünftigen Vorschlags schockiert in Tränen ausgebrochen.

»Für was für ein Mädchen hältst du mich?« hatte sie mich schluchzend gefragt.

Völlig verblüfft von dieser Reaktion, war mir keine Antwort eingefallen. Aber ich hatte das Thema nie wieder zur Sprache gebracht. Außerdem gab es aber auch keinen besseren Platz auf der Welt als »unseren Platz« für die Liebe.

Mary Elizabeth setzte sich plötzlich auf, schwang die langen nackten Beine anmutig herum, setzte sich mir gegenüber auf den Felsen und ließ die Füße ins Wasser baumeln. Ich stand bis an die Brust im Wasser und hatte ihren Körper betrachtet, während sie flach auf dem Rücken lag. Sie legte sich jetzt ein Handtuch über den Schoß, ließ die Brüste aber unbedeckt und sah mich mit strenger Miene an. Dann fuhr sie sich mit der Zunge über die Lippen.

»Was ist mit uns, Frank?« fragte sie schließlich. »Wie lange soll das noch so weitergehen?« Ihr Ton hatte sich verändert. Er war nicht rauh, aber er war auch nicht weiblich. Es klang eher wie die Stimme eines Jungen kurz vor dem Stimmbruch.

Ich hob die Brauen und beobachtete sie aufmerksam.

Sie legte beide Hände unter ihre Brüste und hob sie an, daß die langen rosaroten Brustwarzen zum Himmel wiesen. Ihre Augen wurden schmal, und sie waren nicht mehr grünlich, sondern von dunklem Aquamarin. Sie schaute mir gerade ins Gesicht.

»Sind sie noch schön, Frank?« fragte sie mit dieser seltsamen neuen Stimme.

Ich nickte verdattert und versuchte herauszufinden, worauf sie hinauswollte.

»Du irrst dich.« Sie lächelte matt, zog die Hände weg, und ihre runden Brüste hüpften wundervoll durch das eigene Gewicht. »Du merkst es noch nicht, aber sie fangen an zu hängen. Nicht viel, aber wie werden sie in fünf Jahren aussehen? In zehn Jahren? Außer dir hat sie noch niemand gesehen, Frank, aber wie lange wirst du dich noch für sie interessieren? Das einzige, worum ich dich je gebeten habe, ist, mit dem Hahnenkampf aufzuhören, damit wir heiraten können. Wir sitzen schon zu lange in dieser Sackgasse, Frank, und für mich ist es unmöglich, deine Art von Leben zu akzeptieren. Ich dachte, wenn du erst älter wirst, siehst du ein, wie verkehrt es ist, aber anscheinend hast du dich in diesen Bahnen festgefahren. Hahnenkampf ist falsch – moralisch falsch, gesetzlich falsch und falsch auf jede erdenkliche andere Weise! Du bist jetzt ein erwachsener Mann, Frank!«

Ich setzte mich planschend in Bewegung, durchquerte den winzigen Teich, legte meine Arme um ihre sonnenwarmen Hüften und vergrub das Gesicht in ihrem Schoß.

»Ja, du großes dummes Kind«, sagte sie leise und strich mit den Fingern durch mein nasses Haar. »Aber bei einer Sache wie dem Hahnenkampf kann ich dir nicht auf halbem Wege entgegenkommen. Meine Wurzeln sind hier, und deine auch. Gib es auf, bitte gib es auf und heirate mich. Siehst du nicht, daß es falsch ist? Falsch, falsch!« Sie faßte mich mit beiden Händen beim Schopf und zerrte meinen Kopf sanft hin und her.

»Ich kann nicht länger von Postkarten leben, Frank. ›*Liebe M. E., bin in Sarasota. Habe Derby 4:3 gewonnen. Ich liebe Dich. Schreibe Dir aus Ocala. F.*‹! Noch ein paar Wochen, und ich werde dreißig. Ich möchte heiraten und Kinder bekommen! Ich hab's satt, daß die Leute hinter meinem Rücken über unsere Verlobung kichern. Niemand glaubt mehr daran. Bitte, Frank, bleib zu Hause. Heirate mich –«

Da war etwas in ihrer Stimme. Ich hob den Kopf und sah ihr ins Gesicht. Sie weinte nicht. Im Gegenteil. Sie versuchte, mich mit einem emotionalen Appell an meine »Vernunft« niederzumachen. Ich hatte Mary Elizabeth ein dutzendmal oder öfter geduldig erklärt, daß der Hahnenkampf kein grausamer Sport war, sondern ein legitimes und ehrenhaftes Geschäft. Ich hatte sie gebeten, sich einen Kampf anzusehen, nur einen einzigen, mit eigenen Augen, statt auf Dummköpfe zu hören, die nicht wußten, wovon sie redeten. Sie hatte sich immer geweigert und sich dabei auf Fehlinformationen von irgendwelchen Reformern berufen, auf ihren engstirnigen Methodistenpriester, auf die kurzsichtigen Gesetze gegen den Sport, die eine Minderheit von selbsternannten Wohltätern durchgedrückt hatte. Aber wenn sie sich nicht mit eigenen Augen überzeugen wollte, wie sollte ich es dann tun?

»Du bist ein brillanter Mann, Frank«, fuhr sie ernsthaft fort. »Du könntest in Mansfield mit allem Erfolg haben, was du anfängst. Diese Farm gehört zur Hälfte mir, weißt du, und wenn wir heiraten, gehört sie zur Hälfte dir. Und wenn du die Farm nicht zusammen mit Wright betreiben willst, habe ich genug Geld gespart, um irgendein Geschäft in der Stadt aufzumachen. Ich habe fast mein ganzes Gehalt gespart. Wright läßt mich keinen Penny ausgeben, und ich arbeite jetzt seit sechs Jahren. Und ich helfe dir, deine Stimme zurückzubekommen. Wir schaffen es zusammen, du und ich, Frank. Wir können uns ein Buch über Phonetik besorgen, und du –«

Und während sie diese haarsträubenden weiblichen Luftschlösser baute, wurde ich immer unruhiger. Ich löste mich von ihr, kletterte am anderen Ufer aus dem Wasser und zog mich an, ohne zu warten, bis ich trocken war.

»Was machst du da?« fragte sie scharf.

Wie sie sehen konnte, zog ich mich an.

»Du hast mir nicht einen Augenblick lang zugehört, wie?«

Ich grinste und schnallte meine Stiefel zu.

»Wenn du jetzt gehst«, schrie sie, »brauchst du nicht mehr zurückzukommen! Dann sind wir fertig, verstanden? Fertig! Ich lasse mich so nicht behandeln!«

Wenn eine Frau anfängt, unvernünftig zu kreischen, wird es Zeit zu gehen. Ich schnappte mir eine kalte Hühnerkeule aus dem Korb, warf meine Jacke über den Arm und ging den Pfad hinunter. Mary Elizabeth rief nicht hinter mir her. Zu wütend, nahm ich an.

Mary Elizabeth war stur. Das war ihr Problem. Wenn sie mich wirklich heiraten wollte – jederzeit: Sie brauchte es nur zu sagen. Aber es mußte nach meinen Bedingungen geschehen. Ich liebte sie, und sie war eine achtbare Frau aus einer guten Familie. Ich wußte, daß sie mir eine gute Ehefrau sein könnte, wenn sie erst einmal ihre törichten Vorstellungen aufgab, daß ich den Hahnenkampf aufgeben und mich mit irgendeinem langweiligen Geschäft in Mansfield niederlassen sollte. Wir hatten das alles zu oft durchgehechelt, und ich hatte jetzt eine neue Kampfsaison vor mir. Nichts wäre mir lieber gewesen, als Mary Elizabeth als meine junge Frau auf der Farm in Ocala zu wissen, wo sie mir das Essen kochte und meine Kleidung sauberhielt. Und was würde sie hindern, bis zu ihrer Schwangerschaft in Ocala zu unterrichten, wenn sie dazu Lust hatte? Sobald sie sich dazu durchringen konnte, die Dinge mit meinen Augen zu sehen, und mir nicht mehr vorschreiben wollte, was ich tun sollte und was nicht, würden wir im Handumdrehen verheiratet sein. Und das wußte sie auch.

Ich grinste und schleuderte den Hühnerknochen in Richtung eines Ameisenhügels. Mit den Postkarten hatte Mary Elizabeth einen wunden Punkt berührt. Ich würde mich bessern müssen. Wenn ich wieder in Ocala war, würde ich ihr zur Abwechslung einen hübschen, interessanten Brief schreiben, einen langen Brief voller Neuigkeiten.

Als ich über Wrights Hof zur Hauptstraße spazierte, schaute ich mich wachsam um, ob er etwa schon aus der Stadt zurück war. Immer wenn Wright mich allein erwischte, versuchte er, mich zu einer Prügelei zu verführen. Um Mary Elizabeths willen hatte ich mich immer geweigert. Es hätte mir durchaus Spaß gemacht, ihm ein bißchen Verstand in seinen Dickschädel zu prügeln, aber ich wußte, sobald wir anfingen, würde er sein Messer ziehen, und dann hätte ich ihn umbringen müssen.

Ich wanderte die Asphaltstraße hinunter. Mein größtes Problem bestand jetzt darin, mein Rasierzeug von der Kommode in meinem Zimmer zu bekommen. Wenn ich ins Haus ging, um es mir zu holen, würde Randall neugierig wissen wollen, weshalb ich so schnell wieder abreiste. Wenn ich ihm auf einem Zettel mitteilte, daß ich mein rechtmäßiges

Erbe an mich zu bringen gedachte und ihn und Frances hinauswerfen lassen würde, dann würde er mit seiner trainierten Anwaltslogik versuchen, mir meine Überzeugung auszureden. Und wie ich mich erinnerte, hatte ich ihn in einer mündlichen Auseinandersetzung eigentlich nie besiegen können. Einen Streit mit Randall hatte ich immer nur gewonnen, indem ich gewalttätig wurde. Außerdem würde Frances anfangen zu heulen und sich wie eine Verrückte aufzuführen.

Als ich auf der Höhe des Hauses angekommen war, beschloß ich, auf mein Rasierzeug zu pfeifen, und ging einfach weiter. Es war alles in allem sehr viel weniger aufwendig, wenn ich mir einfach einen neuen Rasierapparat und eine Zahnbürste kaufte, sobald ich wieder in Jacksonville war.

Ich war ungefähr vier Meilen weit gegangen, als ein Bengel in einem Flitzer mich auflas und mit nach Mansfield nahm. An einer Tankstelle ließ er mich aussteigen, und ich ging durch die schattigen Wohnstraßen zu Richter Brantley Powells Haus am oberen Ende der Stadt. Er ging nur vormittags ins Büro, und ich war sicher, daß ich ihn zu Hause antreffen würde. Als ich den schmiedeeisernen Türklopfer bedient hatte, dauerte es keine Minute, und Raymond, sein weißhaariger schwarzer Diener, öffnete mir die Tür. Raymond starrte mich einen Augenblick ausdruckslos an. Dann erkannte er mich und lächelte.

»Mr. Frank!« sagte er herzlich. »Kommen Sie herein, kommen Sie herein!«

Es war dunkel in dem muffigen Hausflur, als er die Tür wieder schloß. Raymond nahm mir den Hut ab und ging voraus ins halbdunkle Wohnzimmer. Dort zog er die Jalousien hoch, um ein wenig Licht hereinzulassen.

»Der Richter schläft noch, Mr. Frank«, erklärte er unbehaglich. »Ich weck ihn nicht gern, wenn es nicht wichtig ist.«

Ich überlegte. Was ich wichtig fand, würde der alte Richter wahrscheinlich noch lange nicht wichtig finden. Also wedelte ich in gleichgültiger Gebärde mit der rechten Hand und machte es mir in einem Ledersessel bequem, um zu warten.

»Sie wollen warten, Mr. Frank?«

Ich nickte, nahm mir ein altes *Life*-Magazin von dem Tisch neben dem Sessel und blätterte darin. Raymond ging wortlos hinaus und kehrte wenig später mit einem Glas voller Eiswürfel und einem Krug Limonade zurück. Ein Stück Essigpastete lag daneben – fest, herb und einfach, mit blättriger, bröckeliger Kruste: die beste Essigpastete, die ich je gegessen hatte.

Es war kurz vor fünf, als der Richter endlich herunterkam. Offenbar hatte Raymond ihm gesagt, daß ich ihn erwartete, denn er redete mich gleich mit meinem Namen an, als er ins Zimmer kam, und entschuldigte sich dafür, daß er so lange geschlafen hatte. Richter Powell war in den vier oder fünf Jahren, seit ich ihn das letztemal gesprochen hatte, beträchtlich gealtert. Er mußte auf die Achtzig zugehen. Sein Kopf wakkelte, und seine Hände zitterten, während er sprach. Ich gab ihm die Liste mit den Anweisungen, die ich geschrieben hatte, und er setzte sich in einen Sessel am Fenster und las sie durch. Dann blätterte er die Papiere ein zweites Mal durch, als suche er etwas, und nahm seine Brille ab.

»Also gut, Frank«, sagte er grimmig. »Ich übernehme das für Sie. Ihr Daddy war ein halsstarriger Mann. Ich habe ihm gesagt, daß er einen Fehler macht, als er sein Testament änderte.«

Ich nahm meinen Hut von dem Tisch, auf dem Raymond ihn deponiert hatte.

»Eines noch, Frank. Wie lange gedenken Sie im Jeff-Davis-Hotel in Jax zu wohnen?«

Ich zuckte die Achseln, zählte im Geiste mein restliches Geld und hielt dann vier Finger in die Höhe.

»Sie werden vorher von mir hören. Und wenn Sie Ihr Geld haben, Frank, dann lassen Sie sich hoffentlich nieder. Einem Hund macht es Spaß, seinen eigenen Schwanz zu jagen, aber er kommt dabei nirgends hin.«

Ich schüttelte dem alten Mann die Hand, und er begleitete mich zur Haustür. »Können Sie zum Essen bleiben, Sohn?«

Ich schüttelte den Kopf und lächelte dankend. Aber als ich die Tür öffnete, faßte er mich beim Ärmel.

»Es gibt alle möglichen Arten von Gerechtigkeit, Frank«, sagte er freundlich, »und die meisten davon habe ich in den fünfzig Jahren meiner Praxis gesehen. Aber die poetische Gerechtigkeit ist die beste von allen. Um die Nacht zu ermessen, muß man seinen Tag erfüllen«, schloß er rätselhaft.

Ich nickte wissend, obwohl ich keine Ahnung hatte, was er damit meinte; ich bezweifle sehr, daß er es selbst wußte. Wenn ein Mann es schafft, so lange zu leben wie Richter Powell, hält er sich immer für eine Art Weisen.

Ich ging quer durch die Stadt bis zum Highway und aß in einer Fernfahrerkneipe etwa eine Meile außerhalb der Stadt zu Abend. Zwei Stunden später saß ich in der Kabine eines Diesel-Trucks und war auf dem

Weg zurück nach Jacksonville. Tief im Innern hatte ich das Gefühl, daß ich nun endgültig alle Brücken zur Vergangenheit abgebrochen hatte – bis auf eine. Aber ich bereute es nicht. Um in dieser Welt zu überleben, muß ein Mann tun, was er tun muß.

9

Ich war müde, als ich in Jacksonville ankam, aber nicht schläfrig. Ich hatte gehofft, auf der langen Fahrt im Lastwagen ein wenig Schlaf zu finden, aber der Fahrer hatte die ganze Zeit geredet. Ich hatte ihm zugehört, benommen und mit Augen, die brannten vom Zigarettenrauch, und er hatte die öden, intimen Details seines langweiligen Lebens vor mir ausgebreitet: Militärdienst bei der First Cavalry Divison in Vietnam, Verlobung, Ehe, Pläne für die Zukunft (er wollte gern Disponent in der Spedition werden, damit er auf seinem Arsch sitzenbleiben konnte). Er zeigte immer noch keine Ermüdungserscheinungen, als wir Jax erreichten. Um seine Autobiographie zu Ende zu bringen, parkte er vor einem Drive-in und spendierte mir Eier und Schinken zum Frühstück.

Nachdem ich dem gesprächigen Lastwagenfahrer die Hand geschüttelt hatte – er war eigentlich kein übler Kerl –, nahm ich den Bus in die Stadtmitte und ging wieder ins Jeff-Davis-Hotel. Ein Blick auf das weiche Doppelbett, und ich war hellwach. Wenn mein Plan Erfolg hatte, würde ich es innerhalb von drei Tagen erfahren, und ich hatte jetzt keine Zeit, den ganzen Tag zu verschlafen. Ich mußte mit einer Zuversicht zu Werke gehen, die ich eigentlich nicht hatte – als könne am Resultat kein Zweifel bestehen.

Nach dem Rasieren machte ich eine Liste für Doc Riordan. Das war das Material, das ich brauchen würde, und ich gedachte unsere Vereinbarung zu nutzen. Es würde lange dauern, bis ich Hahnenkampfbedarf im Wert von achthundert Dollar aufgebraucht hatte.

Erstens: Stärkungspulver. Doc machte ein zuverlässiges Stärkungspulver – eine Mischung mit kraftspendendem Eisen und Vitamin B_1. Wenn man dieses Pulver unter die spezielle Diät eines Kampfhahnes mischt, ist es eine wertvolle Unterstützung für die Entwicklung von Muskeln und Reflexen. Ich bestellte drei Pfund.

Zweitens: Dextrosekapseln. Wenn man dem Hahn eine Stunde vor dem Kampf eine Dextrosekapsel in den Schlund stopft, gibt ihm das die gleiche frische Energie, die ein Schokoladenriegel einem Bergsteiger auf halbem Wege zum Gipfel verschafft. Ich notierte eine Bestellung für einen Vorrat, der für eine Saison mit vierundzwanzig Hähnen reichte.

Drittens: Doc Riordans Blutaufbaustoff. Seit vielen Jahren produzierte und verkaufte Doc ein Gerinnungsmittel, wie es auf dem Markt kein besseres gab. Wenn er nichts davon zur Hand hatte, konnte er welches machen. Es handelte sich um einen Blutaufbaustoff in Kapselform mit Vitamin K, dem Blutgerinnungsvitamin, mit Leber und mit mehreren anderen geheimen Ingredienzen. Wer kann die Wirksamkeit eines Blutgerinnungsmittels beurteilen? Ich nicht. Aber wenn überhaupt eines wirkte – und beim Zurichten meiner Vögel überlasse ich nichts dem Zufall –, dann bevorzugte ich Doc Riordans Präparat. Auch hier notierte ich einen Vorrat für eine Saison mit vierundzwanzig Hähnen.

Viertens: Desinfektionsmittel. Natron, Schwefel, Formaldehyd, Karbolsäure, Rainfarnöl, Sassafras, Kreosot, Kampher und medizinischen Alkohol. Insekten sind ein großes Problem im Hahnenkampfsport. Läuse völlig loszuwerden ist beinahe unmöglich, aber man muß beständig gegen sie kämpfen, wenn man seine Vögel gesundhalten will. *Einen reichlichen Vorrat von allem,* schrieb ich auf meine Liste.

Fünftens: Terpentin. Fünf Gallonen. Die einzige unentbehrliche Flüssigkeit, überlebenswichtig im Hahnenkampf. Gott hat es gefallen, den Hühnern die scheußlichsten Krankheiten dieser Welt aufzuhalsen: Pips, Schnabelsperre, Verstopfung, Durchfall, Staupe, Asthma, Katarrh, Apoplexie, Cholera, Kalkbein, Krebs und vieles andere. Jede dieser Krankheiten kann einem den gesamten Bestand dahinraffen, ehe man sich's versieht. Oft genügt es, eine Feder in Terpentin zu tauchen und sie dem Hahn in die Nasenlöcher zu schieben oder seinen Schlund damit auszupinseln, oder aber dem Vogel ein paar Tropfen Terpentin ins Trinkwasser zu geben, um viele dieser Krankheiten zu verhindern oder zu heilen. Wenn das Terpentin versagt, vernichte ich den kranken Vogel und vergrabe ihn tief, um zu verhindern, daß die Krankheit sich ausbreitet.

Als ich die Liste vollendet hatte, steckte ich sie in einen Hotelbriefumschlag, schrieb Doc Riordans Namen darauf und machte mich auf den Weg zu dem Drugstore, wo er seinen Teilzeitjob hatte. Doc war nicht da, aber der Besitzer sagte, er erwarte ihn gegen Mittag. Da ich annahm, daß Doc die meisten Posten auf meiner Liste frischweg akquirieren würde, ohne dem Besitzer etwas davon zu sagen, beschloß ich, den Umschlag nicht dazulassen, sondern bis zum Mittag zu warten.

Ich ging zum Büro der Western Union und schickte zwei kurze Telegramme ab. Das erste ging an meinen Nachbarn und Hahnensportkollegen in Ocala, Omar Baradinsky:

BITTE AUF FARM LICHT UND WASSER ANSTELLEN LASSEN. RÜCKERSTATTE BEI ANKUNFT. F. MANSFIELD

Ich wußte, Omar hatte nichts dagegen, nach Ocala hineinzufahren und sich um diese Dinge zu kümmern, und da ich nicht wußte, an welchem Tag und um welche Zeit ich auf der Farm ankommen würde, wollte ich sichergehen, daß ich Wasser und Strom hatte, wenn ich eintraf.

Das andere Telegramm war an Mr. Jake Mellhorn, Altamount, North Carolina, gerichtet. Jake Mellhorn züchtete und verkaufte eine Kampfrasse namens Mellhorn Black. Es war eine robuste Rasse; das wußte ich, weil ich Blacks schon viele Male hatte kämpfen sehen.

Diese Vögel kämpften gleich gut mit langen und mit kurzen Sporen, je nach Körperbau und Konditionierung, aber sie waren unberechenbare Kämpfer – manche stachen, andere kratzten –, und sie neigten dazu, ihre Taktik im Pit zu ändern. Im allgemeinen ziehe ich die Stecher den Kratzern vor, aber ich brauchte ein Dutzend Asse, und zwar zu einem fairen Preis. Jake Mellhorn war seit ein paar Jahren hinter mir her, weil ich einmal eine Saison mit seinen Blacks bestreiten sollte, und ich wußte, er würde mir ein Dutzend zu einem relativ niedrigen Preis liefern. Sollte ich mit seiner Züchtung bei einem der größeren Derbys gewinnen, würde er in der folgenden Saison die Preise für die anderen Hahnenkämpfer kräftig anheben können. Gewinnen konnte ich mit jeder robusten, freilandgezüchteten Rasse, die meinen Konditionierungsmethoden gewachsen war – Claret, Madigan, Whitehackle, Doms –; aber die ausgezeichneten Hähne, die ich brauchte, würden zuviel kosten, vor allem, wenn ich schon fünfhundert Dollar für Icky auf den Tisch gelegt hätte. Es würde jedenfalls nicht schaden, Jake ein Telegramm zu schicken und festzustellen, was er zu bieten hatte.

AN: JAKE MELLHORN, ALTAMOUNT, N. C.
BRAUCHE 12 FREILANDHÄHNE. KEINE JUNGTIERE, KEINE KÄFIGVÖGEL. NUR REINRASSIGE MELLHORNS, KEINE KREUZUNGEN. PREISE UND DETAILS BITTE C/O JEFF DAVIS HOTEL, JACKSONVILLE, FLA.
F. MANSFIELD

Wie ich Jake Mellhorn kannte – und ich kannte den selbstsüchtigen, egozentrischen Alten gut –, würde ich innerhalb von zwei Tagen einen Eilbrief von ihm haben. Und zumindest auf meine erste Bestellung hin würde er mir Asse schicken.

Ich gab dem Mädchen das Geld für die Telegramme und aß dann einen Hamburger in einer kleinen Imbißstube ein Stück weiter unten, bevor ich zu Foster's Drugstore zurückging.

Jetzt, wo die Telegramm unterwegs waren, fühlte ich mich verpflichtet, obgleich sie an sich noch nichts zu bedeuten hatten. Aber ich hatte das Gefühl, daß ich die Würfel ins Rollen brachte, indem ich mein Glück zwang.

Ich konnte die Mellhorns ja nicht bezahlen, ganz gleich, was für einen guten Preis Jake mir machte. Ich konnte nicht einmal die Vorauszahlung zurückerstatten, die Omar Baradinsky in Ocala für Strom und Wasser würde hinterlegen müssen – und trotzdem fühlte ich mich zuversichtlich. Bestimmt würde Richter Powell jetzt mit tausendfünfhundert Dollar rüberkommen, denn ich hatte gehandelt, als ob er es tun würde. Es war ein falsches Gefühl der Zuversicht; ich wußte, daß es Humbug war – wie ein Mann auf einem Transatlantikflug weiß, daß das Flugzeug unmöglich abstürzen kann, weil er sich vor dem Start auf dem Flughafen für hunderttausend Dollar versichert hat.

Doc Riordan saß in einer kurzen weißen Jacke an der Getränkebar, als ich den Drugstore betrat. Ich hockte mich auf einen Schemel neben ihm und tippte ihm auf die Schulter.

»Hallo, Frank«, sagte er lächelnd. Es war eng, und wir schüttelten einander unbeholfen die Hand, ohne aufzustehen. »Mr. Foster sagte, ein großer Mann mit einem Cowboyhut habe nach mir gefragt. Angesichts dessen, daß ich keine Schuldeneintreiber kenne, die nicht sprechen, dachte ich mir schon, daß Sie es waren.«

Ich gab Doc den Umschlag. Er studierte die Liste und pfiff dann leise durch die Zähne. »Das ist aber sehr kurzfristig eine mächtig große Bestellung, Frank«, stellte er stirnrunzelnd fest. »Fertiges Konditionierungspulver habe ich nicht, und in Jax gibt's in letzter Zeit so viele Grippefälle, daß ich dreiundsechzig Rezepte erledigen muß, ehe ich irgend etwas anderes anfangen kann.« Er klopfte mit dem Zeigefinger auf die Liste. »Können Sie mir zwei Tage Zeit lassen?«

Ich mußte grinsen. Zu diesem Zeitpunkt hätte ich ihm zwei Monate Zeit lassen können. Ich klopfte ihm auf die Schulter und nickte verständnisvoll.

»Gut. Kommen Sie übermorgen, und die Sachen warten auf Sie. Alle.«

Er lächelte. »Sieht irgendwie so aus, als hätten Sie Ihre Vögel für diese Saison beieinander; hoffentlich wird es gut für Sie. Sollten Sie schnell irgend etwas brauchen, schreiben Sie mir einfach eine Karte hierher in den Drugstore. Ich weiß verflucht genau, daß ich beim Turnier in Milledgeville dabeisein werde, aber das wird dieses Jahr das einzige sein. Ich habe zu viele Fühler wegen Licarbo ausgestreckt, um zum Hahnenkampf zu gehen. Aber vielleicht habe ich doch Gelegenheit, nach Plant City runterzukommen –«

Er hatte zu arbeiten; ich rutschte also von meinem Hocker und ging ohne weiteres hinaus, während er noch redete.

Den Rest des Nachmittags verbrachte ich damit, auf Gebrauchtwagenplätzen herumzulaufen und gegen die Reifen zu treten; ich suchte irgendeinen kleinen Laster, der vier oder fünf Monate durchhalten würde. Gegen vier entdeckte ich einen acht Jahre alten Ford-Halbtonner, der geeignet aussah; der Händler fuhr mit mir um den Block, als ich ihn ausprobierte. Den ganzen Nachmittag über hatte mein Schweigen die geschwätzigen Autoverkäufer enerviert. Wenn sie ein Schweigen von meiner Art fünf Minuten lang genossen hatten, gaben sie es meistens auf, mich zu beschwatzen, und ließen mich in Ruhe umherschauen. Dieser Bursche hier war hartnäckiger. Nachdem ich den Pickup auf dem Grundstück an seinem Platz in der vierten Reihe geparkt hatte, schaute ich den Händler fragend an.

»Ein echtes Schnäppchen für hundertfünfzig«, erklärte er aufrichtig. Er war ein junger Mann, Anfang Zwanzig, mit einem ernsten sommersprossigen Gesicht. Mit seinem Bürstenhaarschnitt und der schwarzen »Wet Look«-Lederjacke erinnerte er mich an einen Captain der Marineinfanterie, der zum erstenmal in Zivil herumlief. Gut möglich, daß er Marineinfanterist gewesen war.

Ich sah ihm fest in die Augen, und er wurde rot.

»Aber alte Pickups gehen heutzutage nicht mehr so gut. Zu viele reiche Farmer, die sich neue kaufen. Ich lasse ihn Ihnen deshalb für einen Hunderter.«

Ich musterte ihn einen Moment lang, ohne eine Miene zu verziehen, und stieg dann aus. Ich ging auf den Maschendrahtzaun zu, der sich am Gehweg entlangzog. Er hatte mich eingeholt, ehe ich die erste Reihe der geparkten Autos erreicht hatte, und legte mir eine sommersprossige Hand auf den Arm; aber als ich meinen Blick auf seine Hand senkte, riß er sie zurück, als stehe mein Ärmel plötzlich in Flammen.

»Ich will Ihnen was sagen, Sir«, brachte er hastig hervor. »Nur um diesen alten Ford loszuwerden und vom Gelände zu schaffen, verzichte ich auf meine Kommission. Sie können den Wagen für fünfundachtzig Kröten haben. Zahlen Sie zehn Dollar an, und Sie können losfahren. Hier sind die Schlüssel.« Er streckte mir die Schlüssel entgegen, aber ich sah sie nicht an. Ich wandte den Blick nicht von seinem Gesicht.

»Also schön«, sagte er. »Fünfundsiebzig. Aber das ist wirklich das äußerste.«

Ich nickte. Ein fairer Preis. Mehr als fair. Der Laster war hart rangenommen worden, und der Lack war größtenteils abgeschliffen, weil jemand ihn hatte neu lackieren wollen. Aber dazu war es nie gekommen. Ich deutete auf die Sonne, die tief über dem Horizont stand. Der Blick seiner blaßblauen Augen folgte meinem Finger. Um seine abschweifende Aufmerksamkeit wieder auf mich zu lenken, schnippte ich mit den Fingern und hielt ihm dann drei Finger vors Gesicht.

»Drei Sonnen?« fragte er. »Sie meinen, drei Tage?«

Ich nickte.

»Ohne Anzahlung kann ich Ihnen aber nicht versprechen, daß ich ihn so lange festhalte, Sir.«

Ich zuckte gleichgültig die Achseln und verließ den Platz. Ich hatte so eine Ahnung, daß der Pickup noch dasein würde, wenn ich ihn holen käme.

Zurück im Hotelzimmer, zählte ich mein Geld. Dreiundzwanzig Dollar und einundachtzig Cents. Geld scheint einfach zu verdunsten. Ich hatte keine Ahnung, wo es geblieben war, aber den Rest mußte ich jetzt hüten wie ein Geizhals. Zwölf Dollar brauchte ich, um in den nächsten vier Tagen das Hotelzimmer zu bezahlen, und der Rest mußte für Essen und Rauchen reichen. Wenn ich nicht innerhalb der nächsten drei, höchstens vier Tage einen Brief von Richter Powell bekam, würde ich meine Pläne irgendwie ändern müssen.

Die nächsten drei Tage verbrachte ich in der öffentlichen Bibliothek. In der Nähe des Hotels war ein langes, schmales Café, wo es ein »Frühaufsteher«-Frühstück gab: ein Ei, eine Scheibe Schinken, eine Scheibe Toast mit Margarine und eine Tasse Kaffee – alles für zweiundvierzig Cent. Nach dieser kargen Kost spazierte ich langsam zur Bücherei, setzte mich draußen auf die Treppe, bis sie öffnete, und dachte ans Mittagessen. Im Zeitschriftenraum las ich bis mittags in den Illustrierten; dann kehrte ich zum Hotel zurück und fragte an der Rezeption nach meiner Post. Danach ging ich wieder in die Bibliothek. Gegen zwei hatte ich einen solchen Bärenhunger, daß ich auf der anderen Straßenseite ein »Arme-Leute«-Sandwich aß und eine Coca-Cola trank. Das »Arme-Leute«-

Sandwich gab es mit drei verschiedenen Sorten Fleisch, aber es war nicht viel Fleisch. Dann kehrte ich zurück in die Bibliothek und las Bücher, bis um neun geschlossen wurde.

Mein Lesegeschmack ist allumfassend. Ich kann Band drei der *Encyclopedia Americana* aus dem Regal nehmen und von der ersten bis zur letzten Seite durchlesen, von »Corot« bis »Deseronto«, und dabei bringe ich für jedes Stichwort gleich viel oder gleich wenig Interesse auf. *Roget's Thesaurus* oder ein Wörterbuch können mein Interesse mehrere Stunden lang fesseln. Ich besitze nicht viele Bücher. Auf meiner Farm in Ocala gab es ein paar über Geflügelzucht und eine Erstausgabe der *Geschichte der Kampfhahnrassen,* die ich einmal bei einem Turnier als Preis gewonnen hatte. Und ich hatte eine zerfledderte Ausgabe von *Huckleberry Finn.* Ich glaube, ich bin schon mindestens fünfzigmal mit Huck Finn & Co. den Fluß hinuntergetrieben.

Wenn die Bücherei um neun geschlossen wurde, aß ich einen Hamburger, kehrte ins Hotel zurück und ging zu Bett.

Drei Tage vergingen so wie im Fluge. Am Morgen des vierten indessen verließ ich das Hotel nicht. Mein Magen war dermaßen aufgeregt, daß ich nicht einmal auf das karge »Frühaufsteher«-Frühstück Lust hatte, weil ich fürchtete, ich würde es vielleicht nicht bei mir behalten. Ich setzte mich in die Lobby und wartete gespannt auf die Post.

Es kamen zwei Briefe für mich, beide per Eilzustellung. Der eine war ein dicker brauner Umschlag von Richter Powell, der andere ein dünnerer von Jake Mellhorn. Ich nahm beide Briefe ungeöffnet mit auf mein Zimmer. Meine Finger waren feucht, als ich zuerst den dicken Umschlag von Richter Powell aufriß, aber als ich den Inhalt des Umschlags auf mein Bett gekippt hatte, konnte ich nichts weiter sehen als den grau-grünen Scheck vom Mansfield Farmer's Trust, ausgestellt auf meinen Namen über eintausendfünfhundert Dollar!

Meine Reaktion auf diesen Scheck überraschte mich. Mir war nicht klargewesen, wie sehr ich mich darauf verlassen hatte, daß er kam. Meine Knie begannen zu zittern, dann meine Hände. Einen Augenblick später bebte ich am ganzen Körper, als hätte ich Malaria, und ich mußte mich rasch hinsetzen. Ich war naß vom Scheitel bis zu den Fußsohlen von einem kalten, klammen Schweiß, den nur eine eisige, irrationale Angst hervorgerufen haben konnte. Natürlich hatte ich meinen Gedanken nicht erlaubt, auf der Möglichkeit zu verharren, daß mein Plan scheiterte, aber jetzt, wo ich das Geld wirklich hatte, machten sich die unterdrückten Zweifel und Befürchtungen doch bemerkbar. Aber meine physische Reaktion dauerte nicht sehr lange. Ich zog mein Hemd aus und wusch mir den Oberkörper mit einem kalten Waschlappen; dann trocknete ich mich gründlich ab, ehe ich Richter Powells Brief las. Es war ein langer, ein übermäßig langer Brief, einzeilig geschrieben auf seinem Kanzleipapier mit Briefkopf und Wasserzeichen.

Mr. Frank Mansfield
c/o The Jeff Davis Hotel
Jacksonville, Florida

Lieber Frank,
ich habe diese Sache persönlich bearbeitet und mich dabei ausnahmslos an Ihre Wünsche gehalten, denn ich dachte mir, daß Sie Ihren Bruder Randall besser kennen werden als ich. Und so war es auch. Als ich ihn aufsuchte und ihm mitteilte, daß Sie beabsichtigten, das Testament Ihres Vaters anzufechten, lachte er. Wären Ihre umfangreichen Notizen nicht gewesen, hätte mich dieses Lachen überrascht.
»Ist Frank etwa willens, damit vor Gericht zu gehen?« fragte er mich.
»Nein«, sagte ich (Ihre Anweisungen befolgend). »Ihr Bruder Frank meinte, es wäre nicht nötig. ›Wenn Randall sieht, daß er in einer unhaltbaren Position ist, wird er unverzüglich eine Verzichtserklärung unterschreiben und ausziehen.‹«
Wieder lachte Ihr Bruder, wie Sie es vorhergesehen hatten. »Glauben Sie denn, ich sei in einer unhaltbaren Position, Richter?« fragte er sodann.
»Ja«, sagte ich. »Deshalb habe ich die Verzichtserklärung gleich mitgebracht, damit Sie sie unterschreiben können.«
Er lachte und unterschrieb das Dokument. »In New York«, sagte er, »hätten Sie keine Chance, Richter.« Ich schwieg, statt ihn daran zu erinnern, daß der Fall, sollte er vor Gericht gehen, in Georgia verhandelt werden würde. »Wann, sagt Frank, soll ich ausziehen?«
»Sobald der Besitz verkauft ist.«
»Hat Frank einen Käufer im Sinn?«
»Er hat mir empfohlen, es zuerst bei Wright Gaylord zu versuchen«, sagte ich. Diese Äußerung gab Ihrem Bruder weiteren Anlaß zur Heiterkeit, denn er lachte, bis ihm die Tränen übers Gesicht liefern.
»Frank will nicht mehr als eintausendfünfhundert Dollar dabei verdienen«, sagte ich Ihrem Bruder. »Er hat mich angewiesen, Ihnen alles, was diese Summe übersteigt, auszuhändigen – abzüglich meines Honorars selbstverständlich.«
»Das ist großzügig von Frank«, meinte er. »Aber da sind Steuern fällig. Ungefähr siebenhundert Dollar.«
»Der Steuern bin ich mir bewußt«, sagte ich.

»Also gut, Richter. Da haben Sie Ihre Verzichtserklärung. Fahren Sie ein Häuschen weiter und verkaufen Sie das Anwesen an Wright Gaylord. Ich bin bereit, morgen auszuziehen, wenn Sie mir meinen Anteil bringen – vorausgesetzt, daß noch etwas übrig ist.«

Wright Gaylord gab mir noch am selben Nachmittag einen Scheck über dreitausendfünfhundert Dollar, den ich nur widerwillig akzeptierte. Ich bin sicher, wenn ich mehr Zeit gehabt hätte, wäre Ihr Besitz für achttausend, möglicherweise für zehntausend Dollar an den Mann zu bringen gewesen. Aber mit dieser Summe waren die von Ihnen verlangten anderthalbtausend und mein Honorar von fünfhundert Dollar adäquat abgedeckt, und so schloß ich den Handel an Ort und Stelle ab. Sie haben in Ihren Notizen nichts davon erwähnt, aber mir ist klar, wie raffiniert es ist, den Besitz an Mr. Gaylord zu verkaufen, wenngleich ich bezweifle, daß es ihm auch klar war. Wenn Sie seine Schwester heiraten, bekommen Sie automatisch die Hälfte Ihrer Farm zurück, und die Hälfte der seinen außerdem. Mr. Gaylord ist auch ein Klient von mir, und so war dies eine heikle Frage der juristischen Ethik, aber in Anbetracht dessen, daß ihm Ihre Verlobung mit seiner Schwester zweifellos bekannt ist, hielt ich es nicht für notwendig, ihn daran zu erinnern.

Beiliegend finden Sie einen Barscheck über eintausendfünfhundert Dollar. Mein Honorar in Höhe von fünfhundert Dollar ist abgezogen, Steuern sind bezahlt, außerdem Stempelgebühren und diverse Nebenausgaben. Ich habe Ihrem Bruder einen Scheck über siebenhundertachtundsechzig Dollar und fünfzig Cent ausgestellt. Randall und seine Frau sind gestern mit dem Bus nach Macon gefahren.

Mr. Gaylord hat bereits damit begonnen, das Farmhaus Ihres Vaters und die Nebengebäude abzureißen. Er hat ein Abbruchunternehmen aus Atlanta beauftragt, und ich habe sie gestern mit einigen ihrer Geräte durch die Stadt fahren sehen. Er hat sich indessen auf Ihr Verlangen bereit erklärt, Ihren schwarzen Pächter bleiben zu lassen, wenn dieser es wünscht. Er war jedoch nicht bereit, ihn weiter an den Einnahmen zu beteiligen, weil Charley Smith zu alt ist. Ihre größte Sorge war es, denke ich, Charley und seiner Familie ihr Heim zu bewahren, und so habe ich dieser Bedingung trotz gegenteiliger Anweisungen zugestimmt.

Ich füge einige Papiere bei, die Sie an der mit einem roten X markierten Stelle unterschreiben müssen. Sie sind, einschließlich der Anwaltsbevollmächtigung, vordatiert, damit ich Ihnen das Geld ohne unnötige Verzögerung übersenden konnte. Bitte schicken Sie sie (unterschrieben) so schnell wie möglich zurück. Ich weiß, wenn Ihr Vater noch am Leben wäre, würde er wollen, daß Sie Ihr Geld vernünftig ausgeben; daher kann ich nur das gleiche sagen. »Ein rollender Stein setzt kein Moos an«, ist ein altes, aber nichtsdestominder wahres

Sprichwort. Wenn ich Ihnen weiterhin helfen kann, zögern Sie nicht, mich zu bitten.

Stets der Ihre
BRANTLEY POWELL
BP/bj *Rechtsanwalt*

Die moralisierenden Sprüche des geschwätzigen Alten störten mich nicht, denn er wußte nicht, was ich mit dem Geld vorhatte, aber es ärgerte mich, daß er den Brief seiner schwatzhaften Sekretärin diktiert hatte, der alten Jungfer Miss Birdie James. Die kleinen Initialen »bj« in der unteren linken Ecke des Briefes bedeuteten, daß meine Angelegenheit sich inzwischen im ganzen County herumgesprochen haben dürfte. Ich sah ein, daß es ein langer Brief war, und ich wußte es zu schätzen, über die Details informiert zu werden, aber der Alte hätte mir doch lieber persönlich schreiben sollen. Wenn ich irgendwann nach Mansfield zurückkehrte, würden die Leute Partei ergreifen – manche für Randall und manche für mich, aber die Mehrheit würde auf Randalls Seite stehen, auch wenn ich juristisch und moralisch im Recht gewesen war, als ich mir genommen hatte, was mir rechtmäßig zustand.

Der Brief von Jake Mellhorn war drängender:

Lieber Frank,
freut mich festzustellen, daß Sie endlich vernünftig sind und einsehen, daß der Mellhorn Black der beste Kampfhahn der Welt ist, und zwar unter allen Umständen!!! Und Sie haben Glück, daß Sie mir ausgerechnet in diesem Augenblick kabeln. Ich habe soeben zweiundzwanzig Hähne hereingebracht, aber wenn Sie nur ein Dutzend Freilandhähne haben wollen, können Sie die besten aus der Zucht haben, die insgesamt verflucht gut ist!!! Dabei kann ich Ihnen sechs Asse schicken, zwei bis drei Jahre alt. Die anderen sechs sind Brüder, seit fünf Monaten erwachsen, aber allesamt garantiert erstklassige Kämpfer, und sie werden's für Sie bringen, oder Sie kriegen Ihr Geld zurück. Wie Sie wissen, verschicke ich die Vögel wurmfrei in hölzernen Körben, aber sie müssen bei der Ankunft getränkt werden. Man kann sich nicht darauf verlassen, daß die verfluchte Express Company die Tiere unterwegs tränkt – die klauen noch den gestoßenen Mais aus den Körben und machen sich Popcorn. Als Sonderpreis – NUR FÜR SIE !!! – ein Dutzend Mellhorn Blacks für nur siebenhundert Dollar. Das ist weit unter fünfundsiebzig das Stück. Benachrichtigen Sie mich umgehend telegrafisch, denn ich kann sie jederzeit für hundert bis hundertfünfundzwanzig das Stück verkaufen.

Eine gute Saison wünscht
JAKE MELLHORN

Siebenhundert Dollar waren zwar ein außergewöhnlich fairer Preis für Mellhorn-Asse, aber eine solche Ausgabe würde meine anderthalbtausend doch empfindlich reduzieren. Gleichwohl hatte ich kaum eine Wahl. Ich mußte sie haben – oder andere, ebenso gute. Fünfhundert für Ed Middleton, fünfundsiebzig für den Pickup, und ich hatte noch zweihundertfünfundzwanzig. Zum Glück hatte ich in Ocala noch Futter vom letzten Jahr, und je älter Flint-Mais ist, desto besser ist er als Hahnenfutter. Und innerhalb der nächsten zwei Wochen konnte ich am Pit in Ocala etwas Geld gewinnen. Mindestens zwei, womöglich sogar drei Vögel konnten bis dahin für den Kampf zugerichtet sein.

Ich packte meine Sachen und räumte das Zimmer, und dann löste ich bei der Bank meinen Scheck ein. Siebenhundert Dollar schickte ich unverzüglich telegrafisch an Jake Mellhorn und wies ihn an, die Hähne zu meiner Farm zu schicken. Die unterschriebenen Papiere schickte ich per Eilzustellung an Richter Powell zurück, und dann machte ich mich auf den Weg zu dem Gebrauchtwagenhändler, um den Laster zu holen, den ich mir ausgesucht hatte.

Keine zwei Stunden später fuhr ich über die Stadtgrenze von Jacksonville. Die Arzneimittel von Doc Riordan waren hinten auf dem Laster bei meiner Tasche und meinem Sporenkoffer unter einer Plane. Das restliche Geld, Zehner und Zwanziger, hatte ich mir mit einer Sicherheitsnadel innen an die Jacke geheftet.

Als ich auf den Highway 17 einbog, mußte ich plötzlich an Bernice Hungerford denken. Sie war mir in den letzten drei Tagen ein paarmal in den Sinn gekommen, vor allem spät abends, wenn ich zu schlafen versucht hatte, während ich vor Hunger Magenkrämpfe gehabt hatte. Ja, ich hatte sogar ernsthaft erwogen, zu ihrem Haus hinauszufahren und dort eine Gratismahlzeit zu schnorren. Aber mein schlechtes Gewissen hatte mich zurückgehalten. Die zerbrochene Gitarre auf ihrer Veranda zurückzulassen war keine besonders glänzende Idee gewesen.

Vor mir sah ich eine Tankstelle; ich fuhr hinein und hielt an der Zapfsäule für Normalbenzin.

»Wieviel, Sir?«

Ich fuhr mir mit dem Finger quer über die Kehle.

»Voll? Jawohl, Sir.«

Während ich noch den großen Stadtplan im Tankstellenhäuschen studierte, kam der Tankwart und wollte wissen, ob unter der Haube alles in Ordnung sei. Die Frage war dermaßen töricht, daß ich ihn erstaunt angesehen haben muß, denn er errötete verlegen und klappte die Motorhaube auf, ohne auf meine Antwort zu warten. Wie soll man feststellen, ob Öl und Wasser nachgefüllt werden müssen, wenn man nicht nachschaut?

Ich fuhr mit dem Finger über den Stadtplan und fand Bernices Straße. Zu ihrem Haus führte ein Umweg von ungefähr drei Meilen. Ich war ihr im Grunde nichts schuldig, aber ich hatte das Gefühl, daß es mein Gewissen erleichtern würde, wenn ich ihr die dreißig Dollar zurückgab, die sie mir vorgeschossen hatte, als ich sie gebraucht hatte. Ich wendete und fuhr langsam die Straße hinunter, bis ich zu einem Einkaufszentrum kam, wo es einen Blumenladen gab. Ich parkte, betrat den Laden und wählte zwölf gelbe Rosen aus der Kühlvitrine. Die Stiele waren mindestens einen halben Meter lang.

»Das wird ein schönes Bouquet.« Die grauhaarige Verkäuferin lächelte. »Möchten Sie eine Karte dazutun?«

Als ich nickte, gab sie mir eine kleine weiße Karte und einen winzigen Umschlag, der dazugehörte. Ich kritzelte eine kurze Mitteilung:

Liebe Bernice,
schreib mir gelegentlich: RFD Nr. 1, Ocala, Fla.

Frank Mansfield

Ich wußte nicht, ob Bernice mir schreiben würde oder nicht. Aber ich glaubte doch, daß die Rosen und dreißig Dollar in bar sie für meinen abrupten, grußlosen Abschied entschädigen würden. Und ich mochte die Frau. Ich schob das Geld mit der Karte in den kleinen Umschlag und leckte die Lasche an.

»Und wohin sollen wir liefern, Sir?« fagte die Verkäuferin und überreichte mir eine rosarote Rechnung über fünfundzwanzig Dollar und fünfzig Cents. Ich legte das Geld auf die Theke und zupfte an meiner Unterlippe. Wenn ich die Blumen zustellen ließ, konnte ich Zeit sparen.

»Wir liefern natürlich kostenlos.« Die Frau lächelte.

Damit war es entschieden. Ich mußte Blumen und Brief selbst abgeben. Die Frau war mir zu erpicht auf diesen Auftrag. Ich hatte die zwölf gelben Rosen sorgfältig ausgesucht. Wenn ich ihr einen Lieferauftrag gab, würde sie die Rosen austauschen – entweder gegen ältere oder gegen Nelken oder so etwas. Ich steckte mein Wechselgeld ein, zeigte auf den Stapel von grünem Wachspapier und machte eine kreisförmige Bewegung mit der Hand, um ihr zu bedeuten, daß sie die Blumen einwickeln solle.

Am Hause 111 Melrose Avenue läutete ich ein paarmal, aber es war niemand zu Hause. Ich wartete ungeduldig fünf Minuten und ließ die Rosen dann vor der Tür liegen. Den Brief mit dem Geld schob ich unter der Tür hindurch; das war vielleicht besser so.

Jetzt war Bernice am Zug – wenn überhaupt jemand. Wenn sie zu Hause gewesen wäre, hätte ich wahrscheinlich die Nacht bei ihr verbracht und noch einen Tag verloren. Aber ich hatte zuviel Arbeit vor mir, als daß ich meine Zeit damit verschwenden durfte, eine reiche Witwe zu umwerben.

Der alte Pickup fuhr sich gut auf dem Highway, aber ich traute mich nicht, mehr als vierzig Meilen pro Stunde zu fahren. Wenn ich ihn auf fünfzig brachte, fingen die Vorderräder an zu schlingern. Lange bevor ich Orlando erreichte, bereute ich die große Geste, mit der ich Bernice Hungerford Rosen und dreißig Dollar überbracht hatte. Es wäre klüger gewesen, damit zu warten, bis ich wieder flüssig war. Das verfluchte Geld zerrann mir zwischen den Fingern wie Wasser, und ich mußte einige Kämpfe gewinnen, um an neues zu kommen. Aber wenn ich mir den entzückten Ausdruck auf Bernices fröhlichem Gesicht vorstellte, wenn sie die Blumen vor ihrer Haustür entdeckte, fühlte ich mich gleich besser.

Vor Mitternacht traf ich in Orlando ein. Ich sparte acht Dollar, indem ich quer durch die Stadt bis zu Ed Middletons Privatstraße fuhr und in seiner Orangenpflanzung hinten auf der Ladefläche schlief. Die Aufregung in meinen Gedanken war verflogen, und so müde, wie ich war, schlief ich auf dem Lastwagen ebensogut wie in irgendeinem Motelbett.

Als ich am nächsten Morgen um sechs in seinem Carport parkte und an die Küchentür klopfte, war Ed alles andere als beglückt, mich zu sehen. Martha Middleton hingegen war überglücklich über mein frühmorgendliches Erscheinen. Sie schlug vier Eier mehr in die Pfanne und beschloß, doch noch Bisquits zu machen.

»Ich hatte Sie nicht so bald zurückerwartet«, stellte Ed mürrisch fest, nachdem er mir eine Tasse Kaffee eingeschenkt hatte.

Ich mußte über seine Bestürzung grinsen; ich nahm das Geld aus meiner Jackentasche und zählte fünfhundert Dollar auf den Frühstückstisch. Wütend starrte Ed auf das Bündel Banknoten. Martha blieb mit geschürzten Lippen am Herd stehen. Ich hatte meinen Kaffee halb ausgetrunken und mich über die Eier hergemacht, ehe Ed Middleton ein Wort herausbrachte. Im Hinterkopf hoffte ich mehr oder weniger darauf, daß er es sich anders überlegen und den Handel absagen würde. Ikarus war ein mächtig feiner Vogel, aber fünfhundert Dollar waren eine Menge Geld, und im Augenblick brauchte ich jeden Cent, den ich hatte.

»Tja«, sagte Ed nachdenklich. Er zählte das Geld zweimal, nahm die oberen fünf Zwanziger weg und schob den Rest des Geldes wieder über den Tisch.

»Hier!« sagte er wütend. »Ich bestehe nicht auf dem lächerlichen Preis, den wir vereinbart haben, Frank. Ich nehme hundert, als symbolische Bezahlung. Außerdem habe ich's satt, Kampfhähne anzuschauen. Ich habe die Nase voll von dem ganzen Zirkus! Kommen Sie, wir holen Ihren verdammten Vogel!«

Bei den letzten Worten brüllte Ed beinahe; er war aufgesprungen und fummelte am Türknopf herum.

»Kannst du nicht warten, bis Frank zu Ende gefrühstückt hat?« fragte Martha sanft.

»Doch, doch.« Endlich kriegte er die Tür auf. »Lassen Sie sich nur Zeit, Frank«, fuhr er zerknirscht fort. »Ich gehe schon mal zu den Gehegen und setze Ikarus in Ihren Alukorb. Die beiden zerzausten Grays sind auch wieder auf dem Damm. Die können Sie ebenfalls mitnehmen, und die Zuchthenne auch. Bis Sie fertig gefrühstückt haben, hab ich sie alle in Körbe gesetzt.« Er schlug die Tür hinter sich zu.

Ich wischte mit einer Serviette einen Klecks Eigelb vom obersten Zwanziger und steckte das Geld wieder in die Innentasche meiner Jacke. Die Küchentür öffnete sich noch einmal, und Ed streckte den Kopf herein. »Können Sie ein bißchen Mais gebrauchen? Und Gerste?«

Ich nickte.

»Gut. Im Futterschuppen sind noch drei oder vier angebrochene Säcke von beidem. Aber wenn Sie die haben wollen, müssen Sie sie schon selber zum Wagen schleppen. Ich will verdammt sein, wenn ich das mache!« Die Tür knallte noch einmal.

Ich wollte ihm nach draußen folgen, doch dann hielt ich es für besser, erst zu Ende zu frühstücken und Ed ein bißchen abkühlen zu lassen. Er hatte nie wirklich damit gerechnet, daß ich mit den fünfhundert Dollar für seinen hübschen Lieblingshahn aufkreuzen würde. Aber seine Verblüffung war günstig für mich. Er war so beschämt gewesen, daß er mir vierhundert Dollar zurückgegeben hatte, und jetzt war ich in meinem Spiel sehr viel weitergekommen. Die Henne, eine Middleton Gray, war für die Zucht sehr wertvoll, und die beiden Gray-Kampfhähne waren mindestens fünfzig Dollar pro Stück wert.

»Kümmern Sie sich nicht darum, daß Ed sich so aufplustert, Frank«, meinte Martha ruhig. »Er ist aufgebracht und meint nicht die Hälfte dessen, was er da redet. Ich weiß, wie ihm diese Hühner am Herzen liegen. Eines Tages wird er mir dankbar sein, Frank. Ich weiß, Sie finden es unvernünftig, daß ich ihn dazu gebracht habe, seine Vögel aufzugeben und damit aufzuhören, durch das ganze Land von einem Kampf zum anderen zu reisen. Aber das ist es nicht. Ed hatte in den letzten achtzehn Monaten zwei Herzanfälle. Nach dem letzten hat er zwei Wochen im Bett gelegen, und der Arzt hat ihm verboten, irgend etwas zu tun. Nichts durfte er mehr.« Sie schüttelte den Kopf. »Nicht einmal eine Orange vom Boden aufheben. Ja, als der Arzt das letzte Mal hier war und sah, daß die Hähne noch da waren, hat er getobt! Jetzt gehen Sie raus und holen Sie Ihre Vögel, Frank, und lassen Sie nicht zu, daß Ed Ihnen beim Tragen hilft.«

Ich rutschte hinter dem Tisch hervor und klopfte Martha auf die Schulter. Ed Middleton wußte wirklich, wie man ein Geheimnis bewahrte. Von seinem kranken Herzen hatte ich jedenfalls nichts gewußt.

»Ich weiß, Sie werden nichts verraten, Frank.« Martha lächelte. »Aber lassen Sie sich auch im Gesicht nichts anmerken!« Ihrem Lächeln und dem humorvollen Ton zum Trotz lag Angst in ihren Augen. »Ed hat keiner Menschenseele etwas von seinem Herzleiden erzählt, und ich weiß, er würde nicht wollen, daß ich Ihnen etwas sage. Er bemüht sich, so zu tun, als wäre er so stark wie immer.«

Ich hätte gern etwas gesagt, irgend etwas, das die Frau getröstet hätte, aber ich konnte nicht. Er würde nicht mehr lange leben. Das sah ich in ihren Augen.

Ich lächelte, nickte und verließ die Küche. Kaum war ich draußen, sprintete ich los, an dem kleinen See vorbei, um meinen kostbaren Hahn zu holen, ehe Ed Middleton es sich anders überlegen konnte.

10

Den Scharlachroten hat mein Herr am liebsten,
Und dann den Grauen mit der distelharten Brust.
Ein andrer Ritter liebt den flaumig Schwarzen.
Der dritte schreit, Braungelb ist meine Lust.
So weiß wie Milch, an Bein und Schnabel golden,
Auch bunt gesprenkelt – wie es euch gefällt:
Der König schätzt (von allen) diese Holden;
Sie sind, sagte er, die treuesten der Welt.
Doch das ist alles Schein und kümmert weiter nicht,
Denn ich sag euch, die Farb' hat kein Gewicht.

Dieses anonyme englische Hahnengedicht hing mit Heftzwecken befestigt über meinem Bett. Ich hatte es mit der Hand abgeschrieben und dort aufgehängt, um mich daran zu erinnern, daß ich durch Erfahrung, nicht durch Experimente, am meisten lernen würde. Das Gedicht war bestimmt schon mehr als zweihundert Jahre alt, und trotzdem enthielt es noch immer eine ernüchternde Wahrheit. Der beste Kampfhahn kommt stets aus einer erprobten Züchtung. Man kann ihn so lange kreuzen und nochmals kreuzen, bis die Farbe der Federn an Schlamm erinnert – aber wenn sich seine Herkunft nach beiden Seiten zu einer legitimen Rasse zurückverfolgen läßt, dann wird er kämpfen, wenn man ihn ins Pit setzt, und nicht weichen, wenn er verletzt ist. Und dieses alte Gedicht enthielt eine besonders wertvolle Wahrheit, die ich jetzt, wo ich Icky, den Hahn mit dem buntesten Gefieder, den ich je gehabt hatte, besaß, tunlichst im Gedächtnis behalten sollte. Die Wetter an jedem Pit in der ganzen Region würden erpicht sein, auf ihn zu setzen, weil er so farbenprächtig war, und angesichts der Quoten, die ich ihm notgedrungen würde einräumen müssen, mußte er wirklich gut sein.

Während ich Kaffee in die Tassen auf dem Klapptisch goß, studierte Omar Baradinsky, die haarigen Finger auf dem Rücken verschränkt, das Gedicht an der Wand. Er mußte es drei- oder viermal gelesen haben, aber falls er beim Lesen die Lippen bewegte, war davon jedenfalls nichts zu sehen. Omars bleiches Gesicht, das die Sonne Floridas niemals zu bräunen vermochte, war fast vollständig von einem dicken, schwarzen, unbändigen Bart bedeckt. Das struppige, zottige Gewächs, wild und verfilzt, begann unmittelbar unterhalb seiner kreisrunden braunen Augen mit schweren Tränensäcken und endete in strähnigen Fransen auf der Brust. Ein dicker, ungetrimmter Schnurrbart wuchs in seinen Bart hinunter und bedeckte seinen Mund. Wenn er redete – und Omar redete gern –, war sein Mund ein etwas dunkleres Loch im Zentrum des kohlschwarzen Gestrüpps seiner Gesichtsbehaarung. Aus Neugier hatte ich Omar einmal gefragt, warum er den Bart trug, und seine Antwort war typisch für sein neues Leben gewesen.

»Ich will's dir sagen, Frank«, hatte er gedröhnt. »Hast du schon mal gebackenen Schinken, garniert mit einer Scheibe glasierter Ananas, gegessen?«

Auf mein Geständnis hin hatte er liebevoll die Finger durch seinen Bart gezogen. »Nun, und genauso sah mein Gesicht aus, als ich in New York jeden Tag ins Büro ging. Wie eine glasierte, gebratene, rötliche Ananas! Bei mir reichte es nicht, wenn ich mich einmal am Tag rasiert habe. Der Bart wuchs zu schnell. Ich rasierte mich, bevor ich morgens aus dem Haus ging, mittags noch mal, und wenn ich abends ausgehen wollte, mußte ich mir schon wieder die Wangen schaben. Solange ich denken kann, war mein Gesicht wund, ja regelrecht roh, und noch wenn ich mich gerade rasiert hatte, sagten die Leute, ich hätte eine Rasur nötig. Jetzt brauche ich mich nicht mehr zu rasieren, und ich rasiere mich auch nicht. Ich rasiere mich nie mehr!«

Wenn man Omar Baradinsky jetzt so in meiner Anderthalb-Zimmer-Hütte bei Ocala stehen sah – in einer verblichenen Bluejeans-Latzhose, einem Khaki-Arbeitshemd mit an den Schultern abgeschnittenen Ärmeln, den verschrammten, säurezerfressenen hohen Arbeitsstiefeln und dem ehrfurchtgebietenden schwarzen Haarwuchs in seinem Gesicht –, hätte man ihn nie und nimmer für einen ehemals erfolgreichen Werbemanager aus New York gehalten. Bei genauerer Betrachtung seiner Kleidung ließ sich allerdings feststellen, daß Omars Latzhose und sein Hemd aussahen wie teure Maßkleidung – was sie auch waren. Er bestellte seine Sachen bei Abercrombie & Fitch oben in New York, und sie ließen sich waschen und trocknen, ohne daß man sie bügeln mußte. Ich vermute, daß er seine Latzhosen anfangs als eine Art Uniform trug und daß sie zu irgendeiner imaginären Rolle paßten, die er sich ausgedacht hatte. Inzwischen aber waren sie ein Teil von ihm geworden, und ich konnte mir Omar in keiner anderen Aufmachung vorstellen.

Aber noch vier Jahre zuvor war Omar Werbemann gewesen. Er hatte nicht nur als erfolgreicher Manager seine fünfunddreißigtausend Dollar im Jahr verdient, sondern auch ein Luxusapartmenthaus mit zwanzig Wohnungen in Brooklyn besessen. Jetzt lebte er als Züchter und Abrichter von Kampfhähnen in Florida; er hielt Claret-Kreuzungen und Allen Roundheads und kam jetzt, nach vier Jahren des Experimentierens, allmählich voran. Das einzige, was Omar noch mit New York verband, war seine Frau. Sie besuchte ihn alljährlich für eine Woche, wenn sie auf dem Weg nach Miami Beach, wo sie die Wintersaison verbrachte, durch Florida kam. Bis jetzt hatte sie ihn nicht dazu bewegen können, anderen Sinnes zu werden und nach New York zurückzukehren. Omars Frau hingegen war nicht der Typ, der sich auf einer entlegenen Hühnerfarm in Florida vergrub, und so stand die Sache unentschieden.

Anders als die meisten amerikanischen Sportfans hat der Hahnenkampf-Fan eine außerordentliche Neigung dazu, selbst aktiv teilzunehmen. So etwas wie passives Interesse am Hahnenkampf gibt es nicht. Man beginnt als unbeteiligter Zuschauer, empfindet es aber bald als faszinierendes Schauspiel, wenn zwei Hähne auf Leben und Tod miteinander kämpfen. Entweder gefällt einem das, oder es gefällt einem nicht. Wenn es einem nicht gefällt, kommt man nicht zurück, um sich noch einen Kampf anzuschauen. Aber wenn es einem gefällt, akzeptiert man früher oder später alles, was mit dem Sport zusammenhängt – das Gute wie das Schlechte.

Und während der Fan allmählich lernt, eine Rasse von der anderen zu unterscheiden, bewundert er die eitle Schönheit eines Kampfhahnes. Die Bewunderung führt zu dem Verlangen, selbst eines dieser schönen Geschöpfe zu besitzen, und der Besitzerstolz veranlaßt einen schließlich, den eigenen Hahn gegen einen anderen antreten zu lassen. Ob er dann gewinnt oder verliert – wenn der Fan erst so weit gekommen ist, daß er selbst einen Vogel ins Pit schickt, ist er süchtig wie ein Junkie aus dem Getto.

Natürlich stürzt sich nicht jeder Anfänger so auf den Sport wie Omar Baradinsky – bis zu einem Punkt, wo er einen Fünfunddreißigtausend-Dollar-Job aufgibt und Frau, Familie und Freunde verläßt, um in Florida Hähne zu züchten. Die Mehrheit der Fans begnügt sich damit, in kleinem Maßstab teilzunehmen – als Hahnenführer vielleicht, oder als Besitzer von einem oder zwei Vögeln, oder als Helfer, der dem Hahnenführer den Hahn festhält, wenn dieser ihm die Sporen anlegt. Viele Zuschauer interessieren sich leider in einem solchen Maß für das Wetten beim Hahnenkampf, daß dabei alles andere in Vergessenheit gerät. Aber selbst Glücksspieler müssen eine Menge Kenntnisse über Kampfhähne sammeln, wenn sie auf Dauer gewinnen wollen. Ob ein Spieler gewinnt oder verliert, er hat immer noch das befriedigende Wissen, daß ein Hahnenkampf nicht manipuliert werden kann; kein anderer Sport in den Vereinigten Staaten gibt ihm eine so faire Chance für sein Geld.

Omar Baradinsky indessen war konsequent aufs Ganze gegangen. Der Sport hatte ihn im gefährlichen Alter von fünfzig Jahren erwischt, wo ein Mann anfängt, sich zu fragen, was zum Teufel er eigentlich bisher vom Leben gehabt hat. Omar war selbst immer noch so verblüfft über seinen Entschluß, den Hahnenkampf zu seinem Beruf zu machen, wie er es am Anfang gewesen war.

»Ich kann es eigentlich nicht erklären, Frank«, hatte er mir kurz nach seiner Übersiedlung nach Florida eines müßigen Morgens erzählt, als wir einander schon ein wenig kennengelernt hatten. »Ich hatte mit einem meiner kleineren Werbeetats überdurchschnittlich gute Arbeit geleistet, und der Chef lud mich fürs Wochenende in sein Haus in Saratoga Springs ein. Ich witterte einen kleinen Bonus bei der Sache, etwas, wovon die Firma nichts erfahren würde, und so nahm ich die Einladung an und fuhr am Samstag in aller Frühe zum Haus dieses Burschen.

Und wie ich es vorhergesehen hatte, präsentierte der Kerl mir einen Bonusscheck über eintausend Mäuse. Und den ganzen Nachmittag hockten wir an seinem Swimmingpool herum – der übrigens leer war –, tranken Scotch mit Wasser und plauderten übers Geschäft. Aus heiterem Himmel fragte er mich dann, ob ich am Abend Lust hätte, mir einen Hahnenkampf anzuschauen.

›Hahnenkampf!‹ sagte ich. ›Das ist doch verboten, oder?‹ – ›Klar!‹ Er lachte. ›Aber mit der Blondine zu schlafen, mit der Sie mich in New York versorgt haben, war auch verboten. Wenn Sie noch nie einen Hahnenkampf gesehen haben, macht Ihnen das vielleicht Spaß.‹

Und so ging ich zu meinem ersten Hahnenkampf. Ich werde das nie vergessen, Frank. Der Anblick dieser wunderschönen Hähne im Kampf auf Leben und Tod, diese Tapferkeit selbst bei einer tödlichen Verletzung – das war ein erregendes, unvergeßliches Erlebnis. Bevor der Abend zu Ende war, wußte ich, das war es, was ich von jetzt an mit meinem Leben anfangen wollte: Kampfhähne züchten und kämpfen lassen. Das war infantil, verrückt vielleicht, ich weiß es nicht. Meine Frau meinte, ich hätte den Verstand verloren, und wollte sich meine Gründe gar nicht erst anhören. Wahrscheinlich konnte ich ihr auch gar keine nennen. Zumindest keine sinnvollen. Ich wollte es einfach, und das war mein einziger Grund!

Ich hatte die Nase gestrichen voll von der Werbung, und ich hatte genug gespart, um auszusteigen. Ich war erst fünfzig, und auch wenn ich auf der Madison Avenue immer noch eine verheißungsvolle Zukunft hatte, brauchte ich eigentlich nicht mehr Geld, als ich schon hatte. Trotzdem hielt ich in der Firma zunächst hinterm Berg. Ich traf eine geheime Abmachung mit einem der anderen Vizepräsidenten: Ich würde ihm meine Etats zuschustern, wenn er dafür meine Kündigung aus Gesundheitsgründen unterstützen würde. Auf diese Weise konnte ich noch fünfundzwanzigtausend Dollar Abfindung kassieren. Ich verkaufte mein Apartmenthaus und richtete einen Treuhandfonds ein, damit meine Frau in New York versorgt war. Sie hatte außerdem noch eigenes Geld. Ihr Vater war Proktologe; er hat ihr eine Menge hinterlassen, als er starb. Und zum ersten Mal in meinem Leben bin ich jetzt glücklich, wirklich glücklich. Komisch, nicht wahr?«

Das war Omar Baradinsky, Besitzer einer Geflügelfarm, die etwa drei Meilen von der meinen entfernt lag. Bis jetzt hatte er in seinem neuen Beruf noch keine Erfolge zu verbuchen, aber seine Kosten holte er herein, indem er Junghähne an Hahnenkämpfer verkaufte. Wenn er seine Kampfhähne in den Pits der Südstaaten antreten ließ, verloren sie meistens. Wahrscheinlich war er hart genug gewesen, um im Geschäftsleben erfolgreich zu sein, aber eine nachhaltig sanftmütige Ader bewirkte, daß es ihm an der Disziplin fehlte, um aus seinen Vögeln Asse zu machen. Er überfütterte sie, und er arbeitete nicht hart genug mit ihnen, um ihnen Ausdauer zu geben.

Omar wandte sich von dem Gedicht ab, blickte mich aus seinen großen kugelrunden braunen Augen an und deutete mit dem Daumen zur Wand.

»Hast du das geschrieben, Frank?«

Ich schüttelte den Kopf und zog einen Stuhl heran, damit er sich setzen konnte.

»Was ist denn dann mit deinem neuen Hahn Icky? Wenn der Vogel nicht ausschließlich auf Farbe gezüchtet worden ist, dann weiß ich auch nicht.«

Ich zuckte die Achseln. Icky war natürlich auf Farbe gezüchtet worden, aber aus einer reinen Kampflinie, und sein Körperbau war ideal für den Hahnenkampf. In ein paar Tagen würde ich sehen, ob er kämpfen konnte oder nicht, wenn ich ihn nämlich in meinem Trainings-Pit mit Übungssporen zum Sparring antreten ließ.

»Jedenfalls gefallen mir die Mellhorn Blacks und vor allem die beiden Middleton Grays.«

Mir auch. Buford, der Schwarze, der mir stundenweise zur Hand ging, war am Abend zuvor mit mir in die Stadt zum Depot gefahren, um die gelieferten Mellhorn Blacks abzuholen. Nachdem er mir geholfen hatte, das Dutzend Hähne im Hahnenschuppen in die separaten Käfige zu sperren, war er bei Omar vorbeigefahren und hatte ihm von ihnen erzählt. Omar war gleich am Morgen aufgekreuzt, um sich die Mellhorns anzuschauen, und hatte auch Icky eingehend und voller Bewunderung untersucht. Buford hatte zweifellos in den höchsten Tönen von Icky gesprochen, aber beeindruckt war Omar erst gewesen, als er den Hahn mit eigenen Augen gesehen hatte.

»Sag mir eins, Frank – wenn's dir nichts ausmacht«, sagte Omar, als er sich einen Schuß Kondensmilch in den Kaffee gegossen hatte. »Hast du eine Einladung zum Southern-Conference-Turnier in Milledgeville bekommen?«

Statt zu antworten, stand ich auf und wühlte in der obersten Schublade meiner Kommode herum, bis ich die Einladung und den Terminplan für die S.C.T.-Kämpfe gefunden hatte. Ich reichte Omar die Papiere. Er warf einen Blick auf die Unterlagen, zupfte ein paarmal an seinem Zottelbart und gab mir alles zurück.

»Ich verstehe euch hier unten einfach nicht«, stellte er fest. »Vielleicht ist es ja zum Teil meine eigene Schuld, denn ich habe Senator Foxhall einen persönlichen Brief geschrieben; ich habe ihn um eine Einladung gebeten und die zweihundert Dollar Einstand beigelegt. Drei Tage später kam der Scheck mit der Post zurück, ohne Einladung. Und kein einziges verdammtes Wort der Erklärung. Was zum Teufel stimmt denn nicht mit mir? Ich halte mehr als fünfzig Vögel, und meine Resultate in der letzten Saison standen fifty-fifty. Vielleicht gehöre ich nicht zur selben Klasse wie die regelmäßigen Teilnehmer beim S.C.T., aber wenn ich bereit bin, meine Einstandsgebühr in den Wind zu schreiben, was kümmert das Senator Foxhall? Und du nun wieder – ich habe das Datum auf deiner Einladung gesehen, und du hattest keinen einzigen Hahn, als sie ausgestellt wurde! Ich will deine Fähigkeiten nicht herabwürdigen, Frank. Ich weiß, als Hahnenkämpfer bist du top – aber woher wußte der Senator, daß du teilnehmen kannst? Und wieso bekommst du eine Einladung, ohne daß du danach fragst, wenn ich keine bekomme, obwohl ich frage?

Ich war noch nie in Milledgeville dabei, und ich gedenke hinzufahren, und sei es als Zuschauer. Aber nachdem ich in dieser Saison in allen anderen S.C.-Pits dabei war, wäre es mir peinlich, nicht mit einem eigenen Hahn an dem Turnier teilzunehmen. Verstehst du, was ich meine?«

Ich verstand durchaus, was er meinte. Omar hatte getan, was normal und naheliegend gewesen war, und die Ablehnung hatte ihn gekränkt. Bei den meisten Derbys und Turnieren in den Vereinigten Staaten muß man nur eine Gebühr entrichten, wenn man teilnehmen will. Jemand, der seine zwei- oder dreihundert Dollar Startgebühr einzahlt, erscheint entweder oder ist sein Geld los. Der Vertrag geht ihm per Post zu. Wenn die Teilnehmerliste voll ist, werden keine Anmeldungen mehr angenommen. Eigentlich wußte ich nicht, weshalb Omar von Senator Foxhall eine Ablehnung bekommen hatte. Jedenfalls nicht, weil er Pole oder New Yorker war.

Die Mitglieder der Hahnenkämpfer-Sippe kommen aus allen Bereichen des Lebens. Da sind Männer wie ich aus guten Südstaatenfamilien, Pachtfarmer, Geschäftsleute, Müßiggänger, die auf Kosten des County von der Wohlfahrt leben, Juden und Katholiken. Wenn es auf der Welt etwas gibt, das mehr als alles andere die Tradition des Hahnensports über tausend Jahre hinweg lebendig erhalten hat, dann ist es der demokratische Geist. In einem Brief an General Lafayette schrieb George Washington: »Es wird sich lohnen, in die Vereinigten Staaten zurückzukehren, und sei es nur, um bei einer Wahl zugegen zu sein und bei einem Hahnenkampf, denn dort zeigt sich ein Geist von Anarchie und Verwirrung, den keiner Ihrer Landsleute je verstehen kann.« Ich hatte mir diesen Brief ausgeschnitten – er war in einer Hahnensportzeitschrift abgedruckt worden – und trug ihn in meiner Brieftasche bei mir. Mary Elizabeth hatte ich einmal erzählt, daß George Washington und Alexander Hamilton in der Kolonialzeit beide Hahnenkämpfer gewesen waren, aber das hatte sie nicht beeindruckt. Gleichwohl sind die Hahnenkämpfer nicht immer die demokratischste Gruppe Menschen in den Vereinigten Staaten.

Aber das Milledgeville-Turnier war anders als andere Wettkämpfe in den Vereinigten Staaten. Senator Foxhall hatte seine eigenen Regeln, und er entschied selbst, wer eingeladen wurde. Ich hatte mir das Recht, dort anzutreten, verdient, und vermutlich wußte der Alte, daß ich dasein würde, wenn ich physisch dazu imstande war. Vielleicht glaubte er, Omar sei noch nicht bereit. Ich hatte keine Ahnung. Mit seinem Fifty-fifty-Resultat gehörte Omar jedenfalls noch nicht zur Topklasse der Hahnenkämpfer. Er hatte noch eine Menge über die Vögel zu lernen, wenn er regelmäßig gewinnen wollte.

Ich sah Omar an und lächelte. Es hatte keinen Sinn, ihm auf einen Zettel zu schreiben, welchen Grund ich hinter seiner Ablehnung vermutete. Die Kränkung für ihn wäre nur noch größer gewesen, als sie ohnehin schon war. Indem er an den Senator geschrieben hatte, hatte er einen schweren Fehler begangen, einen gesellschaftlichen Fehler. Ebensogut konnte man den Gastgeber einer Party, zu der man nicht eingeladen war, anrufen und ihn geradeheraus um eine Einladung bitten.

Mein Kaffee war getrunken, und ich hatte zu arbeiten. Ich stand vom Tisch auf und schlug Omar auf die Schulter. Ehe ich die Hütte verließ, nahm ich eine Flasche Feuerzeugbenzin von der Kommode und schob sie mir in die Hosentasche. Omar seufzte hörbar und beschloß, mir nach draußen zu folgen.

Am Hahnenstall angekommen, hob ich die Mellhorn Blacks nacheinander aus ihren separaten Käfigen und zeigte Omar, so gut ich konnte, ihre jeweiligen Vorzüge und Mängel, bevor ich sie wieder zurücksetzte. Für ein ganzes Dutzend war es eine prächtige Lieferung. Wie Jake mir in seinem Brief versprochen hatte, waren sechs von ihnen Brüder, seit einigen Monaten erwachsen, und die anderen sechs waren Asse, zwei bis drei Jahre alt und jeder mit mindestens einem siegreichen Kampf hinter sich. Jeder Hahn war durch seine Gefiederzeichnung zu identifizieren, und Papptafeln mit den Daten eines jeden Vogels waren den Transportkisten beigefügt gewesen, in denen Jake sie aus North Carolina heruntergeschickt hatte. Bevor ich sie am Abend zuvor weggeschlossen hatte, hatte ich ihnen eine milde Gips-Phosphat-Lösung zum Abführen gegeben, und infolgedessen waren sie jetzt guter Dinge.

Als Zurichtbank diente mir eine Doppelmatratze aus Schaumgummi auf einer hüfthohen Holzplattform, die Buford und ich aus Abfallholz zusammengezimmert hatten, gleich nachdem ich die Farm gepachtet hatte. Ich hatte jetzt einen der älteren Mellhorn-Hähne auf der Bank und zeigte ihn Omar. Der Hahn hatte einmal gewonnen, aber das mußte Zufall gewesen sein. Der Körperbau war recht ordentlich, aber der Vogel war hochbeinig, und die Sporen saßen gleich unterhalb des Kniegelenks. Er würde ebensooft danebenschlagen, wie er traf. Ein niedriger Hahn hatte größere Hebelkraft und würde mit langen Sporen am besten kämpfen, aber ein hochbeiniger Hahn wie dieser würde niemals einen erstklassigen Fighter abgeben. Mit diesem Verkauf hatte Jake Mellhorn mich trotzdem nicht übers Ohr gehauen. Er war aus einer guten Zucht, und in zweitklassigen Wettkämpfen gegen Wühler würde der Hahn oft gewinnen können; gewichtsmäßig lag er knapp unterhalb der Shake-Klasse, was vorteilhaft war. Aber in einem S.C.-Turnier würde er kaum antreten können, wenn er nicht viel Glück hatte. Und Glück taugt nichts bei Hähnen. Das Element des Zufalls muß auf ein Minimum reduziert werden, wenn der Hahnenkämpfer das Preisgeld gewinnen will. Wenn man bei einem Sechs-Teilnehmer-Derby beispielsweise die von allen Konkurrenten gemeinsam eingezahlte Börse mit nach Hause nehmen will, fällt die Entscheidung oft im Halbfinale. Mit diesem Vogel hier konnte ich nichts riskieren.

Ich machte Omar auf die hochsitzenden Sporen aufmerksam, um ihm zu zeigen, was mit dem Black nicht stimmte. Dann nahm ich mein Beil und schlug dem Hahn auf dem Block draußen vor dem Schuppen den Kopf ab.

»Verstehe«, sagte Omar nachdenklich und sah zu, wie der enthauptete Vogel im staubigen Hof umherflatterte. »Du kämpfst nicht gern mit hochbeinigen Hähnen.«

Ich schlug das Beil in den Block, daß es steckenblieb.

»Aber manche Leute ziehen hochbeinige Vögel vor«, gab Omar zu bedenken. »Und ein Fünfundsiebzig-Dollar-Hahn ist ein verdammt kostspieliger Braten.«

Allerdings, das Brathähnchen, das ich an diesem Abend essen würde, war eine teure Mahlzeit, aber es wäre viel teurer geworden, den Hahn antreten zu lassen, denn er hätte wahrscheinlich verloren. Als Besitzer konnte man nur auf den eigenen Hahn wetten, nicht gegen ihn. Gleichmütig zuckte ich die Achseln.

»Ich nehme an, du weißt, was du tust«, meinte Omar. »Aber er war ein reinrassiger Mellhorn. Du hättest ihn als Zuchthahn behalten können.«

Als Züchter habe ich mich immer nur im kleinen Maßstab betätigt. Ich ziehe es vor, meine Kampfhähne zu kaufen. Im Zurichten und Einsetzen bin ich am besten, und den hochbeinigen Black hätte ich sowieso nie zur Zucht verwendet. Wie der Vater, so der Sohn; die Mehrheit der von ihm gezeugten Vögel wäre ebenfalls hochbeinig gewesen.

Ich schüttelte den Kopf und grinste Omar an. Der Erbfaktor war ihm wohlbekannt – sein Kopf war gestopft voll mit Kenntnissen über die Zucht, die er aus Büchern und aus vierjähriger Erfahrung gewonnen hatte. Aber Omar war immer noch sauer über die Absage vom Milledgeville-Turnier.

»Was ist mit den sechs Brüdern? Woher weißt du, ob die was taugen? Die Asse sind alle erprobt, aber wenn einer der Brüder ein Flüchter ist, sind sie vielleicht alle Flüchter.«

Leider gibt es keinen zuverlässigen Tapferkeitstest. Nur im Pit entscheidet sich, was ein Vogel taugt. Aber es gibt verschiedene Tests, mit denen man versuchen kann, wenigstens einen Hinweis auf die Tapferkeit des Hahnes zu erhalten. Im Falle der sechs Brüder war es für mich ein Nachteil, daß ich die Eltern nicht kannte. Aber wenn der Vater ein Champion gewesen wäre, hätte Jake Mellhorn mir das gesagt und einen höheren Peis verlangt. Die sechs Hähne waren offensichtlich Mellhorn Blacks. Um das zu erkennen, brauchte ich sie nur anzusehen. Aber schon ein Tropfen kalten Blutes von einem Mistkratzer genügt oft, und ein Hahn wird flüchten, wenn er verwundet ist. Einer der jungen Hähne mußte einer Tapferkeitsprüfung unterzogen werden; ich hatte vorgehabt, das an diesem Morgen zu tun, bevor Omar herübergekommen war. Wenn der Hahn, den ich testete, sich als tapfer erwies, konnte ich annehmen, daß die übrigen es ebenfalls waren. Aber bei diesem Test würde ich den Hahn verlieren. Noch einmal fünfundsiebzig Dollar in den Wind geschossen.

Ein harter Tapferkeitstest besteht darin, daß man einem Hahn mit einem Eisstößel am ganzen Körper viertel- bis halbzolltiefe Stichverletzungen zufügt. Wenn der verwundete Hahn am nächsten Tag immer noch versucht, gegen einen anderen Hahn zu kämpfen, obwohl er nur noch auf dem Rücken liegen und mit dem Schnabel um sich hacken kann, dann hat er die Prüfung bestanden. Dieser Eisstößel-Test ist bei Hahnenkämpfern ziemlich populär, weil man den Hahn meistens retten kann, wenn die Stichwunden verheilt sind. Aber ich halte diesen Test nicht für hart genug. Die römische Methode, die ich benutze, ist realistischer als ein halbherziges Pieksen mit einem Eisstößel, auch wenn man den Hahn bei diesem Verfahren verliert.

Für die Prüfung suchte ich mir denjenigen der Brüder aus, der den schlechtesten Körperbau vorzuweisen hatte. Die Wahl fiel mir nicht leicht, denn es waren lauter prächtige Mellhorn Blacks. Als Gegner nahm ich den größeren der beiden Middleton Grays. Omar hielt den Gray, während ich ihm Sparringssporen anlegte. Der Black würde praktisch wehrlos sein, und ich wollte nicht, daß er umgebracht wurde, ehe er hinreichend gelitten hatte, um seine Tapferkeit zu beweisen.

Mein hauseigenes Pit ist aus Abfallbrettern grob zusammengehämmert, aber es entspricht den allgemeinen Spezifikationen. Ich habe elektrisches Licht darüber installiert, damit ich auch abends mit den Vögeln arbeiten kann. Für Trainingszwecke ist es gut genug. Omar nahm den Gray unter den Arm, nachdem ich ihm die stumpfen Sporen angebunden hatte, und ging hinüber zum Trainings-Pit vor meiner Hütte.

Der junge Black war ein Mannbeißer; er hackte mir zweimal ins Handgelenk, ehe ich ihn mit festem Griff um die Oberschenkel fassen konnte. Einen Augenblick später hatte ich seinen Körper fest gegen mein Bein gedrückt, so daß er nicht mehr nach mir hacken konnte. In dieser unbeholfenen Stellung legte ich seine Beine ausgestreckt auf den Block vor dem Hahnenhaus und hackte sie oberhalb des Kniegelenks mit dem Beil ab.

Als ich zu Omar ans Pit kam, quollen ihm die braunen Augen fast aus den Höhlen, so daß sie aussahen wie ölglänzende Achatkugeln. »Du lieber Gott, Frank! Du erwartest doch nicht, daß er ohne Beine kämpft, oder?«

Ich nickte und stieg über die Pitwand. Ich legte mir den Black in die linke Armbeuge und hielt die Beinstümpfe mit der rechten Hand fest. Dann hob ich das Kinn, um anzudeuten, daß wir die Vögel schnäbeln lassen sollten. Omar kam mit dem Gray heran, und mein Black riß ihm gleich einen Schnabel voll Federn aus.

Wir ließen die beiden Vögel aufeinander einpicken, bis ihre angeborene, natürliche Kampfeslust erwacht war; dann setzte ich den Black auf den Boden und nahm Omar den Gray ab. Der Gray brannte darauf, sich auf seinen beinlosen Gegner zu stürzen, aber ich hielt ihn fest beim Schwanz gepackt und ließ die beiden gerade so nah zueinander kommen, daß sie sich mit den Schnäbeln erreichen konnten. Als der Black dem Gray entgegenkroch, zog ich ihn am Schwanz zurück. Ohne seine Füße war der Black außerstande, das nötige Gleichgewicht und genügend Schwung zum Fliegen zu bekommen, und seine wild flatternden Flügel brachten ihn nicht in eine aufrechte Position. Er kippte immer wieder vornüber auf die Brust, und nachdem er sich kurze Zeit lang wakker bemüht hatte, gab er vollends auf. Ich ließ den Gray so nah herankommen, daß er kratzen konnte, ohne aber seinen Schwanz loszulassen. Der Black hackte jedesmal nach ihm, aber er versuchte nicht mehr, auf seinen Beinstümpfen zu stehen. Schließlich ließ ich den Gray los; er flog in kurzem Bogen durch die Luft und landete kratzend mitten auf dem Rücken des Black. Er packte den am Boden liegenden Hahn fest mit dem Schnabel und scharrte methodisch auf der Stelle; die weich gepolsterten Sporen trafen jedesmal so kräftig, daß es einen hörbaren dumpfen Schlag auf dem Rücken des Black gab. Es war das erste Mal, daß ich den Gray in Aktion sah. Ich begriff, daß Ed Middleton mir wirklich einen Gefallen getan hatte, als er mir den ehedem ramponierten Fighter überlassen hatte. Ein Hahn, der mit einer derart tödlichen Präzision kratzen konnte wie der Middleton Gray, würde eine Menge Kämpfe gewinnen können.

Der Black war hilflos und konnte sich des Grays nicht erwehren; deshalb nahm ich den stumpfbespornten Vogel von ihm herunter und gab ihn Omar, damit er ihn einen Moment lang festhielt. Ich nahm die Benzinflasche aus der Tasche und beträufelte den Mellhorn Black großzügig überall mit Feuerzeugbenzin. Dann ließ ich mein Feuerzeug aufschnappen und hielt es an den Hahn, und die Federn loderten ölig auf.

Omar gab mir den Gray zurück, und ich setzte ihn auf der anderen Seite ins Pit. Mit starren Flügeln ging er auf den am Boden liegenden Black zu, den langen Hals ausgestreckt, den Kopf dicht über dem Boden. Das Feuer beunruhigte und verwirrte ihn, und er wagte nicht, mit den gepolsterten Sporen zuzuschlagen. Er hackte aber wild mit dem Schnabel nach dem Kopf des Black, obgleich der in Flammen stand, und es gelang ihm, gleich beim ersten Schnabelhieb ein Auge auszustechen.

Der Black versuchte erneut aufzustehen und flatterte mit den brennenden Flügeln, aber sein leidvolles Bemühen bewirkte nur, daß die Flammen noch einmal aufloderten. Die versengten Federn erfüllten die Luft mit stechendem, beißendem Gestank. Ich packte den Gray mit der rechten Hand beim Schwanz und hielt mir mit der linken die Nase zu. Als das Feuer erlosch, lag der Black still am Boden. Mit den verkohlten Federkielen sah sein nackter Körper aus wie mit Streichholzköpfen oder Nelken gespickt, und einen Moment lang glaubte ich, er sei tot. Aber als ich den zerrenden Gray die Lücke zwischen ihnen noch einmal verkleinern ließ, hob der sterbende Mellhorn den Kopf und hackte mit dem Schnabel blindlings in die Richtung, aus welcher der Gray herankam. Mit diesem letzten Hacken, einem matten Schnabelhieb, bei dem er den Kopf kaum einen Zollbreit vom Boden hob, starb er.

Ich nahm den Gray unter den Arm und drehte mich um; ich wollte sehen, was Omar von dieser bemerkenswerten Tapferkeitsleistung hielt. Aber Omar war aus der Hütte verschwunden. Ich schnitt dem Gray die Sparringssporen von den Beinen und setzte ihn in seinen Käfig.

Omar saß am Tisch und starrte die Innenfläche seiner Hände an, als ich die Hütte betrat. Ich öffnete eine Flasche Gin, die ich – Bufords wegen – hinter der Kommode versteckt hatte, und stellte sie auf den Tisch. Omar nahm einen tiefen Zug und stellte die Flasche wieder hin; ich nahm ebenfalls einen großen Schluck. Ich hatte den Drink nötig; mir war ein bißchen flau im Magen. Und ich wußte, daß Omar sich ebenso übel fühlte wie ich. Aber was konnte ich tun? Ich hatte einen wunderbaren Kampfhahn verloren, aber jetzt konnte ich annehmen, daß seine fünf Brüder ebenso tapfer waren wie er. Das Unglückselige an diesem Test war, daß ich natürlich nicht mit Sicherheit wußte, ob die Brüder genausoviel taugten. Aber ich konnte zumindest annehmen, daß sie es taten.

»Ich könnte mit einem Kampfhahn so nicht umgehen, Frank«, erklärte Omar; er sah mich nicht an, sondern starrte weiter auf seine Hände. »Klar, ich weiß schon. Ein Hahn ist ein empfindungsloses Tier und dieser ganze Scheiß. Aber ich könnte es nicht! Ich könnte genausowenig einen Hahn anzünden, wie ich . . .« In seinen Gedanken suchte er nach etwas, das er ebensowenig tun könnte. Schließlich hob er die breiten Schultern und nahm noch einen Schluck Gin.

Ich nahm auch noch einen kleinen.

»Hat er denn was getaugt, Frank? Es war zuviel für mich. Ich konnte nicht dableiben, um es mir anzusehen.«

Ich nickte düster und zündete mir eine Zigarette an.

»Unglaublich, was? Brennt lichterloh wie eine verdammte Fackel und versucht immer noch zu kämpfen! Kein Mensch könnte eine solche Strafe auf sich nehmen und dann noch kämpfen. Kein Mensch auf dieser Welt könnte das.«

Ich drückte die Zigarette aus. Sie schmeckte nach versengten Federn, trotz Menthol und Filtermundstück.

»Tja, Frank«, sagte Omar versonnen, »es gibt 'ne Menge Dinge beim Hahnenkampf, die mir nicht passen, aber ein Hahnenkämpfer muß das Schlechte mit dem Guten in Kauf nehmen.«

Ich nickte zustimmend und schob ihm die Flasche hinüber.

Omar betrachtete forschend mein Gesicht. Er ignorierte die Flasche und beugte sich zu mir herüber.

»Du und ich, wir brauchen einander, Frank«, stellte er plötzlich fest. »Warum werden wir nicht Partner für diese Saison?«

Aus irgendeinem Grunde erschrak ich bei diesem Vorschlag, und automatisch schüttelte ich den Kopf.

»Du mußt dich nicht so hastig entscheiden«, fuhr er ernsthaft fort. »Zwanzig Hähne habe ich schon geholt, und in einer Reihe von Gehegen in Alabama werde ich noch ein paar bessere holen. Wenn du sie zurichtest und einsetzt und ich das Geschäftliche erledige, dann könnten wir zusammen eine verflucht gute Saison zustande bringen. Ich weiß, es ist hart für dich, seit du deine Stimme verloren hast. Ich weiß nicht, wie du gebrüllt und gestritten und vor den Kämpfen die Quoten ausgerufen hast. Was meinst du, Frank?«

Es war verlockend. Zwei Hähne war ich schon los, ehe ich angefangen hatte. Ich hatte nur noch dreizehn Vögel für die ganze Saison, und mein Bargeld war knapp. Wenn wir unsere Hähne zusammentaten, konnten wir an jedem Derby der Saison teilnehmen, und wenn Omar mir beim Zurichten nicht dreinredete . . .

»Lassen wir es vorläufig«, meinte Omar gleichmütig und stand auf. »Denk einfach ein Weilchen darüber nach. Ich spreche nicht gern von meinem Geld, aber ich schwimme ja drin. Ich habe sehr viel mehr als du, und wenn du einen Partner hättest, der Startgelder und Einstandsgebühren zahlen und die Wetten finanzieren könnte, dann könntest du dich auf das Konditionieren und auf die Kämpfe konzentrieren. Und auf der Basis einer Partnerschaft könnten wir bei allem, was wir einnehmen, halbe-halbe machen.«

In der Tür drehte er sich noch einmal um, und sein Schatten fiel mir übers Gesicht. »Wie immer du dich entscheidest«, sagte er fröhlich, »heute abend kommst du rüber zu mir zum Essen. Ich nehme den hochbeinigen Mellhorn mit. Ich wollte schon immer mal einen Mellhorn Black mit Klößen essen.« Er lachte. »Hähnchen mit Klößen für zwei! Das beläuft sich auf ungefähr siebenunddreißig fünfzig pro Portion, nicht wahr?« Omar winkte noch einmal in der Tür und verschwand dann.

Ich blieb am Tisch sitzen. Ein paar Augenblicke später hörte ich, wie er den Motor seines neuen Pontiac-Kombi anließ, und lauschte dem Geräusch, bis er vom Hof gefahren war. Die Kaffeekanne auf der Warmhalteplatte blubberte klagend. Ich goß mir noch eine Tasse ein, und draußen krähte ein Hahn und erinnerte mich an all die Arbeit, die ich an diesem Vormittag noch zu tun hatte. Ich konnte es nicht länger hinausschieben; Icky mußte kupiert werden.

Normalerweise stutzt man die falschen Ohren, den Kamm und die Kinnlappen, wenn der Jungvogel sechs oder sieben Monate alt ist. Ed Middleton hatte es aus Gründen, die nur er selbst kannte, unterlassen, Icky zu kupieren. Wahrscheinlich hatte er vorgehabt, Icky als Haus- und Zuchthahn zu behalten und ihn niemals kämpfen zu lassen. Aber ich wollte ihn kämpfen lassen, und aus Sicherheitsgründen mußte er deshalb kupiert werden. Ein gegnerischer Hahn hätte den wunderschön fließenden Kamm und den baumelnden Kinnlappen mit dem Schnabel packen und Icky gleich im ersten Pitting zu Tode kratzen können. Ich hatte das Kupieren hinausgeschoben, denn ich befürchtete, daß er verbluten könnte. Bei einem Junghahn ist die Gefahr nicht groß, aber Icky war erwachsen – über anderthalb Jahre alt. Doch getan werden mußte es.

Ich nahm meine Scheren, die gerade und die gebogene, und ging hinaus zu Ickys Käfig.

Er war ein freundlicher Hahn, ans Anfassen gewöhnt, und er kam mir entgegengerannt, als ich die Tür öffnete. Ich nahm ihn auf, setzte mich vor der Hütte auf die Bank und nahm seinen Kamm in Angriff. Bei meiner Erfahrung brauche ich niemanden, der den Vogel für mich hält. Ich habe schon an einem einzigen Vormittag ganz allein fünfzig Junghähne kupiert, und noch nie ist mir einer am Blutverlust gestorben. Aber bei Icky war ich besonders vorsichtig.

Ich klemmte ihn zwischen beide Knie und hielt seinen Kopf mit der linken Hand. Dann schnitt ich mit der geraden Schere den Kamm möglichst dicht über dem Kopf ab. Viele Hahnenkämpfer lassen ungefähr einen Achtelzoll stehen, weil sie irrtümlich glauben, daß der Kopf durch dieses kleine Polster vor den Schnabelhieben des Gegners geschützt wird. Aber ich habe noch nie gesehen, daß ein Hahn mit dem Schnabel totgehackt worden wäre. Ich schneide bis zum Knochen, weil die Adern dicht am Kopf größer sind und es deshalb nicht so stark blutet. Ich schnitt scharf und mit festen, schnellen Bewegungen, so daß die großen Adern von der Kraft der Schere verschlossen wurden. Zum Glück blutete Ickys Kopf nur sehr wenig. Mit der gekrümmten Schere schnitt ich die Kinnlappen und die falschen Ohren ab; auch hier nahm ich mir Zeit und leistete saubere Arbeit. Dann hatte ich noch einen Einfall: Ich zupfte ein paar kurze Federn aus Ickys Nacken und pflanzte sie ihm in den Kamm. Die kleinen blauen Federn würden dort festwachsen und seinen Kopf zieren, bis ein erboster Gegner sie ihm irgendwann ausriß.

Als ich mit dem Kupieren fertig war, entließ ich ihn in seinen Käfig. Er hatte brav stillgehalten, und weil er sich so gut benommen hatte, fing ich die Middleton-Gray-Henne ein, die frei im Hof herumlief, und setzte sie zu ihm in den Käfig. Das Kupieren hatte ihm nichts ausgemacht. Er besprang die Henne, noch ehe sie zwei Schritte getan hatte. Einen Augenblick später flatterte er auf seine Schlafstange und krähte. In einer Woche würde der Kopf völlig abgeheilt sein, und dann konnte ich ihn zurichten.

Omar hatte das enthauptete As mitgenommen, aber der verkohlte Mellhorn lag noch im Pit. Ich vergrub den toten Vogel und den abgeschlagenen Kopf des anderen Hahns im Sand, bevor ich zu Mittag aß.

Wenn ich völlig pleite gewesen wäre oder keinen einzigen eigenen Hahn mehr gehabt hätte, dann hätte ich eine Partnerschaft mit Omar wohl in Erwägung gezogen. Aber ich hatte genug Asse, um selbst für mich zu sorgen. Omar besaß exzellente, reinrassige Kampfhähne. Alles, was er brauchte, war ein Mann wie ich, der wie der Teufel mit ihnen arbeitete. Der Gedanke, mit jemandem eine Partnerschaft einzugehen, war mir noch nie gekommen, obwohl Partnerschaften unter Hahnenkämpfern keine Seltenheit waren. Außerdem konnte ich Omar gut leiden; ich hegte beinahe väterliche Gefühle für ihn, obwohl er fast zwanzig Jahre älter war als ich. Er sehnte sich nach Erfolg, und dabei hatte er noch vieles zu lernen. Und ich konnte ihm vieles beibringen.

Als ich am Abend die Hähne gefüttert hatte, fuhr ich zu Omars Farm zum Essen. Die Farm lag an der Landstraße; das Haus hatte ein Wohn- und zwei Schlafzimmer und Asphaltfliesenböden. Verglichen mit meiner Anderthalb-Zimmer-Hütte war es ein Luxusbau. Ein Bogen spannte sich über das Einfahrtstor, und auf weißem Hintergrund stand in roten Buchstaben:

O. B. GEFLÜGELFARM
»Unsere Hühner legen jeden Abend!«

Omar war zu viele Jahre in der Werbebranche gewesen, als daß er sich einen guten Slogan hätte verkneifen können. Zusätzlich zu der Schrift auf dem Torbogen stand auf einem kleineren, in Augenhöhe der vorbeifahrenden Autofahrer an den Torpfosten genagelten Schild:

EIER: $ 15 PRO DUTZEND

Mindestens einmal in der Woche hielt irgendein Tourist, der auf dem Highway in Richtung Santos oder Bellevue unterwegs war, bei Omar an und versuchte, ihm Eier abzukaufen, weil er glaubte, das Schild sei ein Irrtum und die Eier kosteten fünfzehn Cent das Dutzend. Omar genoß es, ihre überraschten Gesichter zu sehen, wenn er ihnen sagte, daß da kein Irrtum vorliege. Natürlich kosteten die Eier fünfzehn Dollar das Dutzend, und sie waren noch eine Menge mehr wert! Und natürlich war es ein gutes Geschäft, wenn man Bruteier von Allen Roundheads und Clarets für fünfzehn Dollar pro Dutzend kaufen konnte.

Ich grinste über die Tafel, als ich in Omars Farm einbog. Ein Mann wie Omar Baradinsky würde einen guten Partner für mich abgeben. Und warum auch nicht? Mir fiel kein einziger vernünftiger Einwand ein.

Und als Omar an diesem Abend nach dem Essen die Flasche »John Jameson« auf den Tisch stellte, wurde die Partnerschaft besiegelt.

11

In den nächsten drei Tagen lebten Omar und ich in seinem Kombiwagen; wir fuhren quer durch den Süden Alabamas und holten bei verschiedenen Farmern seine Freilandhähne ab. Den Laderaum des Kombiwagens hatten wir vor der Abfahrt mit Junghähnen gefüllt, jeder in einem separaten Korb. Und überall, wo wir einen erwachsenen Hahn abholten, ließen wir einen Junghahn zurück.

Omar zahlte den Farmern in Alabama zehn Dollar im Jahr für das Recht, einen seiner Kampfhähne bei den Hühnern auf der Farm zu lassen. Neben den Futterkosten mußte er überdies jedes Jahr die Junghähne des Farmers aufkaufen und schlachten. Das richtige Farmgehege für einen Kampfhahn auszuwählen, ist eine Kunst, und Omar hatte sorgfältige, gründliche Arbeit geleistet. Alle seine Gehege in Alabama waren mehr als angemessen.

Ein Kampfhahn ist ein Vogel, der Bewegungsfreiheit liebt. Seinen Harem hinter sich, sucht der Hahn den ganzen Tag lang nach Futter und entfernt sich dabei drei Meilen und weiter von seinem Hühnerhaus auf der Farm. Je schwieriger die Futtersuche ist, desto ausdauernder wird der Hahn. Natürlich muß sich der Farmer abends, wenn die Hühner schlafen, in den Hof hinausschleichen und genügend Mais verstreuen, um das Futter zu ergänzen, aber er darf niemals so viel ausstreuen, daß die Hühner davon satt werden. Wie die Menschen in einem Wohlfahrtsstaat werden Hühner, die nicht hinausziehen und sich ihren Lebensunterhalt zusammenkratzen müssen, es sonst bald lernen, herumzustehen und auf Gratisspenden zu warten, und dabei werden sie fett und nutzlos.

Je hügeliger das Farmland, desto besser für die Beine des Hahnes. Bäume, auf denen sie nachts hocken können, grüne Wiesen und – wann immer es möglich ist – ein schnell fließender Bach für frisches Wasser, das sind die Erfordernisse für einen guten Auslauf. Florida ist zu flach dafür, und deshalb war es klug von Omar, daß er seine Hähne in Süd-Alabama untergebracht hatte.

Um uns dabei zu helfen, die halbwilden Freilandhähne einzusammeln, hatte ich meinen großen Middleton Gray mitgebracht. Er hatte eine dunkle, kräftige Stimme und eine außergewöhnlich aggressive Disposition. Wir hatten wenig Mühe, die halbwilden Hähne auf die Farmen zurückzulocken.

Als erstes pflegten wir auf den Hof zu fahren, und dann sagte Omar dem Farmer, wir seien gekommen, den Hahn abzuholen und einen neuen zu bringen.

»Tja, wissen Sie, Mr. Baradinsky«, sagte der Farmer dann und kratzte sich unweigerlich am Kopf, »ich hab Ihren Hahn aber jetzt schon seit zwei oder drei Tagen nicht mehr gesehen.«

»Keine Sorge«, lachte Omar. »Der wird gleich kommen.«

Unterdessen legte ich dem großen Gray ein Paar Sparringssporen an. Kaum setzte ich ihn in den Hof, sah er sich nach den Hennen um und krähte tief aus der Kehle. Innerhalb von Sekunden kam die Antwort aus den Feldern oder Wäldern etwa eine Meile weiter. Und dann sahen wir den Hahn, dessentwegen wir gekommen waren, herbeirennen, so schnell seine kräftigen Beine ihn trugen, seinen Harem weit verstreut hinter sich. Oft krähte er im Rennen wütend – *Wer bedroht da mein Reich? Welcher Eindringling will mir meine Hennen stehlen?* –, schien er zu sagen. Auf dem Hof angelangt, pflegte er unverzüglich anzugreifen, und beim Anblick all der schönen Hennen stürzte sich der Gray mit seinen Sparringssporen auf ihn. Omar fing dann den wilden Freilandhahn ein, und ich sperrte den Gray wieder in seinen Korb.

Ich untersuchte den wilden Kampfhahn eingehend, sägte ihm die natürlichen Sporen bis auf anderthalb Zentimeter ab und bewaffnete ihn mit dem zweiten Paar Sparringssporen. Dann ließen wir die beiden Hähne an Ort und Stelle gegeneinander los, um zu sehen, wie der Vogel sich schlug. Es ist sehr schwierig, einen Flüchter zu erkennen, wenn er sich in seinem eigenen Revier bewegt – oft kämpft da sogar ein unnützer Misthaufengockel, um seine Hühner zu beschützen –, aber ich gewann doch immer einen brauchbaren Eindruck von den Kampffähigkeiten des Vogels. Wenn der Hahn sich befriedigend zeigte, ließen wir einen Jungvogel zurück, der den Harem übernahm, und setzten den neuen Hahn in dessen Korb. Bevor wir weiterfuhren, zahlte Omar dem Farmer zehn Dollar im voraus für das Futter des kommenden Jahres und verbot ihm ausdrücklich, dem Junghahn die Flügel zu stutzen. Und wir begnügten uns nie mit dem Wort des Farmers; bevor wir weiterfuhren, überzeugten wir uns jedesmal mit eigenen Augen, daß es auf der Farm keine anderen erwachsenen Hähne, Puter oder Perlhähne gab. Ein Junghahn muß auf dem Hof unangefochten herrschen. Wenn ein erwachsener Hahn auf der Farm lebte, und war es auch nur ein Misthaufengockel, würde der Junghahn sich vielleicht einschüchtern lassen, sich in die Hackordnung fügen und dem Mistkratzer die Herrschaft überlassen.

Omar hatte sich gegenüber den Farmern, die ihm ihr Gelände als Freilandgehege zur Verfügung stellten, ein festes, schroffes Benehmen angewöhnt. Trotz seinem ausgeprägten New Yorker Akzent, dem das Landvolk in den Südstaaten instinktiv mißtraut, hatte er sie in den vier Jahren, seit er Kontakt mit ihnen hatte, restlos für sich einnehmen können. Er ließ nicht einfach einen Junghahn da und vergaß ihn bis zur nächsten Saison. Er schrieb im Laufe des Jahres regelmäßig Briefe und erkundigte sich, wie es seinem Hahn ging, und er legte stets eine frankierte und adressierte Postkarte bei, um sicherzugehen, daß er auch Antwort bekam. Die Farmer reagierten freundlich auf Omars aktives Interesse, und zumindest sein eindrucksvoller kohlschwarzer Bart erfüllte sie mit Ehrfurcht.

Die meisten Farmer sind, wenn sie sich mit der Vorstellung abgefunden haben, daß ein Kampfhahn anstelle eines Mistkratzers ihre Hennen regiert, sehr zufrieden mit diesem Arrangement. Und warum sollten sie nicht? Die Eier, die sie bekommen, sind größer und wohlschmeckender; die Brut eines Kampfhahns ist fleischiger, und die Kleinigkeit von zehn Dollar im Jahr ist ein unverhofftes Zusatzeinkommen. Jeder Farmer, der ein paar Hühner hält, braucht auch einen Hahn. Warum dann nicht einen Kampfhahn?

Jedesmal wenn wir einen neuen Freilandhahn abholten, schwoll mir das Herz vor Freude. Ihre Federn waren straff, ihre gelben Augen hell und wachsam. Ihre trainierten Körper fühlten sich fest an, und die kupierten Kämme hatten zumeist eine gesunde, dunkelrote Farbe. Von den achtundzwanzig Hähnen, die Omar auf dem Land verteilt hatte, holten wir einundzwanzig ab. Die restlichen sieben benötigten nach meiner wohlerwogenen Meinung noch ein Jahr Auslauf auf dem Land.

Ich war froh, als ich nach Ocala zurückkam, und brannte darauf, an die Arbeit zu gehen. Die Kleinstadt Ocala war immer meine Lieblingsstadt in Florida, denn sie vereint die besten Aspekte von Georgia mit den schlimmsten Seiten Floridas. Ein Städtchen von ungefähr zwanzigtausend ständigen Einwohnern, etwa hundert Meilen südlich der Staatsgrenze nach Georgia gelegen, ist Ocala der Ort, wo der Staat Florida wirklich beginnt.

Wenn man mit dem Auto auf dem breiten, durch eine Insel geteilten Highway in die Stadt kommt, sieht man als erstes das Transparent über der Straße; OCALA – GEBURTSORT VON NEEDLES! Das berühmte Rennpferd lebt für ewig in der Erinnerung der Bewohner von Ocala.

Auf der linken Seite, sechs Meilen weiter, liegt Silver Springs, eine der bekanntesten Touristenattraktionen der Welt. Zu beiden Seiten des Highways sieht man die sonderbarsten Attraktionen, Reklametafeln und Souvenirläden. Auch das kommerzielle Florida beginnt in Ocala. Aber die Stadt selbst ist wie eine Kleinstadt in Georgia. Anständig, achtbar und gottesfürchtig. Die Bewohner der Stadt sind gute Südstaatler – sie sorgen für die Leute auf dem Lande und für sich selbst, und sie nehmen's nur von den Urlaubern, denen die Kameras von den Gummihälsen baumeln.

Zwei Meilen weit außerhalb der Stadt, in sanft gewelltem Gelände, liegt meine gepachtete Farm – dreiundzwanzig Morgen, ein kleines Wohnhaus, ein Klo und ein Duschhäuschen, ein solides, aus Zementziegeln gemauertes Hahnenhaus und gut dreißig Laufgehege. Meine Hütte, wie ich es nannte, war nicht gestrichen, aber bequem. Der Mann, der sie gebaut hatte, hatte mit Zementziegeln angefangen, aber die waren ihm ausgegangen, bevor die Mauern schulterhoch gewesen waren. Der Rest des Bauwerks war mit rohem, unbehandeltem Kiefernholz vollendet und mit zwei verschweißten Wellblechstücken gedeckt worden. Bei einem Wolkenbruch hatte das schwere Trommeln der Regentropfen auf dem Blechdach mich schon oft aus dem Haus getrieben.

Omar setzte mich ab und fuhr dann zu seiner eigenen Farm. Er hatte sehr viel bessere Anlagen zur Unterbringung der Hähne als ich, und auf seinen Vorschlag hin hatte ich mich bereitgefunden, zum Abrichten der Vögel zwischen unseren beiden Farmen hin und her zu pendeln.

Buford kam aus dem Hahnenhaus gelaufen, als ich in den Hof trat. Ein breites weißes Grinsen erstrahlte in seinem ebenholzfarbenen Gesicht.

»Mr. Frank!« rief er glücklich. »Bin wahrhaftig froh, Sie zu sehen! Werd' bald verrückt seit zwei Tagen vor Neugier! Warten Sie bloß, bis Sie die großen Pakete sehen, die ich ins Haus gestellt hab!«

Ich betrat die Hütte, dicht gefolgt von Buford, und als allererstes langte ich hinter die Kommode nach meiner Ginflasche. Wie ich vermutet hatte, war weniger als zwei Fingerbreit Gin in der Flasche, und sie war fast halb voll gewesen, als Omar mich drei Tage zuvor abgeholt hatte.

Ich blickte Buford streng an, aber der deutete nur unschuldig auf zwei große Pappkartons auf meinem Bett.

»Hab keine Ahnung, was drin ist, Mr. Frank«, erklärte er hastig. »Der Mann vom Expreßservice hat sie vorgestern gebracht, und ich hab in Ihrem Namen quittiert. Was glauben Sie, was drin ist?«

Ich trank den Gin aus und gab Buford die leere Flasche. Er hatte sich seinen Teil genommen, während ich weggewesen war – der Mann wußte die Flasche mit untrüglichem Instinkt zu entdecken. Er hielt es für eine Art Spiel, meine Ginflasche zu finden.

Ich zog mein Messer heraus und schlitzte die beiden Kartons auf. In dem einen war ein Lautsprecher, in dem anderen, längeren eine elektrische Gitarre. Aber was für eine! Das Instrument war aus irgendeinem Leichtmetall gefertigt, in strahlendem Zitronengelb, leuchtendrot abgesetzt. Auf dem Resonanzkörper, oberhalb der Saiten, waren zwei Paar Initialen eingraviert, umschlossen von einem Herzen.

Wenn ich glaubte, *die* große Geste vollbracht zu haben, indem ich Bernice ein Dutzend gelbe Rosen brachte, so hatte sie mich jedenfalls übertroffen. Die E-Gitarre mit dem dazu passenden gelben Verstärkerlautsprecher mußte sie mindestens vier- bis fünfhundert Dollar gekostet haben. Ich durchwühlte das Papier in beiden Kartons nach irgendeiner Mitteilung, aber da war nicht einmal eine Quittung für das Instrument. Die Initialen in dem Herz waren ihre Mitteilung.

Buford betrachtete die Gitarre voller Bewunderung und schüttelte in gespieltem Erstaunen den Kopf. Als ich ihn anschaute, lachte er das professionelle Lachen der amerikanischen Schwarzen.

»Whuuuiiie!« platzte er künstlich belustigt heraus. »Da ham Sie aber wirklich mal 'ne Gitarre, Mr. Frank!«

Ich wies zur Tür. Draußen im Hof gab ich Burford einen Zehn-Dollar-Schein dafür, daß er drei Tage nach dem Rechten gesehen hatte. Buford hatte selbst eine Farm, eine Frau und vier Kinder, aber er verbrachte mehr Zeit bei mir als bei seiner Familie. Wenn ich zufällig daran dachte, steckte ich ihm einen Fünfer oder einen Zehner zu, aber ich zahlte ihm kein regelmäßiges Gehalt, denn eigentlich brauchte ich ihn gar nicht. Von der Aufzucht und dem Umgang mit Kampfhähnen verstand er soviel wie die meisten Schwarzen in den Vereinigten Staaten, wenn nicht mehr. Leider war ihm wegen seiner Hautfarbe fast jedes weiße Pit in den Südstaaten versperrt. Er wäre auf meinen Reisen durch die Pits der Region ein unschätzbarer Assistent gewesen, aber ich konnte ihn nicht mitnehmen. Immerhin half er mir auf der Farm, führte den gegnerischen

Hahn bei meinen Trainingskämpfen und machte sich in der Zeit des Zurichtens einigermaßen nützlich. Er liebte Kampfhähne. Soviel wußte ich über ihn. Ich glaube, er hätte einen Arm oder ein Bein für die Gelegenheit gegeben, selbst an Kämpfen teilzunehmen. Weil ich aber so viel über diesen Mann wußte, war mir klar, daß sein lautes, lässiges Lachen unaufrichtig war.

Was zum Teufel hatte Buford hier zu lachen?

»Ich hab all die Sonnenkäfige fertiggemacht, wie Sie es mir gezeigt haben, Mr. Frank«, berichtete er. »Und im Hahnenstall hab ich ein paar Latten erneuert. Aber sonst ist nicht viel zu tun; ich komm also erst Samstag wieder.«

Ich nickte, und Buford stieg in seinen Wagen.

»Whooiiie!« Er lachte durch die Nase. »Da haben Sie jetzt 'ne Superfiedel, wahrhaftig! Spielen Sie mir nächsten Samstag was vor?«

Ich nickte noch einmal. Buford wendete und fuhr auf dem Kiesweg hinauf zum Highway. Ich ging in meine Hütte.

Das wundervolle, unerwartete Geschenk ließ mein Herz vor Entzücken singen, wenngleich ich meine innerliche Aufregung vor Buford verborgen hatte. Kaum war er gegangen, schloß ich die verschiedenen Elektrokabel an, wobei ich mich genau an die Anweisungen der illustrierten Betriebsanleitung hielt. Ich drückte den Stecker in die Dose an der Wand und stimmte die Saiten. Der volle Klang, den der auf volle Lautstärke gestellte Verstärker unterstützte, hallte in dem kleinen Zimmer und gab meinem Spiel eine neue Dimension. Ich experimentierte mit mehreren Akkorden, schlug sie hart an und lauschte dem metallischen Echo des Blechdaches, und dann versuchte ich es mit einem Song.

Als ich den Song zur Hälfte gespielt hatte, hörte ich auf und stellte die Gitarre sanft auf den Boden. Unbewußt hatte ich als erstes »Georgia Girl« gespielt. Die satten, verstärkten Klänge trieben eine Flut von unterdrückten Bildern von Mary Elizabeth vor mein geistiges Auge. Ich ließ das Plastikplektrum fallen.

In der schneidenden Stille so kurz nach den verhallenden Tönen des Liedes sah ich Mary Elizabeth vor mir – ganz so, wie ich sie an »unserem Platz« zurückgelassen hatte. Sie saß still da, die Füße in das Wasser des Teiches getaucht, und kleine Sonnenflecken tanzten über ihren blassen nackten Körper. Ihre blaugrünen Augen schauten mich vorwurfsvoll an, und ihre sonst so vollen Lippen waren zu einer grimmigen schmalen Linie zusammengepreßt.

Ich schüttelte den Kopf, um sie zum Verschwinden zu bringen.

Immer wieder hatte ich diese Vision von Mary Elizabeth. Wann immer ich an die Frau dachte, war der Gedanke von einem bedrückenden Schuldgefühl begleitet. Sie war immer nackt, immer an »unserem Platz«. In meinen Gedanken war sie nie bekleidet – das war nicht die Mary Elizabeth, an die ich denken wollte: die jüngferliche, lehrerinnenhafte Methodistin mit dem mißbilligenden Gesichtsausdruck. In der Regel verschwammen Mary Elizabeths Gesichtszüge, wenn ich sie ein paar Monate nicht gesehen hatte; klar blieben nur ihre gekränkten blauen (grünen?) Augen. Ihr Körper aber war in meinen Gedanken stets so deutlich wie auf einem Kodachrome-Foto. Ich erinnerte mich an jedes anatomische Detail, an die Art, wie sie die rechte Schulter einen Viertelzoll tiefer als die linke hielt, an die drei Facetten ihres runden Bauchnabels, an jedes goldene Schamhaar.

Ich liebte sie, ich hatte sie immer geliebt, und ich würde sie immer lieben, und die dunklen Schatten der Schuld verdrängten ihren rosigweißen Leib aus meinen Gedanken. Kein Mann hatte eine Frau jemals schäbiger behandelt als ich Mary Elizabeth.

Angenommen, dachte ich finster, sie sagt einfach, zum Teufel mit dir, Frank Mansfield, und heiratet einen netten, häuslichen Georgia-Boy ... einen aufgedunsenen Schweinehund wie Ducky Winters zum Beispiel, den Geschäftsführer der »Purina«-Futterhandlung. Wieso nicht? Der ist ledig und über dreißig. Was macht es schon, wenn sein Glatzkopf aussieht wie ein frischgewaschener Pfirsich und die Speckrolle um seinen Bauch wie ein halb mit Wasser gefüllter Reifenschlauch? Er hat einen guten Job, und er ist im Vorstand der Methodistenkirche ... nicht wahr? Seine Mutter kann ja nicht ewig leben, und schließlich hat er Mary Elizabeth damals auf dem Gemeindefest in den Hintern gekniffen ... weißt du noch? Du wolltest mit ihm vor die Tür gehen, aber Mary Elizabeth ließ es nicht zu.

Wie viele Anwärter hat sie eigentlich? Ganz gleich, was du von Ducky Winters hältst – er ist einer der besseren. Mal angenommen, sie heiratet einen von diesen verbissenen Wollmützenkumpanen ihres Bruders. Wright will nicht, daß sie heiratet, aber es wäre ihm schon recht, wenn irgendein Farmer sie in der Nähe hielte, so daß er sicher sein konnte, sie jeden Tag zu sehen. Wenn sie nun Virgil Dietch heiratet? Dessen Farm liegt bloß drei Meilen weiter an der Straße. Dietch ist erst vierzig, ein Witwer mit zwei halberwachsenen Bengels, und er wäre verdammt froh, wenn er eine Frau wie Mary Elizabeth kriegen könnte. Bei seinem grollenden deutschen Akzent – dabei lebt er in der dritten Generation in Georgia – und dem dicken Klumpen Kautabak hinter der Unterlippe würde sie die Hälfte von dem, was er redet, gar nicht verstehen; aber

Wright mochte Virgil und trieb sich mit ihm herum. Und Wright hätte nichts gegen eine Ehe zwischen den beiden.

Mehr als eine Stunde lang quälte ich mich so und grübelte über die in Frage kommenden Freier im County nach, die Mary Elizabeth heiraten konnte, wenn sie mir eins auswischen wollte. Viele waren es nicht mehr. Die meisten Männer im ländlichen Georgia heiraten früh, und Scheidungen sind selten. Die verbliebenen Junggesellen waren eine klägliche Bande, vor allem, wenn ich die Witwer mitrechnete, die ihre Frauen früh ins Grab gebracht hatten.

Es war eine erlesene Folter, mir diese ignoranten Spießer vorzustellen, die sich nur am Samstag rasierten, die vom 15. Oktober bis zum 15. Mai dieselbe lange Wollunterhose trugen und die zum vierten Juli ein Bad nahmen. Und doch, was die Ehe anging, so würde jeder dieser Kerle einen besseren Gatten abgeben als ich. Und als Frau hatte sie ein Recht auf ein Heim und auf Kinder und auf einen Mann, der immer bei ihr blieb.

Ich hatte Mary Elizabeth acht Jahre lang mit Nichts versorgt. Eine hurtig hingekritzelte Zeile auf der Rückseite einer Ansichtspostkarte, und bei meinen seltenen, unangemeldeten Besuchen ein rascher Sprung in ein Waldtälchen. Und was die Sache noch schlimmer machte: Bei meinen letzten beiden Besuchen hatte ich nicht einmal mehr mit ihr gesprochen. Aber ich hatte sowieso nie mit ihr sprechen können. Sie hatte hartnäckig jeder Erklärung widerstanden, die ich ihr zu meiner Lebensweise zu geben versucht hatte, und sie hatte sich nie bereitgefunden, mein Leben mit mir zu teilen. Vielleicht konnte ich ihr einen Brief schreiben, einen wirklich guten Brief diesmal, einen Brief, der sie zum Nachdenken bringen würde?

Dieses Jahr würde mein Jahr werden. Ich spürte es, und meine neue Partnerschaft mit Omar war der Wendepunkt auf der Straße meiner Mißgeschicke. Ich wußte es. Meine Aussichten waren schon früher so gut gewesen, aber besser noch nie. Ich konnte nicht weiter stumm und allein durchs Leben gehen, und ich durfte Mary Elizabeth nicht länger in der Luft hängenlassen: Der Faden würde reißen, und wir wären beide verloren. Wenn es einen Bruch geben sollte, mußte der jetzt kommen – auf meine oder auf ihre Art, und sie konnte wählen!

Ich setzte mich an den Tisch, um Mary Elizabeth einen Brief zu schreiben.

Meine Liebste,
ich liebe Dich! Wie unzulänglich sind geschriebene Wörter, um Dir von meinen Gefühlen zu erzählen! Bei Dir zu sein und doch nicht sprechen zu können, Dir nicht wieder und wieder sagen zu können, daß ich Dich liebe, ist unerträglich. Dich ohne Abschied zu verlassen, wie ich es getan habe, hat mich mehr geschmerzt, als Du je erfahren kannst. Und dennoch mußte ich stumm verschwinden wie ein Dieb in der Nacht. Hätte ich Dir auf einen Zettel ein bloßes Lebewohl geschrieben, so hättest Du mit Recht eine Erklärung verlangen können. Und ich hätte Dir doch keine geben können, da ich nicht sprechen konnte! Aber eine Erklärung ist fällig, meine Geliebte, und vor dieser leeren Seite will ich das Unmögliche in Angriff nehmen. Niemals, niemals sollst du an meiner Liebe zweifeln!
Erstens war ich zu Hause, um mein rechtmäßiges Eigentum in Besitz zu nehmen. Inzwischen weißt Du natürlich Bescheid, denn Dein Bruder hat mir ja Farm und Land abgekauft. Was Du nicht weißt, ist, daß Richter Powell die Anweisung hatte, ausschließlich an Wright zu verkaufen. Ob es recht oder unrecht von mir war, Randall aus seinem Heim zu verjagen, kommt darauf an, wie man die Sache ansieht. Nach der Heiligen Schrift bekommt der älteste Sohn das Erbe des Vaters, wie du weißt. In den Augen des Herrn – und einen anderen Herrn erkenne ich nicht an – hatte ich also recht. Trotzdem habe ich mein Land nur vekauft, weil ich es tun mußte.
Seit zehn Jahren ist es mein Ziel, der beste Hahnenkämpfer der Vereinigten Staaten zu werden. Ein paarmal, wenn auch nicht oft, habe ich versucht, Dir den Hahnenkampf und meine Ambitionen zu erklären, aber Du hast mir nie zugehört. Jetzt lies und entscheide dann. Unser zukünftiges Glück, Deines wie meines, hängt von Deiner Entscheidung ab. Immer hast du die Ohren vor rationalen Argumenten verschlossen und einfach behauptet, der Hahnenkampf sei grausam und deshalb unrecht. Aber Du hast noch nie einen Hahnenkampf GESEHEN, und Du hast gesagt, Du habest auch nicht die Absicht. Ich sage jetzt aber, Du mußt!
Daß der Hahnenkampf kein grausamer Sport ist, kannst Du nur herausfinden, indem Du Dir selbst einen anschaust. Ich versuche gerade zum allerletzten Mal, ganz nach oben zu kommen. Jahr um Jahr weiterzukämpfen, ohne Erfolg zu haben, ist unmöglich. Wenn ich in diesem Jahr nicht das zweitägige Turnier in Milledgeville gewinne, verspreche ich Dir, für immer aufzuhören! Wir werden sofort heiraten, und DU kannst entscheiden, welchen Beruf oder welches Unternehmen ich fortan betreibe!
Aber wenn ich gewinne – und ich will, daß Du am Pit in Milledgeville leibhaftig zugegen bist, ob ich gewinne oder verliere –, dann gedenke ich den Hahnenkampf für den Rest meines Lebens als einzigen Beruf zu betreiben.

Wenn Du dieses Leben akzeptieren kannst, werden wir sofort heiraten und in den Flitterwochen nach Puerto Rico fahren.
Die letzte Alternative besteht freilich darin, daß Du diesen Brief zerreißt und mich für alle Zeit aus Deinem Leben und Deinen Gedanken verbannst. Wenn dies Deine Entscheidung sein sollte, dann werde ich mich daran halten und verspreche Dir, daß ich Dir nie wieder schreiben oder Dich besuchen werde, aber mein Herz wird ein für allemal gebrochen sein!
Bitte schreibe mir nicht, wie Du Dich entscheidest. Wenn Du es tust, werde ich Deine Briefe nicht öffnen. Am 15. und am 16. März werden beim Turnier in Milledgeville zwei Plätze auf Deinen Namen reserviert sein (Du kannst Deinen Bruder mitbringen, wenn Du willst). Ich werde Dir nicht noch einmal schreiben, und täglich bete ich zum Herrn, der über uns wohnt, daß Du VERSUCHEN wirst – und bitte laß Dein Herz entscheiden –, nach Milledgeville zu kommen.
Ich liebe Dich. Ich habe Dich immer geliebt und werde es immer tun!

Frank

Ich las den Brief zweimal, bevor ich den Umschlag zuklebte, und ich fand, es war ein verdammt guter Brief. Die kleinen religiösen Akzente waren besonders gut gesetzt, und das mit der Hochzeitsreise nach Puerto Rico war ebenfalls gelungen. Es gibt viele Luxushotels in San Juan, und der März ist eine gute Zeit, denn da finden die Turnierkämpfe im Valla Piedros statt. Das Pit öffnet täglich um vierzehn Uhr, und die Hahnenkämpfe gehen bis zur Cocktailstunde. Nach dem Abendessen konnten wir dann die Casinos unsicher machen, ein bißchen würfeln oder vielleicht sogar Blackjack spielen.

Natürlich war es jederzeit möglich, daß Omar und ich das Turnier nicht gewannen. Bei zehn planmäßigen Teilnehmern konnte eine Menge passieren. Aber der Hauptzweck des Briefes bestand darin, Mary Elizabeths Anwesenheit am Pit sicherzustellen. Wenn sie erst selbst sah, wie gut organisiert das Turnier war und wie fair die Entscheidungen am Pit waren, dann, dessen war ich ganz sicher, würde der Sport ihr gefallen. Manch ein Geistlicher ist ein eifriger Anhänger des Hahnenkampfes, ohne daß er mit seinen religiösen Überzeugungen in Konflikt gerät. Es war schließlich ein Kampfhahn, der krähte, nachdem Petrus Jesus Christus dreimal verleugnet hatte! Das stand in der Bibel, und es war ein verdammt gutes Argument.

Ich erwog, den Brief neu zu schreiben und diesen Umstand zu erwähnen, aber jetzt war es zu spät. Ich hatte den Umschlag schon zugeklebt. Eine bessere Idee war vielleicht, sie mit einigen der Pfarrer bekannt zu machen, die jedes Jahr beim Turnier in Milledgeville dabei waren, und sie mit ihr reden zu lassen. Ich kannte mich in der Bibel nicht gut aus und hatte seit mindestens fünfzehn Jahren auch nicht mehr darin gelesen.

Und wenn sie nun gar nicht auftauchte? Mein Magen krampfte sich bei diesem Gedanken zusammen. Ich mußte es riskieren. Wenn sie die Sache nicht von meiner Seite sehen konnte, nachdem sie einen solchen Brief gelesen hatte, dann gab es sowieso keine Hoffnung mehr für uns beide. Ich betrachtete unsere Beziehung jetzt so zuversichtlich wie seit Monaten nicht mehr, und so nahm ich die Gitarre wieder auf, schlug sanft die Saiten an und freute mich über die verstärkten Klänge.

Der Schreibblock lag noch auf dem Tisch, und ich beschloß, auch Bernice Hungerford einen Brief zu schreiben. Sie hatte ein Recht auf ein kleines Dankschreiben, nachdem sie mir ein so kostbares Geschenk gemacht hatte. Ein Brief war das mindeste, was ich für sie erübrigen konnte. Vielleicht würde Bernice auch gern das Turnier miterleben? Sie hielt mich ja für eine Art Minnesänger der Neuzeit. Was für eine tolle Überraschung würde es für sie sein, wenn sie erführe, daß ich professioneller Hahnenkämpfer war!

Liebe Bernice,
was für eine wunderbare Überraschung, was für eine wunderbare Gitarre. Es gibt nur EINES, womit Du mir eine noch größere Freude machen kannst, und darauf komme ich später. Vielleicht ist dies nun ein Schock für Dich, aber ich bin Hahnenkämpfer von Beruf, nicht Musiker. In den nächsten paar Monaten bin ich auf Reisen und werde Dich deshalb nicht besuchen können, aber beim S.C.T. in Milledgeville, Georgia, am 15. und 16. März werden zwei Plätze für Dich reserviert sein. Bitte komm. Und bring Deinen Neffen Tommy mit, damit Du Gesellschaft hast, denn ich werde beim Turnier zuviel zu tun haben, um bei Dir sitzen zu können. Ich weiß, es ist noch eine lange Zeit bis dahin, und ich weiß nicht, wie ich es schaffen soll, so lange zu warten, ohne Dich wiederzusehen, aber es muß sein.
Ich habe Grund zu der Hoffnung, daß ich in den nächsten Monaten meine Stimme wiederfinden werde. Ein Brief ist nicht der beste Weg, Dir zu sagen, was ich für Dich empfinde – lieber würde ich es Dir persönlich sagen, es Dir in Dein hübsches Ohr flüstern! Vielleicht habe ich schon zuviel geschrieben, aber ich denke, Du dürftest jetzt AHNEN, was ich für Dich fühle. Alles Liebe – bis zum 15. März.

Frank

PS: Das Pit in Milledgeville liegt nördlich der Stadt. Du kannst an jeder Tankstelle nach dem Weg fragen.

Als ich den Brief an Bernice verschlossen und adressiert hatte, fiel mir ein, daß sie womöglich gar nichts vom Hahnenkampfsport verstand und nicht wußte, was die Abkürzung S.C.T. bedeutete – die meisten Leute in den Vereinigten Staaten glaubten ja, weil der Hahnenkampf illegal war, sei er auch abgeschafft. Wahrscheinlich hätte ich es besser ausgeschrieben, dachte ich; aber sofern sie sich überhaupt erkundigte, würde sie mit Leichtigkeit alles herausbekommen können. Ihr Neffe konnte Erkundigungen für sie einziehen, und in Hahnenkämpferkreisen war mein Name jedenfalls wohlbekannt. Der Brief war besser, so wie er war. Wenn sie in Milledgeville erschien, würde ich daran erkennen können, ob sie so interessiert an mir war, wie es den Anschein hatte.

Ich ging über den Kiesweg zum Highway und legte die beiden Briefe und ein wenig Kleingeld für Porto in meinem Briefkasten. Der Abend war warm und mild für Ende September, und eine sanfte Brise wehte gleichmäßig über die Felder. Man hörte das stete Summen von Millionen Insekten, die sich auf ihre eigene kleine Art miteinander unterhielten.

Als ich die Deckenbeleuchtung im Hahnenhaus einschaltete, um nach den Vögeln zu sehen, sprangen die Mellhorn Blacks nervös in ihren Käfigen auf und ab und gluckten und krähten beinahe einstimmig. Sie waren alle hungrig, und ich gedachte dies so zu belassen. Ich füllte ihre Wassernäpfe und kehrte in meine Hütte zurück. Ohne das Licht einzuschalten, saß ich im Dunkeln und spielte bis weit nach Mitternacht auf meiner neuen Gitarre.

Es war einer der schönsten Abende, die ich je allein verbracht hatte. Nach den drei hektischen Tagen mit Omar auf der Straße war ich jetzt zwar müde, aber viel zu glücklich, um zu schlafen.

12

Wir schafften es nicht zum ersten Turnier der Southern Conference am 15. Oktober in Greenville, Mississippi, aber wir hatten reichlich Zeit, um unsere Hähne für das Derby am 10. November in Tifton, Georgia, vorzubereiten.

In der Zwischenzeit schrieb Omar an Pete Chocolate in Pahokee und vereinbarte einen Schaukampf im Pit in Ocala, der zwei Wochen später am Sonntag nachmittag stattfinden sollte. Pete Chocolate war ein würdiger Gegner, wenn auch in mancher Hinsicht exzentrisch. Er war ein Hahnenkämpfer der Spitzenklasse, der seit langem regelmäßig bei der Southern Conference dabei war und meistens Spanish-Hähne und Spanish-Kreuzungen antreten ließ. Überdies zeichnete er sich dadurch aus, daß er als erster Seminole an der Universität Florida ein Magisterdiplom in Asiatik erworben hatte. Ich weiß nicht, was er mit einem Diplom in Asiatik anfangen wollte, aber ich weiß, wie er es bekommen hatte. Ein reicher chinesischer Pfandleiher, der sein ganzes Geld in Miami verdient hatte, hatte der Universität ein jährliches Stipendium hinterlassen, das jeder Seminole bekommen konnte, der es haben wollte. Der Chinese war inzwischen schon seit über fünfzehn Jahren tot, und Pete Chocolate war der erste und einzige Seminole gewesen, der dieses Gratisstudium in Anspruch genommen hatte.

Eine weitere Absonderlichkeit war Petes Gewohnheit, sich ständig in einen schwarzen Smoking zu kleiden, sogar wenn er mit seinem Hahn am Pit zu tun hatte. Zum Smoking trug er allerdings nicht immer ein weißes Hemd mit schwarzer Fliege, sondern gelegentlich auch ein Sporthemd oder ein blaues Arbeitshemd oder häufig auch gar kein Hemd.

Sein Diplom und sein Smoking hatten jedoch mit seinen Fähigkeiten als Hahnenkämpfer nichts zu tun. Im Zurichten und Füttern der Vögel war er erstklassig, und am Pit war er ein harter Gegner.

Das Antrittsgewicht für Schaukämpfe betrug 4,02, 5,00, 5,06 und 5,10 Pfund. So früh in der Saison bestand Pete darauf, daß mit diesen Gewichten gekämpft wurde, und wir mußten uns daran halten, um im Derby antreten zu können. Es sollte aus vier seperaten Pit-Kämpfen bestehen, und pro Kampf sollten wir fünfzig Dollar einsetzen. Bei der großen Auswahl an Hähnen, die uns zur Verfügung stand, war es ein Leichtes, den Gewichtsanforderungen zu entsprechen. Ich entschied mich für zwei von Omars Roundheads, ein Mellhorn Black-As und meinen fünf Pfund schweren Middleton Gray. Obwohl Ickys Gewicht nur 4,02 Pfund betrug, setzte ich ihn mit aufs Konditionierungsprogramm, für den Fall, daß ich einen Extra-Kampf für ihn arrangieren konnte. Wenn ich Icky in Milledgeville gegen meinen alten Rivalen Jack Burke antreten lassen wollte, mußte er vorher mindestens vier Kämpfe gewinnen. Meiner Meinung nach war Icky der Hahn, der Burkes Little David schlagen konnte. Dieses letzte Ziel im Auge, gedachte ich die vier Kämpfe, die Icky vorher würde bestreiten müssen, mit Sorgfalt auszuwählen.

In den ersten paar Tagen unserer Partnerschaft war Omar oft mürrisch, aber allmählich gewöhnte er sich an meine Art des Zurichtens. Einen Kampfhahn auf das Pit vorzubereiten ist schon hart genug, wenn er bereits gut in Form ist; aber wenn der Zurichter auch noch überschüssiges Fett abtrainieren muß, macht das seine Aufgabe doppelt schwer. Als ich eine feste Diät für Omars Roundheads und Clarets ausarbeitete, erhob er bittere Einwände.

»Verdammt, Frank.« Er drückte mir die Liste meiner Futteranweisungen wieder in die Hand. »Ich gebe meinen Hähnen dreimal soviel zu fressen!«

Wir standen vor Omars Laufgehegen und schauten seine Vögel an, und so versuchte ich ihm zu zeigen, wieso der neue Futterplan notwendig war. Ich nahm einen seiner Claret-Hähne aus dem nächsten Käfig, betastete seine fleischigen Schenkel mit mißmutiger Miene, reichte ihn dann Omar und bedeutete ihm mit einem Kopfnicken, es mir nachzutun.

»Der ist hart wie ein Ziegelstein«, beharrte Omar abwehrend und drückte die Beine des Clarets.

Ich schüttelte den Kopf, hob einen Stock auf und schrieb mit der Spitze in großen Lettern das Wort FETT! auf den Boden. Omar wischte das Wort mit der Fußspitze weg, setzte den Hahn wieder in seinen Käfig und zog die Finger durch den Bart.

»Na schön. Wenn du es sagst, Frank. Aber ich finde nicht, daß er sich fett anfühlt!«

Obgleich Omar seit vier Jahren Kampfhähne hatte, war es doch offensichtlich, daß er noch nie einen gut konditionierten Kampfhahn »gefühlt« hatte. Wie ein richtiger Kampfhahn sich »anfühlt«, kann man nicht beschreiben. Vielleicht ist es eine Art Instinkt, aber wenn man einmal einen perfekt konditionierten Kampfhahn richtig in den Fingern gespürt hat, dann vergessen die Finger es nie mehr. Das genau richtige »Gefühl« sitzt einem im Fleisch und Blut, und wenn die Finger es einmal kennen, sind sie nie mehr zufrieden, bis sie es wieder fühlen. Wenn ein Kampfhahn sich richtig anfühlt, ist er bereit für das Pit. Omar hielt meine Diät für drastisch, aber ich mußte das überschüssige Fett von seinen Vögeln herunterbringen, ehe ich sie auf meine spezielle Trainingsdiät setzen konnte.

Ich überprüfte die Liste noch einmal. *1 Eßlöffel mit je 2/3 gestoßenem Mais und 1/3 ganzem Hafer einmal täglich ins Scharrgehege. Alle vier Tage 1/4 Apfel. Alle zehn Tage zwei Unzen Hackfleisch. Jederzeit reichlich Sand und Austernschalen. Wassernäpfe stets gefüllt halten.*

Es war eine gute Diät, ein brauchbares Futter, wie ich es in langer Lehrzeit ermittelt hatte. Die Hähne würden nicht verhungern, aber sie würden auch kein Fett ansetzen. Das Fett, das sie am Leibe hatten, würden sie im Handumdrehen verlieren. Und solange diese Diät beibehalten wurde, konnte der Hahn jederzeit auf die Kampfkonditionierungsdiät umgesetzt werden und war dann innerhalb von zehn Tagen kampfbereit. Durch tägliches Wiegen würde man jeden plötzlichen und gefährlichen Gewichtsverlust gleich bemerken, und die Futtermenge könnte ein wenig erhöht werden. Aber Omar mußte schließlich irgendwo anfangen, und die neue Diät war sein erster Schritt in seiner beruflichen Ausbildung. Ich gab meinem unglücklichen Partner die Liste zurück, und diesmal nahm er sie entgegen. Der Claret krähte dunkel; er brannte darauf, ein wenig Aufmerksamkeit auf sich zu ziehen.

»Kräh du lieber jetzt!« schrie Omar den Kampfhahn an. »Nächste Woche um diese Zeit wirst du einen solchen verdammten Hunger haben, daß du nicht mehr krähen kannst!«

Das Zurichten von Kampfhähnen ist keine Arbeit für einen Faulpelz. Die fünf Hähne für den bevorstehenden Kampf zu konditionieren, war nicht schwer für mich, aber ich glaube, Omar hatte im Leben noch nie so hart gearbeitet. Es war schon regelrecht komisch, wie er stöhnte und maulte. Warte nur, dachte ich bei mir, wenn wir erst zwanzig oder dreißig Stück auf einmal zurichten. Um sechs Hähne für das Derby in Tifton einsatzbereit zu haben, würden wir mindestens zwanzig konditionieren müssen.

Als ich Omar zweimal hintereinander morgens um halb fünf auf seiner Farm aus dem Bett geworfen hatte, brachte er eine Pritsche und sein Bettzeug zu mir herüber und schlug sein Lager in meiner Hütte auf. Omar hatte ein altes Negerehepaar, Leroy und Mary Bondwell, die ihn auf seiner Farm versorgten. In den zwei Wochen, die Omar bei mir verbrachte, fütterte Leroy die Hähne mit der neuen Diät. Jeden Nachmittag fuhr Omar nach Hause, um nach den Hähnen zu sehen und sie zu wiegen, und dann kam er zum abendlichen Abrichtprogramm zu mir zurück.

Buford schaute täglich für eine Stunde herein; ich ließ ihn das Stroh in den Käfigen wechseln, die Laufgehege mit Kreosot auspinseln oder irgendwelche anderen Arbeiten erledigen. Aber Omar und ich taten alles andere, und zwar nach einem strikten Zeitplan.

Ich weckte Omar um fünf; ich rasierte mich, und Omar machte das Frühstück. Um halb sechs spätestens waren wir im Hahnenschuppen.

Während der gesamten Zurichtperiode wurden die Hähne in Einzelkäfigen im Hahnenschuppen gehalten. Die Latten an jeder Tür waren so eng angebracht, daß die Hähne nicht den Kopf dazwischenschieben und auf und ab springen konnten. Sie waren so hungrig, daß sie jedesmal, wenn man den Hahnenschuppen betrat, glaubten, sie würden nun gefüttert. Wenn man ihnen erlaubte, den Hals zwischen die Latten zu schieben und auf und ab zu springen, würden sie sich den kupierten Kopf verletzen.

Während Omar zwei hartgekochte Eier mitsamt den Schalen zerbröselte, maß ich gestoßenen Mais und Haferkörner ab. Wenn das Futter zusammengemischt war, bekam jeder der fünf Hähne einen gehäuften Teelöffel voll davon. Wir mischten niemals mehr, als wir für eine Fütterung brauchten; am Abend wurden sie dann ein zweites Mal gefüttert. Jeden zweiten Morgen warf ich drei oder vier große Brocken Marmorkies auf den Boden der Käfige.

Wenn die Hähne gefressen hatten – und sie fraßen schnell –, wurde in jeden Käfig ein Napf Wasser gestellt. Solange sie tranken, wurden sie strikt in Ruhe gelassen, aber kaum hatten sie aufgehört oder das Interesse am Wasser verloren, wurden die Näpfe entfernt.

Gegen halb sieben waren sie bereit für die mit der Schaumgummimatratze belegten Werkbank. Die Matte war fest und federte kaum, und sie war mit einer Plane aus Armeebeständen bedeckt. Zuerst ließ ich die Hähne rennen – einen nach dem anderen natürlich –; sie rannten von einem Ende der Bank zum anderen und wieder zurück, zwanzigmal am ersten Tag, dreißigmal am zweiten, und jeden Tag steigerte ich so die Zahl der Läufe, bis sie hundertmal hin und her liefen. Ein Hahn kämpft schnell, und so ließ ich sie so schnell auf der Werkbank hin und her rennen, wie ich konnte.

Nach dem Laufen wurden die Hähne geworfen. Das Werfen zwingt den Hahn, mit den Flügeln zu schlagen, um sein Gleichgewicht zu halten, und das kräftigt seine Schwingenmuskulatur. Wie beim Rennen fingen wir mit zwanzig Würfen am ersten Tag an und steigerten sie täglich um zehn, bis die Vögel täglich einhundertmal hin und her geworfen wurden. Wenn man den Bogen erst einmal heraus hat, ist das Werfen eigentlich nicht schwierig. Der Zurichter muß nur immer daran denken, möglichst vorsichtig zu sein, damit der Hahn keine Blutergüsse bekommt. Wenn ein Hahn zu grob geworfen wird, ist er bald steif, selbst wenn es ohne Blutergüsse abgeht. Omar war gut im Werfen, und so übernahm ich meistens das Rennen und ließ ihn die Vögel mit seinen großen Händen hin und her werfen. Es war ein Vergnügen, mich bei einer Zigarette zu entspannen und Omar bei der Arbeit zuzusehen.

Er faßte den Hahn mit der linken Hand unter der Brust, warf ihn behende ungefähr einen halben Meter weit, fing ihn mit der Rechten auf und warf ihn zurück. Er fing langsam an, aber wenn er einmal seinen Rhythmus gefunden hatte, flog der Hahn so schnell von einer Hand zur anderen, daß es aussah, als laufe der Vogel auf der Stelle. Er hatte unbestreitbar ein gutes Gefühl für sorgsames Werfen, und er war stolz auf diese Fertigkeit.

Jeden zweiten Tag legten wir zweien der Hähne, die wir zurichteten, nach dem Werfen ein Paar Sparringssporen an und ließen sie etwa anderthalb Minuten lang im Pit miteinander kämpfen.

Wenn einer der Hähne zu müde zu sein schien, ließ ich ihn nicht zum Sparring zu, denn damit ist immer ein Risiko verbunden. Selbst wenn ein Vogel mit weichen wildlederumhüllten Sporen ausgerüstet ist, kann es zu Verletzungen kommen. Aber wenn ich zwei Hähne beim Sparring aufmerksam beobachte, kann ich feststellen, wie weit ihr Stehvermögen sich entwickelt hat.

Nach dem Sparring durften die Hähne eine Viertelstunde ausruhen, und dann wuschen wir sie mit warmem Seifenwasser. Um Muskelverspannungen zu lindern, rieb ich die Schenkel sanft mit einem in medizinischen Alkohol getauchten Schwamm. Wenn die Vögel gewaschen und abgerieben waren, wurden sie für zwanzig Minuten in separate Sonnenkäfige gesetzt. In jedem dieser Sonnenkäfige war eine Stange, und wenn die Hähne noch aktiv genug waren, um vergnügt und eifrig auf die Stange und wieder herunter zu springen, merkte ich mir vor, das Laufen und Werfen am nächsten Tag entsprechend zu steigern.

Während sie trockneten, hatten Omar und ich Zeit für eine Kaffeepause.

Bevor wir die Vögel für den Rest des Tages ins Hahnenhaus zurückbrachten, ließen wir jeden zweimal fliegen. Zwei Flüge pro Tag bringen nicht nur die Angriffslust eines Kampfhahns zum Vorschein, sondern gewöhnen ihn auch daran, daß die beste Möglichkeit, seinen Gegner zu erreichen, darin besteht, die Flügel einzusetzen und ihm entgegenzufliegen. Dazu hielt Omar einen der Hähne mit ausgestreckten Armen in die Höhe, so daß die Schwanzfedern mir zugewandt waren. Ich hielt den Hahn, der fliegen sollte, am Boden, bis Omar soweit war, und ließ ihn dann los. Sobald ich meinen Griff löste, stieg er in die Höhe, aber bevor er den Vogel erreichte, den Omar hochhielt, drehte dieser sich leicht zur Seite, so daß der fliegende Vogel noch ein Stück höher flog. Wenn ein reifer Hahn ein paar Tage hintereinander geflogen war, konnte er sich aus dem Stand zweieinhalb bis drei Meter hoch emporschwingen. Wenn ein Hahn sich aber daran erinnerte, daß er so gut fliegen konnte, würde ihm das im Kampf unter Umständen das Leben retten.

Mit dem Fliegen war das morgendliche Zurichten beendet. Neben jedem Käfig hing ein Klemmbrett mit einem Aufzeichnungsformular, wo ich das Gewicht des Hahns und die Anzahl der Läufe, Würfe und Flüge eintrug und auch ein paar Stichworte zur Farbe notiert hatte. Bei einem gut konditionierten Hahn sind Gesicht und Kamm dunkelrot. Wenn er sich rosa färbt, stimmt etwas nicht. In der Spalte für Bemerkungen notierte ich Schwächen, die mir auffielen, oder notwendige Diätveränderungen wegen unerwarteter Gewichtsab- oder -zunahme.

Wie Menschen müssen auch Kampfhähne individuell behandelt werden. Ein Hahnenhirn ist so groß wie eine Erbse, aber in diesen winzigen Gehirnen steckt eine unendliche Vielfalt von Charakter- und Persönlichkeitszügen. Ich habe matte und begeisterte Persönlichkeiten gesehen, anarchische und unterwürfige, freundliche und gleichgültige. Zum Glück können Hähne nicht zählen. Wenn sie es könnten, hätten sie sich dagegen aufgelehnt, daß wir die Zahl der Würfe und Läufe jeden Tag erhöhten.

Ein Kampfhahn ist das dümmste Geschöpf der Welt und paradoxerweise der intelligenteste Kämpfer.

Wenn ich die Formulareintragungen vorgenommen hatte, klappte ich eine Plane vor das Lattengitter der Käfigtüren. In der Dunkelheit blieben die Vögel bis zum abendlichen Training ruhig.

Jetzt wurden die übrigen Hähne, die nicht konditioniert wurden, gefüttert, getränkt, untersucht und gewogen, und dann war ich mit der Vormittagsarbeit fertig, und Omar und ich spielten Schach, bis es Zeit zum Mittagessen war. Wenn Buford da war, fuhr ich zum Essen zu Omars Farm hinüber und inspizierte seine Hähne, bevor ich wieder nach Hause zurückkehrte. Wenn er nicht kam, machte ich Konserven heiß – Rindfleischeintopf oder Schweinefleisch mit Bohnen – und briet in der Pfanne ein paar Maisfladen.

»Wieso hast du eigentlich nie geheiratet, Frank?« fragte Omar mich eines Tages mit betrübtem Blick auf seinen Teller, wo sich heißes Schweinefleisch mit Bohnen häufte. »Weiß Gott, wenn ich außer Eintopf oder Bohnen nicht jeden Tag noch was anderes kriegte, würde ich die nächstbeste Frau heiraten!«

Omar war so sehr an mein Schweigen gewöhnt, daß er sich seine Frage selbst beantwortete. »Aber vermutlich haben nicht viele Frauen Lust, einen professionellen Hahnenkämpfer zu heiraten. Die meisten Frauen, die ich kenne, wollen ihren Mann jeden Abend zu Hause haben, ob sie ihn nun lieben oder nicht – bloß damit sie jemanden haben, dem sie die Ohren volljammern können. Aber die Dosenbohnen – bah!«

Am Nachmittag, wenn Omar nach Hause gefahren war, machte ich mit einem meiner Kampfhähne, die nicht im Training waren, einen Spaziergang. Einige der Hähne pflegten mir zu folgen, wenn ich sie aus dem Gehege nahm. Sie hatten es gern, wenn man sich um sie kümmerte, aber sie hofften auch darauf, daß ich hin und wieder ein Korn fallen ließ. Und das tat ich auch manchmal.

Entweder machte Mary Bondwell uns um halb fünf auf Omars Farm etwas zu essen, oder wir fuhren nach Ocala hinein und aßen dort ein Steak oder Grillrippchen. Um halb sechs wurde es Zeit, wieder mit dem Zurichten anzufangen – füttern, wiegen, fliegen, werfen, laufen und aufzeichnen. Nicht viele Kampfrassen sind dem harten Training, dem ich sie unterziehe, gewachsen, aber meine beiden Hähne – der Mellhorn und der Gray – machten rasche Fortschritte, und Icky blühte regelrecht auf. Omars Roundheads hatten es in den ersten drei Tagen schwer, aber nachdem das überschüssige Fett verschwunden war, machten sie sich recht ordentlich.

Um die Hähne an Licht und Lärm zu gewöhnen – sie würden später in der Saison ja abends kämpfen –, schaltete ich nachts die Deckenbeleuchtung über dem Pit ein und spielte Geräusche – Schallplatten auf einem tragbaren Plattenspieler. Aber die Platten waren nicht laut genug, um Omar zufriedenzustellen. Daher galoppierte er außen um das Pit herum und brüllte aus voller Lunge Wettangebote.

»Hey! Wer gibt mir acht zu zehn? Ich hab hier einen Einäugigen, der ist schon halb tot! Wer riskiert zwanzig zu zehn?«

Sodann akzeptierte er in affektiertem Falsett die lächerlichsten Wetten und brachte es fertig, so viel Krach zu machen, daß man glauben konnte, man stehe an einem größeren Pit. Es war komisch, ihn bei seinen wilden Possen zu beobachten; er stürmte um das Pit herum und schwenkte gelenkig die kräftigen nackten Arme, und sein schwarzer Bart glitzerte im Licht der Lampen. Ich konnte mir nicht vorstellen, wie Omar mit Homburg und in grauem Flanell die Madison Avenue heruntergging. Er war der geborene Hahnenkämpfer.

Nach nur wenigen Abenden mit Lärm und Licht blieben alle Hähne still und geduldig mitten im Pit stehen und kümmerten sich weder um die Schallplatten noch um Omar.

Und natürlich hatten wir jeden Abend eine Flasche Gin oder Bourbon, die wir hin und her gehen ließen. Omar erzählte mir Geschichten von New York und aus der Werbebranche oder Anekdoten über Radio- und Fernsehleute, die er kannte.

Oft hielt er plötzlich mitten im Erzählen inne. »Frank, soll ich dir mal was sagen? Du und ich, du großer, dummer, stummer Halunke, wir haben das beste Leben auf der ganzen Welt! Ich würd' es nicht mehr eintauschen, und wenn ich jede Filterzigarette der Staaten bewerben dürfte und noch fünfzig Prozent der Aktien dazukriegte!«

Und dann langte er nach der Flasche, nahm einen kräftigen Zug und reichte sie mir.

»Ich weiß, du hast die Nase voll von meinem Gequatsche. Wieso holst du nicht dein elektronisches Monstrum raus und spielst uns was?«

Ich hatte von meiner Hütte ein Verlängerungskabel herübergelegt, und so setzte ich mich auf die Bank neben dem erleuchteten Pit und spielte ungefähr eine Stunde lang auf der Gitarre. Ich spielte niemals irgendwelche Lieder; ich spielte statt dessen mehr oder weniger *mit* der Gitarre und probierte Akkordfolgen aus oder versuchte irgendeine Stimmung auszudrücken. Omar sagte nie, ob ihm meine Musik gefiel oder nicht, aber er hörte aufmerksam zu.

Eines Abends kam Buford mit einem großen Topf Gemüse herübergefahren, den seine Frau für mich gekocht hatte. Omar forderte Buford auf, seinen emaillierten Becher von dem Haken über dem Wasserhahn zu nehmen, wo er ihn aufbewahrte, und füllte ihn mit Whiskey. Noch bevor Buford den Becher Whiskey ausgetrunken hatte, erfüllte ihn eine milde Stimmung, und er sang für uns – Blues und Arbeitslieder aus vergangenen Zeiten. Wenn er einen Ton lange genug hielt, daß ich ihn aufnehmen konnte, schlug ich den entsprechenden Akkord auf der Gitarre an. Mag sein, daß ich ein bißchen betrunken war, aber ich fand, Buford hatte die beste Stimme, die ich je gehört hatte.

Es waren lauter behagliche Abende für mich. Ich habe mein Alleinsein stets eifersüchtig bewacht. Aber Omar drängte sich nicht in mein Einzelgängerdasein hinein, sondern ergänzte es. Zum erstenmal im Leben sah ich, daß eine Gemeinschaft zwischen zwei verwandten Seelen nichts Unmögliches ist – solange der eine die Rechte des anderen respektierte.

Am achten Tag des Zurichtens wurde das Training für jeden Hahn halbiert. Am Morgen des neunten Tages wurde mein Mellhorn Black launisch und verweigerte das Fressen. Er war nicht krank; er war nur niederträchtig und mürrisch. Ich setzte die Gray-Henne für zwei Stunden in seinen Häfig, und er erwachte aus seiner Lethargie. Als ich die Henne wieder herausnahm und einen Löffel voll Futter auf den Käfigboden streute, verschlang er es im Handumdrehen.

Omar fand das ulkig. »Vielleicht ist es ja das, was mir fehlt, Frank«, meinte er lachend. »Wenn man mir jeden Abend für zwei Stunden eine Blondine ins Bett legte, könnte ich wahrscheinlich auch deine Bohnen mit Genuß fressen.«

Am zwölften Tag stellten wir das Training und das Füttern ganz ein. Die Hähne bekamen nicht einmal Wasser, aber sie wollten auch kein Wasser. Das war ein gutes Zeichen; es bedeutete, daß sie bereit fürs Pit waren. Sie würden jetzt bis zum Kampf fasten. Alle fünf Hähne waren in Spitzenkondition. Ich gab Omar jeden von ihnen zu »fühlen«, und seine Finger spürten den Unterschied.

»Wenn ich's nicht besser wüßte, Frank«, sagte er, »würde ich glauben, diese Hähne sind aus Stein.«

Am Sonntag nachmittag setzten wir die Hähne in Reisekörbe und fuhren mit Omars Kombiwagen zum Pit. Der »Ocala Game Club« war eigentlich nicht in Ocala – er lag näher bei Martel, acht Meilen westlich der Stadt. Aber man sprach vom »Ocala Pit«, weil die auswärtigen Hahnenkämpfer in den Motels von Ocala wohnten, wenn am 24. Februar das S.C.-Derby abgehalten wurde. Während der gesamten Saison veranstaltete der Betreiber des Pit, ein alter, inzwischen im Ruhestand lebender Farmer namens Bandy Taylor, fast jeden Sonntag Einzelturniere.

Bandy Taylor war Ende Sechzig; er hatte eine braune Lederhaut und so viele Falten, daß sein Gesicht aussah wie eine Reliefkarte. Seine Beine waren so krumm, daß er in einem Graben kein Schwein hätte fangen können.

Bandys Pit war zwar keine luxuriöse Anlage, aber die Hahnenkämpfer von Lownes County kamen doch gern her. Seine Frau betrieb am Rande des Pit-Geländes einen kleinen Stand, wo sie Kaffee, Coca-Cola und Hamburger verkaufte, und Bandy kassierte einen vernünftigen Eintrittspreis von einem Dollar. Der Alte, ein lizenzierter S.C.T.-Schiedsrichter, wettete nie bei den Kämpfen; aber er verdiente genug mit dem Eintrittsgeld und dem Imbiß seiner Frau. Alle Siege, die ich dort errang, konnte Bandy in die offiziellen Register eintragen, und die Kampfrichter in Milledgeville würden sie als Qualifikation akzeptieren.

Es waren nicht viele Zuschauer da, wenn man bedenkt, daß vier Kämpfe zwischen Pete Chocolate und unserer neuen Partnerschaft angesetzt waren. Nur gut dreißig Leute waren gekommen, darunter ein nervöser Yankee-Tourist aus Silver Springs und ein halbes Dutzend andere Hahnenkämpfer auf der Suche nach Extra-Kämpfen. Ich wollte ein Einzel für Icky, aber die Aussichten waren nicht allzu gut. Trotzdem schrieb ich meinen Namen und Ickys Gewicht auf die Tafel und hoffte das Beste.

Pete Chocolate gewann bei der Auslosung und entschied, vom untersten Gewicht an aufwärts zu kämpfen. Seine Fighter waren allesamt Spanish-Kreuzungen, und sie waren in guter Form. Omar hielt den 4,02-Roundhead, während ich ihm die Sporen anlegte, und dann versuchte er, auf den Tribünen ein paar Wetten anzuleiern. Ich erwog, Icky gegen den anderen 4,02er antreten zu lassen, aber der Spanish war ein As und sah allzu furchterregend aus. Es war eine gute Entscheidung. Omar hatte bei den Zuschauern ebenfalls Glück, denn die einzige Wette, die er abschließen konnte, war eine Eins-zu-eins-Wette um einen Zehner.

Der Spanish setzte meinen Roundhead außer Gefecht, indem er ihm gleich im ersten Pitting das Rückgrat brach. Der Hahn wurde ausgezählt, gelähmt und unfähig, eine Feder zu bewegen. Omar zahlte die fünfzig Dollar an Pete Chocolate und den Zehner an den Fan auf der Tribüne. Wegen der schnellen Niederlage im ersten Kampf konnte Omar eine Dreißig-Dollar-Wette auf das Ergebnis des zweiten abschließen.

Für den zweiten Kampf nahm ich den 5er Middleton Gray, und er brachte seinen Gegner im vierten Pitting zur Strecke. Meinem Gray gelang es jedesmal, über den Spanish zu kommen.

Der dritte Kampf war eine von den Schlachten, die nirgends hinzuführen scheinen. Die beiden Hähne waren einander ebenbürtig, und bis zum achtzehnten Pitting richtete keiner großen Schaden an. Im dreiundzwanzigsten Pitting wechselten wir uns mit dem Auszählen ab. Aber als gerade zu unseren Gunsten ausgezählt wurde, fing der Spanish wegen einer vorher beigebrachten Verletzung an zu röcheln und wollte sich nicht mehr stellen. Der Sieg war unser. Aber der Roundhead war ziemlich mitgenommen und würde mindestens zwei Monate lang nicht mehr kämpfen können.

Den vierten Kampf gewannen wir durch ein Wunder. Mein 5,10er Mellhorn Black kämpfte nicht zum ersten Mal, und in den ersten beiden Pittings schlug er die Attacken des Spanish zurück. Im dritten griff er selber wütend an, sobald ich seinen Schwanz losließ. Der Spanish wurde von den Beinen gerissen und purzelte rücklings gegen die Wand. Erschrocken sprang er hoch in die Luft und landete draußen neben dem Pit. Der Spanish war tapfer – er war keineswegs ein Flüchter –, aber er war draußen, und mein Black war noch drinnen.

Es war ein Augenblick voller Spannung. Ich hielt den Atem an, und von den Zuschauern kam kein Laut. Wenn Petes Spanish zurück ins Pit gesprungen wäre, hätte der Kampf seinen Fortgang genommen. Aber er tat es nicht. Verwirrt drehte er den Kopf auf der Suche nach meinem Hahn hierhin und dorthin und schoß dann in ratlosem Rückzug unter die Tribüne. Er war disqualifiziert, und ich hatte gewonnen.

Ich kannte Pete Chocolate seit mehreren Jahren, aber jetzt sah ich ihn zum erstenmal wirklich wütend. Er fing seinen Hahn ein, nahm ihm die Sporen ab und schlug ihn mit dem Kopf gegen einen Pfosten. Dann riß er ihm den Kopf ab. Das ist nicht leicht; man muß stark sein, um einen Hühnerkopf mit bloßen Händen abzureißen. Er warf den toten Vogel auf den Boden und kam wieder zum Pit.

»Das ist das erste Mal, daß ich einen Flüchter hatte, Frank«, erklärte er finster. »Aber ein Spanish rennt nicht! Dieser Hahn hat schon zwei Kämpfe gewonnen. Ist das ein Flüchter? Hast du je gehört, daß ich einen Flüchter antreten lasse?«

Ich schüttelte mit feierlichem Ernst den Kopf. Blut war aus dem Hals des toten Vogels auf das weiße Polohemd gespritzt, das Pete unter seinem Smokingjackett trug, und auch seine weißen Tennisschuhe waren blutbeschmiert.

»Er ist nicht gerannt, Pete«, wandte Omar ein. »Er war durcheinander und wußte nicht, wo das Pit war; das ist alles.«

»Er wird nicht noch einmal durcheinander sein!« stellte Pete mit Befriedigung fest. Er riß seine Brieftasche heraus und zahlte Omar aus. Wir hatten jetzt hundert Dollar von Pete Chocolate, und Omar hatte nebenher noch achtzig Dollar gewonnen. Einen Hahn hatten wir verloren, und unser Roundhead war so ramponiert, daß er vielleicht nie wieder gewinnen würde. Gewinn und Verlust hielten sich also ungefähr die Waage.

Gut für den ersten Tag, dachte ich, als Omar zu mir an den Imbißstand kam.

»Frank«, sagte er, »da ist ein Bürschchen am Hahnenschuppen mit irgend'ner Gray-Kreuzung. Er will damit gegen Icky kämpfen. Sein Name ist Junior Hollenbeck. Kennst du ihn?«

Ich nickte und trank meine Coke aus. Junior kannte ich eigentlich nicht, aber sein Vater, Rex Hollenbeck, war Grundstücksmakler in Ocala. Er hatte sich mir einmal in der Stadt vorgestellt. Er sei ein Fan, hatte er gesagt, und er habe mich auf dem Internationalen Turnier in Orlando mit meinen Hähnen gesehen.

»Willst du gegen ihn antreten, Frank? Der Bengel ist gerade mal neunzehn, und sein Gray ist um volle zwei Unzen schwerer als Icky.«

Ich ging zum Hahnenschuppen, um zu sehen, ob ich wollte oder nicht. Junior wartete vor Ickys Korb; seinen Gray hielt er in den Armen. Er war ein gutgekleideter junger Mann; er trug Schnallenschuhe, eine graue Flanellhose und ein buntgemustertes T-Shirt. Sein verfilztes, kastanienbraunes Haar hing ihm lang bis auf die Schultern, und sein Gesicht war sonnenverbrannt. Er hatte einen dünnen, spärlichen Schnäuzer und den spitzen Kinnbart eines jungen Ziegenbocks. Offenbar schälte sich seine Nase, denn sie war dick mit einer weißen Salbe beschmiert.

Omar machte uns bekannt. »Das ist Mr. Mansfield, Junior.«

»Ich weiß. Ich habe das Gewicht – 4,02 – auf der Tafel gesehen, Mr. Mansfield«, sagte Junior in sehr geschäftsmännischem Ton. »Ich dachte mir, ich fordere Sie heraus. Mein Hahn hat in diesem Jahr zwei Kämpfe gewonnen und ist zwei Unzen schwerer als Ihrer. Aber ich bin bereit, ihm ein paar Federn zu stutzen, wenn ich die Chance bekomme, gegen Sie zu kämpfen.«

Ich starrte den Jungen ungerührt an, und er errötete unter seinem Sonnenbrand.

»Das heißt«, fügte er hinzu, »der Mann, von dem ich ihn gekauft habe, behauptet, er hätte in Tallahassee zwei Kämpfe gewonnen.«

Ich nahm Junior den Gray aus den Armen und befühlte ihn. Der Vogel ließ sich ziehen und drücken wie ein Akkordeon. Ich sah Omar an, blinzelte und senkte das Kinn um den Bruchteil eines Zolls.

»Du hast deinen Kampf, Junior«, sagte Omar. »Und du brauchst keine Federn zu stutzen. Die Southern Conference gestattet bei Einzelkämpfen zwei Unzen Spielraum nach oben und nach unten. Aber du mußt mit kurzen Sporen kämpfen. Hast du welche?«

»Nein, Sir. Ich habe überhaupt keine. Ich dachte, ich könnte vielleicht ein Paar borgen. Und ich möchte fünfundzwanzig Dollar setzen, eins zu eins.«

»Einverstanden. Ich leihe dir ein Paar. Soll ich sie für dich anlegen?«

»Das kann ich selbst«, antwortete Junior abwehrend. »Ich habe schon oft Hähne gespornt. Sie brauchen mir bloß die Sporen zu borgen und ihn für mich zu halten.«

Omar lachte gutmütig. »Klar. Aber warte, bis ich Bandy gesagt habe, daß es noch einen Extra-Kampf gibt, bevor sein Publikum verschwindet.«

Vor den Kämpfen zwischen Pete Chocolate und mir hatten schon zwei stattgefunden. Nach dem letzten waren einige der Zuschauer abgezogen, darunter auch der nervöse Tourist, aber ein gutes Dutzend stand noch herum und debattierte über die Kämpfe. Als Bandy ankündigte, daß noch einer stattfinden werde, kletterten sie hastig wieder auf die Tribünen und fingen an, Wetten abzuschließen.

Wir legten den Vögeln Eineinviertel-Zoll-Sporen an. Zu meiner Überraschung stellte Junior sich beim Sporen seines Gray geschickt an. An der Art, wie er mit dem Hahn umging, sah ich, daß er sich am Pit auskannte, und ich fühlte mich etwas wohler bei dem Gedanken an den bevorstehenden Kampf.

Während Bandy die beiden Hähne vor dem Kampf untersuchte, hörte ich den Wettern zu. Obwohl der Gray als zweimaliger Sieger und der Blue – wie Icky genannt wurde – als Kurzsporn-Novize in seinem ersten Kampf angekündigt wurde, setzten doch die meisten auf Icky und boten fünf zu eins. Grund für diese Quote war zum Teil meine Reputation, aber eigentlich bevorzugten sie meinen Hahn wegen seiner Farbe. Aber wer so dachte, setzte beim Pferderennen auch auf die Augenfarbe des Jockeys, nicht auf die bisherigen Leistungen des Pferdes. Jedenfalls hatte Omar Mühe, Wetten zu bekommen. Trotz der hohen Quote waren nur wenige bereit, auf den Gray zu setzen. Aber schließlich schaffte es Omar doch, drei Zehn-Dollar-Einsätze zu sichern.

Junior war nervös beim Schnäbeln, aber er führte seinen Hahn ganz ordentlich.

Als Bandy uns mit seiner dünnen Altmännerstimme aufforderte, auf die Plätze zu gehen, hockte Junior sich hinter seine Linie und hielt seinen Gray wie ein Profi beim Schwanz.

»Pit!« Icky tat zwei kurze Schritte nach vorn und flatterte dann zwei Meter hoch in die Luft. Der Gray rannte gleichzeitig am Boden herum, und Icky landete hinter ihm. Gleichzeitig drehten sie sich um und begannen, Brust an Brust, einen Schiebekampf. Der Gray wich zurück und versuchte es dann mit einer kurzen Angriffsfinte, doch ohne Erfolg. Icky erhob sich, mit den Füßen scharrend, über ihn, und als die beiden zu Boden gingen, hatte Icky seinen rechten Sporn durch den linken Flügel des Gray geschlagen.

»Aus!«

Junior löste den Sporn aus dem Flügelknochen des Gray, und wir zogen uns für eine Pause von dreißig Sekunden hinter unsere Linie zurück. Der Junge arbeitete so wütend an seinem Gray, daß ich grinsen mußte. Er blies ihm über den Rücken, streckte ruckartig den Hals, spuckte ihm in den Schlund, rieb kräftig die Schenkel zwischen seinen Händen und leckte Kopf- und Nackenfedern mit der Zunge glatt.

Das alles waren erlaubte Versorgungstechniken, aber irgend etwas davon schon nach dem ersten Pitting anzubringen, war lächerlich. Übermäßige Fürsorge kann mehr schaden als nützen. Solange ein Kampfhahn nicht drastischer Hilfe bedarf, hilft man ihm am besten damit, daß man ihn zwischen zwei Pittings ausruhen läßt. Ich lenkte Icky von dem Gray ab und ließ ihn ruhig dastehen, damit er aus der kurzen Rast das Beste machen konnte.

»Auf die Plätze!« sagte Bandy und beobachtete den Sekundenzeiger seiner Armbanduhr.

»Pit!«

Wir setzten sie auf die Grundlinien. Wegen der übermäßigen Päppelei mehr als aus irgendeinem anderen Grund kam der Gray nur langsam in Gang. Icky stürmte mit gesträubten Nackenfedern vor, erhob sich zu einem rasanten Tiefflug, spreizte mitten im Flug die Schwingen, ließ die Sporen wirbeln und schnitt tief in den Hals des Gray. Der linke Sporn blieb stecken, und die beiden Hähne rollten ineinander verhakt über den Boden.

»Aus!« rief Bandy sofort.

Kaum hatte Junior Ickys Sporn aus dem Hals des Gray gezogen, gurgelte sein Hahn. Wenn sich der lange Hals eines Hahnes mit Blut füllt, ist das Gurgeln des Erstickens unverkennbar. Die von den Regeln vorgeschriebenen Formalien waren noch zu beachten, aber eigentlich war der Kampf zu Ende. Bis der Gray tatsächlich starb oder dreimal hintereinander zwanzig Sekunden ausgezählt wurde, ohne weiterzukämpfen, oder aber bis sein Betreuer ihn aufnahm und hinaustrug, mußten wir die routinemäßigen Pittings und Auszählungen vornehmen.

Junior hatte das Gurgeln gehört, aber er versorgte den Gray voller Hektik. Er sog ihm das Blut aus dem Schlund und rieb ihm die Brust so heftig, daß sich die straffen Federn lösten. Dann hielt er den Hahn bei den Füßen, legte ihn auf die Brust und atmete ihm geräuschvoll ins Gefieder, um den Blutkreislauf zu wärmen. Der Gray lag mit flach ausgestrecktem Hals da, und seine Augen waren glasig. Das Blut blubberte ihm aus dem offenen Schnabel, aber er war noch nicht tot. Und dann schob Junior dem Hahn vor meinen erstaunten Augen den rechten Zeigefinger in den After und massierte ihm die Hoden!

Ich schnippte mit den Fingern zu Bandy hinüber, aber der hatte das Foul ebenso schnell gesehen wie ich.

»Foul!« rief Bandy. »Der Blue gewinnt im zweiten Pitting!«

Ich nahm Icky auf und hielt ihn Bandy mit dem Schwanz voran entgegen, damit er mit seinem Taschenmesser die Spornriemen durchschneiden konnte. Keiner der Zuschauer beschwerte sich über die Entscheidung. Der Gray hatte deutlich schon vor dem Foul verloren. Das sonnenverbrannte Gesicht noch röter als zuvor, drängte Junior sich zwischen uns.

»Was soll das heißen, Foul?« schrie er Brandy an.

»Mr. Mansfield und ich haben beide gesehen, wie du ihm den Finger ins Loch gesteckt hast, Sohn«, antwortete Bandy ruhig. »Und jeder andere auch, der Augen im Kopf hat.« Omar trat zu mir ans Pit, und ich übergab ihm Icky.

»Das ist doch kein Foul!« protestierte Junior. »Pflegen ist erlaubt, oder etwa nicht?«

»Vorschriftsmäßiges Pflegen, ja. Aber nicht so was!«

»Aber ich habe gehört, man bringt neues Leben in seinen Vogel, wenn man die Eier mit dem Finger reibt –« Juniors Argumentieren war nutzlos.

Bandy schnitt ihm das Wort ab. »Wer hat dir das erzählt, Sohn?«

»Mein Dad«, antwortete Junior, und jetzt starrten wir ihn alle drei an. Er machte ein besorgtes Gesicht. »Ist das ein Foul?«

»Dein Daddy hat dir was Falsches gesagt, Junior«, sagte Bandy ruhig. »Wenn du einem Hahn die Eier reibst, nimmst du ihm jedes Fünkchen Kampfesmut. Damit schmeißt du absichtlich jeden Kampf.«

»Na, das wußte ich nicht«, sagte Junior. »Ich möchte mich entschuldigen, Mr. Mansfield.« Seine Aufrichtigkeit wirkte echt.

»Dafür ist es jetzt zu spät«, sagte Bandy. »Du bist fertig. Ich muß einen Bericht darüber an die Southern Conference schicken. Von jetzt an stehst du auf der schwarzen Liste bei jedem Pit der S.C. Ich schätze, das ist es, was dein Daddy wollte, denn sonst hätte er dir keine Lügen erzählt. Aber du hast in diesem Club deinen letzten Hahn ins Pit gebracht, Junior.«

Juniors sonnenrotes Gesicht glühte jetzt. »Und wie lange stehe ich jetzt auf der schwarzen Liste, Mr. Taylor?« fragte er.

»Für immer. Ob du wußtest, was du tatest, oder nicht, ist nicht so wichtig. Du hast den Kampf geschmissen, und es waren Leute da, die auf deinen Gray gewettet haben. Ich will dich hier draußen nicht wiedersehen, und du kannst deinem Daddy sagen, daß er auch nicht mehr willkommen ist!«

Bandy wandte sich ab; seine Rede war beendet. Aber Omar faßte ihn beim Arm. »Moment mal, Bandy«, sagte er gutmütig. »Treiben Sie die Sache nicht ein bißchen zu weit? Der Junge sagt, er kannte die Regel nicht, und er hat sich entschuldigt. Genügt das nicht? Der Gray erstickte doch sowieso.«

»Wollen Sie mit mir diskutieren, Mr. Baradinsky?« fragte Bandy gereizt. »Lesen Sie lieber in den Regeln nach, bevor Sie das versuchen! Meine Entscheidung ist endgültig, und wenn Sie widersprechen wollen, versuchen Sie es nur! Ich verpasse Ihnen eine dreißigtägige Sperre für dieses Pit, ehe Sie sich umgesehen haben!«

Omar wollte noch etwas sagen, aber es gelang mir, seinen Blick auf mich zu lenken, und ich legte den Finger an die Lippen. Bandy wandte sich ab und ging zum Hahnenschuppen; sein Gang war so würdevoll, wie es bei einem O-beinigen Mann nur möglich ist. Ich nahm Notizbuch und Bleistift heraus, kritzelte das Wort *Entschuldigen!* und reichte Omar das aufgeklappte Buch.

»Zum Teufel mit diesem verknöcherten alten Halunken!« sagte er und gab mir das Buch zurück. »Wieso soll ich mich entschuldigen?«

»Bitte bringen Sie sich meinetwegen nicht in Schwierigkeiten, Mr. Baradinsky«, bat Junior bescheiden. »Ich habe heute eine Lektion gelernt, an die ich mein Leben lang denken werde.«

»Da stimme ich dir zu. Aber es ist eine harte Lektion. Bandy meint, was er sagt, weißt du. Was den Hahnenkampf angeht, bist du erledigt.«

»Ich weiß, Sir. Aber ich möchte Sie trotzdem beide um Entschuldigung bitten.« Junior ließ den Kopf hängen und wollte das Pit verlassen. Ich schnippte mit den Fingern und streckte die flache Hand aus.

»Ach ja, richtig!« Junior lächelte gewinnend. »Ich schulde Ihnen ja fünfundzwanzig Dollar, nicht wahr? Na, um die Wahrheit zu sagen, Mr. Mansfield, ich habe kein Bargeld bei mir. Ich war so sicher, daß ich gewinnen würde, daß ich nicht damit gerechnet habe, welches zu brauchen. Aber ich habe Geld zu Hause, und sobald –«

Ich packte Juniors Handgelenk, drehte ihm den Arm auf den Rücken und hebelte ihn ein wenig an. Er krümmte sich mit einem scharfen

Schmerzensschrei vornüber und wimmerte dann. Ich nahm ihm mit der Linken die Brieftasche aus der rechten Hosentasche und reichte sie Omar, der sogleich Icky auf den Boden setzte. Er öffnete die Brieftasche und zählte achtundsiebzig Dollar. Nachdem er fünfundzwanzig herausgenommen hatte, steckte er den Rest der Scheine wieder in die Brieftasche und warf sie angewidert auf den Boden des Pit.

Ich ließ Juniors Handgelenk fahren und rammte ihm schön gleichmäßig meinen spitzen Stiefel in den Hintern. Er schlug schwer der Länge nach auf den harten Boden, und mit einem soliden *Bumms* prallte sein Kopf gegen die niedrige Fichtenholzwand des Pit. Ohne ein Wort des Protestes raffte Junior seine Brieftasche an sich und rannte im Laufschritt zu seinem Wagen auf dem Parkplatz. Ich nahm Icky hoch und grinste.

Einen Moment lang starrte Omar die Geldscheine in seiner Hand an und räusperte sich dann. »Tja, Frank«, sagte er, »ich denke, ich sollte wohl mal den alten Bandy Taylor suchen gehen und mich bei ihm entschuldigen. Wenn heute einer 'ne Lektion gelernt hat, dann bin ich das.«

Zögernd schlenderte Omar zum Hahnenschuppen hinüber, die Hände tief in die Hosentaschen gebohrt. Im Werbegeschäft war er vielleicht eine große Nummer gewesen, aber über die Menschen hatte er noch eine Menge zu lernen, wenn er sich im Hahnenkampf einen Namen machen wollte.

13

Um unsere Vögel für das Sechs-Hähne-Derby in Tifton vorzubereiten, fand ich es praktischer, mitsamt meinen Kampfhähnen auf Omars Farm umzuziehen. Dort hatte ich es bequem. Ich hatte ein eigenes Schlafzimmer, Dusche und Toilette waren im Haus, und die Mahlzeiten, die Mary Bondwell kochte, waren sehr viel schmackhafter als die Junggesellengerichte, die ich mir selbst zubereitete.

Ich war so erpicht darauf, das Turnier in Tifton zu gewinnen, daß ich dreißig Hähne zurichtete, nur um sechs erstklassige Fighter heranzuziehen. Bei der täglichen Arbeit mit dreißig Hähnen blieb mir tagsüber selten eine freie Stunde, und um halb neun schlief ich meistens. Auch der Sonntag ist kein Feiertag für einen Hahnenkämpfer, der Hähne für ein Derby zu konditionieren hat. Ich hatte sonntags jedenfalls zuviel zu tun, als daß ich am Pit in Ocala hätte sein können, aber ich schickte Omar hin, damit er einige der Hähne dort kämpfen ließ. Von den acht Kämpfen, an denen er dort teilnahm, verlor er nicht einen.

Unsere Brieftaschen wurden allmählich dicker.

Am Morgen des 9. November machten wir uns um fünf Uhr auf den Weg nach Tifton, Georgia; um drei Uhr am Nachmittag dieses Tages erreichten wir den Club in Tifton. Wir unterschrieben die Derby-Vereinbarung, und man wies uns einen Hahnenschuppen zu und gab uns ein Vorhängeschloß für die Tür.

Jack Burke war ebenfalls als Teilnehmer in Tifton; nach dem Abendessen suchte er mich auf. Omar war in unserem Motelzimmer geblieben, um fernzusehen, aber ich war nervös gewesen und noch einmal zum Pit hinausgefahren, um einen letzten Blick auf die zwölf Hähne zu werfen, die wir mitgebracht hatten. Sie saßen brav auf ihren Stangen und schliefen. Als ich die Tür verschlossen und mir eine Zigarette angezündet hatte, kam Burke durch die Abenddämmerung auf mich zu.

»'n Abend, Frank«, grüßte er herzlich. »Nett, Sie wiederzusehen.« Jack sah gutsituiert aus in seinem zweireihigen blauen Kammgarnanzug mit der breiten Paisley-Krawatte und seinen schwarzweißen Schuhen.

Ich schüttelte ihm die Hand. Jack rieb sich nervös das Kinn, und ich spürte, daß er etwas auf dem Herzen hatte. Er starrte auf einen imaginären Punkt links von meinem Kopf.

»Vermutlich haben Sie die gute Nachricht noch nicht gehört«, sagte er und lächelte trostlos.

Ich wartete geduldig darauf, daß er sie mir erzählte.

»Ich habe geheiratet!« Er lachte. »Ich wette, jetzt sind Sie überrascht, nicht wahr? Jawohl, Sir! Früher oder später erwischt es ja die Besten von uns, Frank!« Er zögerte. »Ich habe Dody White geheiratet, Frank«, fügte er leise hinzu.

Ich hatte Mitleid mit Jack, aber ich schüttelte ihm doch noch einmal die Hand. White hieß Dody also mit Nachnamen. Das hatte ich nicht gewußt. Und jetzt hieß sie Mrs. Dody Burke.

»Ich wollte Dody zum Derby mitbringen, Frank, aber sie wollte nicht, weil Sie hier sind. Ich habe versucht, ihr zu erklären, daß Sie nicht zu der Sorte gehören, die in der Vergangenheit herumwühlen, aber sie wollte mir nicht glauben. Anscheinend hat sie sich in den Kopf gesetzt, daß Sie durchaus reden können, und nun fürchtet sie, daß Sie etwas über sie sagen könnten. Ich weiß, daß Sie es nicht können, aber ich konnte Dody einfach nicht überzeugen.« Er zögerte. »Oder können Sie doch sprechen, Frank?«

Ich lächelte und schnippte in einem Bogen meinen Zigarettenstummel weg. Die Vorstellung, ich könnte jemals etwas über Burkes Frau sagen, ob ich nun sprechen konnte oder nicht, war absolut lachhaft. Und Burke wußte das. Dody hatte ihn zweifellos gezwungen, mich zu bitten, über unsere frühere Verbindung Stillschweigen zu bewahren. Einen Moment lang tat er mir leid, aber dann verachtete ich ihn, weil er ein Schwächling und Pantoffelheld war.

»Ich komme mir blöd vor!« Burke errötete. Für einen Mann von Mitte Vierzig ist es eine ziemliche Leistung, zu erröten.

»Na ja«, sagte er. »Ich bringe sie zum Derby in Plant City mit, und da mache ich euch miteinander bekannt, als ob ihr einander noch nie gesehen hättet. So wird Dody beruhigt sein. Okay?«

Ich nickte und schaute woanders hin. Ich roch sie fast, die ranzige Säure, die in seinem Inneren brannte. Welch ein Abstieg für Jack Burke, sich von dieser kleinen Landstreicherin dermaßen erniedrigen zu lassen.

»Und jetzt zum Geschäftlichen«, erklärte Burke forsch in seinem gewohnten Tonfall. »Glauben Sie, Sie und Ihr neuer Partner haben nach dem Derby in Plant City noch genug Hähne, um in einem altmodischen Einzelkampf gegen mich anzutreten?«

Die Entscheidung lag jetzt bei mir. Ich war sicher, daß Omar gegen diese Herausforderung nichts einzuwenden haben würde. Burke hatte fast doppelt so viele Hähne wie wir im Futter, aber ich verspürte doch eine wilde Sehnsucht danach, Burke in einem Einzelduell zu besiegen. Ich senkte das Kinn ein wenig und spuckte ihm zwischen die Füße.

»Gut. Dann werde ich das Nötige veranlassen, um das Pit am einunddreißigsten, am Tag nach dem Derby, zu buchen. Was sagen Sie zu zweihundert Dollar pro Kampf, und einen Tausender auf die Entscheidung?«

Zum dritten Mal in ebenso vielen Minuten schüttelte ich Burke die Hand.

Er wollte noch etwas sagen, überlegte es sich dann aber anders und ging durch die Dämmerung zum Parkplatz. Burke war immer noch ein verdammt guter Mann. Mit der Zeit würde er lernen, mit Dody fertigzuwerden. Aber die Erinnerung an diese erniedrigende Episode würde von jetzt an immer in ihm schwären. Das wußte ich, und ich wußte auch, daß er am Ende mir die Schuld geben würde, nicht sich selbst. So sind die Männer.

Am nächsten Tag verloren wir nur einen Kampf im Sechs-Hähne-Derby, aber es war ein Kampf zuviel; Jack Burke verlor keinen einzigen und kassierte die Tausend-Dollar-Börse. Knapp daneben ist nur beim Hufeisenwerfen etwas wert. Aber obwohl wir diesen Kampf verloren, hatte Omar so viele vernünftige Wetten abgeschlossen, daß wir unser Kapital um neunhundert Dollar vermehren konnten.

Das Geld war uns natürlich willkommen, aber die Tiftoner Niederlage wurde noch deprimierender, als wir die traurige Nachricht erhielten, daß Martha Middleton, Ed Middletons Frau, an einer Herzattacke gestorben war. Der Nachruf an sie erschien in derselben Ausgabe des *Southern Cockfighter*, der auch die Meldung von Ed Middletons Abschied vom Sport brachte.

Ich hatte die alte Dame gemocht, und ich versuchte, Ed Middleton einen Beileidsbrief zu schreiben. Aber nach dem vergeblichen Versuch, einen anständigen Brief zu schreiben, der weder banal noch morbid klang, gab ich auf und schickte ihm per Eilzustellung eine Kondolenzkarte aus dem Laden. Ed Middleton, selbst kein großer Schreiber, bestätigte den Empfang meiner Beileidswünsche mit einer Ansichtskarte aus Disney World, die mich erwartete, als ich nach Ocala zurückkam.

Und noch ein Brief wartete in meinem Briefkasten; er kam von Frances, meiner fetten Schwägerin. Frances war der letzte Mensch, von dem ich einen Brief erwartet hatte. Nachdem ich zwei steife Drinks gekippt und eine Stunde gewartet hatte, zwang ich mich, den Brief zu öffnen.

Lieber Frank,
noch vor wenigen Wochen habe ich Dich gehaßt und hätte Dich mit Vergnügen erschossen. Aber inzwischen habe ich eingesehen, wie klug es von Dir war, Randall aus seinem schrecklichen Gleis zu werfen. Er wird Dir nicht schreiben, denn er ist zu stolz. Aber er liebt Dich, und er ist Dein leiblicher Bruder; deshalb bitte ich Dich, ihm bald einmal zu schreiben.
Es war ein furchtbarer Schock, das zu verlassen, was ich für mein lebenslanges Zuhause gehalten hatte, zumal ich wußte, daß die Abbruchkolonne es gleich am nächsten Tag niederreißen würde.
Aber ich verzeihe Dir, Frank, weil es gut für Randy war.
Wir hätten zu Daddy nach Macon ziehen können, aber das wollte Randy nicht. Statt dessen mieteten wir uns ein Zimmer in einer Pension, und – Frank, Randy hat keinen Tropfen mehr getrunken seit dem Morgen, an dem wir die Farm verließen!
Er hat sich sofort eine Stellung gesucht. Weißt Du noch, wie er sich Tag für Tag in diesen juristischen Büchern vergrub? Nun, er ist mit einem Teil dessen, was er da gefunden hat, zum Rat Weißer Bürger gegangen, und die haben gestaunt über einige der Schlupflöcher, die er in den neuen Busgesetzen gefunden hat. Jedenfalls haben sie ihn gleich als Justitiar eingestellt und zahlen ihm achttausend Dollar im Jahr! Und auch für mich war das alles so wunderbar; Randy nimmt mich zu allen Sitzungen mit, und ich habe so viele nette neue Leute kennengelernt! Die Reden, die er hält, sind einfach wundervoll, Frank, und jedesmal, wenn er irgendwo spricht, bekommt er hundert Dollar plus Spesen. Nächsten Montag fahren wir zu einer Kundgebung des Rates Weißer Bürger nach Atlanta, und Randy wird dort über die Black-Power-Bewegung sprechen. Ich könnte platzen vor Stolz – und sogar sein Bild kommt in die Zeitung! Nächsten Montag, in der ›Constitution‹, aber ich werde es ausschneiden und dir ein Exemplar schicken.
Ich kann Dir nicht sagen, wie glücklich ich über Randys Erfolg bin. Versöhne Dich mit Deinem Bruder, Frank. Bitte?
Er liebt Dich, und ich tue es auch! *Alles Liebe, Frances*

Ich dachte gar nicht daran, Randall zu schreiben und mich mit ihm zu versöhnen. Aber ich freute mich doch über die Nachricht von Frances. Ich hatte befürchtet, daß die beiden eines Morgens auf meiner Farm in Ocala auftauchen und um Einlaß betteln könnten – ich hätte ihnen dann

Obdach gewähren müssen. Aber jetzt stand Randall endlich auf eigenen Füßen; er konnte seiner Wege gehen, und ich meiner. Ich antwortete auch Frances nicht, aber ich verwahrte den Umschlag, denn ihre Adresse in Macon stand darauf.

Wenn die Weihnachtszeit kam, würde ich ihnen eine Karte schicken. *Friede auf Erden den Menschen, die guten Willens sind!* Sollte Randall sich je wirklich mit mir versöhnen wollen, brauchte er mir nur die dreihundert Dollar zu schicken, die er mir schuldet.

Es war meine Schuld, daß wir das Derby in Plant City verloren, auch wenn niemand sie alle gewinnen kann, auch mit noch so guten Kampfhähnen. Aber ich hatte mich auf die Auswahl und Konditionierung der Hähne konzentriert, die nach dem Derby gegen Jack Burke antreten sollten, und Omar hatte das Training für das Derby übernommen. Omar konnte ich die Niederlage nicht zum Vorwurf machen. Er hatte gut und gewissenhaft gearbeitet. Aber ich hatte das Gefühl, daß wir mehr als den dritten Platz erreicht hätten, wenn ich ihm geholfen hätte. Ein kleiner Trost lag in der Tatsache, daß Jack Burke Vierter geworden war. Wie ich hatte Jack seine Bemühungen zweifellos auf die Vorbereitungen zu unserem Kampf konzentriert.

Die texanischen Fighter von Johnny McCoy und Colonel Bob Moore waren die Sieger des Derbys, und es war keine Schande, gegen sie zu verlieren. Diese beiden Partner sind zwei der größten Namen im Hahnenkampfsport der Vereinigten Staaten.

Wie ein Bridge-Spieler, der sich an jedes wichtige Blatt erinnern kann, das er bei einem fünf oder zehn Jahre zurückliegenden Turnier in der Hand hatte, so erinnert sich ein Hahnenkämpfer an die Einzelheiten jedes Pittings in einem wichtigen Kampf. Die Details des Zweierturniers zwischen Jack Burke und mir sind mir so lebhaft im Gedächtnis, als wären seitdem gerade zehn Minuten vergangen. Aber mir gefällt, wie Tex Higdon im *American Gamefowl Quarterly* über das Ereignis berichtet hat.

Tex schreibt seit über zwanzig Jahren für Zeitschriften über Hahnenkämpfe, und er ist ein Pit-Reporter der Spitzenklasse. Dennoch vergeht kaum eine Saison, in der Tex nicht wegen seines Einsatzes in eine Schlägerei verwickelt wird. Seine Art zu schreiben geht vielen ambitionierten Hahnenkämpfern gegen den Strich, vor allem, wenn sie die Zielscheiben seiner sarkastischen Äußerungen sind. Aber seine Berichte sind gewissenhaft, wenn es um Genauigkeit geht. Man braucht ein verdammt gutes Auge, um die schnelle Aktion im Pit zu verfolgen. Das Folgende ist ein Auszug aus seinem Artikel im *American Gamefowl Quarterly*:

ROTE SPOREN IN PLANT CITY!
von Tex Higdon

Plant City, Florida, 31. November – Wenn Sie die Resultate des Southern-Conference-Derbys in Plant City vom 30. November suchen, sollten Sie anderswo in dieser Nummer nachschauen. Euer Texaner berichtet nämlich über die Einzelausscheidung zwischen zwei Meisterkämpfern, Jack Burke und dem stummen Frank Mansfield. Übrigens, Freunde, Frank ist nach all den Jahren losgezogen und hat sich einen Partner besorgt, einen New Yorker Countryboy mit dem scheußlichsten schwarzen Bart, den Euer Reporter in einem Monat voller Sonntage gesehen hat. Und es ist gut, daß Frank nicht mehr redet. Sein neuer Partner, Omar Baradinsky, ist gesprächig genug für drei *Hahnenkämpfer.*

Das Turnier war ein Duell von guter alter Art, und es lohnte sich, dafür noch einen Tag in Plant City zu bleiben. Ich wünschte, es gäbe mehr Einzelturniere von dieser Qualität oder überhaupt mehr Einzelturniere. Das Pit ist alt, aber es bietet reichlich Platz für dreihundert Zuschauer. Das Hauptpit ist unter Bodenniveau, wie es sich gehört; es gibt reichlich Hahnenställe und saubere Toiletten für Gäste, und dazu ein Trainings-Pit, das besser ist als die meisten regulären, die ich in angeblich hochklassigen Hahnenclubs gesehen habe. Pit-Betreiber und Schiedsrichter Tom Doyle verkauft Käsetoast zu einem Dollar die Scheibe – empörend, aber solange die Leute diesen Preis bezahlen, wird er ihn wahrscheinlich nicht senken. Aber wenn Euer Texas-Boy das nächstemal nach Plant City kommt, wird er sich seinen Lunch mitbringen!

Schiedsrichter Tom Doyle gab als erstes bekannt: »Wer gegen unsere Regeln verstößt, ein paar Drinks zuviel hinter die Binde gießt und frech wird, ist bei mir genau richtig!« Tom Doyle ist massig genug, um die Zuschauer zu überzeugen. Sie zogen gleich die Köpfe ein, und Flachmänner blieben gut versteckt.

Es gab drei Gewichtsklassen, die Jack Burke bestimmte: 5,00, 6,05 und Shake. Frank gewann die Auslosung und entschied, vom untersten Gewicht an aufwärts zu kämpfen. Beide Männer zeigten sechsundzwanzig Hähne, dreizehn gingen an den Start.

Nr. eins. *Beide zeigten 5er Hähne, Burke einen Brady Roundhead, Mansfield einen Allen Roundhead. Frank gelang ein schneller Durchbruch, aber etwa im 12. Pitting wurde er langsamer. Im 20. wurde er geblendet, gleich nachdem sie aufeinandergeprallt waren. Der Brady war ein Dickschädel, der niemals aufgab, jede Menge Prügel einsteckte und beim Anzählen ebensooft wieder losging, wie der Allen Roundhead ihn anschlug. Im 48. gewann Jack Burke mit einem liegenden Hahn, der angezählt wurde und stand, während sein Gegner ihm sanft in den Nacken atmete, aber nicht mehr hackte.*

Nr. zwei. *Burke mit einer 5,01-Claret-Kreuzung, Mansfield mit einem 5,02-Mellhorn Black. Ein Donnerwetter im ersten Pitting, gefolgt von einem öden Umeinanderschleichen im zweiten. Frank hatte den besten Schlitzer, und im 18. blieb Jack auf der Startlinie. Als sie im 25. aufeinanderprallten, strampelte der Mellhorn Black wie ein Steuerzahler und gewann dann auch im 30., als Burke seinen Vogel hinaustragen mußte.*
Nr. drei. *Burke zeigte einen Alabama Pumpkin (und was für einen!), gezüchtet von seinem Bruder Freddy in Vero Beach. 5,08. Mansfield mit einem Middleton Gray, 5,06. Frank hatte einen großartigen Scharrer, den Burkes Vogel nicht einmal berührte. Er war über ihm wie eine Heizdecke mit Kurzschluß, schaltete ihn im 2. das erste Mal aus und gewann im 5., als Burke einen toten Vogel hinaustrug. Damit war der Gray nach Aussage von Mr. Baradinsky – der eigens zur Presseloge kam, um mir fünfzig Dollar abzuknöpfen – fünffacher Sieger, und das war leicht zu glauben.*
Nr. vier. *Burke zeigte einen 5,08er Blackwell Roundhead, Mansfield einen 5,07er Claret, die ausgeglichenste und beste Paarung bis dahin. Die beiden Hähne mischten sich wie Sand und Zement, wenn sie zusammentrafen, bis Burke im 10. müde wurde. Im 18. war der Roundhead an der Startlinie am Boden, und im 19. wurde er herausgenommen, weil er sich nicht mehr stellen konnte.*
Nr. fünf. *Burke mit einer Blue-Spangle-Kreuzung, Mansfield mit einem grünbeinigen Allen Roundhead mit der breitesten Spannweite, die ich außerhalb von Texas je gesehen habe. Beide wogen 5,09. Zwei ringerfahrene Fighter trafen in diesem Match zusammen, und es wurde auf jeden Fall der beste Kampf in diesem Turnier. Mansfield röchelte im 6. und kam mit neuer Kraft zurück, nachdem wer weiß wie viele Wetten geändert worden waren. Burke wurde im 19. getötet, als der Roundhead seine ganze Kraft wiedergewonnen und die Kreuzung ein dutzendmal unter die Krallen genommen hatte. Freunde, in diesem Kampf wurde einiges Geld verloren!*
Nr. sechs. *Beide zeigten 5,10er, Burke einen Tulsa Red, Mansfield eine Claret-Kreuzung. Der leichtfüßige Tulsa Red war ein großer Schlitzer, der dem Claret im 2. Pitting die Wirbelsäule durchtrennte. Frank nahm ihn im 3. heraus.*
Nr. sieben. *Beide zeigten 5,12er. Burke brachte einen O'Neal Red, Mansfield einen flachbeinigen Mellhorn Black. Jack röchelte im 3. und kam im 14. nicht mehr von der Startlinie. Der Mellhorn Black, der seinen Stahl mit unfehlbarer Genauigkeit in jedem Pitting einmal ins Ziel brachte, siegte für Frank im 20. Pitting.*
Nr. acht. *Beide mit 5,13ern. Burke mit einem Butcher Boy, Frank mit einem Allen Roundhead. Der Stahl flog aus allen Richtungen im 1. und 2. Pitting,*

während plötzliche Regengüsse auf Mittelflorida niedergingen. Der Butcher Boy wurde im 3. schwächer, kam im 7. aber erneut und verwundete den Roundhead in den beiden folgenden Pittings. Im 9. wurde der Roundhead langsamer, und der Butcher Boy warf ihn ganz aus dem Rennen. Frank trug ihn nach dem 10. hinaus.

Nr. neun. *Beide zeigten 5,14er. Burke brachte einen kampferfahrenen Whitehackle, Mansfield einen schöngefärbten Claret. Frank grinste über alle vier Backen bis zum 8. Pitting, doch dann ging der Whitehackle zur Sache, und aus dem Grinsen wurde ein Stirnrunzeln. Im 12. wurde der Claret ausgezählt.*

Nr. zehn. *Beide mit Sechspfündern. Mansfield zeigte einen seitwärts tänzelnden Mellhorn Black, der dauernd nach rechts hüpfte, und Burke einen schwarzweißen Spangle. Der Black brach dem Spangle im 3. Pitting das Bein, und Burke trug ihn hinaus. Frank hatte hier ein echtes As, dessen Kampfweise den Spangle verwirrte. Der Seitwärtshüpfer siegte damit zum vierten Mal in der Saison.*

Nr. elf. *Noch zwei Sechs-Pfund-Hähne; Burke zeigte ein Kansas-Cutter-As, Mansfield einen dreijährigen Claret, einen Freilandhahn aus Alabama. Der Kansas-Hahn hatte jedesmal die Oberhand, wenn er in die Nähe des Claret kam, und Frank mußte seinen Vogel im 9. Pitting herausnehmen.*

Nr. zwölf. *Burke zeigte einen 6,02er Sawyers Roundhead, Mansfield einen um zwei Unzen leichteren Claret. Die beiden Hähne kamen mit großem Elan heraus und prügelten sich wacker über fünf Pittings. Eine gleichmäßige Paarung, bei der mal der eine, mal der andere überwog. Im 13. wurde Mansfield an der Startlinie niedergeworfen. Ein paar schnelle Krallenhiebe vom Sawyers Roundhead, und der bluttriefende Claret wurde hilflos hinausgetragen.*

Jetzt stand es sechs zu sechs!

Entscheidungskampf. Shakes – kein vorgeschriebenes Gewicht. Burke war offenbar entschlossen, den entscheidenden Kampf zu gewinnen, als er einen enormen Shawlneck zeigte. Meiner begründeten Schätzung nach hatte dieser Shawlneck mindestens zehn Unzen mehr als Mansfields übergroßer Roundhead. Aber Jack brauchte schon mehr als bloßes Gewicht. Unter Franks Händen entwickelte der Roundhead einen furiosen Kampfstil, der den schwereren Vogel in Verwirrung brachte. Im 18. Pitting war Burke mit einem gebrochenen Bein am Boden, und im 23. hatte Frank gewonnen.

Aber es sollte noch ein besserer Kampf kommen!

Als Jack Burke, großer Sportsmann, der er ist, Frank die Dollarscheine auf die eifrige Hand zählte, beschloß Mrs. Dody Burke, Jacks wunderschöne junge Frau, ihr eigenes Match zu veranstalten! Mit etwa 125 Pfund, und ausgerüstet mit roten Schuhen (dreizöllige Absätze dienten als Sporen), flog sie über das Pit und rammte dem stummen Frank die Schuhe ins Schienbein. Dann zielte sie mit einer freischwingenden roten Lederhandtasche in einem rechten Haken auf Franks Kinn, wurde aber von ihrem Halter, Jack Burke, zurückgezogen und kreischend aus dem Pit getragen. Ein prächtiges Ende für ein prächtiges Turnier! Wir fragen uns nur, mit welchen Methoden Mr. Burke seine junge Frau zurichtet.

14

»Wenn es Druck gibt, muß der Veranstalter eben sein Bestes tun«, erklärte Fred Reed in nörgelndem Ton zum vierten Mal während seines Verkaufssermons. Er sollte eine Schallplatte aufnehmen, dachte ich bei mir.

Fred Reed hatte durchaus sein Bestes getan, aber mir gefiel das Arrangement nicht, nicht einmal halbwegs. Mit Mr. Reed waren wir neun, die in der üppig ausgestatteten rosa-weißen Hochzeitssuite des neuen Southerner Hotel in Chattanooga saßen. Johnny Norris, Roy Whipple, Omar und ich nahmen regelmäßig an den Southern-Conference-Turnieren teil, aber die anderen nicht, auch wenn sie die Teilnahmegebühr für das Derby in Chattanooga entrichtet hatten.

Mit Ausnahme des Veranstalters Fred Reed, der Anzug und Krawatte trug, waren wir anderen sportlich oder in Bluejeans gekleidet, und wir sahen in der viktorianischen Kulisse der Hochzeitssuite ebenso deplaziert aus wie ein junges Brautpaar, das sein Lager im Hahnenstall aufschlug. Mein pittoresker Partner mit seinem wilden Bart und seiner Latzhose saß voller Unbehagen auf einem zerbrechlichen vergoldeten Stuhl neben der Badezimmertür. Ich teilte mir ein blausamtenes Liebessofa mit Old Man Whipple, einem grauhaarigen, stoppelbärtigen Hahnenkämpfer aus North Carolina, dessen Geruch sich zweifellos hätte verbessern lassen, wenn man ihn rasch zweimal durch ein Bassin mit Desinfektionslauge für Schafe getrieben hätte.

Mr. Reed wischte sich die schwitzende Stirn mit einem weißen Leinentaschentuch ab und fuhr fort: »Jungs, wenn die Tierschutzgesellschaft wirklich Schwierigkeiten macht, dann muß der Sheriff sich auf ihre Seite stellen; da gibt's nichts! Die Wahlen stehen bevor, und ich konnte einfach niemanden kaufen. Aber an die Stadtverwaltung bin ich herangekommen, und wir können das Derby hier im Hotelzimmer veranstalten, ohne daß uns jemand stört. Ich weiß, jeder von euch hat seine Hähne schon in Hotelzimmern kämpfen lassen, aber noch nie in einem so guten wie diesem hier. Guckt euch nur diesen wunderbaren Fußboden an!« Mr. Reed beugte sich mit breitem Grinsen vor und rieb mit den Fingern über den blauen Nylonteppichboden. »Ja, ein solcher Teppich ist doch der perfekte Pit-Boden für die Vögel! Und macht euch keine Sorgen wegen irgendwelcher Beschädigungen. Der Manager hat ein reichliches Trinkgeld bekommen, und ich habe ihm versprochen, für eine eventuell notwendige Reinigung aufzukommen. Für euch alle sind hier auf dieser Etage Zimmer reserviert, und wir haben Exklusivbefugnis zur Benutzung des Lieferantenaufzugs, um die Hähne aus der Garage geradewegs hier heraufzubringen.

Offen gesagt, Jungs, ich glaube, das Chattanooga-Derby ist hier besser untergebracht als draußen in meinem Pit. Wegen des begrenzten Platzes passen natürlich nicht so viele Zuschauer her, aber ich habe ein paar Leute mit großem Geld eingeladen, und ihr könnt eure Einsätze so hoch schrauben wie ihr wollt.«

Old Roy Whipple, der neben mir auf dem Liebessofa saß, spie einen langen Strahl von schwarzem Tabaksaft auf den Nylonteppich und räusperte sich dann. »Wohin tun wir die toten Vögel, Mr. Reed?«

»Das ist eine ausgezeichnete Frage, Mr. Whipple«, antwortete Reed wichtigtuerisch. »Ich bin froh, daß Sie sie stellen. Die toten Vögel stapeln wir in der Badewanne. Gibt es noch weitere Fragen?«

»Ja, Sir. Ich habe noch eine«, sagte Johnny Norris höflich. »Das Verfahren wird sich erheblich verlangsamen, nicht wahr, wenn wir die Vögel vor jedem Kampf aus dem Keller heraufschaffen müssen. Da wird das Derby ewig dauern. Und was nehmen wir als Neben-Pit?«

»Auch das ist eine gute Frage, Mr. Norris«, antwortete Reed in dem respektvollen Ton, mit dem man Johnny Norris meistens begegnete. »Aber diese Dinge sind alle berücksichtigt worden. Bis auf das zerlegbare Pit wird alles Mobiliar hinausgeschafft werden, und man wird Klappstühle aufstellen. Sie werden Ihre Hähne im Schlafzimmer spornen, und die Gewichte werden früh genug im voraus bekanntgegeben, so daß immer schon ein Paar am Pit warten kann. Es gibt eine Verbindungstür vom Schlafzimmer zur nächsten Suite – die VIP-Suite nennt sie das Hotel –, und das Wohnzimmer dieser Nachbarsuite kann als Neben-Pit verwendet werden. Wir haben zwei Schiedsrichter, meine Herren, und so kann ich Ihnen versichern, daß das Turnier hier genauso schnell verlaufen wird wie irgendwo anders. Haben Sie noch Fragen? Irgendwelche Fragen?«

Es gab keine Fragen mehr.

»Na schön, Gentlemen. Das Turnier beginnt morgen früh um zehn. Hektographierte Zeitpläne werden heute abend fertiggestellt und Ihnen unter der Zimmertür durchgeschoben werden. Wenn Sie mir eine Liste Ihrer Gewichte geben, werde ich sofort mit den Paarungen anfangen. Übrigens, Gentlemen, falls Sie sich zum Dinner nicht umziehen möchten, können Sie sich das Essen auch auf dem Zimmer servieren lassen. Andernfalls besteht das Hotel im Restaurant auf Jackett und Krawatte. Ihre Mahlzeiten sind übrigens ebenfalls bezahlt, einschließlich der Trinkgelder.«

Unter den übrigen Hahnenkämpfern begann eine Diskussion, und sie fingen an, die Gewichte ihrer Vögel in Listen einzutragen. Ich lenkte Omars Blick auf mich und bedeutete ihm mit dem Kopf, mir in den Gang hinaus zu folgen. Als Omar in den Korridor gekommen war, ging ich voraus in unser Zimmer. Auf einem Blatt Hotelbriefpapier schrieb ich eine kurze Notiz für meinen Partner.

Taugt nichts, Partner. Ein Sheriff hat Verständnis für die Leute auf dem Land und für Hahnenkämpfer, aber City-Cops haben die schlechte Angewohnheit, sich nicht kaufen zu lassen. Es wird viel getrunken werden, und es wird viel Geld von Hand zu Hand gehen. Das bedeutet, daß Frauen da sind, und Frauen bedeuten Ärger. Wir haben dreißig unserer besten Hähne im Keller, und wenn sie bei einer Razzia beschlagnahmt werden, sind wir für den Rest der Saison ruiniert. Laß dir von Mr. Reed unser Startgeld zurückgeben.

Omar las die Notiz und starrte mich mit seinen großen braunen Augen mürrisch an. Wahrscheinlich hatte er auch die Mundwinkel herabgezogen, aber ich konnte seinen Mund unter dem dicken Schnurrbart nicht sehen. »Verdammt, Frank«, sagte er. »Ich neige ja auch zu deiner Auffassung, aber wir lassen uns da 'ne Menge leichtverdiente Kohle durch die Lappen gehen. Fred Reed hat mir persönlich erzählt, daß heute abend zwei Spieler mit großem Geld von Nashville einfliegen, und da sahnen wir ab. Fett! Die einzige Konkurrenz, um die wir uns wirklich Sorgen machen müssen, ist Johnny Norris aus Birmingham.«

Ich nahm ihm das Blatt aus der Hand und unterstrich jedes Wort zweimal, um ihm Nachdruck zu verleihen. Dann gab ich es ihm zurück.

»Ich tu's ja. Keine Sorge«, sagte er ernsthaft. »Aber vergiß die acht Hähne nicht, die wir für das Derby ausgesucht haben. Die sind mächtig gut vorbereitet. Wenn sie morgen nicht kämpfen, werden sie wahrscheinlich bei nächster Gelegenheit durchhängen.«

Ich nickte und dachte über dieses Problem nach.

Wenn wir die acht konditionierten Hähne jetzt nicht kämpfen ließen, würden wir sie wieder auf normale Alltagsdiät setzen und für das Derby in Biloxi am 10. Januar neu konditionieren müssen. Aber selbst wenn sie neu konditioniert würden, wären sie dann schal. Und schale, lustlose Hähne sind keine Gewinner.

Ich öffnete meinen Koffer; mir war das Vier-Hähne-Derby in Cook's Hollow, Tennessee, eingefallen. Ich blätterte die aktuelle Nummer des *Southern Cockfighter* durch, bis ich Vern Packards Anzeige für das Turnier gefunden hatte. Meine Erinnerung täuschte mich nicht; Termin war der nächste Tag, der 15. Dezember, im Cook's Hollow Game Club. Vern Packard war ein Freund von mir, obwohl ich seit mehr als vier Jahren nicht an seinem Pit angetreten war. Ich malte einen Kreis um Verns Telefonnummer in der Anzeige und schrieb an den Rand der Seite:

Ruf Packard an. Für das Derby kommen wir zu spät, aber ich kann die Hähne in Einzelkämpfen vorher und nachher aufstellen. Vern ist ein Freund von mir. Du nimmst den Truck und die restlichen Hähne und fährst nach Biloxi, wie geplant.

Omars Miene hellte sich beträchtlich auf; er lachte und sagte: »Damit bin ich einverstanden, Frank. Und Razzia hin, Razzia her – die Vorstellung, die Hähne in einer Hochzeitssuite kämpfen zu lassen, paßt mir sowieso nicht.«

Omar griff zum Telefon und rief Vern Packard an. Wie ich mir gedacht hatte, war es für eine Meldung zum Derby zu spät. Aber es gab nicht vier, sondern nur drei Teilnehmer, und so plante Vern Einzelkämpfe, »um das Pit zu federn«, und weitere, die hinterher stattfinden sollten. Er war froh, mich zu bekommen, und versprach Omar, mich in seinem Gästezimmer unterzubringen und Käfige für meine acht Hähne vorbereiten zu lassen.

Während Omar sich auf die Suche nach Fred Reed machte, um sich das Startgeld herausgeben zu lassen, packte ich unsere beiden Koffer. Normalerweise wären die zweihundert Dollar, die wir eingezahlt hatten, verfallen gewesen, denn wir hatten die Verträge schon in Ocala unterzeichnet und von dort aus mit der Post geschickt. Aber in den Verträgen hatten wir vereinbart, im Chattanooga Game Club, fünf Meilen weit außerhalb der Stadt, anzutreten, nicht in einer Hotelsuite. Es war Fred Reeds Pech, daß der Sheriff ihm ein Vorhängeschloß vor sein Pit gehängt hatte, nicht unseres. Also packte ich unsere Sachen, und als Omar zurückkam, waren wir reisefertig.

»Fred war mächtig unglücklich über unseren Ausstieg, Frank«, sagte Omar, als wir in den Aufzug traten. »Wir waren die einzigen, die sich abmeldeten. Er hat sich alle Mühe gegeben, es mir auszureden. Es gibt für den ganzen Tag eine Bar mit Gratisdrinks und Sandwiches, sagt er, aber das beweist nur, daß wir das Richtige tun. Spätestens morgen nachmittag ist diese Suite so voll von Qualm und Besoffenen, daß du die Hähne gar nicht mehr sehen kannst.«

Auch wenn ich Omar ganz und gar zustimmte, reiste ich äußerst ungern ab. Es hatte etwas Erregendes an sich, Hähne in einem Hotelzimmer kämpfen zu lassen, und die Aussicht, große Summen zu gewinnen, war auch nicht zu verachten. Gratisdrinks zu widerstehen ist beinahe unmöglich, und es würden ein paar schöne Frauen dasein, für die man ein wenig von seinem Geld ausgeben könnte. Und wenn es um gutaussehende Frauen geht, so hat Chattanooga hübschere Mädchen als Dallas, Texas.

Ich hatte an Dirty Jacques Bonin in Biloxi geschrieben und mit ihm vereinbart, daß er Omar, mich und unsere Hähne auf seiner Hahnenfarm unterbrachte. Wenn er mit seinen Vögeln im Februar zum Derby nach Ocala kam, würde er dafür bei mir oder bei Omar Unterkunft bekommen.

Wir schüttelten uns die Hände und trennten uns in der Kellergarage des Hotels. Omar fuhr mit dem Pickup und zweiundzwanzig Hähnen nach Biloxi, und ich machte mich mit Icky und den für das Derby zugerichteten Vögeln im Kombiwagen auf den Weg nach Cook's Hollow.

In der Hitze der Kämpfe in Vern Packards Pit am nächsten Tag wurde mir klar, wie sehr ich mich in der bisherigen Saison darauf hatte verlassen können, daß Omar vieles regelte. Wenn Vern nicht manchmal für mich geredet hätte, wäre es mir sehr schwergefallen, Gegner zu finden. Aber dank Verns Bemühungen gelang es mir, fünf meiner acht Vögel kämpfen zu lassen, und alle gewannen. Indem ich auf den Derbysieger setzte und eins zu eins mit einem lokalen Wetter abschließen konnte, gewann ich vierhundert Dollar. Meine fünf eigenen Siege brachten mir noch einmal zweihundertfünfzig, und so war ich ganz zufrieden mit dem Resultat meines Ausflugs nach Cook's Hollow. Die Summe war klein im Vergleich zu dem, was wir womöglich in Chattanooga abgeräumt hätten, aber in Anbetracht der Möglichkeit, überhaupt nichts zu gewinnen, war sie enorm.

Um vier Uhr nachmittags waren die Kämpfe zu Ende, und ich hatte keinen Gegner für Icky finden können. Icky brachte jetzt stetig 4,02 auf die Waage und war somit zu leicht für die Derbys der Southern Conference. Die Derby-Gewichtsklassen begannen bei fünf Pfund, und so konnte ich Icky nur einzeln kämpfen lassen. In New York und Pennsylvania, wo man kurze Sporen bevorzugt und gern mit kleinen Hähnen kämpft, hätte ich so viele Kämpfe bekommen können, wie ich wollte. Aber bis jetzt hatte Icky erst zwei bestritten. Bevor er in Milledgeville mit Jack Burkes Little David zusammentraf, mußte er noch mindestens dreimal gewinnen. Er würde alle Pit-Erfahrung brauchen, die er bekommen konnte, um Burkes As zu schlagen.

Der »Cook's Hollow Game Club« unterschied sich nicht von hundert anderen kleinen Pits im Süden. Er befand sich auf Vern Packards steiniger Farm, neben der Scheune, und hatte ein Wellblechdach. An drei Seiten standen dreirangige Tribünen, die vierte war die Scheunenwand. Durch eine Doppeltür konnte man dort hineingelangen, und an die Innenwände der Scheune waren halbmeterbreite Ställe genagelt, die den Gästen vorbehalten waren.

Außen an der Scheunenwand hing eine große Tafel, wo die Fans die aktuellen Resultate des Derbys verfolgen konnten, die der Schiedsrichter nach jedem Kampf mit Kreide dort anschrieb. Hahnenkämpfer, die Einzelduelle suchten, konnten diese Tafel ebenfalls benutzen. Hier hatte ich meinen Namen und die Gewichte meiner Vögel in Blockbuchstaben notiert und auf einen Herausforderer gehofft. Als drei Viertel der Zuschauer gegangen waren, beschloß ich, ebenfalls zu verschwinden.

Ich war in der Scheune dabei, meine Hähne in die Reisekörbe zu setzen, als Vern Packard mir einen alten Farmer und seinen Sohn vorstellte.

»Frank«, sagte Vern, »das ist Milam Peeples und sein Sohn Tom.«

Ich gab beiden Männern die Hand. Milam Peeples war Ende Fünfzig, sonnengebräunt und wettergegerbt von jahrelanger Arbeit im Freien. Ich sah, daß die gelben Zähne links in seinem Mund vom Kauen auf einem Pfeifenstiel fast bis aufs Zahnfleisch abgewetzt waren. Der Sohn war um einen ganzen Kopf größer als sein Vater; er hatte lange, starke Arme und große, roh aussehende Hände, ein schiefes Lächeln und einen dichten, weizenblonden Schopf. Über dem linken Auge trug er ein Mullpflaster; sein rechtes Auge war blau. Ein dünnes Speichelrinnsal zog sich links von seinem schlaffen Mundwinkel bis hinunter zum Kinn. Entweder störte es ihn nicht, oder er merkte es nicht. Ich merkte es, und es störte mich.

»Nett, Sie kennenzulernen, Mr. Mansfield«, sagte Tom Peeples.

»Ich hab draußen auf der Tafel gelesen« – sein Vater machte eine ausladende Geste mit seiner übelriechenden Bruyèrepfeife – »daß Sie 'n

Kampf für 'n 4,02-Pfünder suchen. Wenn es Sie nicht stört, mir 'ne Unze zu schenken – ich hätte 'n 4,03er draußen bei mir, der ihn annehmen könnte.«

»Es ist mein Hahn, Mr. Mansfield«, warf Tom ein. »Little Joe. Schon von ihm gehört?«

»Mr. Mansfield hat seit Jahren nicht in diesem Winkel gekämpft, Tom«, antwortete Vern für mich. »Ich bezweifle, daß er ihn kennt.«

»Little Joe ist ein Sechsfach-Sieger, Mr. Mansfield«, fuhr der Alte fort. »Aber ich hab ihn nie hier in Verns Pit antreten lassen. Er ist mengenscheu und läßt sich weder auf Zuschauer noch auf Lärm abrichten. Aber wenn Sie zu meiner Farm rauskommen wollen, können wir vielleicht 'n kleinen Privatkampf veranstalten.«

Ich nickte verständnisvoll. Kampfhähne sind oft mengenscheu. Aber ich war nicht eben erpicht darauf, Icky gegen einen Sechsfach-Sieger antreten zu lassen.

»Ich sag Ihnen was«, erklärte Milam Peeples großzügig. »Ich geb Ihnen zwei zu eins, und Sie können den Einsatz bestimmen. Schließlich müssen Sie bei mir kämpfen statt hier, und da will ich fair sein.«

Ich war einverstanden und hob fünf Finger.

»Nee.« Milam Peeples schüttelte den Kopf. »Für fünfzig Dollar laß ich Little Joe nicht raus. Lohnt das Risiko nicht.«

Ich hatte fünfhundert gemeint. Grinsend öffnete und schloß ich fünfmal die Faust, so schnell ich konnte.

»Fünfhundert Dollar?« Jetzt nahm Mr. Peeples die Pfeife aus dem Mund.

Als ich nickte, zögerte er.

»Jetzt gehen Sie aber mächtig ran. Wenn ich verliere, gewinnen Sie tausend Dollar.

»Du hast Frank zwei zu eins geboten«, erinnerte Vern den Alten.

»Little Joe wird mit ihm fertig, Daddy!« sagte Tom eifrig.

»Also gut.« Mr. Peeples stimmte zu, und wir gaben uns die Hand. »Wenn Sie soweit sind, können Sie uns mit dem Wagen hinterherfahren.«

»Du kannst doch Mr. Mansfields Körbe schon mal in seinen Kombiwagen laden, Tom«, schlug Vern Packard vor. »Ich gehe mit ihm zum Haus, um seinen Koffer zu holen.«

»Ja, Sir«, sagte Tom.

Kaum waren Vern und ich durch die Hintertür in seine Küche gelangt, ließ er sich an dem Tisch, wo wir gefrühstückt hatten, auf einen Stuhl fallen. Ein amüsiertes Lächeln lag auf seinem freundlichen, offenen Gesicht. Vern war ein kleiner, drahtiger Mann mit einem spärlichen grauen Schnurrbart, und er war ein guter Gastgeber gewesen.

»Moment mal, Frank.« Verns Stimme ließ mich innehalten; ich hatte eben ins Gästezimmer gehen wollen. »Das ist ein Trick. Der alte Peeples hat nie von dir gehört, Frank, und er hält dich für einen Gimpel. Ich hab schon öfter gesehen, daß er auswärtige Hahnenkämpfer aufgabelt, und ich hab nie was gesagt. Wieso auch? Peeples ist ein Hahnenkämpfer, der hier wohnt, und die meisten der Nichteinheimischen, die hier kämpfen, kommen sowieso nicht wieder. Aber in deinem Fall sehe ich das anders. Weil die Einheimischen deinen Ruf nicht kannten, hab ich bei deinen Kämpfen heute sechshundert Dollar gewonnen.« Er lachte nachhaltig erheitert.

»Du würdest sowieso nicht gegen den Alten antreten, wenn du seine Anlage gesehen hättest. Als Pit-Boden hat er eine viereckige Lage gewachstes Linoleum in seiner Scheune. Und sein Hahn hat nicht sechs Kämpfe gewonnen, sondern mindestens *achtzehn*! Er reibt Little Joes Füße mit Kolophonium ein, und da hat der gegnerische Hahn auf dem glatten gewachsten Boden keine Chance. Aber wenn du jetzt, wo du weißt, was gespielt wird, wirklich glaubst, dein Hahn kann mit ihm fertigwerden, gebe ich dir einen Klumpen Kolophonium. Dann habt ihr beide gleiche Chancen.«

Ich holte meinen Koffer aus dem Schlafzimmer, und Vern wühlte in den Schubladen seiner Anrichte.

»Hier.« Er reichte mir ein bernsteingelbes Stück Harz von der Größe eines billigen Radiergummis. »Du brauchst nicht sehr viel, Frank. Aber kämpfe nicht auf dem gebohnerten Linoleum, ohne es zu benutzen. Wenn du allerdings meinen Rat hören willst: Es ist verflucht dumm von dir, überhaupt gegen ihn zu kämpfen!«

Ich zwinkerte, schüttelte Vern die Hand und ging über den Hof zum Kombiwagen. Diese beiden Waldspechte hatten eine Lektion verdient, und ich gedachte, sie ihnen zu erteilen. Icky war in Spitzenkondition, scharf wie ein Rasiermesser. Sie würden sich darauf verlassen, daß ihr Trick ihnen den Sieg brächte. Mit dem Harz in meiner Tasche standen meine Chancen günstig. Ich konnte nicht glauben, daß Little Joe – trotz seiner achtzehn Siege – die nötige Kondition hatte, um Icky in einem fairen Kampf zu besiegen.

Ich legte meinen Koffer hinten in den Wagen, vergewisserte mich, daß Tom die Körbe richtig eingeladen hatte, setzte mich ans Steuer und hupte, um Peeples das Zeichen zu geben, daß ich soweit sei. Dann folgte ich seinem uralten schwarzen Wagen vom Parkplatz. Die Peeples-Farm lag sechs Meilen weit draußen auf dem Land, und um hinzugelangen, mußte ich seinem schwankenden Auto auf einem gewundenen, mit Steinen übersäten, stoßdämpfermordenden Feldweg hinterherfahren. Als der alte Hahnenkämpfer vor der Einfahrt zu seiner baufälligen Scheune anhielt, parkte ich neben ihm.

Ich sah das Pit, ohne auszusteigen. Der Linoleumboden war blank und glänzend und hatte ein blauweißes Karomuster. Dieser spiegelglatte Boden war ein so flagranter Verstoß gegen die geltenden Spezifikationen – überall –, daß ich mich allmählich fragte, ob hier nicht mehr im Busch war, als Vern Packard mir verraten hatte. Aber Vern Packard hatte mir geraten, hier nicht zu kämpfen; also beschloß ich, die Sache durchzuziehen und zu sehen, wie es weiterging.

Als ich mich über die Lehne beugte, um Ickys Korb herauszunehmen, öffnete Tom die Fahrertür und erbot sich, mir zu helfen.

»Ich halte ihn für Sie, Mr. Mansfield.«

Ich nahm meinen blauen Hahn aus seinem Korb und gab ihn Tom Peeples. Er lächelte und wog Icky behutsam in seinen großen, rauhen Händen.

»Er fühlt sich an wie 'n Baseball!« stellte Tom fest, als ich meinen Sporenkoffer öffnete. »Ist wirklich 'ne Schande mit anzusehen, wie Little Joe einen so schönen Hahn umbringt.«

Ich säuberte Ickys Sporenstümpfe mit Typenreiniger und spornte ihn mit einem tief angesetzten Paar silberner Eineinviertel-Zoll-Sporen. Tom faßte den Hahn mit einer Hand unter der Brust und reichte ihn mir zurück.

»Übrigens«, sagte er und schnippte mit den Fingern, »Little Joe kämpft immer mit Drei-Zoll-Sporen – falls Sie noch wechseln möchten.« Er hatte geduldig gewartet, bis ich mit dem Spornen fertig war, ehe er mir diese wesentliche Information hatte zuteil werden lassen. Noch ein Regelverstoß. Natürlich konnte er nicht wissen, daß ich auf keinen Fall zu langen Sporen wechseln würde.

Ich schüttelte den Kopf, und er lief seinem Vater entgegen, der eben um die Scheunenecke kam. Mr. Peeples war bei den Hühnerställen gewesen, die in einer Reihe hinter der Scheune standen, und hatte dort Ickys Gegner geholt, während Tom mir beim Spornen geholfen hatte. Vom Fahrersitz aus faßte ich Little Joe genau ins Auge.

Der Hahn war so übel zugerichtet, daß ich seine Rasse nicht mehr erkennen konnte. Kamm und Kinnlappen waren für den Kampf kurz kupiert, und fast alle Federn waren ihm in früheren Kämpfen ausgerissen worden. Statt der normalen, anmutig geschwungenen Schweiffedern hatte Peeples Hahn nur drei geknickte Kiele, die einsam aus dem Sterz ragten. Beide Flügel waren zerzaust, ja, zerfetzt. Sie waren beide schon gebrochen gewesen und waren zwar wieder zusammengewachsen, hatten aber knotig verwucherte Vorderkanten. Als Milam Peeples sich neben dem Pit auf einen Sägebock setzte und den Hahn auf den Rücken drehte, damit Tom ihn spornen konnte, sah ich, daß Little Joe das linke Auge fehlte. Ein Blinker also auch noch. Wenn Little Joe achtzehn Kämpfe gewonnen hatte – und seinem Aussehen nach hatte er noch manch weiteren durchgestanden –, dann stand Icky jetzt vor dem härtesten Duell seines Lebens.

Vielleicht vor seinem letzten.

Beobachtet von Milam und Tom Peeples saß ich auf dem Vordersitz des Kombi, hielt Icky auf meinem Schoß und rieb ihm die Füße kräftig mit Kolophonium ein. Ich war noch dabei, als der Alte mir zurief, er sei fertig. Es war nur noch ein kleines Stückchen Harz übrig, aber ich schob es in die Hemdtasche und trat zu Milam und seinem Sohn ans Pit.

»Ich werde den Hahn führen«, sagte der Alte. »Und wenn Sie nichts dagegen haben, macht Tom hier den Schiedsrichter.«

Ich nickte, stieg über die niedrige Holzwand des Pit und hockte mich hinter der gegenüberliegenden Linie nieder. Der gewachste Boden war so glatt, daß ich mit meinen Lederabsätzen beinahe ausgerutscht wäre, ehe ich drüben angekommen war. Ich dachte mir zwar, daß Mr. Peeples irgendwelche Einwände gegen den illegalen Bodenbelag erwartete, aber ich zuckte nicht mit der Wimper. Allerdings hätte ich gern gewußt, mit welchem Argument er solchen Einwänden gegen das Pit begegnete. Es mußte schon ein gutes sein.

»Dann lassen Sie schnäbeln, Mr. Mansfield«, sagte Tom.

Wir schnäbelten in der Mitte des Pit, und Icky absolvierte den schlimmsten Vorkampf seines Lebens. Little Joes kahler Kopf und der federlose Hals boten Icky nichts, worein er den Schnabel hätte schlagen können, und Peeples Hahn war der niederträchtigste, aggressivste Schnäbler, den ich seit geraumer Zeit gesehen hatte. Ich zog mich hinter meine Linie zurück. Beide, die Acht- und die Zwei-Fuß-Linie waren mit einem Lineal in schwarzer Farbe auf das Linoleum gemalt. Als ich mich dahinter niedergehockt hatte, fragte Tom, ob ich bereit sei. Ich deutete auf seinen Vater.

»Auf die Plätze!« sagte Tom zu seinem Vater.

Milam war gezwungen, den zerrenden Little Joe mit beiden Händen unter dem Bauch zu halten, denn für einen guten Schwanzgriff waren nicht genug Federn da. Ich starrte auf Toms Lippen.

»Pit!«

Der Kampf war vorüber.

Es war so schnell vorbei, daß wir alle drei wie gelähmt waren. Ich habe schon Hunderte von Hahnenkämpfen im ersten Pitting zu Ende gehen sehen, und viele nach weniger als fünfzehn Sekunden. Aber der Kampf zwischen Icky und Little Joe dauerte nicht einmal zwei.

Mir war klar, daß Little Joes Füße geharzt waren wie Ickys. Mr. Peeples hatte sie heimlich eingerieben, als er den Vogel aus dem Stall hinter der Scheune geholt hatte. So kann ich das schnelle Ende nur mit Ickys überlegener Schnelligkeit und Kondition und meiner langgeübten Praxis des frühen Loslassens erklären. Der Alte war durch die Art, wie er sein As halten mußte, behindert, als der Augenblick des Loslassens kam.

Toms scharfer Startbefehl hallte noch zwischen den Deckenbalken der Scheune, als ich meinen Blue losließ. Icky, die klebrigen Füße fest am Boden, tat nicht erst die gewohnten zwei oder drei Schritte vorwärts. Statt dessen flog er aus dem Stand schnurgerade in die Luft. Der alte Peeples hatte kaum Zeit, die Hände unter seinem Hahn wegzuziehen, als Icky zweimal zuschlug und dem Fighterveteranen auf der Grundlinie die Wirbelsäule durchtrennte. So schnell ging es. Klick! Klick! Der eine Sporn bohrte sich in Little Joes Schädel, der andere brach ihm das Genick.

Wir drei sahen in sprachloser Verblüffung zu, wie Icky stolz zur Mitte des Pit stakste und dabei klebrigweiße Fußspuren hinterließ. Dann stieß er tief und kehlig krähend seinen Siegesruf aus. Der Ausdruck der Gesichter von Milam Peeples & Sohn war wirklich ein Genuß. Und dann wechselte Tom Peeples Gesichtsfarbe von einem milchigen Weiß zu zornigem Dunkelrot.

»Sie haben meinen Little Joe umgebracht!« brüllte er.

Ich hockte noch am Boden, als er losbrüllte, und war überhaupt nicht vorbereitet auf die gewaltige Faust, die wie aus dem Nichts erschien und mich an der Schläfe erwischte. Ich flog krachend seitwärts gegen die linke Pit-Wand, und mein Körpergewicht legte sie gleich flach. Meine Augen füllten sich mit Tränen, und mein Blick verschwamm. Ich sah nur dunkelrote Punkte, die unregelmäßig vor einem rosafarbenen Hintergrund tanzten. Den dunkleren Schatten von Toms schwerem Arbeitsstiefel, der auf meinen Kopf zusauste, muß ich gespürt haben. Ich rollte rasch zur Seite, und sein Fußtritt verfehlte meinen Kopf. Noch zwei schnelle Ausweichrollen, und ich war in der leeren Pferdebox neben dem Pit. Als ich mich auf die Knie hochrappelte, berührten meine Finger den Griff einer schweren Striegelbürste. Ich kam auf die Füße und schwang die Bürste in weitem Bogen vom Boden hoch. Tom sah die Kante des schweren Striegels, versuchte in seinem Sturmlauf innezuhalten und drehte sich halb zur Seite. Die messingbeschlagene Kante erwischte ihn auf seiner blinden Seite an der Schädelwölbung hinter dem Ohr. Als Tom mit schlaff baumelnden Armen zu Boden ging, brach die gegenüberliegende Wand des Pit unter ihm zusammen. Er war k.o.

Ich konnte jetzt wieder sehen, aber ich hielt den Griff des Pferdestriegels weiter fest umklammert, während ich Milam Peeples Reaktion beobachtete. Der Alte schüttelte traurig den Kopf und zog ein altmodisches Portemonnaie mit Schnappverschluß vorn aus der Tasche.

»Sie hatten keinen Grund, den Jungen so hart zu schlagen, Mr. Mansfield«, sagte er. »Little Joe war Toms Liebling. Da kann's ihn ja nicht kaltlassen, wenn er den Hahn so plötzlich verliert.«

Ich warf die Bürste in den leeren Pferdestall zurück und rieb meine schmerzende Seite. Meine zerschlagenen Rippen brannten wie Feuer. Mein Kopf dröhnte, und ich betastete meine pochenden Schläfen behutsam mit dem Zeigefinger. Unter der Haut fühlte ich einen murmelgroßen Knoten, der weiter anschwoll, als ich ihn berührte.

»Tja, tausend Dollar in bar kann ich nicht aufbringen, Mr. Mansfield«, erklärte Milam Peeples klagend und trat hinter den niedergestreckten Tom. »Aber hier sind dreihundertzweiundfünfzig Dollar in Scheinen. Den Rest der Schuld müssen Sie in Hähnen mitnehmen. Am besten, wir gehen raus zu den Gehegen, und Sie suchen sich welche aus. Ich schätze, mit sechs Hähnen sind wir quitt.«

Ich schätzte, wir waren es nicht. Ich zählte die Scheine, die er mir gab, stopfte sie in meine Hosentasche und hielt zehn Finger in die Höhe.

»Die meisten dieser Hähne sind Law Grays, Mr. Mansfield«, protestierte Peeples. »Und drei sind reinrassige Palmetto Muffs. Sie wissen selber, daß es keine besseren Hähne gibt als Palmetto Muffs! Schauen Sie sich die Vögel erst mal an, dann sehen Sie schon, was sie wert sind. Ich habe alles in allem nur zehn Kampfhähne.«

Ich folgte dem Alten aus der Scheune nach draußen.

Hahnenkampf-Profis bezahlen ihre Wettschulden oft mit Hähnen statt mit Bargeld. Aber diese Art der Bezahlung wird normalerweise vor einem Kampf vereinbart – nicht hinterher. Ich hatte so spät in der Saison nichts dagegen, Hähne statt Geld zu nehmen. Vor dem Turnier in Milledgeville würden wir ein paar schlagkräftige Ersatzvögel gut gebrauchen können, und für eine Einigung mit Peeples hatte ich die besseren Karten.

Auf dem Weg zu den Laufgehegen blieb Peeples am Wassertrog stehen, um sich die Pfeife anzuzünden und schon einmal ein wenig zu feilschen.

»Die drei Grays, die ich heute nachmittag dabeihatte, haben Sie ja gesehen, Mr. Mansfield. Lauter Asse. Nehmen Sie die und suchen Sie sich fünf andere aus, und wir sind wirklich quitt. Das Bargeld, das ich Ihnen gegeben habe, eingerechnet, machen Sie da einen guten Schnitt, und das wissen Sie auch.«

Wenn ich Peeples mehr zugute hielt, als er wahrscheinlich verdiente, waren seine Hähne vielleicht fünfzig Dollar pro Stück wert. Nach meiner Rechnung würden mir ungefähr zweihundertfünfzig Dollar fehlen, wenn ich nur acht nähme. Selbst wenn ich sie alle nähme, würden an den tausend Dollar, die er an mich verloren hatte, noch hundertfünfzig fehlen. Ich schüttelte zweifelnd den Kopf.

Da stampften Füße hinter mir über den harten Lehmboden. Ich drehte mich um. Keine fünf Meter hinter mir stürmte Tom Peeples auf mich zu, in der Hand ein Beil, das er hoch über dem Kopf schwang. Sein rotes Gesicht war verzerrt, sein wütendes blaues Auge ins Unendliche gerichtet.

Ohne mir Zeit zum Nachdenken zu nehmen, sprang ich ihm entgegen, statt seinem Ansturm auszuweichen; dabei drehte ich mich nach links und trat ihm hart gegen das rechte Schienbein. Sauber erwischt, stürzte er der Länge nach in den Schmutz. Das Beil flog ihm aus der Hand und rutschte ein Dutzend Schritt weit über den kahlen Boden. Bevor er sich aufrappeln konnte, hatte ich ihn mit einer Hand in seinem dichten Haar, mit der anderen an seinem Ledergürtel gepackt. Einmal kurz bis zu meinen Knien hochgehoben, ein schneller Schwung – und Tom Peeples lag kopfüber im Wassertrog. Ich nahm die Linke von seinem Gürtel, packte ihn mit beiden Händen beim Schopf und drückte seinen Kopf unter Wasser. Er strampelte mit den Beinen, daß das schmutzige Wasser sich in grünlich schäumende Milch verwandelte, aber er brachte den Kopf nicht hoch. Ich beobachtete die Luftblasen, die an meinen Handgelenken zerplatzten, und hielt ihn fest, bis seine Füße aufhörten, zu strampeln.

»Halten Sie ihn lieber nicht zu lange unter Wasser, Mr. Mansfield«, sagte sein Vater besorgt. »Sonst ertrinkt er noch.«

Das stimmte. Ich wollte den Mann nicht ertränken. Ich wollte ihn so weit abkühlen, daß ich meine Geschäfte mit Mr. Peeples zum Abschluß bringen und nach Cook's Hollow zurückfahren konnte. Ich ließ Toms Kopf hoch, und er tauchte blubbernd auf. Er hatte seine Augenbinde im Wasser verloren, aber beide Augen waren geschlossen. Er klammerte sich mit beiden Händen rechts und links an dem blechbeschlagenen Trogrand fest und stemmte sich zu einer Kauerstellung hoch. So blieb er im Trog hocken, halb im Wasser, halb draußen, das Kinn auf die Brust gedrückt, und weinte wie ein Kind. Aber er war kein Kind. Er war mindestens zweiundzwanzig Jahre alt, und er hatte versucht, mich umzubringen.

Mr. Peeples und ich gingen weiter zu den Laufgehegen. Der alte Hahnenkämpfer beschwerte sich zwar, aber er half mir doch, die sieben erwachsenen Hähne in die schmalen Reisekörbe zu setzen, die in den Ställen standen, und lud dann auch die drei Grays, die schon in Körben saßen, aus seinem alten Auto in meinen Kombiwagen um. Icky einzufangen war leicht; er scharrte in einem Pferdestall herum. Ich schnitt ihm die Sporen ab und setzte ihn wieder in seinen Korb.

»Vermutlich werden Sie Vern Packard erzählen, wie Sie mich geschlagen haben«, stellte Mr. Peeples fest, als ich mich ans Steuer setzte und die Wagentür zuschlug.

Ich sah ihm in die Augen und nickte.

»Wenn Sie das machen, Mr. Mansfield«, sagte er in flehentlichem Ton, »dann werden ich und Tom uns wegen der Schande die nächsten zwei oder drei Jahre nicht am Pit blicken lassen können.«

Ich zuckte die Achseln und ließ die Kupplung los.

Als ich vom Hof fuhr, hockte Tom Peeples immer noch niedergeschlagen im Wassertrog – wie ein alter Mann, der sich in einer Badewanne den Schwanz wusch.

Auf dem Rückweg zu Vern Packards Haus verfehlte ich eine Abzweigung und mußte zweimal zurückfahren, bis ich die Hauptstraße wiedergefunden hatte. Es war schon dunkel, als ich in seine Einfahrt rollte. Vern schaltete das Hoflicht ein und kam zu mir heraus.

»Wer hat gewonnen?« fragte er aufgeregt, als ich ausstieg. Ich reichte ihm das Stückchen Harz, zog das Geldbündel aus der Hosentasche und zählte hundert Dollar ab, die ich ihm in die Hand drückte. Er küßte die Scheine und gab mir das Harz zurück.

»Das kannst du behalten, Frank«, sagte er glücklich. »Hast genug dafür bezahlt. Und jetzt komm ins Haus und iß. Ich habe dich schon vor einer Stunde erwartet, aber ich habe dir das Essen aufgehoben. Es ist auch noch warm.«

Als ich am Küchentisch saß, trug Vern die Teller auf und schaltete die Platte unter dem Kaffee an, um ihn noch einmal heiß zu machen. Es gab Weißbrot, gebackenen Schinken und kandierte Süßkartoffeln. Vern hatte mir genug für drei auf meinen Teller gehäuft, aber ich langte unverdrossen zu.

Während er den Kaffee einschenkte, fragte Vern scherzhaft: »Was trägst du eigentlich bei dir, Frank? Eine Kaninchenpfote oder einen Glücksmagneten? Oder einen Beutel Voodoo-Knochen um den Hals?«

Ich hörte auf zu essen und sah ihn an.

Vern lachte. »Dein Partner hat angerufen, als du gerade etwa zwanzig Minuten weg warst. Mr. Baradinsky. Zuerst wollte er wissen, wie du abgeschnitten hast; ich hab's ihm gesagt. Dann hatte er ein paar Neuigkeiten für dich über das Derby im Southerner Hotel in Chattanooga.«

Ich legte Messer und Gabel aus der Hand und wartete; dabei bemühte ich mich, mir meine Ungeduld über die Art, wie er die Geschichte in die Länge zog, nicht anmerken zu lassen.

Vern lachte wieder. »Nein«, sagte er, »es ist nicht so, wie du denkst, Frank. Es gab keine Razzia. Das Pit wurde überfallen, und die Diebe machten sich mit fünfundzwanzigtausend Dollar aus dem Staub, sagt dein Partner. Er hat die Information aus zweiter Hand; in der Zeitung wird nichts stehen. Hähne sind nicht dabei draufgegangen, aber alle – Hahnenkämpfer, Wetter, sogar Mr. Reed persönlich – haben ihre Hosen verloren. Es waren drei Mann mit Schrotflinten, und sie wußten genau, was sie taten. Alle Anwesenden mußten die Hose ausziehen und mitten ins Pit werfen. Einer von denen stopfte dann alle Hosen in einen Matratzenbezug, und damit verließen sie die Suite. Sie kümmerten sich gar nicht erst um Ringe oder Uhren. Nur die Hosen« – Vern lachte herzlich –, »aber das ganze Geld war in den Hosen! Damit war das Derby in Chattanooga zu Ende. Ich wette, Fred Reed wird große Mühe haben, von Senator Foxhall nächstes Jahr das Okay für ein neues S.C.-Derby zu bekommen!«

Ich schürzte nachdenklich die Lippen, nickte und fing wieder an zu essen. Meine geschwollene Schläfe pochte, und ich wollte mir einen Eisbeutel drauflegen.

Am nächsten Morgen verließ ich Cook's Hollow und fuhr zu Omar nach Biloxi. Vern Packard lud mich zuvor ein, jederzeit in seinem Pit anzutreten, wenn ich Lust dazu hätte. Ich hatte mein Kapital um neunhundertzwei Dollar erhöht und zehn reinrassige Kampfhähne für den Einsatz im S.C.-Turnier dazugewonnen. Aber was immer Vern Packard denken mochte, ich hatte kein Glück gehabt.

Es waren meine Kenntnisse und meine Erfahrung im Hahnenkampf, die endlich, endlich anfingen, sich bezahlt zu machen. Das war die Tatsache, daß ich den Verstand benutzte, den Gott mir geschenkt hatte.

15

Ich habe die alten Nummern von allen fünf Hahnenkampf-Zeitschriften mit den Berichten über die Southern-Conference-Derbys in Biloxi, Auburn und Ocala, aber ich brauche sie nicht auszugraben, um die Resultate nachzuschlagen. Ich erinnere mich an alle, und zwar lückenlos.

In Biloxi kämpften wir in einem Pit in einem Lagerhaus in der Nähe des Wassers; wir gewannen das Derby 6:3, dazu dreitausendfünfhundert Dollar in bar. Icky errang in Biloxi seinen vierten Sieg, und zwar über einen Hulsey mit zwei Siegen, den Baldy Allen aus Columbus, Georgia, antreten ließ. Omar, der mich von Zeit zu Zeit am Pit ablöste, bekam von den Veranstaltern des Derbys in Biloxi eine Armbanduhr verliehen – als »sportlichster Hahnenführer«. Mein Partner war über diesen Preis ebenso erfreut wie ich, aber er gab es nicht zu. Ich wußte indessen, daß Omar stolz war, denn er legte seine Rolex ab und trug von diesem Tag an die Uhr, die er in Biloxi verliehen bekommen hatte – eine billige Timex zu $ 16.50.

Nach Alabama kam mein Partner nicht mit. Das Derby in Auburn am 29. Januar fiel mit dem alljährlichen Florida-Besuch seiner Frau zusammen. Ich hatte die Frau nie kennengelernt, aber ich hatte ein halbes Dutzend Fotos gesehen, aufgenommen auf Fire Island, die sie ihm geschickt hatte. Auf allen sechs Fotos trug sie einen gehäkelten Bikini, und sie sah zerbrechlich, dünn und fieberäugig aus. Ich fand sie nicht besonders sexy, aber angesichts dessen, daß es meinen Partner über zwölftausend im Jahr kostete, sie in New York City zu unterhalten, konnte ich ihm die eine Woche, die er mit ihr im Bett verbrachte, nicht mißgönnen.

Johnny Norris aus Birmingham gewann das Derby in Auburn; ich wurde Dritter. Vier meiner Allen Roundheads wurden dabei getötet, aber ich gewann zweitausendfünfhundert Dollar. Eine Wagenladung von Rüstungsangestellten kam aus Huntsville, Alabama, herüber, und ich gewann das meiste Geld von denen. Wenn es um den Hahnenkampf ging, hatten diese Raketenbauer keine Ahnung, wo oben und wo unten war. In einem Einzel nach dem Derby stellte ich Icky gegen einen Arkansas Traveler, der im zweiten Pitting rannte wie eine Gazelle.

Unsere Veteranen holten sich jeden Sieg in dem Derby am 24. Februar in Ocala. Sie kämpften im vertrauten Pit, als müßten sie Revier und Hennen gegen Invasoren aus dem Weltraum verteidigen. Bei vierzehn Kämpfen trug ich nur einen einzigen Vogel hinaus. Omar war gezwungen, bei allen Kämpfen eine Quote von drei zu eins einzuräumen, um überhaupt Wetten zu kriegen; trotzdem gelang es uns, bei Derby und Einzelkämpfen achtzehnhundert Dollar zu kassieren.

Die Wochen vergingen, und ich sah zu, daß ich immer beschäftigt war. Mein Privatleben mochte langweilig erscheinen, aber ich liebte dieses Leben. Wenn ich abends nach Hause fuhr, nachdem ich den Tag über bei Omar Hähne zugerichtet hatte, nahm ich oft ein Buch mit, das ich aus der Bibliothek meines Partners ausgesucht hatte. Wie so viele Geschäftsleute in New York hatte er immer Bücher lesen wollen, aber niemals Zeit gehabt. Als er endgültig nach Florida gezogen war, hatte er eine komplette Ausgabe der »Modernen Bibliothek« bestellt, einschließlich der Großbände. Ich fing unten an und arbeitete mich langsam durch. Im März war ich bei Henrik Ibsens Theaterstücken angekommen.

Ich stand nicht nur mit den Hühnern auf, ich ging auch mit ihnen schlafen, aber ich fand trotzdem noch Zeit zum Lesen und zum Gitarrespielen. Mein Partner hatte mich eingeladen, in seinem Haus zu wohnen, aber das hatte ich abgelehnt. Ich mochte Omar – jeder mochte ihn –, aber wir waren den ganzen Tag zusammen, und das genügte. Wir hatten beide ein Recht auf ein Privatleben, und ich glaube auch, er war erleichtert, als ich mich entschied, auf meiner eigenen Farm zu schlafen.

Omar Baradinsky sprach wie jeder Mann mit ausgeprägten Ansichten gern über die Dinge, für die er sich interessierte. Das war verständlich, und meistens genoß ich die Kenntnisse, die er bei vielen Themen offenbarte. Aber ihm jeden Abend zuzuhören – vor allem, wenn er dem »John Jameson« im Übermaß zugesprochen hatte –, war doch zuviel. Da ich ihm nicht widersprechen konnte, mußte ich manchmal mit den Zähnen knirschen, um zu verhindern, daß ich ihm den Kopf zurechtrückte, wenn er sich allzusehr verstieg.

Für den Tag, an dem mein Gelübde vorüber war und ich wieder sprechen konnte, schrieb ich mir kurze Vermerke in ein Notizbuch. Eines

Tages, alter Freund, dachte ich, werde ich dir zu jedem dieser Punkte Bescheid geben. Wenn wir uns nicht jeden Abend getrennt hätten, hätte unsere Partnerschaft die Saison wahrscheinlich nicht überdauert. So aber waren wir nach über fünf Monaten immer noch Freunde. Und weil wir Freunde waren, machte ich mir Sorgen. Wir würden am nächsten Morgen abreisen, und ich wollte meinen Partner nicht kränken und mich nicht in seine individuellen Rechte einmischen. Aber wenn es um das Turnier in Milledgeville ging, hatte Omar ein ernstes Problem, und mir oblag es, ihm das zu erklären.

Am Nachmittag des 13. März saßen wir einander gegenüber an dem großen Eichentisch in Omars Wohnzimmer und gingen zur Vorbereitung auf das Turnier unser Kontobuch und die gesammelten Akten durch. In der Woche zuvor hatten wir ein Telegramm von Senator Foxhall bekommen, in dem unsere gemeinsame Teilnahme am Turnier und der Empfang der fünfhundert Dollar Startgeld bestätigt wurden. Das Kabel teilte uns außerdem mit, daß nur acht statt der ursprünglich geplanten zehn Teilnehmer dabeisein würden; zwei waren ausgefallen.

»Das wird einen großen Unterschied ausmachen, Frank«, erklärte Omar und las das Telegramm zum zehnten Mal an diesem Tag. Sein anfängliches Entzücken über unsere gemeinsame Zulassung – die für mich nie in Zweifel gestanden hatte – wich allmählich der Besorgnis über die Frage, ob wir das Turnier tatsächlich gewinnen würden.

»Ich weiß, wir werden nicht so viele Hähne brauchen, wie wir eigentlich gedacht hatten«, fuhr er fort. »Aber die anderen sieben auch nicht. Jeder Hahn im Turnier wird ein As der Spitzenklasse sein.«

Ich nickte verständig. Omars Sorge war berechtigt. Wenn statt zehn Teilnehmern nur acht dabei wären, würde die Konkurrenz sehr viel härter sein. Verglichen mit einem gewöhnlichen Derby ist ein großes Turnier eine komplizierte Prüfung. Bei einem solchen Turnier bereitet die Festlegung der Paarungen dem zuständigen Kampfrichter mächtige Kopfschmerzen. Für ein alltägliches Derby braucht man nur die Hähne zu paaren, die einander gewichtsmäßig jeweils am nächsten kommen.

Bei einem großen Turnier hingegen muß jeder Teilnehmer mindestens einmal mit jedem anderen zusammentreffen. So ist es nicht nur komplizierter, die Paarungen festzulegen, sondern es muß auch jeder Teilnehmer in jeder Gewichtsklasse ein As vorweisen können – das heißt, sofern er gewinnen möchte.

Ich wollte das Turnier ebensogern gewinnen wie Omar; aber für mich war es der fünfte Versuch, für meinen Partner der erste, und ich weigerte mich, mir über das Gewinnen den Kopf zu zerbrechen. Wir konnten beide nichts weiter tun als beten. Wir mußten die Hähne kämpfen lassen, die wir hatten, und die waren in Topkondition. Unnötiges Kopfzerbrechen über den Sieg war töricht.

»Glaubst du, wir haben die richtigen Hähne ausgewählt?«

Ich nickte.

»Dann war's das.« Omar klappte das Kontobuch zu. »Ich nehme nicht unser gesamtes Geld mit. Viertausend Dollar sind auf der Bank, und die lasse ich da. Wenn wir verlieren, haben wir in dieser Saison so immer noch jeder zweitausend verdient. Ich nehme achttausend in bar mit zum Turnier, und ich werde bei jedem einzelnen Kampf wetten und nicht alles auf das Endergebnis setzen. Was immer geschieht, die Chancen stehen immer noch fifty-fifty, daß wir ordentlich absahnen. Aber nur für den Fall, daß wir Turniersieger werden – wieviel können wir dann gewinnen?«

Ich schrieb die Zahlen auf einen Block und schob ihn über den blanken Tisch.

Unsere separaten Wetten nicht gerechnet:	
8 Teilnehmer à $ 500,–	*$ 4000,–*
Börse von Sen. Foxhall	*$ 2000,–*
Summe	*$ 6000,–*
Wenn ich »Hahnenkämpfer des Jahres«	
werde, bringt das noch einmal $ 1000,–	

Omar fuhr sich mit den Fingern durch den Bart, während er die Zahlen betrachtete. »Kassiert Senator Foxhall keine Prozente von den Startgeldern, wie die Veransalter bei den Derbys?«

Ich schüttelte den Kopf und lächelte. Der Senator interessierte sich nicht für Geld. Er hatte so viel Geld, daß er nicht wußte, was er damit anfangen sollte; trotzdem würde er wahrscheinlich seine Kosten hereinholen und noch etwas verdienen. Zu dem zweitägigen Turnier würden mindestens vierhundert Zuschauer kommen, die pro Tag zehn Dollar Eintritt zahlten. Und mit seinem Restaurant würde der Senator auch noch ein bißchen verdienen. Das Pit von Milledgeville lag sieben Meilen weit draußen auf dem Lande. Wo sonst sollten die Besucher essen?

»Mußt du das Turnier gewinnen, um Hahnenkämpfer des Jahres zu werden, Frank?« fragte Omar.

Ich breitete die Arme aus und hob die Schultern.

Ich wußte es nicht genau. Senator Foxhall hatte den Titel seit drei Jahren nicht mehr verliehen, und es war möglich, daß er die Medaille in diesem Jahr wieder nicht vergeben würde. Ich wußte nur, daß der Senator sie demjenigen gab, von dem er glaubte, daß er sie verdiente. Aber ich wollte nicht darüber nachdenken.

Ich betrachtete meinen Partner, der mir am Tisch gegenübersaß. Sein Bart war jetzt noch schwärzer und struppiger als zu Beginn der Saison. Er trug auch immer noch seine Latzhose, das kurzärmelige Arbeitshemd und die hohen Arbeitsschuhe. Während unserer Verbindung hatte ich ihn nie anders gekleidet gesehen. Er war ein freier Amerikaner und hatte das Recht, sich zu kleiden, wie er wollte. Einmal in der Woche, wenn er ein Bad nahm, wechselte er die Latzhose, aber dann trug er sie überall – zum Abendessen, wenn wir in Ocala waren, oder in der City wie bei dem Derby in Biloxi. Überall. Das war mein Problem, und ich mußte es ihm sagen. Ich zog den Block zu mir herüber und fing an zu schreiben.

Ich habe dir zum Turnier noch ein paar Dinge zu sagen. Als offizielle Wettkampfteilnehmer werden wir bei Senator Foxhall zu Hause wohnen und auch dort unsere Mahlzeiten einnehmen. Wir brauchen zum Dinner nicht im Smoking zu erscheinen, wohl aber in Jackett und Krawatte. Teilnehmer wie Zuschauer dürfen ans Pit ebenfalls nur, wenn sie Anzug und Krawatte tragen. Diese Turniersitte wurzelt im Respekt vor Senator Foxhall. Aber er ist im Grunde ein guter Mann. Er war nie wirklich Senator – im Kongreß, meine ich; er war gegen Ende der zwanziger Jahre Staatssenator für Georgia. Aber was immer das bedeuten mag, er ist ein Gentleman der alten Schule, und wir müssen uns an die Sitten halten. Ich habe nichts dagegen, in Anzug und Krawatte am Pit zu erscheinen, und dich sollte es auch nicht stören, denn es ist eine Ehre, bei dem Turnier in Milledgeville anzutreten.
Außerdem habe ich ein persönliches Problem – sogar zwei. Ich habe Plätze für vier Personen reserviert. Für meine Verlobte und ihren Bruder, und für Mrs. Bernice Hungerford und ihren Neffen. Das ist ein paar Monate her. Ich weiß nicht, ob sie kommen – keine der beiden Frauen hat mir geschrieben oder telegrafiert. Ist mir auch egal. Nein, ich will nicht lügen. Es ist mir NICHT egal. Wenn sie kommen, hilf mir, sie zu unterhalten. Ich werde die meiste Zeit Hähne führen müssen, und dann mußt du ihnen an meiner Stelle ein bißchen Aufmerksamkeit widmen. Keine der beiden Frauen ist schon mal bei einem Hahnenkampf gewesen. Meine Verlobte heißt Mary Elizabeth Gaylord . . .

Ich las die Mitteilung noch einmal durch; sie füllte zwei Blätter. Dann reichte ich sie Omar. Er überlas sie langsam, faltete die beiden Blätter zusammen, verstaute sie sorgfältig in seiner Hemdtasche und ging in sein Schlafzimmer.

Er schlug die Tür hinter sich zu.

Ich wollte Omars empfindsame Seele zum Teufel wünschen, doch ich konnte nicht. Für die Sitten am Pit war ich nicht verantwortlich, aber ich schämte mich trotzdem. Jemandem zu diktieren, wie er auszusehen hat, verstößt gegen jedes Menschenrecht. Andererseits war ich gezwungen gewesen, meinem Partner von dieser Sitte zu erzählen, denn sonst hätte man ihn nicht durch das Tor gelassen.

Als eine Viertelstunde vergangen war, ohne daß Omar wieder auftauchte, stand ich auf und klopfte leise an seine Tür. »Ich bin gleich wieder draußen!« rief er heraus. »Mach dir was zu trinken!«

Ich goß zwei Fingerbreit Bourbon in ein doppelt so hohes Glas. Immer wenn ich irgendeine schriftliche Mitteilung verfaßte, hatte ich das Gefühl, mein Gelübde auf verschlagene Weise zu umgehen; trotzdem bereute ich, daß ich die Sache mit dem Anzug nicht genauer erklärt hatte. Aber ich hätte mir keine Sorgen zu machen brauchen.

Zwei Drinks später ging die Schlafzimmertür auf. Ich stellte mein Glas auf den Tisch, grinste meinen Partner an und schüttelte ungläubig den Kopf.

Omar hatte sich den Bart mit einer Schere unten gerade abgeschnitten und die Seiten gleichmäßig gestutzt. Der frischgetrimmte Bart war steif wie ein Spaten, und so sah er auch aus. Den dicken schwarzen Schnurrbart hatte er zu den Seiten gekämmt und die Enden spitz verzwirbelt. Er lächelte, und die weißen Zähne in dem dunklen Nest des tintenschwarzen Bartes leuchteten wie ein Blitzstrahl in einer dunklen Wolke. Auf dem buschigen schwarzen Haarschopf trug er einen perlgrauen Homburg, und er hatte einen dunkelgrauen Kammgarnanzug, ein weißes Hemd und Wildlederschuhe an. Eine Krawatte aus schimmernder grauer Seide hing noch etwa zwei oder drei Zoll unter seinem Bart hervor und war mit einer schwarzen Onyxklammer am Hemd befestigt. Er sah aus wie ein reicher griechischer Bestattungsunternehmer.

»Ich hatte mir dieses Kostüm für morgen als Überraschung aufgehoben«, erklärte Omar mit vergnügtem Lachen. »Ein neuer Anzug; mein New Yorker Schneider hat ihn vor drei Tagen geschickt. Wie sehe ich aus?«

Ich schlug die Hände wie ein Boxer über dem Kopf zusammen und schüttelte sie.

»Weißt du, was meinen Bart so steif macht?« fragte er, während er sich am Tisch einen Drink mixte. »›Pommade Hongroise‹. Und für den Fall, daß du nicht wissen solltest, was das bedeutet: Es ist importierte Bartwichse aus Frankreich.«

Omar goß mir noch etwas Whiskey nach.

»Ihr Südstaatler habt kein Monopol auf Manieren, Frank. Es ist vielleicht ein Schock für dich, Partner, aber ich verstehe mich sogar auf den korrekten Umgang mit dem Werkzeug bei einem formellen Dinner.« Er hob sein Glas. »Ein Toast, Mr. Mansfield!«

Ich grinste und stieß mit ihm an.

»Auf die allamerikanischen Hahnenkämpfer, das englisch-polnische Team Mansfield und Baradinsky! Gentlemen, Dandys, Spieler und Hahnensportler alle beide!«

Darauf tranken wir.

Wir verließen Ocala um drei Uhr, aber es war fast zwei Uhr nachmittags, als wir in Milledgeville eintrafen. Ich hätte den alten Pickup gegen einen neueren Laster auswechseln sollen, aber ich war nie dazu gekommen. Für Omar, der den ganzen Weg hinter mir herfuhr, mußte das Schneckentempo auf dem Highway nervenaufreibend sein.

Als wir Milledgeville erreichten, winkte ich Omar, den Highway mit mir zu verlassen, und fuhr durch die Stadt, ohne anzuhalten. Eine Großstadt ist Milledgeville nicht gerade – eine Kadettenakademie, ein College für Mädchen und eine Irrenanstalt für Frauen –, aber doch eine hübsche Kleinstadt mit rot gepflasterten, von schattenspendenden Bäumen gesäumten Straßen.

Als wir die Stadt hinter uns gelassen hatten und uns dem Pit näherten, störte es mich nicht mehr, langsam zu fahren, denn mir gefiel die vertraute Landschaft. Im Sommer würde der Highway zu beiden Seiten von einer soliden Hecke von Brombeerbüschen gesäumt sein, die hier die Stacheldrahtzäune überwucherten. Mitte März aber waren die Felder eisengrau und kahl. Die hohen Peitschenkiefern Georgias standen tief in einem Bett aus rostbraunen Nadeln. Der Himmel war aquarellblau, und weiße Wölkchen waren auf diesem Hintergrund geordnet wie ein zartes Tupfenmuster. Die Sonne war kleiner im März, aber es war nicht kalt. Die klare Luft war scharf, herb und stimulierend, und es war nicht windig.

Wie Omar in seinem neuen Kammgarnanzug war auch ich herausgeputzt, und wir hatten beide ein Ziel. Ich trug einen blauen Gabardineanzug, den ich schon zwei Jahre besaß, aber er kam frisch aus der Reinigung. Aus Dallas hatte ich mir einen weißen, breitrandigen Town-and-Country-Hut kommen lassen, wie ihn die Rinderzüchter tragen, und bei Navarro Brothers in El Paso hatte ich ein neues Paar schwarze halbhohe Schnallenstiefel bestellt. Die letzten sieben Abende hatte ich die neuen

Stiefel gewienert und poliert, bis sie glänzten wie Kristall. Ich trug gelbe Socken zu meinem Anzug, und ich hatte in Miami Beach vierzig Dollar für meine gelbseidene Lieblingskrawatte mit den handgemalten königsblauen Kampfhähnen auf den Tisch gelegt.

Ich war nicht konservativ gekleidet, aber es würden viele meiner Fans auf dem Turnier sein, und sie erwarteten, daß ich schneidig und farbenfroh auftrat. Pressevertreter von allen fünf Hahnensport-Zeitschriften würden zugegen sein, und in zwei oder drei Blättern würden auf jeden Fall Fotos von Omar und mir erscheinen, ob wir das Turnier nun gewannen oder nicht.

Ein Highway-Polizist winkte uns durch das Tor zur Plantage des Senators, ohne von seinem Motorrad abzusteigen. Er sah, daß der Pickup und der Kombiwagen mit Hahnenkörben beladen waren, und so brauchte er nicht erst unsere Ausweise zu überprüfen. Wir fuhren eine Meile weit auf der gelben Kiesstraße, und dann bog ich in die Abzweigung zum Pit und zu den Hahnenställen ein, um unsere Hähne wiegen und unterbringen zu lassen, bevor wir uns im Haus des Senators meldeten.

Peach Owen begrüßte uns auf dem Hof; er wies uns einen Stall zu und gab uns die Nummern, die wir hinten auf dem Jackett tragen sollten. Wir hatten Nr. 5, und ehe wir etwas anderes taten, hefteten wir uns die Nummern an.

Mr. Owen war bei dem Turnier zuständig für Wiegen und Zeitmessung; er war Präsident der »Southern Conference Cockfighting Association«. Er war ein beliebter, freundlicher Mann von Mitte Dreißig, der eine vielversprechende Karriere als Hahnenkämpfer aufgegeben hatte, um hauptberuflich für den Senator und die Southern Conference zu arbeiten. Senator Foxhall, der allmählich zu alt wurde, um noch irgend etwas zu tun, zahlte Peach zehntausend Dollar im Jahr dafür, daß er seine prächtigen Kampfhähne züchtete und pflegte.

»Wollen Sie jetzt wiegen oder bis morgen früh warten?« fragte Peach.

»Bringen wir's hinter uns«, meinte Omar und reichte Peach unsere Datenzettel.

»Ich brauche Sie nicht beide.« Peach zwinkerte mir zu. »Oben im Haus ist jemand, der Sie sprechen möchte, Mr. Mansfield.«

Er sagte nicht, wer es war, und so blieb ich beim Wiegen, einer beinahe unnötigen Vorsichtsmaßnahme bei einer Profiveranstaltung wie dem S.C.-Turnier.

Bei den meisten Turnieren in den USA werden die Hähne bei der Anmeldung gewogen und beringt. Mit den Ringen soll sichergestellt werden, daß jeder Teilnehmer auch wirklich nur die Hähne antreten läßt, die er angemeldet hat. Vor jedem Kampf werden die Gewichte ausgerufen, und die Teilnehmer nehmen die Hähne mit dem entsprechenden Gewicht aus dem zugewiesenen Käfig und spornen sie. Wer keinen Hahn vorweisen kann, dessen Gewicht innerhalb des Prüfspielraums liegt, verliert den Kampf an den Gegner, der dies kann. Der Metallring am Bein des gespornten Hahns wird unmittelbar vor dem Kampf von dem für Gewicht- und Zeitmessung zuständigen Kampfrichter überprüft und dann entfernt. Ein Hahn, der nicht bei seiner Ankunft von einem Offiziellen des Turniers beringt worden ist, ist nicht teilnahmeberechtigt. Theoretisch scheint das Beringen eines Hahnes bei der Ankunft am Turnierort eine vernünftige Praxis zu sein, aber es gibt mindestens ein Dutzend Hersteller von Hahnenkampfsportbedarf, bei denen jeder, der dafür bezahlt, solche Ringe erwerben kann. Wer also betrügen will, indem er beispielsweise einen sicheren Verlierer anstelle eines legitimen Fighters antreten läßt, kann so viele Fußringe kaufen, wie er will, und sie innerhalb von Sekunden dem nicht registrierten Hahn anlegen.

Beim S.C.-Turnier verzichtete man auf das Beringen. Jeder Hahn, der in diesem Turnier an den Start ging, hatte mindestens viermal in einem offiziellen Pit oder Game Club gewonnen. Jeder Sieg wurde auf einem offiziellen Datenblatt eingetragen und vom Pit-Betreiber abgezeichnet. Beim Wiegen vor dem Turnier verglich man jeden Kampfhahn mit seinem Datenblatt und der Beschreibung und wog den Vogel noch einmal. Geringfügige Gewichtsschwankungen wurden dabei vom Kampfrichter in Kauf genommen.

Das System war nicht narrensicher. Es war immer noch möglich, statt eines angemeldeten Fighters einen Flüchter unterzuschieben, aber wer das versuchte, war dumm. Die meisten Pit-Betreiber der Southern Conference waren hier unter den Zuschauern, und sie würden die Hähne, die im Laufe der Saison in ihren Pits gekämpft hatten, auf den ersten Blick wiedererkennen. Wenn einer von ihnen oder ein anderer Wettkampfteilnehmer einen Austausch bemerkte, war der Täter als Hahnenkämpfer erledigt. Sein Name käme bei allen Pit-Betreibern in den Staaten auf eine schwarze Liste, und die schwarze Liste mit betrügerischen Hahnenkämpfern wurde alljährlich in der April-Nummer jedes Hahnenkampf-Magazins in Amerika veröffentlicht.

Der viermalige Sieg war eine harte Vorbedingung, aber ich war durchaus dafür, weil es die Amateure von den Profis schied und den Zuchtstandard der Kampfhähne verbesserte. Diese eine Regel war der größte Fortschritt im Hahnenkampfsport der Vereinigten Staaten, seit der selige Sol P. McCall das moderne Turnier ins Leben rief. Viele der Fans und Wetter, die das zweitägige Ereignis besuchten, reisten dafür Tausende von Meilen, aber sie wußten auch, daß sie für ihr Geld etwas zu sehen bekamen. Es würde schnelle Kämpfe geben, und jeder Hahn, der hier gezeigt wurde, hatte sich als todesmutig erwiesen.

Nach dem Wiegen, das ungefähr eine Stunde dauerte, wurden unsere einunddreißig Hähne in ihre Käfige im Hahnenstall gebracht. Wir gaben jedem Vogel einen halben Napf Wasser, und ich streute eine winzige Portion Körner auf den moosbelegten Boden jedes Käfigs, damit sie sich nach der langen Reise ein wenig bewegten. Wir schlugen die Abdeckplanen über den Käfig herunter, um die Vögel stillzuhalten, verschlossen die Tür und fuhren das kurze Stück zum Haus des Senators, um uns in die Gästeliste einzutragen.

Ich glaube, Omar war beeindruckt vom Haus des Senators. Ich war es bei meinem ersten Aufenthalt auch gewesen, und noch immer erweckte der Anblick des Hauses in mir ein warmes Gefühl, als wir über die Anhöhe kamen und vor der breiten Veranda parkten. Die Villa war eines der schöneren Beispiele für den modifizierten englisch-georgianischen Stil der Südstaaten. Es gibt viele solche großartigen Häuser in den Südstaaten, aber nicht viele sind so gut gepflegt, wie sie es sein sollten. So etwas kostet viel Geld. Man hatte beim Bau des Hauses auf guter Handwerkskunst bestanden. Alle Türen, selbst die Fenster, waren schmuckvoll geschnitzt. Die große Balustrade, die vom Flur im Erdgeschoß bis zu den Schlafzimmern im ersten Stock hinaufreichte, war zu diesem Zweck aus einem einzigen Baumstamm geschnitten und gebogen worden. Es gab hier genug Platz für dreißig Gäste, aber mit Ausnahme der offiziellen Teilnehmer, ihrer Ehefrauen und der Kampfrichter mußten alle, die zum Turnier angereist waren, sich eine Unterkunft in einem Hotel oder einem Motel in Milledgeville besorgen.

Als wir die Verandatreppe hinaufstiegen, öffnete sich die Haustür, und Ed Middleton kam heraus und packte meine Hand. Er lachte, als er mein Gesicht sah, und sagte freundschaftlich in seiner tiefen, dröhnenden Stimme: »Mich haben Sie hier nicht erwartet, was? Wie geht es meinem schönen blauen Hahn?«

In seinem leichten grauen Leinenanzug mit der rosa-grau gestreiften Krawatte machte Ed auf mich nicht den Eindruck eines kranken Mannes. Aber die braunen Ringe unter seinen Augen wirkten noch ein bißchen dunkler auf der blassen Haut. Doch er sah glücklich aus, und er war nicht glücklich gewesen, als ich ihn das letzte Mal in Orlando gesehen hatte. Obwohl er scheinbar wohlauf war, konnte er jeden Augenblick einen Herzanfall erleiden.

Ohne Eds Hand loszulassen, winkte ich Omar mit dem Kopf heran, damit er sich vorstellte.

»Guten Tag«, sagte Omar. »Ich habe Sie schon als Schiedsrichter gesehen, Mr. Middleton, aber ich hatte noch nicht das Vergnügen, Sie kennenzulernen.«

»Dann bin ich froh, daß wir uns endlich mal treffen, Mr. Baradinsky. Offensichtlich haben Sie einen festigenden Einfluß auf meinen Jungen hier. Als ich von dem Überfall in Chattanooga hörte, habe ich mich gleich erkundigt, und glauben Sie bloß nicht, ich wäre nicht erstaunt gewesen, als ich hörte, daß Sie beide vorher ausgestiegen waren! Der alte Frank Mansfield, der, den ich damals kannte, hätte mittendrin gesessen und wie alle anderen die Hände nach der Decke gestreckt.«

Omar lachte. »Wenn hier einer den anderen beeinflußt, Mr. Middleton, dann ist es Frank, der sich auf mich auswirkt, nicht umgekehrt.«

»Na, kommen Sie herein.« Ed trat vor uns in den Flur. »Ich bin hier nicht der offizielle Begrüßer, Mr. Baradinsky. Ich vertrete nur Mrs. Pierce. Sie mußte wegen irgend etwas in die Stadt.« Ed schnippte mit den Fingern zu einem grinsenden schwarzen Boy von vierzehn oder fünfzehn Jahren in einer kurzen weißen Jacke. »Bring die Koffer aus dem Kombi draußen rauf nach Nummer fünf.«

»Ja, Sir!« sagte der Boy rasch. Er hatte eifrig genug darauf gewartet, unser Gepäck holen zu können, aber wir drei hatten ihm den Weg versperrt.

Während Omar und ich uns ins Gästebuch eintrugen, überraschte Ed Middleton mich ein zweites Mal.

»Ich bin nicht als Zuschauer hier, Frank«, eröffnete er. »Ich bin Schiedsrichter. Und glauben Sie nicht, daß ich nicht jede Ihrer Bewegungen am Pit beobachten werde.« Er wandte sich an meinen Partner. »Ich habe mich vor einer Weile vom aktiven Hahnenkampf zurückgezogen, Mr. Baradinsky; aber dann habe ich entschieden, daß ich doch noch zu jung zum Aufhören bin.«

Ed lachte, und dann sah er mir gerade in die Augen. »Ich habe Martha versprochen, daß ich aufhöre, wie Sie wissen, Frank« – er zuckte die Achseln –, »aber jetzt hat dieses Versprechen keine Bedeutung mehr – jetzt, wo sie nicht mehr lebt. Und ich weiß verdammt genau, sie würde nicht wollen, daß ich die ganze Zeit allein herumhocke.«

Ich nickte verständnisvoll und lächelte. Zwei ganze Tage auf den Beinen, voller Aktivität, konnten Ed Middleton leicht umbringen. Und doch war ich froh, ihn zu sehen, und entzückt zu hören, daß er als oberster Kampfrichter fungierte. Angenommen, er fiel tot um? Doch das wäre ein weit besserer Abschied, als würde er auf einen Orangenhain starren und sich dabei zu Tode langweilen.

»Sagen Sie mal, Frank.« Ed schnippte mit den Fingern, als wir die Treppe hinaufgingen. »Hat Ihr Partner eigentlich schon die Prachthähne des Senators gesehen?«

»Nein, hab ich noch nicht, Mr. Middleton«, antwortete Omar. »Obwohl ich schon genug darüber gehört habe.«

»Gut! Mrs. Pierce wird gleich zurück sein. Ich mache mit Ihnen die Zehn-Cent-Besichtigungstour.«

Wir gingen die Treppe in den ersten Stock hinauf; der schwarze Boy hielt uns die Tür auf. Ich gab ihm einen Fünf-Dollar-Schein – ein reichliches Trinkgeld, aber Omar gab ihm auch einen Fünfer. Der Junge war so verblüfft über die beiden Aufmerksamkeiten, daß er keine drei Minuten später mit vier weiteren Badelaken, einem Behälter mit Eiswürfeln und einer Karaffe Orangensaft wieder in unserem Zimmer stand.

Omar sah sich kritisch im Raum um und beäugte den Kristallüster unter der hohen Decke. »Ich sag nur eines, Frank«, stellte er fest. »Der Flickenteppich auf dem Boden ist nicht aus Lumpen, die Möbel stammen nicht aus Grand Rapids, und der Kalender an der Wand über meinem Bett ist nicht von den Baptisten da hingehängt worden.«

Ich klappte meinen Koffer auf dem Bett auf und packte ihn aus; meine sauberen schwarzen Buttondown-Hemden und die weißen Socken legte ich in die Schublade der hohen Walnußkommode zwischen unseren Betten. Omar stieß die Doppelflügel des französischen Fensters auf und schaute hinaus, die Hände auf dem Rücken verschränkt.

»Man hat hier einen guten Blick auf das Pit, Frank«, sagte er. »Die Kuppel ist rosa in der Nachmittagssonne. Schau mal.«

Ich trat zu ihm ans Fenster. Eine halbe Meile weit entfernt sah man die Kuppel; sie war rosa auf der einen Seite, und die andere, der Sonne abgewandten Seite war in dunkle Purpurschatten getaucht. Die zwanzig separaten Zementställe standen im Halbkreis an der Südseite des kreisförmigen Pitgebäudes. Der Architekt aus Atlanta, der das Pit gebaut hatte, hatte sich mit Betonziegeln begnügt, aber er hatte viele Merkmale des Königlichen Pit im Whitehall-Palast nachgeahmt. Die langen, schmalen, tief in die Wände eingelassenen Fenster entsprachen der traditionellen Art, aber sie ließen nicht genug Licht hinein. Die fünf starken elektrischen Lampen über dem Pit mußten Tag und Nacht eingeschaltet werden, wenn gekämpft wurde.

Das viereckige, gedrungen häßliche Restaurant mit dem weißen Asbestschindeldach war zehn Jahre nach der Vollendung des Pit-Gebäudes angebaut worden und durch einen verglasten Wandelgang mit dem Pit verbunden. Das Restaurant paßte überhaupt nicht zu der restlichen Anlage, und ich fand es immer schade, daß es nicht auch vom ursprünglichen Architekten gebaut worden war.

Im Inneren des zweistöckigen Pit-Gebäudes reichten runde Tribünen bis dicht unter den Rand der Kuppel; sie boten Platz für vierhundert Personen. Die Richterloge lag rechts vom Verbindungsgang zum Vorbereitungs-Pit, die Presseloge unmittelbar über dem Ausgang dorthin. Einschließlich der neuen Tür zum Restaurant, die man nachträglich ausgebrochen hatte, gab es fünf bogenförmige Eingänge zum Pit.

Ich packte weiter aus, schlüpfte wieder in mein Jackett und schickte mich an auszugehen. Omar wandte sich vom Fenster und goß sich ein Glas Orangensaft ein.

»Ich will dir noch was sagen, Frank.« Sein rauher Ton ließ mich innehalten, ehe ich die Zimmertür erreicht hatte. »Ob wir das Turnier gewinnen oder nicht, du sollst wissen, daß ich dir immer dankbar dafür sein werde, daß du mich so weit gebracht hast. Das hier ist wirklich das größte Erlebnis meines Lebens.«

Es klang so warmherzig, wie er das sagte, daß ich ihn liebevoll auf den Arm boxte. Ich fühlte mich versucht, meinem Partner von meinem Schweigegelübde zu erzählen, aber dies war nicht die Zeit dazu. Wenn er gewußt hätte, daß meine Stimme davon abhängig war, ob ich »Hahnenkämpfer des Jahres« wurde, hätte er das Ergebnis wahrscheinlich noch nervöser erwartet, als er es ohnehin schon tat.

»Nun«, sagte er fröhlich und räusperte sich. »Ist es nicht mal Zeit, daß wir uns diese Edelhähne anschauen?«

Ich wackelte mit dem Kinn und deutete auf seine Brust. Ich konnte nicht mitkommen, aber ich wußte, ihm würden sie gefallen. Senator Foxhall besaß eine der schönsten Sammlungen edler Kampfhähne auf der ganzen Welt. Er war zum Liebhaber geworden, als er zu alt für den Kampf im Pit gewesen war. Jetzt züchtete er reinrassige Gallus Bankivas, die wilden Urhähne aus dem Dschungel, von denen alle Kampfhähne abstammen, javanische Vögel mit drei Meter langen Schwanzfedern, Miniatur-Bantams aus Japan – wunderschöne kleine Geschöpfe, kaum größer als Wachteln – und viele andere exotische Rassen. Wenn Mary Elizabeth kam, wollte ich ihr die Hähne zeigen. Aber jetzt konnte ich Ed und Omar nicht begleiten; ich mußte nach Milledgeville fahren.

Ich hatte im Sealbach Hotel telegrafisch vier Zimmer reserviert, aber ich wußte, daß der Manager sie mir bei den für den nächsten Tag erwarteten Besucherscharen nicht freihalten würde, wenn ich nicht im voraus bezahlte. So schrieb ich eine kurze Mittelung für Omar, damit er wußte, wohin und aus welchem Grund ich verschwand.

»Wenn du willst, komme ich mit.«

Ich schüttelte den Kopf.

»Okay. Aber sei unbesorgt wegen deiner Gäste, Frank. Ich werde mich um sie kümmern, keine Angst. Habe ich dir erzählt, daß ich als Vizepräsident mal verantwortlich für Public Relation war?«

Ich winkte ihm zu und fuhr los.

Am Abend um halb acht hatten alle offiziellen Teilnehmer sich eingetragen, und der große Flur im Erdgeschoß war voller Menschen, als wir nun darauf warteten, daß Senator Foxhall herunterkam und uns ins Eßzimmer führte. Pünktlich kam der alte Mann die breite Treppe herunter, den Arm seiner Haushälterin fest umklammernd, um sich zu stützen. Er war ein schmächtiger, zierlicher Mann, kaum größer als ein fünfzehnjähriger Junge, hielt sich aber immer noch steif aufrecht. In seinem altmodischen Dinnerjackett mit den breiten Revers und der weißen Piqué-Weste war er eine beinahe königliche Erscheinung. Seine blaßblauen Augen, die im Alter tief in die Höhlen gesunken waren, blickten immer noch wachsam und freundlich hinter der goldgeränderten Brille, als er nun durch das Gedränge schritt. Irgendwie hatte er sein Haar behalten; die elfenbeinfarbene Mähne war in einer gepflegten Tolle über der hohen Stirn glatt nach hinten gekämmt.

Ed Middleton, mein Partner und ich standen beieinander. Als der Senator uns erreicht hatte, machte Ed den Alten mit Omar bekannt.

»Ah ja. Baradinsky. Sie sind Russe, nicht wahr?«

»Nein, Sir«, antwortete Omar. »Pole.«

»Sie sehen aus wie ein Russe.«

»Das liegt wahrscheinlich am Bart«, meint Omar verlegen.

»Vielleicht. Jedenfalls sind Sie in guten Händen bei Frank Mansfield.« Der Senator lächelte in meine Richtung und entblößte dabei seine blaugrauen falschen Zähne. »Sie werden ihn lehren, wie es bei uns in Amerika zugeht, nicht wahr, Sohn?«

Ich erwiderte sein Lächeln und nickte. Omars Ur-Ur-Großvater war in die Staaten eingewandert, aber es hätte keinen Sinn gehabt, dem Senator dies zu erklären.

Senator Foxhall nickte ungefähr zwanzigmal nachdenklich, bevor er weitersprach.

»Frank ist ein guter Mann, Mr. Baradinsky. Ich kannte seinen Großvater. Hören Sie auf Frank, und Sie lernen etwas über Hähne. Haben Sie schon mal von polnischen Hähnen gehört?«

»Jawohl, Sir.«

»Na, aber die kommen nicht aus Polen! Ich wette, das wußten Sie nicht, oder?«

»Nein, Sir, das wußte ich nicht.«

»Dachte ich mir«, sagte der Alte heiter. »Das wissen auch nicht viele. Wußten Sie es, Ed?«

»Ich wußte es allerdings, Senator«, antwortete Ed Middleton mit wehmütigem Lachen. »Ich habe mal versucht, krausfedrige Polnische zu kreuzen, und nachdem ich drei im Pit verloren hatte, begriff ich, daß sie sich nicht mehr stellten, wenn sie verwundet waren.«

»Sie hätten zu mir kommen sollen«, erklärte der Alte. »Ich hätte es Ihnen gesagt, und Sie hätten Geld gespart.« Er wandte sich wieder an Omar. »Der Hahnenkampf in Polen hat nie etwas getaugt, Mr. Baradinsky. Die füttern sie da nicht richtig. Genau wie in Irland. Hähne kämpfen nicht mit rohen Kartoffeln im Bauch, Mr. Baradinsky.«

»Ich werd's mir merken«, versprach Omar mild.

Mrs. Pierce, die seit über dreißig Jahren als Haushälterin beim Senator war, zupfte den Alten am Ärmel. »Wir sollten jetzt zum Essen hineingehen«, erinnerte sie ihn. Das alte Paar wandte sich ab, um uns voran ins Speisezimmer zu gehen; Omar zuckte hilflos die Achseln und zwinkerte mir zu. Ich grinste und nickte. Genaugenommen hatte mein Partner beträchtliche Zurückhaltung an den Tag gelegt. Der Senator hatte mit allem, was er gesagt hatte, recht gehabt. Wenn Omar versucht hätte, mit ihm zu diskutieren, hätte der alte Mann ihn in Fetzen gerissen.

Abgesehen von Omar und mir bildeten die Gäste, die rings um den Eßtisch saßen, eine ziemlich exzentrische Gruppe. Die meisten kannte ich seit Jahren, aber sogar mir kam die Versammlung einigermaßen ungewöhnlich vor. Wir alle trugen unsere Startnummern hinten am Jakkett. Im Pit brauchten wir diese Nummern, damit die Zuschauer uns identifizieren konnten. Aber um Senator Foxhalls willen mußten wir sie immer tragen. Er kannte unsere Namen, kannte sie sogar gut, aber manchmal neigte er dazu, sie zu vergessen. Wenn das geschah, schaute er auf seiner getippten Teilnehmerliste nach der Nummer, so daß er jeden von uns mit Namen anreden konnte, ohne in Verlegenheit zu geraten.

Senator Foxhall saß am Kopfende der langen Tafel, Mrs. Pierce am anderen Ende. Rechts und links vom Senator hatten Ed Middleton und

Peach Owen ihre Plätze. Neben Ed saß Buddy Waggoner, der zweite Kampfrichter, der am zweiten Pit richten würde.

Die übrigen Gäste saßen in der Reihenfolge ihrer Startnummern im Uhrzeigersinn, angefangen bei Buddy Waggoner, rund um den Tisch.

Nr. 1: Johnny McCoy und Colonel Bob Moore, U.S. Air Force (im Ruhestand). Johnny McCoy und sein Partner Colonel Bob flogen im Lear-Jet von ihrer Fünfzigtausend-Morgen-Ranch in der Nähe von Dan's Derrick, Texas, zu Derbys überall in den Staaten. Colonel Bob war zwar seit mehr als zehn Jahren pensioniert, aber er trug immer noch zu allen Anlässen seine blaue Air-Force-Uniform. Erst zwei Tage zuvor hatten die beiden texanischen Partner im Northwest-Turnier in Seattle, Washington, gekämpft. Von dort waren sie nach Dan's Derrick zurückgeflogen, um frische, neu konditionierte Hähne zu holen. Dann waren sie nach Macon geflogen und mit der Limousine des Senators und seinem privaten Hahnentransportanhänger von Macon nach Milledgeville gefahren.

Nr. 2: Pete Chocolate aus Pahokee, Florida. Abgesehen vom Senator war Pete Chocolate der einzige Gast in Abendgarderobe. Er verdarb den Effekt indessen dadurch, daß er unter dem schwarzen Smoking ein blauweißes T-Shirt anhatte. Um den Hals trug er ein makelloses cremefarbenes Ascot-Tuch.

Nr. 3: Dirty Jacques Bonin aus Biloxi, Mississippi. Es war nichts Schmutziges an Jacques Bonins Erscheinung festzustellen, wie der Beiname »Dirty« etwa hätte vermuten lassen. Sein Anzug war makellos geschneidert, seine spatelförmigen Fingernägel frisch manikürt. Glattrasiert und nüchtern gewandet sah er aus wie der Diakon einer Kirche, und das war er auch. Den Namen »Dirty Jacques« hatte er sich im Zweiten Weltkrieg erworben, als er die Bande von Streikbrechern organisiert hatte, die achtzig streikende Hafenarbeiter in den Docks von Mobile ermordet und verstümmelt hatte. Er hatte diesen Namen nie mehr loswerden können, obwohl er inzwischen hauptberuflich Louisiana Mugs züchtete und kämpfen ließ.

Nr. 4: Jack Burke. Dody saß neben ihrem Mann, und ich saß neben ihr – auch eine Idee von Mrs. Pierce. Dody sprach während des Dinners einmal mit mir, ein einziges Mal und dann nicht mehr.

»Jack sagt, ich soll mich bei dir entschuldigen, weil ich dich in Plant City getreten habe«, flüsterte sie.

Ich wartete höflich, daß sie weiterredete, aber das war alles.

Auch Jack Burke sprach während des Essens mit mir; er beugte sich vor und drehte den Kopf in meine Richtung.

»Wetten wir um einen glatten Tausender auf den Kampf zwischen Little David und Ihrem Hahn, Frank? Ed und Peach sind einverstanden, das Einzel unmittelbar nach dem letzten Turnierkampf stattfinden zu lassen, während die Kampfrichter die Gesamtergebnisse errechnen. Okay?«

Ich nickte zustimmend, und er lehnte sich zurück.

Nr. 5: Das englisch-polnische Team Mansfield und Baradinsky.

Nr. 6: Roy Whipple und sein Sohn Roy Junior. Mr. Whipple war der alte Hahnenkämpfer, der in der Hochzeitssuite des Southerner Hotels in Chattanooga mit mir auf dem blausamtenen Liebessofa gesessen hatte. Er hatte bei dem Überfall eine Menge Geld verloren, aber sein Vermögen hatte das nicht geschmälert. Dem Alten gehörten drei Ferienhotels in Asheville, North Carolina. Roy Junior war Student an der University of North Carolina in Chapel Hill und hatte eine Sondererlaubnis vom Dekan, seinem Vater bei diesem Turnier zur Hand zu gehen.

Nr. 7: Baldy Allen, Columbus, Georgia, war Besitzer mehrerer Spirituosengeschäfte. Zucht und Turnierkampf mit milchweißen Doms war nicht nur eine Nebentätigkeit für Baldy, sondern ein profitables Unternehmen. Seine gesellige Frau Jean Ellen, die für ihn die Wetten abschloß, begleitete Baldy überallhin.

Nr. 8: Johnny Norris, Birmingham, Alabama. Johnny war ein berühmter Zurichter von Kampfhähnen, aber ich hielt ihn nicht für einen erstklassigen Hahnenführer. Fünfzehn Jahre lang hatte er für den seligen Ironclaw Burnstead Hähne konditioniert. Als Burnstead gestorben war, hatte er Johnny dreihunderttausend in bar und alle seine Hähne hinterlassen. In den vergangenen drei Jahren hatte Johnny sich den Ruf eines allgegenwärtigen Hahnenkämpfers erworben; beim S.C.-Turnier war er zum erstenmal dabei.

Beim Essen lauschte ich aufmerksam dem Tischgespräch. Es drehte sich nur um Hähne. Das einzige Thema, das wir alle miteinander gemeinsam hatten, war der Hahnenkampf, und die Liebe zum Hahnenkampf war das entscheidende Merkmal aller Teilnehmer. Jeder der Anwesenden hatte die Hähne, die Kenntnisse, die Fähigkeit und die Entschlossenheit, dieses Turnier zu gewinnen, aber nur einer konnte es gewinnen.

Und der gedachte ich zu sein.

16

Aus alter Gewohnheit, mehr als aus irgendeinem anderen Grund, trank ich am nächsten Morgen im Speiseraum nur rasch eine Tasse Kaffee und war schon um halb sechs im Hahnenhaus. Kampfhähne, die lange Zeit in kleinen Käfigen mit einer Grundfläche von vielleicht einem halben Meter im Quadrat untergebracht sind, neigen dazu, schläfrig und gelangweilt zu werden. Zuviel Muße macht einen Hahn schwerfällig, wenn er ins Pit kommt. Zum Aufwecken nahm ich jeden Hahn aus dem Käfig und wusch ihm den Kopf mit einem Schwamm, den ich mit billigem Whiskey getränkt hatte. Als ich um halb acht damit fertig war, sprangen unsere Hähne mit jugendlicher Lebhaftigkeit in ihren Käfigen auf und ab und krähten und gluckten froh.

Omar kam um acht, und ein paar Minuten später erschien Doc Riordan am Hahnenhaus, um mir Glück beim Turnier zu wünschen. Der Apotheker und mein Partner verstanden sich vom ersten Moment an glänzend.

»Ich versäume niemals das Southern-Conference-Turnier«, erzählte Doc ihm. »Aber ich war die ganze Saison über an meinen Schreibtisch gefesselt. Ich bin Präsident der Dixie Pharmaceutical Company, wie Frank Ihnen vielleicht erzählt hat, und dieses Jahr bringt unsere Firma ein neues Produkt auf den Markt.« Er griff in seine Jackentasche und gab Omar ein kleines weißes Päckchen. »Licarbo!« verkündete er stolz. »Die Werbung bereitet uns die größten Kopfschmerzen, obwohl auch die Kapitalbeschaffung nicht mehr so einfach ist wie früher.«

»Wer macht denn die Werbung für Sie?« erkundigte Omar sich; er riß das Probepäckchen auf und kostete das Produkt vorsichtig mit der Zungenspitze.

»Leider«, seufzte Doc, »muß ich das selber tun. Das ist mein Hauptproblem. Aber ich bin eingetragener Apotheker, und die meisten Drugstores in Jax haben mir erlaubt, mein Plakat in ihr Schaufenster zu hängen.«

»Ich glaube, Sie haben hier mit Ihrem Licarbo eine gute Idee gehabt«, meinte Omar aufrichtig. »Nach dem Turnier habe ich bis April nicht viel zu tun; vielleicht können wir beide uns bei diesem Produkt zusammentun. Ich war in New York in der Werbebranche. Vielleicht hat Frank es Ihnen erzählt?«

»Nein, hat er nicht.« Doc bedachte mich mit einem vorwurfsvollen Blick. »Ich wußte gar nicht, daß Frank überhaupt einen Partner hat, bis ich den Bericht über das Derby zwischen Ihnen und Jack Burke in Plant City las. Also, das war ein Kampf, den ich gern gesehen hätte! Dabei fällt mir ein, Frank« – Doc nahm ein Fläschchen mit schwarz-grauen Kapseln aus der Tasche und legte es auf den Arbeitstisch. »Das sind Energiekapseln. Ich hab sie für Mr. Burke gemacht, nach einem Rezept, das er mir gegeben hat, und sie dürften gut sein. Das beste Resultat bringen sie nach ungefähr einer Stunde; als ich sie für Mr. Burkes Vögel zurechtmachte, sagte ich mir: ›Wo ich schon mal dabei bin, mache ich auch gleich eine Ladung für Mr. Mansfield.‹«

»Wir sind Ihnen sehr dankbar, Doc«, sagte Omar, und zu mir gewandt: »Das Restaurant müßte jetzt offen sein. Laß uns frühstücken.«

Ich schüttelte den Kopf, klappte auf der Werkbank meinen Sporenkoffer auf und machte mich daran, mit meinem kegelförmigen Wetzstein Sporen zu polieren.

»Ich trinke einen Kaffee mit Ihnen, Mr. Baradinsky«, erbot sich Doc.

»Schön. Ich würde gern mehr über Licarbo erfahren.«

»Im Augenblick«, sagte Doc, »ist die Werbung nicht ganz so wichtig wie die Beschaffung von etwas Kapital. Trotzdem bin ich Ihnen für jeden Rat dankbar, den Sie –«

»Ich bringe dir gleich einen Kaffee, Frank«, rief Omar über die Schulter. »Die Beschaffung von Kapital, Doktor, ist schlicht eine Frage von umtriebigen Stratagemen, entwickelt in einem mathematischen Prozeß, auch bekannt als Druckmechanismen mit positiver Eignung für pekuniär veranlagte Persönlichkeiten . . .«

Als sie außer Hörweite waren, öffnete ich die kleine Flasche mit den Energiekapseln, die Doc mir gegeben hatte, kippte sie alle auf den Boden und zerrieb sie mit dem Absatz zu feinem Staub. Vielleicht waren die Kapseln wundervoll, aber ich wollte nichts riskieren. Jack Burke wußte, daß Doc Riordan mit mir befreundet war, und diese Tatsache genügte schon, um mein Mißtrauen gegen diese Medizin zu wecken. Vielleicht hatte Jack nicht genug Grips für einen so verschlagenen Plan, aber ich hätte niemals ein fremdes Produkt an meinen Hähnen ausprobiert, ob Burkes Name genannt wurde oder nicht. Ein großes Turnier ist nicht der Ort für Experimente.

Während der Parkplatz sich langsam füllte, lehnte ich an der verschlossenen Tür unseres Hahnenhauses und beobachtete, wie die Autos heranrollten und nach den Anweisungen der Wächter parkten. Um neun, als Omar und ich uns zur Turniereröffnung ans Pit begeben mußten, war von Bernice oder Mary Elizabeth immer noch nichts zu sehen.

In mir wuchs die Spannung, wie immer kurz vor einem Turnier, und ich war froh, als Peach das Mikrofon aus der Halterung nahm und es Senator Foxhall überreichte. Peach rollte das Verlängerungskabel hinter dem Senator ab, während der Alte steifbeinig in die Mitte des Pit ging. Der Senator wartete, daß Ruhe eintrat, was bald geschah. So früh am Morgen waren erst ungefähr zweihundert Zuschauer da, aber gegen zwei Uhr nachmittags würde es hier brechend voll sein.

»Ladies und Gentlemen«, sagte Senator Foxhall mit hoher Fistelstimme. »Willkommen zum Southern-Conference-Turnier! Wir hoffen aufrichtig, daß Sie sich alle gut unterhalten werden. Es gibt nur eine Vorschrift, an die Sie sich während dieser Veranstaltung halten müssen.« Er ließ eine Pause eintreten. »Benehmen Sie sich wie Ladies und Gentlemen.«

(Applaus.)

»Bevor das Turnier zu Ende ist«, fuhr er verschmitzt fort und fuhr sich mit der Zunge über die schmalen Lippen, »wird mancher unter Ihnen vielleicht die eine oder andere kleine Wette abschließen wollen . . .«

(Gelächter.)

»Wenn Sie es tun, vergewissern Sie sich, daß Sie den Mann kennen, mit dem Sie wetten – es *kann* sein, daß sich unter den Zuschauern Agenten der Steuerfahndung befinden!«

(Gelächter.)

Der alte Mann gab Peach Owen das Mikrofon zurück und setzte sich wieder auf seinen Platz neben der Richterloge. Für den Rest des Turniers würde er still hier sitzen und mit seinen tiefliegenden, kalten blauen Augen alles beobachten. Solange diese erfahrenen Augen mich beobachteten, wußte ich, daß ich im Pit keinen einzigen Fehler begehen durfte.

Ich geriet in Hochstimmung, als Peach Owen die Teilnehmer Nummer zwei und Nummer fünf über Lautsprecher aufforderte, zur Richterloge zu kommen und ihre Gewichtstickets abzuholen. Meine Anspannung verflog. Jetzt war ich beschäftigt.

Die erste Paarung bestand aus Fünf-Pfund-Hähnen. Als wir unser Gewichtsticket hatten, begaben Omar und ich uns im Laufschritt zu unserem Hahnenhaus, um unseren Vogel zu spornen. Die Zeit lief von der Sekunde an, da wir das Ticket in Empfang nahmen, und man hatte nur fünfzehn Minuten, um den Hahn zu spornen und für das erste Pitting bereitzumachen. Wenn ein Teilnehmer nicht rechtzeitig fertig war, hatte er den Kampf verwirkt, und die nächste Paarung, die bereits gespornt wartete, wurde aufgerufen. Das Viertelstunden-Limit sorgte dafür, daß die Kämpfe schnell vonstatten gingen. Wenn ein Match unentschieden stand oder zehn Minuten im Haupt-Pit gedauert hatte, wurden die beiden Hähne ins Neben-Pit gebracht, und ein neues Paar begann im Center-Pit.

Vom ersten Pitting an wußte ich, daß dies ein ausgedehnter Kampf werden würde. Pete Chocolate brachte eine Spanish-Kreuzung gegen meinen Mellhorn Black, und beide Vögel waren wachsam und übervorsichtig. Bis zum vierten Pitting hatten sie einander kaum Schaden zugefügt, und kurz vor dem fünften, als Ed Middleton sah, daß Roy Whipple und Baldy Allen mit gespornten Vögeln bereitstanden, gab er dem zweiten Kampfrichter, Buddy Waggoner, das Zeichen, mit dem nächsten Match zu beginnen, und befahl uns, ihm ins Neben-Pit zu folgen.

Im einunddreißigsten Pitting, nachdem zum drittenmal bis zwanzig ausgezählt worden war, setzten wir die Hähne an der Mittellinie gegeneinander, wobei jeder seinen Vogel nur mit einer Hand unter der Brust halten durfte.

»Auf die Plätze!« sagte Ed Middleton.

Pete und ich hockten einander gegenüber an der Zwei-Fuß-Linie und hielten unsere ermatteten Fighter in der rechten Hand etwa einen Fuß hoch über dem Boden. Und jetzt beging der Indianer seinen ersten Fehler.

»Pit!«

Ich ließ meinen Vogel auf das Zeichen fallen, und Pete auch, aber Pete gab seinem Spanish zusätzlich einen kleinen Schubs, so daß er wegen des größeren Schwungs als erster mit dem Schnabel hackte. Ich sah es deutlich, aber Ed hatte nichts gemerkt. Ich schnippte mit den Fingern, machte mit der flachen Hand die Gebärde des Schiebens und deutete auf den Seminolen, der nicht mit der Wimper zuckte.

»Ich bin der Schiedsrichter in diesem Kampf, Mr. Mansfield!« bellte Ed erbost. »Aus!«

Wir nahmen die Hähne für die kurze Ruhepause hoch. Ich konnte nicht debattieren, aber Ed war jetzt wachsam und beobachtete Pete während der folgenden, aktionslosen Pittings aufmerksam. Ein Unentschieden gibt es beim S.C.T. nicht, und ich glaubte schon, der Kampf würde den ganzen Tag dauern, als Pete seinem Hahn im fünfundvierzigsten Pitting einen kaum merklichen Schubs gab. Diesmal erwischte Ed ihn dabei.

»Foul! Sieger ist Nummer fünf!«

»Foul?« wiederholte Pete mit Unschuldsmiene. »Ich soll ein Foul begangen haben?«

»Sie haben den Vogel über die Linie geschoben. Wollen Sie etwa diskutieren, Mr. Chocolate?«

»Ich fürchte, das muß ich, Mr. Middleton«, sagte Pete mit gespielter Verwunderung. Er breitete die Arme aus und wandte sich an das runde Dutzend Zuschauer, die uns ins Neben-Pit gefolgt waren. »Hat einer der Gentlemen etwa gesehen, daß ich geschoben habe?«

»Das macht fünfzig Dollar Strafe wegen Widerspruchs gegen eine Schiedsrichterentscheidung. Noch was, Pete?«

Pete funkelte Ed etwa zehn Sekunden lang an und schüttelte dann den Kopf. Wir trugen unsere Vögel hinaus und in unseren jeweiligen Stall. Die Tür stand offen, und mein Partner bemühte sich voller Hast, allein einen 5,02-Pfünder Roundhead zu spornen, als ich hereinkam.

»Übernimm das mal, Frank!« sagte er aufgeregt. »Dein Match hat fast eine Stunde gedauert, und wir sollen in weniger als fünf Minuten mit dem 5,02er gegen Roy Whipple antreten!«

Ich setzte den angeschlagenen Mellhorn in seinen Käfig, und während Omar den Roundhead hielt, legte ich ihm die Sporen an. Als wir bei der Waage ankamen, hatten wir gerade noch zwei Minuten Zeit. Während meines langen Kampfes mit Pete hatten im Haupt-Pit drei Begegnungen stattgefunden.

Von dem Befehl »Pit!« an überdauerte mein Allen Roundhead exakt dreiundzwanzig Sekunden mit Whipples Hahn, bevor er aus der Luft geschlagen und getötet wurde.

In diesem Tempo ging es den ganzen Vormittag über weiter. Wenn ich nicht in den ersten drei oder vier Pittings verlor, gewann ich den Kampf meistens. Meine harten, unnachgiebigen Konditionierungsmethoden machten sich durch Ausdauer bezahlt. Langfristig hielten meine steinharten Kampfhähne unweigerlich länger durch als ihre Gegner. Aber jeder Kampf in Milledgeville war eine Schlacht zwischen zwei Assen, und während der ersten drei bis fünf Pittings, wo beide Hähne noch taufrisch waren, konnte jeder gewinnen. Um ein Uhr, als eine Stunde Mittagspause ausgerufen wurde, hatte ich zweimal verloren und dreimal gewonnen.

Omar und ich verließen das Pit zusammen; wir gedachten im Hause des Senators zu essen, statt im Gedränge des Restaurants auf Bedienung zu warten. Als wir zum Seiteneingang hinausgingen, kam ein Parkplatzwärter herübergelaufen und holte uns ein.

»Mr. Mansfield, da ist 'ne Lady unten auf dem Platz, die mich gebeten hat, Sie zu suchen.«

»Soll ich mitkommen, Frank?« fragte Omar.

Ich nickte, und wir folgten dem Wärter hinunter auf den Parkplatz.

Es war Bernice Hungerford. Als wir auf ihren Wagen zugingen, stieg sie aus, schlug die Tür zu und wartete. Bernice sah viel hübscher aus, als ich sie in Erinnerung hatte. Entweder trug sie ein strammes Mieder, oder sie hatte fünfzehn Pfund abgenommen. Ein kecker, weizengelber Strohhut saß, aus dem Gesicht geschoben, auf einer nagelneuen Dauerwelle, und ihr dunkles Haar glänzte von irgendeinem Spray. Sie trug ein senffarbenes Tweedkostüm, dessen Strenge durch einen zitronengelben Seidenschal gemildert wurde. Die Luft war kühl, aber es war nicht kalt genug für den geschorenen Biberpelzmantel, den sie über dem linken Arm trug.

Als ich ihre weißbehandschuhte Rechte berührte, die sie mir entgegenstreckte, fühlte ich, daß sie zitterte.

»Ich mußte jemanden nach dir schicken, Frank«, sagte sie entschuldigend und hob das Gesicht, um sich küssen zu lassen. Ich berührte ihre Lippen mit den meinen, und sie trat einen Schritt zurück und errötete wie ein Kind. »Ich bin schon seit über einer Stunde hier«, erklärte sie mit schüchternem Lachen. »Aber als ich zum Eingang kam und all die Männer da stehen sah – und keine einzige Frau –, da habe ich mich nicht getraut hineinzugehen.«

»Sie werden eine Menge Damen vorfinden, wenn Sie einmal drinnen sind – Miss . . .?«

»Mrs. Hungerford«, sagte Bernice verlegen.

»Mrs. Hungerford«, sagte Omar. »Ich bin Franks Partner, Omar Baradinsky. Und ich bin froh, daß der Junge uns noch rechtzeitig erwischt hat. Wir wollten gerade zum Essen gehen, und da können Sie doch mitkommen.«

»Jetzt ist mir schon wohler.« Bernice lächelte. »Ich wollte erst nicht kommen, Frank.« Sie ergriff seinen Arm, und Omar nahm ihr den schweren Mantel ab. »Tommy konnte nicht weg, und mir graute davor, allein zu fahren, aber jetzt . . . Mr. Baradinsky.« Impulsiv wandte sie sich an Omar, der links neben ihr ging. »Hat man hier irgendwo die Möglichkeit, sich frischzumachen?«

Omar lachte. »Wenn Sie's noch ungefähr fünfhundert Meter weit schaffen, Mrs. Hungerford, werden Sie im Haus alles finden, was Sie brauchen.«

»Danke. Wie sehe ich aus, Frank? Wie kleidet sich eine Dame überhaupt zum Hahnenkampf?«

»Eine Frau, die so schön ist wie Sie«, stellte Omar fest, »könnte sich in Sackleinen kleiden und sähe immer noch aus wie eine Königin.«

»Ich fühle mich immer besser!« Bernice lachte fröhlich. »Und was *tut* man bei einem Hahnenkampf?«

»Anfangs würde ich Ihnen raten, einfach nur zuzuschauen. Aber wenn Sie auf die Idee kommen, eine Wette abzuschließen, lassen Sie es mich wissen. Frank und ich werden zu tun haben, aber einer von uns wird sich um Sie kümmern, wenn wir Zeit haben.«

Dank meinem Partner war das Mittagessen ein Erfolg. Er war freundlich und väterlich zu Bernice, ohne herablassend zu werden, und noch ehe wir zum Pit zurückkehrten, zeigte sie kein Unbehagen mehr und plapperte auch nicht nervös. Als die Kämpfe anfingen, konnte ich kaum noch neben ihr sitzen. Omar mußte die meiste Zeit über Wetten abschließen, bezahlen oder kassieren, aber er gesellte sich zu ihr, sooft er konnte.

Um sieben gab es wieder eine Stunde Pause, und dann sollten die Kämpfe bis gegen Mitternacht weitergehen. Laut Zeitplan – falls alles plangemäß verlief – sollte das Turnier am folgenden Tag um drei Uhr nachmittags zu Ende gehen. Wenn Preise und Prämien verliehen waren, pflegte der Senator immer jedermann zu einem Barbecue auf dem parkähnlichen Rasen zwischen seinem Haus und dem Pit einzuladen.

Wir aßen alle drei im Restaurant zu Abend. Nach dem Essen bat Bernice uns, sie als Zuschauerin bei den Abendkämpfen zu entschuldigen. Sie war müde, und das Zuschauen war ihr langweilig geworden. Weil ihr fundamentale Kenntnisse fehlten und weil sie nicht wissen konnte, worauf sie zu achten hatte, war diese Langeweile nicht verwunderlich. Frauen finden den Hahnenkampf selten so aufregend wie Männer.

Zwar vermißte ich das freundliche Winken ihrer weißen Handschuhe und ihre fröhlichen »Viel Glück!«-Rufe, wann immer ich das Pit betrat, aber ich bedauerte es nicht, sie in die Stadt ins Hotel zu schicken. Sie versprach, sich am nächsten Mittag mit uns zu treffen, und ich war erleichtert, weil ich sie bis dahin nicht unterhalten mußte.

Die Abendkämpfe gingen in die Hose.

Bei den 5,12-Pfündern gab es zwei Disqualifikationen, weil Dirty Jacques Bonin und Jack Burke ihre Vögel nicht rechtzeitig gespornt vorzeigen konnten; darauf folgten ausgedehnte technische Diskussionen. Wenn man nach dem Spornen ins Pit wollte, mußte man den Parkplatz überqueren. Jack Burke behauptete – und ich denke, nicht ganz zu unrecht –, daß Autos, die nach dem Zehn-Uhr-dreißig-Kampf vom Gelände fuhren, ihn aufgehalten hätten. Er sah nicht ein, weshalb er dafür bestraft werden sollte, daß der Parkplatzwärter außerstande war, den Verkehr ordentlich zu organisieren. Peach Owen holte das Reglement hervor und verlas es laut. Die Regel besagte klar, daß der Hahnenführer innerhalb von fünfzehn Minuten nach Empfang des Gewichtstickets zum ersten Pitting bereit sein müsse. Von Behinderungen war dabei nicht die Rede, und so gab Jack sich geschlagen, nachdem Peach Owen ihm versprochen hatte, daß dieser Sachverhalt vor Beginn der nächsten Saison vom S.C.T.-Ausschuß besprochen werden würde.

Infolge dieser Verzögerungen war es schon nach eins, als Omar und ich endlich in unserem Zimmer in der Villa waren. Ich hatte von zwölf Kämpfen vier verloren, aber mein Partner hatte bei allen Kämpfen des Tages gerissen gewettet und unseren Kontostand so um zweitausendachthundert Dollar erhöht.

»Werden wir das Turnier gewinnen, Frank?« fragte er, als wir uns zum Schlafen auskleideten.

Ich setzte mich in der Unterhose auf die Bettkante und überflog die offiziellen Resultate. Jack Burke, Roy Whipple und Johnny Norris lagen vor uns, aber nicht so weit, daß wir nicht am nächsten Tag aufholen konnten. Ich malte ein großes Fragezeichen auf die leere Rückseite der Punktekarte, ließ die viereckige Pappkarte zu Omar hinübersegeln und legte mich müde ins Bett. Es stand noch ein voller Kampftag bevor, und da könnte es leicht geschehen, daß aus den ersten drei die letzten drei wurden, wenn am Ende alle Punkte ausgezählt wurden.

Bevor Omar damit fertig war, das Geld zu zählen und säuberlich gestapelt auf der Kommode zu deponieren, und den Deckenlüster ausschaltete, schlief ich schon fest.

Am nächsten Morgen um elf – in meinem dritten Match des zweiten Tages – war Johnny Norris nicht länger unter den Teilnehmern. Sein Name wurde aus den Listen gestrichen, und er war wegen unziemlichen Verhaltens unwiderruflich für alle Turniere der Southern Conference gesperrt.

Bei den meisten Pits in den Südstaaten sind die Seitenwände aus Holz, aber das in den Boden eingelassene Pit in Milledgeville hat Betonwände. Wenn bei einem holzverschalten Pit zwei Hähne dicht an einer der

Wände kämpfen, kommt es häufig vor, daß einer der Fighter einen Sporn in das Holz schlägt und steckenbleibt.

Wegen dieser Möglichkeit gibt es in Pits mit vierzig Zentimeter hohen Holzwänden die Grundregel, daß »Auszeit« gegeben wird, wenn es zu einem solchen Zwischenfall kommt. Der Hahnenführer kann den Sporn dann aus dem Holz ziehen, und nach dreißig Sekunden Ruhepause beginnt das nächste Pitting.

In Milledgeville gab es diese Regel nicht.

Bei einem Beton-Pit hielt man eine solche Grundregel für unnötig. Pech für Johnny Norris war, daß nach den vielen Jahren des Betriebs in den Betonwänden Haarrisse entstanden waren. Im sechsten Pitting trieb mein Claret Johnnys gesprenkelten Shuffler gegen die Seitenwand. Im schnellen Aufflattern schlug der Shuffler einen Sporn in einen der schmalen Risse, und der drei Zoll lange Sporn keilte sich fest. Der Shuffler hing bewegungsunfähig und mit dem Kopf nach unten etwa zwei Handbreit über dem Lehmboden des Pit.

Johnny schaute ärgerlich zu Buddy auf und rief: »Aus, um Himmels willen!«

»Gibt keine solche Regel an diesem Pit.« Buddy schüttelte stur den Kopf.

Mein Claret war zurückgewichen und beäugte den kopfüber an der Wand hängenden Vogel; er schätzte die Distanz ab. Dann tat er drei kurze Schritte vorwärts, flatterte auf und flog mit vorgestreckten Sporen wütend gegen den hilflosen Shuffler. Der Sieg war mein.

Johnny holte zu einem Schwinger aus und brach Buddy Waggoner den Kiefer.

Fast wäre es zu einer Massenschlägerei gekommen; die Ordnung wurde erst wiederhergestellt, als Senator Foxhall verkündete, er werde das Turnier abbrechen und das Pit räumen lassen, wenn sich nicht jeder beruhigte. Johnny Norris wurde von der S.C.T.-Liste gestrichen und nach Birmingham zurückgeschickt. Wegen Johnnys unfreiwilligen Ausscheidens mußten die verbliebenen sieben Teilnehmer von den Kampfrichtern zu neuen Paarungen sortiert werden. Diese administrative Arbeit dauerte mehr als eine Stunde.

Um ein Uhr, als die Mittagspause ausgerufen wurde, war Mary Elizabeth immer noch nicht erschienen. Ich war allen auf die Nerven gefallen, indem ich dauernd Zettel geschrieben und mich in regelmäßigen Abständen an der Kasse und bei den Parkwächtern erkundigt hatte, aber um ein Uhr hatte ich mich damit abgefunden, daß sie nicht kommen würde. Ich ging mit Bernice ins Haus zum Essen.

Die Verzögerung durch die neuen Paarungen ruinierte den ganzen Zeitplan. Der letzte Kampf zwischen Roy Whipple und Colonel Bob Moore begann erst um halb vier. Kaum hatten die beiden Hahnenkämpfer das Pit betreten, rannten Omar und ich zu unserem Hahnenhaus, um Icky für das letzte Einzel gegen Burkes Little David zu spornen.

Als wir zum Pit zurückkehrten, wartete Jack Burke bereits mit seinem gespornten Vogel. Als wir drei im Eingang standen und den laufenden Kampf beobachteten, sagte Jack mit einem verachtungsvollen Blick auf Icky: »Lassen Sie uns auf zweitausend erhöhen, Frank.«

Omar versuchte zu bremsen. »Eintausend waren abgemacht, Mr. Burke. Sie konnten Little David während der ganzen Saison auf dem Land frei laufen lassen, während Icky kämpfen mußte, um sich zu qualifizieren. Wenn Sie jetzt die Wette ändern wollen, müssen Sie uns eine andere Quote geben.«

»Möchten Sie eine andere Quote, Frank?« fragte Burke mich herausfordernd, ohne meinen Partner zu beachten.

Ich schüttelte den Kopf. Ich hielt Icky unter dem linken Arm und deutete mit der freien Rechten zum Pit. Colonel Bob trug soeben einen toten Vogel heraus, und Ed Middleton schnitt Whipples Siegerhahn die Spornriemen mit seinem Messer ab.

Wir traten zum Wiegen vor die Richterloge. Icky hatte sein Kampfgewicht, glatte 4,02. Die Freiheit und die lange Ruhe im Farmgehege hatten Little Davids Gewicht von vier Pfund auf 4,03 gebracht. Omar protestierte sofort gegen die Unze Übergewicht, und Peach Owen befahl Burke, Federn zu stutzen, bis sein Hahn genauso schwer war wie Icky.

»Während die Ergebnisse des Turniers tabuliert und überprüft werden«, näselte Peach mit seiner tiefen Südstaatenstimme ins Mikrofon, »findet zu Ihrer Unterhaltung noch ein Einzelwettkampf statt. Das Gewicht beträgt vier Pfund zwei Unzen, gekämpft wird mit kurzem Sporn zwischen den Teilnehmern vier und fünf!«

Beifallsgemurmel und vereinzelter Applaus erhoben sich auf den vollen Tribünen. Die meisten Leute im Publikum hatten schon vor dieser Ansage gewußt, daß ein Extrakampf stattfinden würde. Omar hatte mir lachend von einigen Gerüchten erzählt, die ihm zu Ohren gekommen waren. Manche glaubten, bei diesem Kampf gehe es um schlichte Mißgunst; andere behaupteten, es stünden mehrere tausend Dollar zwischen uns auf dem Spiel. Der Zwischenfall in Plant City, über den in der Zeitschrift berichtet worden war – bei dem Dody mich vors Schienbein getreten hatte –, gab ebenfalls Anlaß zu manchem Gemunkel. Man vermutete, ich hätte mich entweder an Jacks Frau herangemacht, oder Jack

Burke habe mir Dody weggeschnappt, oder – wilder ging's nicht mehr – Dody sei meine Kindheitsliebe gewesen. Die Frage, wie ein Mann von dreiunddreißig Jahren eine Kindheitsliebe von inzwischen sechzehn gehabt haben sollte, verhinderte solche Gerüchte nicht. Was Jack über sich selbst verbreitet hatte, und was die Leute über mich redeten, war mir egal. Mir ging es nur darum, diesen Kampf zu gewinnen.

Ed Middleton untersuchte die beiden Hähne, gab sie uns zurück und forderte uns auf, uns bereitzumachen.

»Ich bin bereit!« sagte Jack.

Ich nickte, und Ed sagte: »Schnäbeln!«

Wir ließen die Hähne an der Mittellinie schnäbeln.

»Das reicht«, sagte Ed, als er sah, wie schnell die Kampflust der beiden Vögel geweckt war. »Führt sie einmal vor und geht dann auf eure Plätze.«

Wir hielten die Hähne mit ausgestreckten Armen in die Höhe, schwenkten sie einmal im Kreis herum und zogen uns dann hinter die jeweilige Acht-Fuß-Linie zurück.

»Pit!«

Wie gewöhnlich hatte ich die Lippen des Schiedsrichters beobachtet und ließ Icky als erster los, so daß er vor Burkes Hahn von der Startlinie kam. Ich brauchte diesen Sekundenbruchteil. Der O'Neal Red mit seinem dunkelroten Kamm, frisch und erholt aus dem Freilandgehege, war schneller als Icky. Trotz seiner ausgezeichneten Kondition hatten die Tage und Nächte im engen Käfig meinen Blue langsamer werden lassen. Icky verfehlte Little David, der zur Seite trat, mit beiden Sporen, und dann lag mein Hahn auf dem Rücken und hatte einen Sporn in der Brust.

»Aus!«

Sobald ich den Sporn aus Ickys Brust gezogen hatte, zog ich mich an meine Seite des Pit zurück und untersuchte die Wunde. Sie war nicht lebensgefährlich. Ich benutzte den Zelluloseschwamm und die Schale mit klarem Wasser, die am Pit zur Verfügung standen, um das strömende Blut abzuwischen, und dann drückte ich den Daumen auf den Schnitt, um die Blutung zu stoppen, bis der Befehl kam, auf die Plätze zu gehen.

»Pit!«

Little David war übermäßig zuversichtlich, und Icky war auf der Hut. Der Red setzte dreimal zum Luftangriff an, aber es gelang ihm nicht, über meinen pit-erfahrenen Blue zu gelangen. Respektvoll umkreisten die beiden Vögel einander in engen Bahnen, die Köpfe dicht über dem Boden, die Nackenfedern gesträubt, und funkelten einander mit hellen, wütenden Augen an. Icky versuchte es mit einer raffinierten Sturmfinte, die klappte. Als Little David sich umwandte und duckte, statt seitwärts auszuweichen, marschierte Icky an seinem Rückgrat hinauf wie ein Leitungsmonteur an einem Telefonmast. Mit einem hörbaren Schlag trieb er Little David seinen Sporn unter den rechten Flügel.

»Aus!«

Burke entfernte den Sporn mit sanften Händen. Der O'Neal Red war im zweiten Pitting verwundet worden. Die Wunde in Ickys Brust blutete nicht mehr, aber ich drückte trotzdem den Daumen darauf und zwang ihn, stillzustehen, den Kopf zur Wand gedreht, damit er seinen Gegner nicht sehen konnte.

Das dritte, vierte und fünfte Pitting waren Tanzwettkämpfe, zu denen man Musik hätte spielen können. Die beiden farbenprächtigen Kampfhähne manövrierten, umkreisten einander, wichen aus, täuschten und sprangen hoch in die Luft, wenn sie aneinandergerieten. Wenn es doch einem gelang, einen Sporn anzubringen – erst dem einen, dann dem anderen –, war dieser Hieb verheerend.

Vor dem sechsten Pitting hielt ich Ickys Beine fest unter den Leib gedrückt, um sie auszuruhen, und drehte ihn zur Wand. Ich hob für einen Augenblick den Kopf, und da war Mary Elizabeth – keine zwei Schritt weit vor mir. Fast hätte ich sie nicht erkannt. Sie trug einen hellblauen Mantel mit Raglanärmeln und hatte das Haar unter einem pastellblauen am Kinn verknoteten Kopftuch verborgen. Sie saß in der zweiten Reihe – nicht auf dem Platz, den ich für sie hatte reservieren lassen. Ihr Gesicht war blaß, ihre Miene angespannt. Als ich sie erkannte und lächelte, rief Ed uns zu, auf die Plätze zu gehen, und ich mußte ihr den Rücken zuwenden.

»Pit!«

Zum erstenmal seit Monaten ließ ich die Schwanzfedern meines Hahnes als zweiter los. Little David flatterte über meinen Blue und streckte ihn zu Boden. Icky fiel auf den Rücken und strampelte wie eine Katze. Beide Hähne rollten umeinander, mit allen vier Sporen ineinander verhakt wie zwei bunte Garnknäuel, in denen Stricknadeln steckten.

»Aus!«

Burke und ich brauchten zusammen fast eine Minute, um die Sporen herauszulösen. Beide Hähne waren schwer verwundet, und meine Hände waren rot von Blut, als ich meinen zerzausten Vogel behutsam mit dem kalten Wasser abwischte. Während der kurzen Ruhepause hatte ich keine Zeit, liebevolle Blicke mit meiner Verlobten auf der Tribüne zu wechseln. Dreißig Sekunden vergingen wie durch Magie.

»Auf die Plätze ... Pit!«

Beide Hähne blieben auf den Linien, als wir sie losließen.

»Zählen!« befahl Burke.

»Eins, zwei, drei, vier, fünf, sechs, sieben, acht, neun und eins für Mr. Burke. Aus!« sagte Ed und blickte von seiner Armbanduhr auf.

Wir brauchten beide die zusätzlichen dreißig Sekunden Rast. Ich sog an Ickys Kamm, um seinen Kopf zu wärmen, sperrte seinen Schnabel weit auf und spuckte ihm in den offenen Schlund, um ihn zu erfrischen. Ich massierte sanft seine müden Schenkel, als Ed uns auf die Plätze befahl.

»Pit!«

Mit steifen Flügeln strebten die beiden Hähne von der Grundlinie aus einander entgegen und prallten müde in der Mitte zusammen. Zu verwundet und zu müde für einen Luftkampf drangen sie wieder und wieder mit erlahmender Wut aufeinander ein. Little David fiel kraftlos auf die Seite und blieb schwer atmend liegen. Icky, dankbar für die Ruhepause, stellte das Kämpfen ebenfalls ein und blieb still stehen, den Kopf gesenkt, den Schnabel auf dem Boden.

»Zählen läuft«, gab Ed bekannt und behielt seine Armbanduhr und zugleich die beiden Hähne im Auge. Als er stumm zwanzig Sekunden abgezählt hatte, in denen keiner der beiden Hähne versuchte zu kämpfen, rief Ed: »Aus!«

Ich fühlte den fieberhaften Drang, etwas zu tun, aber es gab nichts, womit ich meinem Fighter hätte helfen können. Irgendeine rauhe Behandlung hätte ihn womöglich endgültig kampfunfähig gemacht. So rieb ich ihn sanft mit dem Schwamm ab und ließ ihn rasten. In den ausgezählten zwanzig Sekunden hatte Icky sich von allein beträchtlich erholt.

Als der Befehl »Pit!« gegeben wurde, lief er auf wackligen Beinen über den Lehmboden seinem Gegner entgegen. Little David hockte auf seiner Linie wie eine brütende Henne auf ihren Eiern, hatte den Schnabel weit aufgerissen und bewegte den Kopf vor und zurück.

Icky hackte mit dem Schnabel wütend nach dem schwankenden Kopf des liegenden Vogels. Einen Augenblick später flog der erboste Little David wie von einer Spiralfeder geschnellt senkrecht in die Höhe und landete mit wirbelnden, kraftvoll schlagenden Sporen auf Ickys Rücken. Ein Schlag brach meinem Hahn das Rückgrat, und er war vom Hals an abwärts gelähmt. Little Davids rechter Eineinviertel-Zoll-Sporn war glatt durch Ickys Niere gefahren, und die Spitze war bis ins Gedärm gedrungen. Als das »Aus« gerufen wurde, löste ich den Sporn und trug den Hahn an meine Linie zurück.

Ich wagte nicht mehr, ihn abzureiben. Ich konnte nur noch wenig tun. Wasser würde das Blut nur noch schneller fließen lassen. Ich hielt ihn locker mit zwei Händen und drückte meine Finger leicht an seinen heißen Körper; ich fürchtete, er könne mir in den Händen zerfallen. Zum Glück war Little David ebenso schwer verwundet wie Icky. Sein letzter Verzweiflungsangriff hatte ihn die letzte Unze seiner Energie gekostet.

Ed Middleton zählte dreimal vergebens bis zwanzig und befahl uns dann, die Hähne Brust an Brust auf der Mittellinie zusammenzubringen, wobei jeder seinen Vogel nur mit einer Hand unterfassen durfte.

Welcher Hahn würde zuerst hacken?

Welcher Hahn würde zuerst sterben?

Es war eine Ausdauerprüfung. Little David hatte als letzter gekämpft. Wenn Icky als erster stürbe, würde Little David zum Sieger erklärt werden, weil er den letzten Schlag angebracht hatte. Beim dritten Brustpitting streckte Icky matt den Hals und hackte kraftlos. »Aus!« rief Ed. Wieder schoben wir die Hähne aneinander, und wieder hackte Icky, und diesmal bekam er den kupierten, stumpfen Kamm des anderen Vogels mit dem Schnabel zu fassen. Little David fühlte und bemerkte den Schnabel nicht, denn Little David war tot. Und auch Icky war tot, und sein Schnabel hielt bis zuletzt den Kamm des Red umklammert.

»Ich trage meinen Vogel hinaus!« sagte Jack Burke.

»Sie haben noch ein Recht auf dreimaliges Auszählen bis zwanzig«, erinnerte Ed ihn, genau nach dem Reglement.

»Wozu?« fragte Burke gleichgültig. »Die sind doch beide tot.«

»Tot oder nicht«, erwiderte Ed. »Sie haben das Recht auf dreimaliges Auszählen, nachdem der gegnerische Hahn gehackt hat.«

Ohne ein weiteres Wort hob Jack seinen toten Hahn auf und verließ das Pit. Ich nahm den Blue und drückte ihn an meine Brust. Sein langer Hals baumelte schlaff über meinen linken Arm. Plötzlich, und ohne vernünftigen Grund, füllten meine Augen sich mit Tränen.

»Das nenne ich einen todesmutigen Vogel, Frank!« rief Senator Foxhall aus der Richterloge.

Ich nickte blind in seine Richtung und drehte dem Alten dann den Rücken zu, um Mary Elizabeth zu suchen. Sie saß nicht mehr auf ihrem Platz. Ich erhaschte einen Blick auf ihren blauen Mantel; sie hastete durch den Seitenausgang zum Parkplatz. Ich rannte ihr nach und hatte die laufende Gestalt kurz hinter dem geschlossenen, mit Läden gesicherten Kassenhäuschen eingeholt.

»Mary Elizabeth!« sagte ich laut. Meine Stimme klang rostig, erstickt, verändert – ganz anders, als ich sie in Erinnerung hatte.

Sie blieb stehen, drehte sich um und sah mich an wie eine Maske. Ihre Lippen waren blutleer wie ihr Gesicht.

»Du hast beschlossen, wieder zu sprechen? Ist es das? Jetzt ist es zu spät, Frank. Und ich weiß jetzt, daß es für uns immer zu spät war. Du bist nicht der Mann, in den ich mich verliebt habe, aber du warst es auch nie! Hätte ich dich vor zehn Jahren in einem Pit gesehen, dann hätte ich es damals gewußt! Ich habe nicht zugesehen, wie diese armen Hähne kämpften, Frank: ich habe dein Gesicht beobachtet. Es war furchtbar. Kein Mitleid, kein Verständnis, keine Liebe, nichts! Haß! Du haßt alles, dich selbst, mich, die Welt, alles!«

Sie schloß die Augen, um die Tränen zurückzudrängen. Dann klappte sie die Handtasche auf und wischte sich mit einem kleinen weißen Taschentuch über die Augen.

»Und dir habe ich mich geschenkt, Frank«, sagte sie wie zu sich selbst. »Ich habe dir alles gegeben, was ich zu geben hatte, alles – einem Mann, der nicht einmal ein Herz hat!«

Ich kannte diese Frau nicht. Ich hatte sie noch nie gesehen. Dies war eine Mary Elizabeth, die sich in all den Jahren vor mir verborgen hatte.

Ich warf meinen toten blauen Hahn zu Boden, stellte ihm den linken Stiefelabsatz auf den Hals, bückte mich und riß ihm mit der rechten Hand den Kopf ab. Den zerschlagenen, blutigen, aber niemals, niemals gebeugten Kopf hielt ich Mary Elizabeth auf der flachen Hand entgegen. Etwas anderes hatte ich der Frau nicht zu sagen.

Mary Elizabeth fuhr sich mit der Zunge über die bleichen Lippen. Sie nahm Ickys Kopf und wickelte ihn in ihr weißes Taschentuch. Den eingewickelten Kopf steckte sie in ihre Handtasche und nickte.

»Danke. Vielen Dank, Frank Mansfield. Ich nehme dein Geschenk an. Zu Hause werde ich ihn in Spiritus legen. Vielleicht erfinde ich sogar irgendein Ritual, um mich immer daran zu erinnern, wie verflucht dumm ich gewesen bin.«

Ihre smaragdgrünen Augen brannten sich in die meinen.

»Mein Bruder hatte die ganze Zeit recht mit dem, was er über dich sagte, aber ich mußte erst bis hier herauffahren, um es selbst herauszufinden. Du bist all das, was er sagt, Frank Mansfield: ein mieser, selbstsüchtiger Schweinehund.«

Sie wandte sich abrupt ab und ging auf die Reihe der parkenden Autos zu. Nach wenigen Metern verfiel sie in einen wackligen, femininen Laufschritt. Ich weiß nicht, wie lange ich dastand und der verschwindenden Gestalt nachschaute – noch als sie längst nicht mehr zu sehen war. Eine Minute, zwei Minuten, ich weiß es nicht.

Eine Stimme plärrte aus den Außenlautsprechern: »MR. ROY WHIPPLE UND MR. FRANK MANSFIELD, BITTE ZUR SCHIEDSRICHTERLOGE!« Die Ansage wurde zweimal wiederholt, und ich hörte sie auch, aber ich kümmerte mich nicht um die Lautsprecherstimme. Ich war in meinen Gedanken erstarrt. Ich bin erwachsen geworden, überlegte ich. Nach dreiunddreißig Jahren war ich nun ein reifer Mann. Ich hatte Mary Elizabeth nie gebraucht, und sie hatte mich nie gebraucht. Endlich war alles vorbei zwischen uns – was immer wir zu haben geglaubt hatten. Mein letztes Band zur Vergangenheit und zu Mansfield, Georgia, war zerrissen. Von jetzt an konnte ich in die Zukunft blicken, und die war nie strahlender gewesen –

Er mußte irgendwelche Geräusche gemacht haben, aber ich hörte Omars Schritte auf dem Kies nicht, bis er mich am Arm packte.

»Um Gottes willen, Frank«, rief er aufgeregt, »was zum Teufel stehst du hier rum? Senator Foxhall ernennt dich zum ›Hahnenkämpfer des Jahres‹! Laß uns reingehen, Mann! Als dein Partner habe ich ein Anrecht auf einen leisen Abglanz von deinem Ruhm, weißt du.«

Jetzt, wo er meine Aufmerksamkeit auf sich gelenkt hatte, grinste er breit, und seine weißen Zähne schimmerten. »Na schön«, fuhr er achselzuckend fort, »der alte Whipple hat das Turnier gewonnen, aber was kümmert uns das? Mit Ickys Sieg sind wir steinreich!« Er klopfte sich auf die ausgebeulten Jackentaschen. »Wir haben so verdammt viel Geld gewonnen, daß ich mich fast nicht traue, es zu zählen.«

Lächelnd bedeutete ich ihm, vor mir hineinzugehen. Omar wandte sich zum Eingang und trottete durch den kurzen Gang zum Pit.

Vor der Tür blieb ich noch einmal stehen. Nach dem Barbecue würde ich Bernice fragen, ob sie für einen Monat mit mir nach Puerto Rico fahren wollte. Wenn es dort langweilig werden sollte, konnten wir weiter nach Caracas fahren, und vielleicht konnte ich für die nächste Saison ein paar Spanish-Asse auftreiben. Omar konnte unsere erprobten Vögel nach Alabama ins Freigehege bringen, ohne daß ich ihm dabei half. Und wenn ich Mitte April aus Südamerika zurückkam, würden wir reichlich Zeit haben, mit den Frühjahrs-Junghähnen zu arbeiten.

Auf der anderen Seite des Pit, hinter dem Tisch vor der Richterbox, warteten die beiden größten Hahnenkampfsportler der Welt auf mich. Senator Foxhall und Ed Middleton. Links vom Tisch stand Peach Owen mit der Lederschatulle, die meinen Preis enthielt.

Na, sie konnten noch ein bißchen warten.

Als ich auf ihren Platz in der ersten Reihe zuging, lächelte Bernice und sagte: »Herzlichen Glückwunsch, Frank!«

»Danke«, antwortete ich.

»Oh!« sagte sie, und ihre Augen weiteten sich verblüfft. »Du – du hast deine Stimme wieder!«

»Yeah.« Ich grinste über ihr Gesicht. »Und du wirst dir wahrscheinlich noch wünschen, ich hätte sie nicht.«

»Ich – ich weiß nicht, was du meinst.«

»Du wirst feststellen, daß ich ziemlich gesprächig bin, Bernice, wenn ich erst mal in Fahrt bin. Was hältst du davon, für ein paar Wochen nach Puerto Rico zu fahren?«

»Im Augenblick«, sagte sie, »bin ich so durcheinander, daß mir spontan nur eine einzige Antwort einfällt: Ja.«

Ich lachte und wandte mich ab, und Freude sprudelte mir aus der Kehle. Wie gut, wieder zu sprechen, wieder zu *lachen*!

Ich zog mir die Jacke hinten zurecht und schob meinen weißen Hut lässig in den Nacken. Dann straffte ich die Schultern und ging quer durch das Pit zu meiner gottverdammten Medaille.

PAPERBACKS

Ullstein Taschenbücher

DIE NEUEN VON ULLSTEIN

James Ellroy
Blutschatten
Roman
■ 22178

Anne Rice
Gespräch mit dem Vampir
Der erste Teil der Chronik der Vampire
■ 22179

Pamela Des Barres
Light My Fire
Bekenntnisse eines Groupies
■ 22180

Hubert Selby
Lied vom stillen Schnee
Geschichten aus New York
■ 22181

John Waters
Abartig
Meine Obsessionen
■ 22182

Nick Tosches
Hellfire
Die Jerry Lee Lewis-Story
■ 22251

Charles E. Willeford
Hahnenkampf
Roman
■ 22271

Neil Gaiman
KEINE PANIK
Mit Douglas Adams durch die Galaxis
■ 22272

Kem Nunn
Nacht über Surf City
Roman
■ 22273

Roddy Doyle
Dublin Beat
Roman
■ 22274

Olaf Kraemer/
E-Moll Jones
Die Goldgräber von 1990
Die Kunst des wahren besseren Lebens
■ 22275